계간 미스터리

2022 봄호 | 통권 제73호

계간 미스터리

2022 봄호

2022년 3월 15일 발행 통권 제73호

발행인	이영은
편집인	김현경
편집장	한이
편집위원	윤자영 조동신 홍성호 한새마 박상민 김재희 한수옥
교정	오효순
홍보마케팅	김소망
디자인	여상우
제작	제이오
인쇄	민언프린텍

발행처	나비클럽
등록번호	마포, 바00185
등록일자	2015년 10월 7일
출판등록	2017. 7. 4. 제25100-2017-0000054호
주소	(04031) 서울 마포구 동교로22길 49, 2층
전화	070-7722-3751 팩스 02-6008-3745
이메일	nabiclub17@gmail.com

ISSN 1599-5216

ISBN 979-11-91029-51-2   03810

값 15,000원

※본지는 한국문화예술위원회의 문예진흥기금에서 원고료(일부)를 지원받아 발행합니다.

2022 봄호를 펴내며

한국 추리소설, 변방에서 중심으로

어렸을 때, 하루 일당 3천 원을 받고 일하던 시절의 이야기입니다. 퇴근할 때 일당을 받으면 350원 정도는 다음 날 차비로 떼어두고, 나머지를 주머니에 넣고 두근거리며 동네 서점에 들르는 것이 유일한 낙이었습니다. 빨간색 표지가 인상적인 애거사 크리스티 전집이나 자유추리문고 신작이 나오면 한정된 예산으로 어떤 책을 사야 할지 서가 앞에서 한참을 망설이곤 했습니다. 그때부터였던 것 같습니다. S. S. 밴 다인, 엘러리 퀸, 에드 맥베인, 에도가와 란포, 요코미조 세이시 등 미스터리의 거장들이 즐비한 목록에 왜 한국의 미스터리 작가와 작품은 없는 것일까, 궁금하게 생각했던 것은. 어쩌다 추리소설을 쓰는 입장에 서게 되니 비슷한 질문을 타인을 통해 듣게 되었습니다. "한국에 읽을 만한 추리소설이 있어?" 이번 호 《계간 미스터리》에서 그에 대한 대답을 드릴 수 있게 되어 기쁩니다.

첫 번째 특집은 눈을 밖으로 돌려 한국 미스터리가 해외에서 어떤 활약을 펼치고 있는지 살펴보았습니다. 서미애는 〈한류의 다음 물결, 이번엔 장르문학이다〉에서 프랑스와 벨기에의 독자들을 직접 만나면서 느낀 감동과 흥분을 생생하게 전하고 있습니다. 출판 저작권 에이전트로 한국문학을 해외에 소개하기 위해 노력하고 있는 이구용 대표는 〈글로벌 출판시장에서의 한국 추리문학〉에서 서미애, 윤고은, 김언수 등이 해외에서 거두고 있는 성과를 사례로 들며, 앞으로 한국 미스터리가 매혹시켜야 할 대상은 좁은 국내가 아니라 세계 출판시장이라는 점을 강조합니다.

두 번째 특집에서는 눈을 안으로 돌렸습니다. 추리문학 평론가 백휴는 〈철두철미한 변증법적 사고의 소유자, 황세연〉에서 상대적으로 저평가를 받아온 한국 추리소설이 어떤 함의를 담아왔는지 황세연의 작품을 통해 철저하게 분석하고 있습니다. 유형화된 플롯이 강한 장르소설에서 작가의 독창성은 그가 세계를 어떻게 바라보고 해석하는가에 달려 있다고 봅니다. 황세연의 세계관은 신작 단편 〈내가 죽인 남자〉에서 확인할 수 있습니다.

미스터리를 더 깊이 이해할 수 있는 글도 있습니다. 하드보일드 장르가 어떻게 '개인'과의 대결을 '도시'로 확장했는지, 박인성의 〈하드보일드와 누아르, 내면의 분투 혹은 '후까시'로의 승화〉를 읽어보시기 바랍니다. 공원국은 〈상상력은 무기력을 찍어 넘기는 도끼다〉라는 글에서 애거사 크리스티의 정원에서 미스터리 작가들이 갖고 있는 공간에 대한 감각이 어떻게 작품에 투영되는지, 국내 작가들에 대한 안타까운 마음을 담아 분석하고 있습니다. 미스터리 전문 편집자인 윤영천은 최근 일본에서 강세를 보이고 있는 특수 설정 미스터리의 경향에 대해 〈일본 미스터리에 등장한 새로운 수식어, '특수 설정'〉에서 소개합니다.

이번 호 '계간 미스터리 신인상'은 치열한 경쟁 끝에 최필원의 〈바그다드〉가 선정되었습니다. 적군의 공격으로 고립된 평화유지군 유닛의 사투를 그린 작품으로 선명한 주제 의식과 긴박감 넘치는 전개가 좋은 평가를 받았습니다. 최필원은 국내 독자들에게 장르소설 기획자이자 번역가로 더 잘 알려져 있는데, 신인상 수상을 계기로 자신만의 작품 세계도 선보여주기를 바랍니다. 신인상 수상자 인터뷰에서 작가로서의 포부를 확인할 수 있습니다.

기성 작가의 작품 세 편도 묵직한 볼륨을 자랑합니다. 신인상 수상 이후 벌써 개인 단편집을 준비할 정도로 열심히 활동하고 있는 홍정기는 〈무구한 살의〉에서 한층 더 진일보한 필력을 보여주고 있습니다. '살의' 연작을 기획하고 있다니 다른 작품들도 기대가 됩니다. 박소해는 '형사 좌승주' 연작 중의 한 편인 〈겨울이 없는 나라〉를 실었습니다. 폭설이 내린 제주도를 무대로 과거와 현재에 얽힌 인과를 해결하는 좌승주의 활약이 흥미롭습니다. 현직 의사인 박상민은 의과대학에 다니는 '나'를 주인공으로 〈무고한 표적〉이라는 작품을 썼습니다. 우연히 도서관에서 자신의 이름이 낙서가 된 책을 보게 되면서 벌어지는 사건을 그리고 있는데, 소소해 보이는 출발점은 충격의 파국으로 이어집니다.

그 외에도 진중한 전개로 인기를 끌고 있는 SBS 드라마 〈악의 마음을 읽는 자들〉의 기획프로듀서인 김미주와의 인터뷰, 제1회 멀티문학상 수상자인 김이환이 털어놓는 집필실에 얽힌 이야기도 실었습니다.

이제는 누군가가 "한국에 읽을 만한 추리소설이 있어?"라고 묻는다면, "있어"라고 자신 있게 대답할 수 있을 것 같습니다. 한국 미스터리는 내적 깊이에 있어서 꾸준히 성장해왔고, 외적인 확장 역시 괄목할 만한 수준이라고 말입니다. 물론 여전히 목마릅니다. 더 많은 작가, 더 다양한 하위 장르, 더 높은 수준의 작품이 간절합니다. 《계간 미스터리》가 20여 년을 버텨왔고, 앞으로도 버텨내야 할 이유입니다.

한이
계간 미스터리 편집장

특집 1

세계 속의 한국 추리소설

한류의 다음 물결, 이번엔 장르문학이다
한국의 장르문학 세계를 누비다

특집 2

황세연을 읽다

황세연론
특집 단편

한류의 다음 물결,
이번엔 장르문학이다

서미애

1994년 스포츠서울 신춘문예 추리소설 부문에 〈남편을 죽이는 서른 가지 방법〉이 당선되면서 미스터리 스릴러를 쓰는 장르작가의 길을 걷기 시작했다. 대표작으로는 《당신의 별이 사라지던 밤》, 《잘 자요 엄마》, 《모든 비밀에는 이름이 있다》 등의 장편과 《반가운 살인자》, 《남편을 죽이는 서른 가지 방법》 등의 단편집이 있으며 《인형의 정원》으로 2009년 한국추리문학 대상을 수상했다. 장편 《잘 자요 엄마》는 미국, 프랑스, 독일 등 16개국에서 출간되었으며 〈반가운 살인자〉, 〈남편을 죽이는 서른 가지 방법〉 등 다양한 작품들이 드라마와 영화, 연극으로 만들어졌고 단편 〈그녀의 취미생활〉이 곧 영화화될 예정이다.

지난 2021년 11월 13일을 시작으로 열흘 동안 프랑스와 벨기에를 다녀왔다. 모든 건 다 때가 있다고 했던가. 그렇다면 가장 적절한 때에 유럽의 독자들을 만나고 온 게 아닌가 싶다.

벨기에 한국문화원이 주관하는 한국문학주간에 초청하고 싶다는 연락을 받은 것이 7월의 일이다. 장강명, 황선미 등 프랑스어권에서 출간 경력을 가진 다섯 명의 작가가 초청을 받았다. 행사는 11월에 있을 예정이었지만 팬데믹 시국이다 보니 미리 준비하고 확인할 것이 많았다. 백신을 맞는 것은 물론이고 현지의 의료 상황도 주시해야 했다. 2020년 4월 리옹추리축제에 초대받았었지만 행사 직전 팬데믹이 시작되면서 모든 것이 취소되어 적잖이 실망했던 기억이 있다. 이번에도 혹시 행사가 취소되지 않을까 하는 우려가 있었는데, 백신 덕분에 조금은 분위기가 호전되고 있었다.

프랑스로 출발하기 두 달 전 넷플릭스에서 〈오징어 게임〉이 방영되며 전 세계에 돌풍을 일으켰고, 그 파장이 얼마나 엄청났는지는 현지에 도착하는 순간부터 온몸으로 체감할 수 있었다. 길거리에 〈오징어 게임〉 포스터가 붙어 있는 것은 물론이고 행사장에서도, 언론과의 인터뷰에서도 드라마와 연관된 질문이 쏟아졌다. 한국 영화와 드라마의 약진은 현지에서 상상 이상의 반향을 불러일으키고 있었고, 〈오징어 게임〉이 방점을 찍었다는 느낌이었다. 한국 문화 전반에 대한 호기심과 관심을 실감할 수 있었다.

파리에 가기 전에 유럽 언론과 나누었던 몇 번의 인터뷰를 통해 한국의 장르문학이 프랑스나 이탈리아 등에서 인

기를 끌고 있다는 얘기를 들었지만, 직접 눈으로 확인하기 전까지는 그것이 단순한 인사치레인지, 아니면 실재하는 현상인지 가늠이 되지 않았다. 그런 의구심은 파리 중심가에 있는 대형 서점을 방문하면서 완전히 사라졌다.

소르본대학 인근에 있는 지베르 조제프 파리 서점(Gibert Joseph Paris Bookstore)은 우리나라로 치면 교보문고 같은 복합적인 대형 서점이다. 서적과 다양한 문구류 등을 판매

지베르 조제프 서점

하고 있고, 건물 밖 매장에는 중고 서적을 판매하는 매대도 설치되어 있었다.

마탱칼므(Matin Calme) 출판사의 편집장인 피에르와 함께 장르문학 서적이 있는 층을 찾아 에스컬레이터를 타고 올라가는데 한눈에 봐도 가장 눈에 띄는 자리에 한국 작가들의 책이 놓인 판매대가 보였다. 한국을 비롯해 일본과 중국의 국기가 붙어 있었지만 전면에 보이는 책들은 모두 한국 추리소설이었다. 담당자의 얘기를 들을 것도 없이 그 매대가 모든 것을 말해주고 있었다. 프랑스의 많은 독자들이 한국 추리소설을 찾고 있다는 증거가 바로 거기 있었다.

장르문학 매장 담당자는 최근 들어 한국 추리소설에 대한 관심이 커지고 있다는 이야기를 했다. 타국의 문화를 누구보다 개방적으로 받아들인다는 프랑스의 분위기를 느낄 수 있었고, 그 열기를 그날 저녁 파리 한국문화원에서 다시 한번 확인했다.

파리의 도심에 차가운 바람이 불고 어둠이 내려앉은 시각, 파리 한국문화원 앞에 도착했다. 겉으로 보기에는 행사가 있는지도 모르게 조용한 분위기였지만 한국문화원 건물 안으로 들어서자 잠시 후에 있을 행사의 안내판이 크게 복도에 설치되어 있었다. 행사장은 생각보다 큰 규모였는데 무대에 설치된 행사 포스터와 객석을 보니 과연 얼마나 많은 사람들이 나를 보러 올까 하는 생각이 들었다. 하지만 그런 불안도 잠시, 행사가 시작되기도 전에 객석은 관객으로 꽉 찼고 동양에서 온 낯선 추리작가를 만나는 그들의 얼굴에는 기대감이 가득했다.

행사는 파리 한국문화원장의 인사말로 시작되었다. 파

리 한국문화원은 점점 높아지는 한국 문화의 위상과 관심 덕분에 협소한 반지하 건물에서 벗어나, 2016년 파리 시내 중심지인 8지구에 자리를 잡았다. 이전 건물보다 다섯 배나 공간이 넓어져서 많은 행사들을 진행하고 있는데, 전시회를 열면 하루 수천 명의 관람객이 찾아오기도 한다는 설명이었다.

인사말을 들으며 조명을 받고 있던 나는, 객석을 바라보며 오늘 과연 무슨 이야기를 해야 할지 걱정스러웠다. 괜한 걱정이었다.

우선 작가 프로필을 소개하면서 데뷔작 제목 〈남편을 죽이는 서른 가지 방법〉을 이야기하자 객석에서 웃음이 터져 나왔다. 자연스럽게 사회자의 질문이 시작되고 한 시간 넘게 관객의 질문이 이어졌다. 관객의 질문은 전혀 생각해보지 못한 것들이어서 나도 예상하지 못한 많은 이야기들이 자연스럽게 흘러나왔다. 내가 이 작품을 어떻게 구상했는지, 왜 그렇게 썼는지 돌아보고 생각을 정리하는 계기가 되었다.

이를테면 《잘 자요 엄마》와 《모든 비밀에는 이름이 있다》 모두 이중구조를 가지고 있는데 왜 그런 플롯을 택하게 되었느냐는 질문이라던가, 선경과 하영의 캐릭터를 창작하게 된 계기와 그들의 성장과 변화에 대한 물음이 인상적이었다. 드라마 작업을 한 경험이 소설을 쓸 때도 반영이 되어 자연스럽게 그런 구조를 만들게 되는 것 같다는 답을 한 뒤 작품의 영상화에 대한 질문이 이어졌다.

단 한 명도 그저 어떤 작가인지 구경이나 하자는 자세로 온 사람이 없었다. 한 장면, 한 문장도 놓치지 않고 집중한 독자들의 질문은 끝나가는 시간을 아쉽게 했다. 그들은

파리 한국문화원 행사

작품뿐 아니라 '서미애'라는 작가, 한국 문화와 한국 문학에 많은 관심을 드러냈다.

공식적인 행사가 끝나고 객석에 앉아 있던 독자들이 사인을 받기 위해 길게 줄을 섰다. 거의 모든 사람들이 줄을 섰고 그들의 손에는 작년에 나온 책뿐 아니라 한 달 전에 나온 신간도 들려 있었다. 심지어는 나도 아직 보지 못한 러시아판 책을 들고 온 사람도 있었다. 미처 책을 가져오지 못한 사람들은 행사장 밖에 준비해둔 책을 구매해 사인을 받았다. 그들 모두 내게 다가와 '안녕하세요?'라며 인사를 건넸다.

한국문화원에서 하는 행사이니 그럴 수도 있겠다고 생각하겠지만, 파리 한복판에서 수십 명의 유럽인들에게 둘러싸여 계속 한국말로 인사를 받는 것은 놀라운 경험이 아닐 수 없었다. 나는 그들에게 미리 양해를 구하고 한국말로 이름을 써주고 사인을 해주었다. 자신의 이름을 한국말로 적어온 사람도 있었지만, 대다수는 생각지도 못하게 자신의 이름을 한국어로 어떻게 쓰는지 알게 되었다며 재미있어했다.

행사가 끝나고 문화원장과 담당자 모두 상기된 표정으로 행사에 이렇게 많은 사람들이 오는 것은 드문 일이라고 했다. 한류, 그리고 한국의 장르문학에 대한 관심을 눈으로 확인한 하루였다.

다음 날 이른 아침 파리에서 기차를 타고 브장송으로 향했다. 브장송은 프랑스 동부 부르고뉴프랑슈콩테 지방 두 주에 속한 도시로, 쥐라산맥과 스위스와의 국경이 가까운 곳이어서 프랑스에서도 가장 푸른 도시로 인정받는 곳이라고 한다. 인구 11만 5천 명 정도의 작은 도시지만 인구 대비 서점이 가장 많고 당연히 독서 인구의 비율도 높은 곳으로,

빅토르 위고의 탄생지라는 자부심이 가득한 곳이다.

파리에서 테제베를 타고 두 시간이나 걸려 이곳에 온 이유는 장르문학 전문 서점 '저수지의 책들' 때문이었다. '저수지의 책들'은 프랑스에서도 유명한 장르 전문 서점이다.

기차에서 내려 역 밖으로 나오는 순간, 오늘 저녁에 있을 독자와의 만남은 성공적일 것이라는 예감이 들었다. 너무나 한적한 시골 마을 느낌이라 저녁에 열리는 작은 행사가 마을 사람들에게는 일상의 특별한 이벤트가 되지 않을까 싶었기 때문이다.

서점은 역에서 멀지 않은 브장송의 번화가에 있었다. 번화가라고 해봐야 길지 않은 골목에 펍과 서점, 레스토랑들이 있을 뿐이었다. 골목 입구에 있는 '저수지의 책들' 서점은 입구부터 감탄을 자아내게 했다. 프랑스에서 출간된 나의 책 두 권이 출입구 한편의 쇼윈도에 가득 진열되어 있었고, 다른 쪽에는 한국 작가들의 작품이 있었다. 작가의 북토크 행사 때문에 진열해둔 것이냐고 묻자 서점을 운영하는 세 명의 대표는 고개를 저으며 한 달 전부터 전시해둔 것이라고 했다.

서점 안은 한눈에 봐도 이곳을 운영하는 사람들의 정성과 열정이 느껴졌다. 대도시의 서점에 비해 크지 않은 공간이었지만 이곳을 찾는 고객을 위한 세심한 배려와 정성이 느껴졌다. 세 명의 서점 대표들은 각자 자기만의 캐릭터 스티커를 가지고 있었는데 자신이 추천하는 책에 스티커를 붙여 추천 도서를 한눈에 알아볼 수 있게 해 독자들의 관심을 유도했다.

장르문학 전문 서점 '저수지의 책들'

서점 안에는 프랑스 3채널에서 나온 취재진이 기다리고 있었다. 그들은 나와 번역가, 출판사 대표를 취재했고 서점 대표들도 인터뷰했다. 그날 저녁 지역 채널인 3채널에서는 브장송에서 열리는 한국 작가의 북토크에 대한 뉴스를 2분 이상 내보내며 프랑스에서 열풍을 일으키고 있는 한국 문화에 대해 방송했다. 한국 문화에 대한 관심과 열풍이 없었다면 이런 소박한 행사가 지역 공영채널 뉴스에 나왔을까 하는 생각이 들었다.

저녁이 되자 서점의 절반을 치우고 북토크에 참석하는 독자들을 위한 의자가 마련되었다. 기차역에서 내리며 예상했던 대로 서점 안은 이 특별한 이벤트를 즐기기 위한 마을 사람들로 채워지기 시작했다. 인상적인 것은 고령의 부모와 함께 온 자녀, 부부, 친구로 보이는 주부들, 이곳의 어학원에 다니는 유학생 등 정말 다양한 연령대의 사람들이 행사를 함께하려고 모였다는 것이다.

행사가 진행되면서 왜 이곳이 프랑스에서 손꼽히는 장르 전문 서점인지 알 수 있었다. 그동안 참석했던 어떤 북토크도 이렇게 신경을 써서 프로그램을 준비한 곳은 보지 못했다. 간단한 작가 소개와 질문 몇 개가 오고 간 뒤 그들은 소설 속에 등장하는 다섯 가지 오브제를 준비했고, 나의 반응이 어떨지 궁금하다며 하나씩 가지고 나왔다. 첫 번째로 사과가 등장했다. 사과는 《잘 자요 엄마》에 나왔던 중요한 소품으로 소설을 읽은 독자라면 누구나 알 만한 것이었다. 이런 진행 방식은 독자의 흥미를 끄는 것은 물론이고, 소품을 통해 소설을 입체적으로 느끼게 해주는 장치가 되었다. 다양한 오브제가 등장할 때마다 관객들은 박수를 치며 즐거위했다. 오브제 중 하나인 음악이 등장하는 순간, 준비한 음악이 잘못 나오는 바람에 또 한바탕 웃음이 터졌다. 소설 속에 등장하는 음악을 함께 들으며 음악의 뉘앙스와 작품 속에 비틀스의 음악을 쓴 작가의 의도를 직접 듣는 경험은 분명 그들의 감상을 더 풍부하게 만들어주었을 것이다. 서점에서 준비한 다섯 가지 오브제는 작가와 독자 사이에서 소설의 핵심을 관통하며 캐릭터와 소설의 세계를 보다 현실감 있게 느끼게 했다.

운영진의 노력은 이것만이 아니었다. 행사가 끝나고 책에 작가 사인을 받기 위해 기다리는 사람들을 위해 서점 뒤편에 가벼운 음료와 다과를 준비해 칵테일파티를 열었다. 덕분에 독자들은 사인을 기다리는 동안에도 지루하게 줄을 서는 것이 아니라, 삼삼오오 모여서 작품에 대해 이야기를 나누었다. 이런 서점의 세심한 준비가 사인을 기다리는 시간까지도 독자들을 지루하지 않게 하는 것은 물론이고 책에 대해, 작가에 대해 더 많이 이야기하는 분위기를 만들었다. 그 순간 나는 큰 착각을 하고 있다는 것을 깨달았다. 지루하고 조용하기만 한 시골 마을이라 조그마한 볼거리라도 있으면 모이는 게 아니라, 제대로 준비된 문화행사가 열리기 때문에 독자들이 기꺼이 자신의 저녁 시간을 투자해 이곳에 모인 것이다. 우리나라에서도 북토크를 할 때 보다 입체적인 구성으로 진행한다면 훨씬 재미있고 만족도가 높은 행사가 되지 않을까 하는 생각을 했다.

행사를 끝낸 뒤 서점 대표는 이곳에 다시 오라는 인사를 건넸고, 나는 꼭 다시 방문하겠다고 약속했다. 이런 서점과 독자라면 어떻게 다시 오지 않을 수 있을까? 자기 일에

'저수지의 책들' 북토크 행사

열정을 다하는 사람을 만난다는 것은 무엇보다 즐겁고 감사한 일이다. 브장송은 작가가 된 이후 독자를 만나는 일이 이렇게 즐거운 일이구나 하는 점을 깨닫게 해주었다.

브장송에서 하룻밤을 자고 다음 날 새벽 기차를 타고 파리에 도착, 잠시 환승 기차를 기다려 벨기에의 수도 브뤼셀로 향했다.

내가 파리에 가게 되었다는 것을 알게 된 뒤로 피에르는 프랑스와 벨기에에 일주일 내내 스케줄을 만들었다. 일정이 있기 한 달 전에 책이 나오기도 했고, 쉽게 갈 수 없는 곳이라는 것을 알기에 빡빡한 일정이지만 강행하기로 했다. 브뤼셀에 도착해 호텔에서 짐을 푸니 곧 약속한 기자가 도착했다.

필리프 망슈(Philippe Manche)는 이미 여러 번 취재와 행사에서 만난 사이였지만 직접 얼굴을 보는 것은 처음이라 한국을 떠나기 전에 일부러 국립중앙박물관에 가서 준비한 텀블러를 선물했다. 검은 배경에 대나무 무늬 자개가 장식된 운치 있는 텀블러였다. 필리프는 대나무가 기개 있는 선비를 상징하기 때문에 기자인 당신에게 어울릴 것 같아 준비했다는 말에 감동을 받은 눈치였다.

선물 덕분에 화기애애했던 분위기는 인터뷰가 이어질수록 어딘가 어긋나기 시작했다. 그는 갑자기 부상한 한국 문화에 대해 궁금해하면서, 왜 〈오징어 게임〉 같이 폭력적인 작품들이 대부분이냐는 질문을 던졌다. 여전히 독재정권의 횡포가 지속되는 사회 분위기가 작품에도 반영되는 것이 아니냐는 듯한 뉘앙스였다. 코로나19 방역이 성공적인 것도

필리프 망슈와 함께

정부의 말에 고분고분 따르는 순종적인 태도 아니냐는 것이다. 그의 질문을 들으며 느낀 점은 한국에 대한 정보가 아직도 1980년대 혹은 1990년대에 머물고 있다는 것이었다. 적지 않은 시간을 들여 최근 30년간 대한민국이라는 나라가 어떻게 변화되어왔는지 설명했다.

폭력적인 작품이라고 하면 할리우드나 서구권이 훨씬 더 역사가 길고 작품도 많다. 예로 든 〈오징어 게임〉도 표면적인 면만 보면 폭력적으로 보일지 모르지만, 내면에 흐르는 것은 인간의 본성과 서로를 돕는 것에 대해 이야기하고 있다고 지적했다. 또 우리는 정부에 순종하기 때문에 마스크를 쓰는 게 아니라 나와 너의 안전을 위해 수칙을 지키는 것이라고 이야기했다. 독재정권에 눌려 순종적일 거라고 믿는 우리는, 피를 흘리던 폭력시위의 시대를 거쳐 지금은 축제와 같은 시위를 하고 있다. 이제는 아이들을 유모차에 태우고 가족이 함께 나와서 우리의 주장을 이야기한다고 말했다. 백신을 맞지 않겠다고 폭력시위를 벌이고 있는 벨기에를 생각한다면 우리는 훨씬 이성적인 대응을 하고 있지 않은가?

나는 필리프에게 '승리의 기억'에 대해 설명해주었다. 우리는 정부를 상대로 '촛불시위'라는 전무후무한 평화적 시위를 벌여 탄핵과 퇴진을 이끌어내고 새로운 정부를 만들었다. 30년 동안의 투쟁에서 우리는 원하는 것을 얻는 방법을 깨달았다고 설명했다. 거듭되는 질문을 통해 필리프 같은 유럽 지식인들이 갖고 있는 대한민국에 대한 편견이 생각보다 견고하다는 것을 느꼈다. 그들은 아직도 한국 하면 북한을 함께 떠올리면서, 문화 후진국에서 최근에 급성장한 것으로 생각한다.

어쩌다 보니 필리프와의 인터뷰는 작품보다 정치, 시사에 관한 이야기가 더 많았다. 하지만 우리는 다음 날 행사장에서 다시 만나기로 했기 때문에 서두르지 않았다. 또 현재 대한민국 사회에 대한 이해 없이는 지금의 한국 문화와 전 세계를 강타하고 있는 한류를 이해하기 힘들 거라는 생각이 들었다. 6쪽을 채워야 하는 인터뷰라고 했으니 한국에 대해 잘 모르는 독자들을 위해서도 도움이 될 내용들이었다. 저녁에는 서점에서 북토크 행사가 있어 1차 인터뷰는 그렇게 마무리가 되었다.

브뤼셀 왕궁 인근에 있는 필리그란(Filigranes) 서점은 책뿐 아니라 팬시 제품, 문구류, 장난감, 주방용품 등을 판매하고 가벼운 식사가 가능한 카페까지 있는 복합공간이었다. 벨기에의 공식 언어가 여럿이다 보니 프랑스어, 네덜란드어, 영어 등의 다양한 원서들이 있었다. 그중에는 역시 프랑스어로 출판된 한국의 장르소설도 있었다.

이곳은 매장 한쪽에 있는 카페를 행사장으로 준비해두고 있었다. 장르문학 매장을 담당하는 매니저가 직접 사회를 보았는데 그의 질문에서 장르문학의 흐름을 간접적으로 느낄 수 있었다. 장르문학의 흐름이 대략 15년을 주기로 움직이는 것 같은데 영미 쪽 일색이던 시기를 거쳐 한동안 북유럽의 장르문학이 서점을 휩쓸었고, 몇 년 전부터 동양권의 스릴러, 미스터리 소설이 관심을 받고 있으며 한국 작품을 찾는 독자가 점점 늘고 있다고 했다. 한 독자가 자신은 한국 영화와 드라마를 좋아하는 팬이라고 하며 한국에서 이렇게 갑자기 좋은 작품들이 쏟아지는 이유가 뭐냐고 물었다. 답은 간단했다. 지금 좋은 작품이 나오기 시작한 것이 아니라, 이미 우리에게는 늘 좋은 영화, 드라마, 문학이 있었다, 이제야 사람들에게 '발견'되었을 뿐이다, 라고 답했다.

다음 날 브뤼셀 왕립도서관에서 일정의 마지막 행사가 있었다. 일찍 해가 떨어져 어두운 거리를 걸어 한기가 느껴지는 왕립도서관의 행사장까지 찾아와 눈을 빛내는 유럽의 독자들이 그곳에도 있었다. 한국 문화에 관심을 갖게 되면서 책들을 찾아보기 시작했고 이제 자신이 읽었던 한국 장르소설 작가를 직접 만나기 위해 시간을 낸 것이다. 그들은 다음 작품에 대해 질문하며 더 많은 작품을 보고 싶어 했다.

행사가 끝나고 호텔에 돌아가면서, 그리고 공식 일정을 끝내고 며칠 동안 혼자만의 여행을 다니면서, 한국으로 오는 비행기 안에서, 열흘 남짓한 이번 여행에 대해 계속 생각했다.

유럽의 독자를 직접 만나고, 서점 매대에 진열된 책들을 눈으로 확인하고, 작품에 대한 질문을 받고, 차기작에 대해 이야기하면서 이제 물리적인 거리가 무의미해졌다는 생각이 들었다. 인터넷이라는 네트워크, 넷플릭스 같은 플랫폼이 지구 어디에서 일어나는 일이든 동시에 경험하는 것이 가능하게 만들었다. 〈오징어 게임〉이 두 달 만에 전 세계를 점령했듯이 말이다. 한국에서 출간된 책이 즉시 번역되어 파리와 브뤼셀, 뉴욕과 로마의 서점에 진열되는 시대가 되었다. 한류가 아니더라도 새로운 시장이 열린 것이다. 게다가 새로운 것을 찾고 있던 해외의 독자들은 한류의 문화 상

품을 접하면서 더 많은 영화와 드라마, 소설을 원하고 있다. 이렇게 좋은 기회가 언제 또 올까 싶다.

　　한국에 돌아와 그동안의 일들을 페이스북과 인스타그램에 올렸다. 이미 나의 SNS에는 다양한 나라에 사는 독자들이 팔로잉을 하고 댓글을 달고 있다. 이런 경험은 나 혼자만의 것이 아니다. 이미 많은 작가들이 세계 각국에서 책을 출간하고 있고 전 세계의 독자들과 교류하고 있다.

　　이미 우리는 바람 안에 서 있다. 이제 그 바람을 타고 더 넓은 곳으로, 더 많은 독자를 만나러 가야 할 시간이다. 그러니 얼른 다음 작품을 쓰시라.

글로벌 출판시장에서의
한국 추리문학

이구용

케이엘매니지먼트 대표. 한국 문학을 비롯한 한국 출판 저작물 수출 전문 에이전트로 활동하고 있다. 저서로 《소설 파는 남자》가 있다.

세계 출판시장에서 한국 추리문학이 출판 한류를 이끌고 있다. 김언수, 서미애, 윤고은, 정유정, 편혜영 등이 그 중심에 있으며, 이들 외에도 많은 한국 작가들이 빠른 속도로 그 중심 대열에 합류하고 있다. 'mystery', 'thriller', 'crime' 등이 이들 소설과 동반하는 주요 카테고리 키워드들이다. 한국 추리문학에 대한 관심은 특정 언어권역에 국한되지 않고 아시아, 유럽, 영미권 등 글로벌 무대 전역에 두루 나타나고 있다.

우리가 그간 애써 외면했던 사실 중 하나는, 세계 출판시장에서 최근에서야 유독 한국 문학, 그중에서도 추리문학에 뜨거운 관심을 보이고 있는 것은 아니라는 것이다. 이미 글로벌 출판시장에서는, 특히 영미 유럽권역에서는 이 분야의 타이틀에 대한 관심이 하나의 일상처럼 오랜 시간 이어져 오고 있었다. 다만, 한국에서 그동안 이 장르에 대한 폭넓은 관심을 통한 작가 및 작품 발굴에, 그리고 해외 다양한 언어권에서 번역 출판될 수 있도록 적극적인 판권 세일즈 마케팅 및 홍보에 소극적이었을 뿐이다. 심지어는 이미 한국에서 여러 작가들이 다양한 작품을 출간하고 있었음에도 불구하고, 글로벌 출판시장으로 진출하는 데 미온적이었다는 점이다. 같은 장르의 한국 영화가 이미 국내 시장에서는 물론이고 해외 영화시장에서도 많은 관객들로부터 주목받아 온 이력에 비하면 한국 추리문학의 본격적인 해외 진출은 더딘 출발이었다. 그러나 늦은 출발에도 불구하고 빠른 속도로 세계 출판시장의 중심으로 한국 추리문학이 진입해 들어가고 있다는 사실은 다행이면서 고무적인 현상이다.

영국 추리작가협회(Crime Writers Association)가 수여하는 '2021 대거상(Daggers Awards)' 번역 추리소설 부문 수상의 주인공은 한국의 윤고은 작가였다. '맹렬한 페미니스트 감성을 지닌 풍자적 한국 에코스릴러'라는 평가를 받은 윤고은의 장편소설《밤의 여행자들(The Disaster Tourist)》(리지 부엘러(Lizzie Buehler) 옮김, 서펀츠테일(Serpent's Tail) 출간)이 수상작이다. 이 작품이 그의 첫 영미권 진출작으로, 영국과 미국에서 2020년 7월과 8월에 각각 번역 출간되었다. 영국 현지에서 이 작품 전에 윤고은을 아는 독자는 거의 없었다. 영국의《가디언》은 이 책을 "후기 자본주의 시대의 삶에 대한 신선하고 예리한 이야기… 재미있는 에코 스릴러"로 평한 바 있다.《밤의 여행자들》은 재난으로 인해 폐허가 된 지역을 관광하는 '재난 여행' 상품을 판매하는 여행사 '정글'의 10년 차 수석 프로그래머 '고요나'를 중심으로 풀어가는 소설이다. 윤고은은 재난의 이미지가 상품이 되는 세상을 통해, 그것마저도 소비하는 후기 자본주의 사회의 한 단면을 그려냈다. 윤고은은 이 작품을 통해 2021년 7월 1일 오후 7시 30분(영국 현지 시각) 온라인 '대거상' 시상식에서 수상자로 호명되며 영예를 안았다.

편혜영의 단편 〈식물애호(Caring for Plants)〉가 세계 최고 권위의 주간 문예지《뉴요커》(2018년 7월 10일자)에 번역 게재되었다. 그간 한국 작가의 문학 작품이《뉴요커》에 게재된 예는 2006년 고은의 시 네 편과 2011년 이문열의 단편 〈익명의 섬〉이 전부일 정도다. 흥미롭게도 편혜영의 장편소설《홀(The Hole)》은 〈식물애호〉가 소개되고 수 주가 지난 후인 2017년 8월 1일에 미국에서 출간됐다.《홀》은 편혜영이 단편〈식물애호〉를 장편으로 확대하여 쓴 소설이다. 이 책을 낸 미국 출판사는 아케이드(Arcade Publishing). 편혜영은 이 작품을 통해 한국 작가로서는 처음으로 2018년에 '2017 셜리 잭슨 상(2017 Shirley Jackson Awards)'을 수상했다. 편혜영의 첫 장편소설《재와 빨강》은 미국의 같은 출판사를 통해 2018년 8월에 출간됐다.《재와 빨강》은 2016년 봄, 당시 신작이었던《홀》과 함께 한국 작품으로는 처음으로 시도된 투북딜(two-books deal) 방식을 통해 미국 출판사와 판권 계약을 체결했다.《재와 빨강》은 폴란드에서 '2016년 올해의 도서'로 선정된 바 있다. 이후 편혜영의《선의 법칙(The Law of Lines)》은 미국의 같은 출판사에서 나왔으며, 앞으로《서쪽 숲에 갔다(The Owl Cries)》도 계속해서 전 세계 독자들과 만날 예정이다.

정유정의《종의 기원(The Good Son)》의 해외 번역 판권은 지금까지 미국, 영국, 프랑스, 독일(스위스), 핀란드 등을 비롯하여 20개국이 훨씬 넘는 나라에 판매되었다. 영국에서는 작가의 초판 친필 사인본만을 별도로 선주문 제작하여 멤버십 독자들에게 판매하는 것으로 잘 알려진 골즈보로 서점(Goldsboro Books)으로부터 200부의 선주문을 받아 판매됐고, 미국에서는 초판 발행 부수가 공식 출간일 이전에 독자들의 사전 주문으로 모두 소진돼 곧바로 재쇄에 돌입하기도 했었다. 영화로도 제작되어 큰 관심을 끌었던 정유정의《7년의 밤(Seven Years of Darkness)》은 영국과 미국에서 각각 2020년 5월과 6월에 번역 출간됐다.《종의 기원》이 영국과 미국에서 2018년에 출간된 지 2년 만에 나온 것이다. 《7년의 밤》은 주요 매체로부터 큰 주목을 받았다. 크라임리즈(CRIMEREADS), 버슬(BUSTLE), AARP.org는 이 책을 '2020년 여름 가장 기대되는 책'으로 선정했다. 《로스앤젤레스 타임스》는 "정유정은 인증된 세계적인 작가다. (…) 진정으로 놀랍고 정말 만족스러운 (…) 《7년의 밤》은 정유정이 심리 서스펜스 소설을 가장 잘 쓰는 사람 중 한 명이라는 사실을 입증하고 있다"라고 평했다. 《7년의 밤》은 한 가족에게 일어난 슬프고 통렬한 이야기를 치밀한 사전 조사와 압도적인 상상력에 힘입어 펼쳐놓은 소설이다. 작가 고유의 짜릿한 문장과 탄탄한 캐릭터 설정, 물 샐 틈 없는 치밀한 세계관으로 직조된 이 작품은 이후 그의 또 다른 작품에 대한 기대로 이어지고 있다.

《설계자들(The Plotters)》을 통해 세계 출판시장 중심으로 진입한 김언수에 대한 관심도 주목할 만하다. 설계자와 암살자, 그리고 그들 사이에서 하나씩 사라지는 사람들의 이야기인 《설계자들》은 영문판이 출간되기도 전에 번역판권이 19개 나라로 진출한 이력을 남겼다. 이는 김언수와 그의 소설이 글로벌 무대에서 어느 정도로 관심을 받고 있었는지를 단적으로 보여준다. 이 소설의 영문판은 호주의 텍스트(Text Publishing)에서 출간됐고, 그 이후엔 미국의 더블데이(Doubleday)와 영국의 포스이스테이트(Fourth Estate)에서 영문판이 순차적으로 출간되면서 더욱 큰 관심을 이끌어냈다. 미국과 영국 출판사는 모두 영미권 출판시장에서 큰 영향력을 확보한 출판사들이다. 영미권에서 이 작품이 출간된 후, 세계 출판시장의 반응은 더욱 큰 반경을 그리며 확대되었다. 《설계자들》이 다양한 언어권에서 번역·출간되고 있는 가운데, 2019년엔 영국의 '더 잉크 팩토리(The Ink Factory)'가 이 작품을 원작으로 하는 영화 판권을 사들인 바 있다.

드라마와 영화 시나리오 작가로서 이미 다양한 활동을 해오고 있는 작가 서미애. 국내에서는 《당신의 별이 사라지던 밤》을 통해 본격적으로 베스트셀러 작가가 되었다. '진범은 따로 있다'는 쪽지를 받고, 그것을 단 하나의 단서로 삼아 관련자들을 찾아 나서는 과정에서 자신이 전혀 인지하지 못했던 사실들을 하나씩 알아가면서 복잡한 퍼즐을 맞춰가는 주인공을 통해 스릴러가 갖추어야 할 흥미로운 요소들을 만끽할 수 있는 소설이다. 그러나 이 소설보다 훨씬 이전에 발표된 그의 다른 소설 《잘 자요 엄마(The Only Child)》가 먼저 주목받는 가운데 세계 출판시장에서 핫타이틀로 부상하며 서미애만의 문학 세계를 구축하고 있다. 어둠에 물든 어른과 그것에 물들어가는 어린아이 사이에서, 그 아이의 영혼을 지키려는 주인공의 싸움을 그린 《잘 자요 엄마》는 연쇄살인이 단순히 비뚤어진 한 개인에게서 비롯되는 것이 아니라 가정과 사회가 함께 책임을 져야 하는 문제일 수 있다는 묵직한 주제를 던지는 소설이다. 이 소설의 영어판은 미국 유수의 출판사인 하퍼콜린스(HarperCollins)에서 출간됐다. 2019년에는 이 책의 드라마 판권을 카니발필름(Carnival Film & Television Limited)과 체결한 바 있다. 제작사의 사정으로 계약이 종료되기는 했으나, '하영 연대기' 3부작의 완

결과 동시에 새로운 계약을 추진하기 위해 준비하고 있다. 이로써 서미애는 세계무대에서 한국을 대표하는 추리작가로서의 입지를 다지고 있으며, 특히 최근엔 프랑스를 중심으로 유럽 출판시장에서 그만의 꾸준한 피드백을 이끌어내고 있다.

이정명은 2017년 7월 《별을 스치는 바람(The Investigation)》으로 이탈리아 최고 권위의 문학상 중 하나인 '프레미오 셀레치오네 반카렐라(Premio Selezione Bancarella)' 상을 수상했다. 이 상은 '프레미오 반카렐라' 상 최종 후보에 오른 작가들에게 수여되는 상이다. 최종 후보에 오른 여섯 명의 작가 중 외국 작가는 이정명이 유일하며, 나머지 다섯 명은 모두 이탈리아 작가였다. 프레미오 반카렐라 상은 이탈리아 문학상 중 유일하게 현지 서적상들이 심사위원으로 참여해 시상식 현장에서 직접 투표하는 방식을 통해 수상자를 선정하는 것으로 유명하다. 1953년에 제정된 이 상의 첫 번째 수상작은 미국의 대문호인 헤밍웨이의 《노인과 바다》였다. 《별을 스치는 바람》은 2014년 봄 영국 맥밀런(Macmillan)에서 출간된 후 '2015 인디펜던트 해외 소설 문학상(Independent Foreign Fiction Prize 2015)'의 후보에도 올라 글로벌 무대에서 주목받고 있다. 문학성과 대중성의 조화를 잘 이루고 있다는 평을 받은 이 소설의 번역 판권은 이탈리아, 영국, 미국, 프랑스, 스페인 등 10여 개국으로 판매되었다.

세계 출판시장에서 한국 문학의 입지가 달라졌다는 것

을 단적으로 확인할 수 있는 지표가 있다. 문학 작품의 예술적 가치를 존중해 출판을 결정한다고 하지만, 이면에서는 철저한 시장의 이해관계가 작동할 수밖에 없는 현실을 고려할 때, 세계적인 인지도와 대중적 신뢰를 가진 수많은 작가들을 확보하고 있는 해외 유력 출판사들이 한국의 추리소설을 꾸준히 출간하고 있다는 사실이 그것이다. 영미권만 놓고 봤을 때, 현지 최고 반열에 있는 펭귄(Penguin), 하퍼콜린스, 더블데이, 리틀브라운(Little Brown), 포스이스테이트를 비롯한 대형 출판사들이 리스트에 포함된다. 이는 분명 과거와 달라진 국면이다. 물론 유능한 베테랑 편집자가 근무하는 중소 규모의 독립출판사 그룹에도 좋은 출판사들이 많다. 다만, 한국 문학의 위상과 장르소설의 파워가 세계 출판 시장에서 꾸준히 상승하고 있다는 사실을 공유하는 차원에서 언급하고 싶다.

끝으로, 앞에서 소개한 작가들 외에도 해외에서 현재 다양한 작품을 통해 활동을 시작했거나, 이미 여러 해 동안 활발한 활동을 해오고 있는 훌륭한 한국 작가들이 많다. 이번 지면에서 관련된 소식과 정보를 함께 나누지 못하는 아쉬움이 있지만 앞으로 또 다른 기회가 있을 것으로 기대한다.

황세연론

철두철미한[1] 변증법적 사고의 소유자, 황세연

백휴

추리문학평론가. 서강대 철학과와 연세대 철학과 대학원을 졸업했다. 《낙원의 저쪽》으로 '한국추리문학상 신예상', 《사이버 킹》으로 '한국추리문학상 대상'을 수상했다. 추리소설 평론서 《김성종 읽기》와 〈추리소설은 무엇이었나?〉, 〈꼽진성 최인훈 브라운 신부〉, 〈레이먼드 챈들러, 검은 미니멀리스트〉 등 다수의 추리 에세이를 발표했다. 2020년 철학 에세이 《가마우지 도서관 옆 카페 의자》를 펴냈다.

1. 들어가는 말

이웃집 사내가 이사를 가고 있다. 나는 무료하게 팔짱을 낀 채 이 삿짐이 화물트럭에 실리는 것을 지켜본다. 이윽고 사다리차가 떠나고 작업이 막바지에 들어가는 순간이다. 사내가 즐겨 타던 스키와 자전거가 빈 공간을 찾아 실리자 화물트럭 뒷문이 닫힌다. 범퍼 아래 작은 항아리 단지 두 개가 버림을 받은 듯 덩그러니 놓여 있다.

— 저건 안 싣나요?

나는 오지랖 넓게도 목장갑을 벗고 담배를 피워 무는 40대 이삿짐센터 직원에게 물었다.

— 직접 가져갈 모양입니다.

나는 입맛을 쩝 다셨다. 며칠 전 이사를 가면 보는 게 쉽지 않을 거라며 집으로 나를 초대해 막걸리를 내놓았다. 충남 청양 고향 집에서 올라온 무농약 재료로 자신이 손수 제조한 막걸리라고 했다. 작은 항아리 단지 속 막걸리를 국자로 퍼서 두 잔을 만들더니 건배를 제안했었다. 마트에서 파는 막걸리에서는 느낄 수 없는 묘한 맛이었다. 항아리 단지가 두 개라면… 나는 욕심이 났다.

이윽고 화물트럭이 떠났다.

잠시 뒤, 관리실에 정산을 하러 갔던 추리소설가 황세연이 털레털레 걸어왔다.

— 애와 엄마는?

---

1)   '지독한'이라는 표현이 더 어울릴 정도로 황세연은 초기작에서부터 최근작까지 자신의 변증법적 사고의 여과지를 통과한 단어들을 흩뿌려놓는다. 철두철미하다는 말로는 부족하다. '지독한'이란 형용사의 부정적 뉘앙스가 아니었다면 나는 이 어휘를 선택했을 것이다.

내가 말했다.

— 먼저 갔어. 저쪽 아파트 주인이 이사 갈 곳이 멀다며 잔금을 일찍 빼달라고 한 모양이야.

어? 내 머릿속이 빠르게 회전했다. 내가 아는 한 차는 한 대다. 아내가 아들을 데리고 차로 이동했다면? 난 항아리 단지의 아리송해진 행로가 궁금했다.

— 저것들 좀 보고 있어. 지하 주차장에서 차 빼올게.

녀석이 찬물을 끼얹는 말을 내뱉고는 사라졌다. 곧 차를 내 앞에 주차시킨 그가 내렸다.

— 잘 살어. 섭섭하네. 서로 바빠서 또 언제 보냐?

녀석이 포옹을 하는 순간에도 내 시선은 항아리 단지에 머물러 있었다.

— 그러게. 수제 막걸리 감칠맛 마법에 풀죽어 있던 내 혀가 모처럼 감동의 세례를 받은 참이었는데.

내 속마음을 눈치채주길 바라며 과장해서 말했다.

— 우리 고향서 채취한 밤 맛보다는 못하다면서?

— 내가?

— 왜 아침부터 막걸리 땡겨? 한 항아리 만들어주고 갈 걸 그랬나 보다. 진작 말하지.

— 하나만 두고 가.

— 안 돼! 오늘 밤 남은 거 마신 뒤 밀린 원고 써야 해.

— 작작 좀 마셔라. 한 밤에 두 항아리나 마신단 말이야?

— 하나는 술 단지 아냐. 술 단지는 이미 바닥을 드러냈고. 주기에도 민망해.

— 그 민망함과 쪽팔림 용기 있게 감수해라.

― 바닥에 찌끄레기만 좀 남았어. 그리고 너… 어디 가서 내 별명 함부로 흘리고 다니지 말어. 글 쓸 때마다 족쇄가 되는 느낌이야. 컴퓨터 자판에 손을 올리기 전 막걸리를 한 잔 시원하게 드링킹하지 않으면 글이 잘 안 써질 것 같단 말이야. 스트레스고 징크스가 된 기분이야. '글 쓰는 문제가 있는 막걸리 술꾼!'이 뭐냐? 내 아내가 듣고 얼마나 노발대발했는지 알아?

― 그러는 너는? '돈벌이 문제가 있는 비평가'가 뭐냐? 나야 중의적으로 네가 글 쓰는 방식을 부각시키려고나 했지. 넌 세상에 대놓고 내 주머니 사정을 방송한 거 아냐?

― 사실이잖아. 아냐?

― 응, 그건 인정! 줄 거야 말 거야? 찌끄레기든 지게미든 먹어보고 싶다. 네 풍성한 시골 감수성에 대한 오마주라고 생각해.

― 지랄!

말은 그렇게 했지만 얼굴 표정을 보아하니 갈등이 생긴 것 같았다. 내 공략이 제대로 먹힌 셈이었다. 쐐기를 박듯 말했다.

― 저건 그간의 우정 상으로 내돌리고 술은 네가 즐겨 마시는 ○○막걸리 한 병 사들고 들어가면 되잖아.

― 아니, 이렇게 하자. 둘 중에 하나를 골라. 오늘 밤 마시려고 아내 잔소리까지 귓등으로 흘리면서 보관해뒀던 거야. 쉽게 포기 못하겠어. 운에 맡기자고.

― 항아리 하나는 뭔데?

― 내 삶의 화물 목록. 글 쓰는 내 삶의 화물 목록. 그래, 내 소설 속 등장인물인 스물네 살 최순석이 막걸리를 좋아한다고도 썼지. 어느 것 택할래?

둘 다 막걸리 색을 닮은 백항아리였다. 겉으로는 좀처럼 분간이

가지 않았다.

　— 냄새는 맡아도 되지?

　— 죽을래?

　나는 왼쪽 항아리를 택했다. 녀석의 얼굴에 희미한 웃음이 번져갔다. 속셈을 알 수 없는 웃음이었다.

　나는 항아리를 집어들고 뚜껑을 열어 확인했다. 꽝! 아쉽게도 속에는 단어가 적힌 작은 종이 쪼가리들이 잔뜩 들어 있었다. 황세연이 다가와 항아리 단지를 거꾸로 뒤집자 흘러내린 종이 쪼가리들이 바람결에 흩어져 내렸다.

　나는 그가 고향 집 뒷산에서 밤알을 줍듯 그것들을 주워 들어 살폈다.

　팔말 담배, 복권, 사랑Ⅰ, 그리고 운명, 사랑Ⅱ, 소유, 시(詩), 농약(제초제), 홍성준(〈고난도 살인〉의 피살자), 군대와 예수상(像), 아편(양귀비)과 인어 고기, 황금만(〈보물찾기〉의 등장인물)과 항아리, 황금 기생충, 대걸레자루(쇠파이프), 떡살, 야동, 고려일보 연감과 조지 워싱턴, 사제 권총, 포르말린 용액, 수술대, 위(소화기관), 편지, 표준말, 제기랄!, 염화나트륨(소금), 소설적 진실, 돈세탁, 만우절, 범죄 없는 마을 현판, 황세연…

　도대체가 단어들 사이에 무슨 연관성이 있을 것 같지가 않았다.

　— 뭐야, 어릴 때 부모로부터 버림받은 것 같은 이 수상한 단어의 파편들은?

　— 애들 눈치채! 함부로 말하지 마. 소중하고 사랑스러운 나의 거룩한 어휘들이야. 내 즐거우면서도 고단한 변증법적 사고를 거친 정

신의 화물 목록이지. 죄다 아이러니한 단어들이야. 비밀 하나 털어 놓을까? 어쩌면 난 이야기를 썼던 게 아냐. 내가 재해석한 단어들을 소설이라는 형식을 빌려 말하고 싶었던 것뿐이야.

— 간밤에 마신 술 덜 깼냐?

— 헛소리 아냐! 내가 쓴 이야기를 읽고 나서 정작 내가 말하려고 했던 어휘 하나를 집어내지 못하면 이야기를 제대로 읽은 게 아냐.

— 안 그래도 먹고사느라 바쁜 독자들한테 왜 피곤한 노동을 요구하는 건데? 작가로서 소설을 쓸 때 읽는 재미에 충실하겠다며?

— 핫, 새끼, 그게 나를 읽는 재미라니깐! 어디 가서 추리소설 비평 글 몇 편 썼다고 함부로 입에 올리지 마라. 내가 다 부끄럽다. 염화나트륨은 '더러움을 정화하는 물질'로 쓰이는 한에서 '욕조 속에서 전기를 통하게 하는 살인 도구로서의 전해질'로 쓰일 수 있는 거야. 신중하게 선택된 단어는 자기를 남김없이 표현하기 위해 관점을 수평 이동시킬 시간이 필요하지. 그게 내가 시보다는 소설 형식에 재능이 있는 이유야. 시는 대체로 너무 짧잖아. 오만한 말이라고 오해 마라. '시보다는 소설'에 방점을 둔다는 뜻이야.

나는 황세연의 신춘문예 당선작인 〈염화나트륨〉(1995)을 읽고, 그가 제목을 그렇게 정한 까닭을 짐작하며 이 단편소설의 주인공은 성폭행 피해자도 형사도 아닌 염화나트륨(소금)이라고 생각한 적은 있었다.

— 그럼, 네 말인즉슨… 형식 차원에서 '소설 이야기'가 정화 물질이라면 '단어'는 전해질이라고 간주해도 된다는 뜻인데.

— 어? 그런가? 그렇게 해석해도 되나?

— 눙치기는. 너, 평생 모른 척 주변 사람들을 속인 거지?

— 뭘? 아, 아냐…. 네가 뭘 생각하는지 짐작은 가는데… 그렇게까

지는 아냐!

— 아니긴 뭐가 아냐? 다 네 고도의 전략이잖아. 참으로 교묘한 것은 범인(凡人)의 눈에 거칠고 치졸하게 보이도록 대교약졸(大巧若拙)의 수법을 달인처럼 시전한 거잖아. 졸(拙)을 한 번 보는 것에 그치는 것이 아니라 두 번 반복해 꿰뚫어볼 수 있는 독자만이 교(巧)에 도달할 수 있도록.

— 나, 너같이 배배 꼬인 꽈배기형 인간 아니라니깐.

— 혹시 너, 술 단지를 바닥에 내려놓은 것도 그런 술책의 일환 아냐? 내가 수제 막걸리에 유혹을 느끼는 동안 네 변증법적 정신의 목록들을 살펴볼 수 있도록 한 덫 말이야.

— 새끼, 자꾸 먹물 티내며 때와 장소를 안 가리고 어쭙잖은 소리를 해대니까 글을 써서 돈을 못 벌지.

— 지는 돈이 궁해 살인이나 저지르는 인물을 그려내면서?

— 진짜, 간다!

— 빤한 소리 그만해. 마누라 안 따라가면 갈 데는 있구?

— 나에 대해 써줄 거지?

— 나도 요즘 막걸리 안 마시면 글발에 생기가 붙질 않아서.

— 아, 징헌 놈! 졌다 졌어! 그래, 비록 내 손으로 만들었지만 저 찌끄레기는 네 순대를 채우려는 장대한 비전을 가지고 이 세상에 태어난 운명인 것 같다.

황세연이 바닥에 흩어진 종이들을 주우려고 할 때 내가 말했다.

— 단어 쪼가리는 날 위해 참고용으로 놔둬. 잘 보관했다가 손상 없이 돌려줄게.

녀석이 고개를 절레절레 흔들더니 운전석에 올랐다. 차는 잠시 미등을 밝혔다가 엔진 소리를 뿜어내며 천천히 아파트 단지를 빠져나갔다.

나는 미처 묻지 못한 물음이 있었음—'제기랄!'이라는 단어가 어떻게 '소설적 진실'과 같은 비중을 가질 수 있는지 궁금했다—을 깨닫고는 아쉬움에 멍하니 차량 꽁무니가 시야에서 사라질 때까지 바라보고 있었다.

2. 변증법적 사고방식

변증법적 사고는 시간을 요구한다. 그것은 헤겔의 아우프헤붕(Aufhebung)이라는 개념에 드러나듯이 부정하는 시간, 보존하는 시간, 고양하는 시간까지를 요구한다. 하루로 치면 낮의 시간을 통과한 밤의 사색이다. 즉 사후-사고(Nachdenken)이다.

쌓여가는 시간의 퇴적을 망각한 채 추상화된 현재 속에서 선택의 현명함이라는 판단의 역량을 드러내는 것이 아니라, 하나의 사물이나 비-물질적인 사태를 두고 그것을 바라보는 관점이 어떻게 이동해가는지 보여주고자 한다.

앞서 데뷔작으로 언급한, 〈염화나트륨〉은 이런 변증법적 사고의 과정을 전형적으로 드러낸 소설이다.

내러티브는 간단하다. 허름한 여관 욕조 속에서 시체가 발견된다. 투숙객, 최윤재. 부검 결과 피부에서 다량의 염화나트륨이 검출되었다. 수사는 장애에 부닥쳐 한때 방향을 잃고 헤매지만, 우여곡절 끝에 사건의 진실에 이른다.

부동산 업무 차 지방에 내려온 최윤재는 여관에 투숙한 당일 접대부를 불러 하룻밤 위로를 얻고자 했다. 하필 접대부는 오래전 서점

주인이었던 시절 자신이 성폭행했던 여학생이었다. 본래 죄의식 따위라곤 눈을 씻고 찾아봐도 없는 파렴치한 인간이기 때문일까? 최윤재는 접대부의 얼굴에서 옛 기억을 소환하지 못한다.

청산옥, 춘자.

반면 춘자는 오랜 세월이 흘렀음에도 육체를 허락하고 화대로 몇 푼을 받은 상대가 고등학교 2학년 때 자신의 삶을 망가뜨려 창녀로 내몰았던 서점 주인임을 알아본다. 이런 기막힌 우연이 또 있을까! 수치심과 모멸감이 파도처럼 덮쳐온다.

그녀가 그간 극심한 우울증에 시달리다 두 번이나 자살을 시도했으며, 끝내 화류계로 밀려나 삼류 밑바닥 인생을 살게 된 데에는 성폭행을 당한 그날의 트라우마가 크게 작용했음을 부인할 수 없다.

치밀어 오르는 분노에 살의가 겹쳐진다. 당장에 뭐라도 손에 잡히는 대로 집어들고 최윤재의 머리통을 내려치고 싶었다. 그러나 춘자는 살해 욕구를 잘 참아낸다.

황세연이 말하려는 이 이야기의 핵심은 바로 이 순간에 드러난다. 춘자는 결국 최윤재를 죽이고 마는데… 그러나 죽인다는 사실에 방점이 찍힌 게 아니다. 이 이야기는 복수의 이야기가 아니다. 방점은, 살의를 누그러뜨렸던 춘자가 왜 다시 살인 충동에 사로잡혀 끝내 그를 죽이고 말았는가에 있다. 우리는 무엇보다 이 심경의 변화에 주목해야 한다. 왜 죽이지 않으려고 자제력을 발휘했다가 다시 죽이려고 마음을 바꿔 먹은 것일까? 춘자는 하룻밤 상대가 자신의 인생을 망가뜨린 인물이지만, 그리고 지금 이 순간 반자발적으로 자신의 육체를 허락한 역겨운 인물이지만, 그 모든 상처와 심리적 혼란을 뒤로한 채 아침에 일어나 머리를 감고 조용히 여관방을 빠져나가려고 했었다. 적어도 최윤재가 전날 밤 배달 음식점을 통해 주문했던 염화나트륨 한 포대의 용도를 알기 전까지는.

변화는 순식간에 찾아왔다. 춘자가 화장실 거울 앞에서 젖은 머리카락을 말리던 순간이었다. 최윤재가 슬그머니 들어와 뒤로 지나치더니 욕조에 소금을 풀고 몸을 담근다. 그러고는 내뱉는 말이—

— 더러운 창녀하고 잤으니 무슨 병이라도 옮을까 봐 씻으려고 그래.[2]

바로 그 순간에 억눌렸던 감정의 화산이 폭발한다. 염화나트륨(소금)은 최윤재가 성폭행을 자행함으로써 자신의 정신적 피부에 각인시켰던 더러움을 씻어내기 위해 사용했던 정화의 물질이었다. 그러나 염화나트륨으로 씻어내고 또 씻어내도 그 더러움은 씻겨나가지 않았었다. 염화나트륨은 끝내 자신을 구원하지 못했다. 분명 그때 최윤재는 더러움의 상징 그 자체였다. 이제, 최윤재의 관점에서 보면, 춘자 자신이 그 지위를 차지한다. 이 관점의 이동은, 즉 주체에서 대상으로의 전도(顚倒)는 그녀를 폭발하게 만들었다. 눈이 뒤집힌 그녀는 마침 들고 있던 드라이어를 소금물로 채워진 욕조에 던져 넣는다. 더러움의 상징적 지위를 차지하던 인물이 관점의 변화에 따라 최윤재에서 춘자로 이동하는 순간에 정확히 대응해 염화나트륨은 의미 변화를 겪는다. 그것은 더러움을 씻어내는 〈정화의 물질〉이었다가 살인 도구로 탈바꿈해 〈전해질〉이 된 것이다.

반복해 강조하자. 이 이야기는 춘자의 복수에 관한 이야기가 아니

---

2)   전해진 이야기를 대화문으로 옮겼다. 여기서 반드시 알려야 할 것이 있다. 나는 황세연의 소설 대부분을 사정상 파일 문서로 읽었다. 따라서 인용문의 정확한 페이지를 적시하지는 않을 것이다. 양해 바란다.

라 염화나트륨의 의미 변환에 관한 이야기다. 그러나 이렇게 말하는 것만으로는 아직 충분히 말한 것이 아니다.

충분히 말하기 위해서는 부득이하게 헤겔의 변증법적 사고를 자기만의 방식으로 세공(細工)했던 슬라보예 지젝의 논리[3]를 끌어들여야 한다. 지젝에 따르면, 헤겔의 변증법에 대한 통상의 표준적인 해석('정(正)-반(反)-합(合)'으로 이해되는)은 오독일 뿐이며, 자신의 해석('정-반-반보다 더한 반')이 올바른 해석인데, 이 올바른 해석에 이르기 위해서는 반드시 오독을 거쳐야 한다는 것이다.

이를 〈염화나트륨〉에 적용하면, 우리는 소금을 정화 물질로 해석한 뒤에야 살인을 위한 전해질로 온전하게 해석할 기회에 이를 수 있다. 물론 둘 사이에 작동하는 논리는 살짝 다르다. 소금 그 자체를 더럽혀진 몸의 정화 물질로 해석하는 게 오독일 수는 없다. 핵심은 이야기의 흐름 속에서, 필요한 시간의 과정을 거치고 난 뒤에, 소금은 달리 해석된 전해질이 될 수 있다는 점을 강조한 것이다.

지젝이 든 '배뇨/생식'의 예를 통해 이해를 심화시켜보자. 지젝은 남성의 성기에 대해 배뇨의 기능을 선택하느냐 생식의 기능을 선택하느냐의 문제가 아니라, 우리는 배뇨 기능의 선택을 통해서만이 생식 기능에 이를 수 있다는 변증법적 과정을 역설한다. 앞선 배뇨(더러움)의 선택 없이 생식(생명의 탄생이라는 신성함)에 이를 수 없다는 것이다.

공교롭게도 황세연은 이와 유사한 예를 들고 있다. 〈황당특급〉

---

3)   슬라보예 지젝 지음, 조형준 옮김, 《헤겔 레스토랑: 헤겔과 변증법적 유물론의 그늘》, '오늘날에도 여전히 헤겔주의자가 되는 것은 가능할까?', 355~437쪽 참조; 슬라보예 지젝 지음, 이성민 옮김, 《까다로운 주체》, '헤겔의 까다로운 주체', 도서출판b, 117~202쪽 참조.

(2005)은 변증법적 사유 구조의 짜임새를 표 나게 내세운 이야기는 아니다. 여러 사람(경찰들)이 한 사람(피의자)을 바보로 만드는 것이 얼마나 쉬운지를 보여주는 이 이야기 속에서 여자 교도관 이수영으로 위장한 인물이 들려주는 에피소드에 주목해보자. 교도소 내에서 살인사건이 발생했는데, 당연히 발견되어야 할 장소에서 흉기가 감쪽같이 사라진다. 이수영은 이 수수께끼를 풀기 위해 수사의 공작 차원에서 은밀히 교도소 내로 투입된 인물이다. 그녀는 수감된 범법자들과 함께 생활하면서 떡살을 물에 불려 말린 것이 흉기로 사용되었음을 직감한다. 그런데 이 직감은 변증법적 사고의 여과지를 거친 뒤에나 나올 수 있는 추측이다.

그녀가 먼저 본 것은 '떡살을 물에 불려 말린 것'의 성적인 용도였다. 그것은 여성의 흥분을 위한 딜도 대용의 성기구로 쓰인다.

제작 방법은 이랬다. 식사로 나온 밥풀을 적당량 주물러 으깨 떡가래처럼 길게 만든 뒤 창문 밖 햇볕에 말린다. 시차를 두고 같은 방법으로 주물러 으깬 밥풀을 덧댄다. 몇 번 반복해 그 짓을 하자 떡살로 변형된 밥풀은 모양을 갖춰나간다. 사용 시, 떡살 막대를 물그릇 속에서 한 시간쯤 불려 속은 단단하지만 겉은 흐느적거리게 만든다.

— 여죄수는 밥풀 막대를 입에 넣고 몇 번 핥더니 랩으로 정성스럽게 감쌌다. 그러자 마치 성기에 콘돔을 씌운 것 같은 모양이 되었다.

이수영은 어떻게 자위 도구로 사람을 죽였겠느냐는 반문에 이렇게 대답한다.

— 자위 도구로 죽인 게 아니라, 자위 도구를 만들 때처럼 밥풀을

주물러 뭉쳐 말뚝 모양의 단단하고 예리한 흉기를 만들어 그것으로 사람의 목을 찔러 죽였던 거예요.

그러고 나서 범인은 흉기를 화장실 배수구 물에 녹여 흘려보냈다는 것이다.

이수영은 '떡살을 물에 불려 말린 것'이 자위 도구로 쓰이는 것을 알고 나서야 그것이 예리한 흉기로 쓰였음을 추리한다. 용도에 대한 두 번째 판단. 판단의 반복. 비유적으로 표현하면, '떡살'을 매개항으로 삼아 과소(자위 기구)를 선택하고 나서야 우리는 과잉(흉기)을 선택할 수 있다.

지젝은 이 논리를 체스터튼이 창조한 탐정 브라운 신부의 수사 기법에 적용한 바 있다. '정-반-합'이라는 헤겔 변증법의 통상적 이해 속에서는 '법(금기)-위반-탐정'이라는 삼항이 성립한다. 법이라는 질서를 깨뜨린 범죄자를 색출하는 것이, 다시 말해 질서의 회복을 통해 종합에 도달하는 것이 탐정의 임무이자 역량이다.

그러나 이런 해석은 '입감(empathy)을 통한 범인 잡기'라는 브라운 신부의 기묘한 수사 기법을 설명하지 못한다. 입감은 말 그대로 범인의 내면으로 들어가 뒤틀린 심리와 범죄 행위를 실제 느껴봄으로써만이 범죄의 수수께끼를 풀 수 있는 능력이다. 이때 아이러니한 것은 브라운 신부는 수많은 범인의 내면에 들어감으로써 한 명의 범죄자보다 더 많은 범죄를 저지르게 된다는 점이다. 여기서 상상의 영역과 현실을 분리함으로써 '입감'의 능력을 훌륭한 탐정의 남다른 예리한 추측 정도로 평가하는 것은 무의미하다. 그럴 거면 애초에 '입감'이라는 어휘에 특별한 의미를 부여할 까닭이 없기 때문이다. 따라서 '법-위반-탐정 브라운 신부'의 삼항은 '법-범죄자-범죄자보다 더한 범죄자로서의 탐정 브라운 신부'로 해석되어야 마땅하다.

이 '과소(범죄자)/과잉(범죄자보다 더한)'의 변증법은 2018년 교보문고 스토리 공모전 수상작인《내가 죽인 남자가 돌아왔다》에 거짓말처럼 딱 들어맞는다. 해프닝(소동)의 연속극처럼 읽히는 이 소설에서 시체로 발견되는 신한국이라는 인물의 범죄는 칠갑산 위의 저수지 수문을 열었다는 게 그 이유였다. 그마저 악의를 품고 수문을 연 게 아니라 만수위가 된 댐에서 물이 넘치면 댐이 무너져 마을에 큰 피해가 있을 것 같아서[4]였는데, 단지 주민들에게 예고하지 않았다는 이유로 그 행위는 의도치 않은 결과를 불러온다. 주민이자 마을 이장이기도 한 왕주영의 아내가 수몰되어 실종되고 예정되었던 '범죄 없는 마을' 자격 심사에서도 탈락한다. 범죄 없는 마을로 선정될 경우 주어질 포상금으로 댐을 보수할 계획이었을 뿐만 아니라 '범죄 없는 마을'이라는 현판이 마을의 선량함을 드러낼 수 있는 자랑거리이자 공동체의 내면화된 도덕의식이었기에 주민들은 큰 충격을 받는다.

그런데, 시체로 발견된 신한국의 검안 결과는 상상을 초월하는 과잉 그 자체다.

— 배에 타이어 자국. 그리고 옆구리, 허벅지, 다리에 차에 치인 흔적들. 등과 어깨, 엉덩이에 사정없이 매질을 당한 여러 개의 몽둥이 자국. 머리에 모서리가 있는 날카로운 쇠붙이에 맞아 찢어진 절창. 이마에 커다란 둔기로 얻어맞은 것 같은 피멍자국. 등에 네 발 쇠스랑에 찍힌 것으로 보이는 깊은 자창. 입과 코, 귓구멍 속에 쇠똥이

4)   황세연,《내가 죽인 남자가 돌아왔다》, 마카롱, 2019, 64쪽.

가득하고, 피부에 전기에 감전된 자국들까지… 검안을 한 이 분야 베테랑 의사도 이렇게 잔인하게 살해된 시체는 처음이라고 하더래.

이야기 전개의 스토리라인은 '범죄 없는 마을'이라는 현판을 얻기 위해 숱한 범죄들을 은폐해야 한다는 아이러니에 의해 추동된다. 당연히 이 어지러운 소동의 끝을 어떻게 마무리 지을지는 온전히 작가의 몫으로 남는다. 그 기량의 능수능란함은 그가 제시한 아이러니를 독자들이 얼마나 느끼고 이해하느냐에 달려 있을 것이다.

〈염화나트륨〉(1995)과 《내가 죽인 남자가 돌아왔다》(2019)의 출간 시점 사이에는 24년이라는 긴 시간적 거리가 있다. 그 사이에 작가는 공백에 가까운 9년(2005~2014)을 아쉽게 흘려보냈다. 그렇지 않고 생활로부터 해방된 그가 책 신(神)의 문운(文運)의 혜택을 입어 서너 편의 장편소설을 더 출간했다면 어땠을까? 이 어리석은 가정법 질문에 더 어리석은 대답을 해보면, 그럼에도 난 그의 작품 경향이 변하지 않았을 것으로 판단한다.

'-답다'라는 정체성과 관련된 표현을 변치 않는 딱딱한 본질로 받아들이지 않는다는 조건하에서 나는 《삼각파도 속으로》는 황세연 작가답지 않은 소설로 이해한다. 그는 이 소설이 난조(亂調) ―회사를 다니며 주말에 가끔 이어 쓴 작품― 상태에서 썼음을 고백한 바 있다. 2008년 무렵부터 쓰기 시작해 세 권 분량으로 완성한 뒤 2015년쯤 인터넷 웹 소설로 연재했다가 2020년에 한 권 분량으로 줄여서 출간했다는 것이다. 무리하게 줄이다 보니 이야기의 흐름이 군데군데 끊기는 느낌이 없지 않아 있는 것도 사실이다.

나는 장(章)의 제목이기도 한 '황금 기생충'이라는 단어 외에 작가의 변증법적 사고의 여과지(아이러니한 관점)를 통과한 다른 단어를

《삼각파도 속으로》에서는 발견하지 못했다. 그러나 뒤집어 얘기하면, 아이러니가 플롯을 구성하는 데 중추적 역할을 하지 못하는 소설에서조차 부지불식간에 튀어나온 작가의 '변증법적 사고'를 통과한 단어나 그와 직간접으로 연관된 표현이나 정서를 엿볼 수 있다는 것이다.

이제 내가 앞서 변증법적 사고를 거친 후 황세연판 정신의 화물목록에 올라갔다고 주장한 어휘들을 본격적으로 검토해보자.

팔말 담배: 사형수가 사형이 집행되기 전 담배 한 대를 피우고 싶다고 요청한다. 그 시각, 마침 사형수의 누명을 벗겨줄 구원자가 달려오는 중이다. 그러나 간발의 차이로 구원자가 도착했을 때는 억울하게도 막 사형이 집행되고 난 뒤다. 사실인지 꾸며낸 이야기인지 알 수 없지만 담배 회사는 '담배가 1센티미터만 길었어도…' 운운하면서 길이가 늘어난 담배를 출시한다. 이에 대해 황세연은 냉소적으로 반응한다.

— 정말 웃기는군요. 1년에 수도 없이 많은 사람들을 죽이고 있는 담배 회사가 단 한 사람이 무고하게 죽었다고 그런 쇼를 벌이다니… 아마 조금 더 길어진 그 담배 1센티미터 때문에 폐암과 각종 질병으로 죽어나가는 사람이 한 해에 못해도 수천 명은 될 겁니다. 〈동기〉, 2004)

무고한 사람을 살릴 수 있었다는 점에서 늘어난 담배 길이의 역할인 '**과소**'가 그 늘어난 길이로 인해 더 죽이고 있다는 '**과잉**'으로 재해석된다.

복권: 복권은 사행심의 조장(과소)이자 희망과 꿈이 실현되는 행운(과잉)일 수 있다. (《비리가 너무 많다》, 2002)

사랑I, 그리고 운명:《나는 사랑을 믿지 않는다》에서 클리네펠터 증후군[5]을 앓는 연쇄살인범 강진숙과 조국발의 사랑은, 강진숙이 성형을 하고 이가은의 신분으로 살아가는 한에서 서로 사랑할 수 있지만, 끝내 조국발의 자살로 인해 사랑이 실패로 끝나고 마는 이유는 '사랑'이라는 단어가 변증법적 사고의 여과지를 통과하지 못했기 때문이다. 그런데, 이 실패의 원인은 다른 데 있다고도 볼 수 있다. 황세연의 소설에서 '예술'과 '미감'은 변증법적 관점 이동의 실패를 예고하는 주제[6]다. 강진숙이 모델이자 미적 감각이 뛰어난 인물로 나오는 것은 우연이 아니다. 그럼에도 강진숙과 조국발은 각각 나름의 방식으로 운명에 저항함으로써만이 절망에 이른다는 변증법적 과정을 겪는다. 강진숙의 경우 '운명'과 '운명에 대한 저항' 모두 DNA(클리네펠터 증후군)에 의한 강제적 구속이라면, 저항조차 운명의 다른 이름일 뿐이지 않은가? 따라서 '운명에 대한 저항'은 '운명보다 더 가혹한 운명', 즉 '절망'이라는 변증법적 과정을 겪게 되는 것이다. 한편, 조국발의 삶은 그 자체로 변증법적이다. 그는 이상과 현실 중에 우선적으로 현실을 택할 수 없다. 독재정권의 부당한 권위에 저항한 이상 추구의 끔찍한 결과—자살미수로 인한 얼굴 화상—를 겪고 나서야 현실을 택할 수 있다. 그 과정은 '운명-저항-절망으로서의 운명'의 변증법적 과정(아이러니)과 정확히 일치한다.

5)   X염색체가 정상인보다 하나 더 많을 경우 XXY 염색체를 가진 남성이 생겨난다.

6)   이에 대해서는 뒤에서 따로 설명할 것이다.

사랑II: 〈진정한 복수〉(1998)는 〈염화나트륨〉처럼 변증법적 사고의 전형을 보여주면서도 그 깊이에 있어 몇 걸음 더 나아간 소설이다. 작가에게 그리고 나와 전혀 다른 느낌과 방식으로 황세연의 소설을 읽은 독자에게 실례가 되지 않는다면, 단편소설 중 나의 원픽은 주저 없이 〈진정한 복수〉다. 변증법적 사고로 독하게 무장하지 않은 작가가 과연 김낙인 같은 인물을 창조할 수 있을까? 물론 풍성한 내면성의 파노라마를 기대했다면 실망을 금치 못할 것이다. 변증법은 개개인의 세세한 이력과 피치 못할 사정 이야기를 다 들어주지 않는다. 김낙인은 단지 하나의 행동양식으로 그려져 있다. 작가의 말을 들어보자.

— …참으로 이상한 것은, 그렇게 무식하고 다혈질인 그였지만 그는 가해자나 미운 사람의 신체에 직접 손을 대는 법이 거의 없었다. 그는 반드시 상대가 귀여워하는 동물이나 사랑하는 사람에게 해를 입힘으로써 복수를 한다는, 그 스스로가 정해놓은 '복수의 법칙'을 철저히 지키고 있었다. 그의 말에 의하면 그것이 '진정한 복수'라는 것이었다.

이 소설이 흥미로운 것은 최순석이 김낙인의 복수심을 자극해 아내를 살해하도록 유도하면서—최순석은 처음부터 아내를 죽일 생각이었는데 법망을 빠져나가기 위해 김낙인의 '복수의 법칙'을 이용하고자 한다—사이가 나빴던 아내에게 지극정성으로 사랑하는 척 행동하기 시작했다는 점이다.

그 '사랑하는 척'으로 인해 이 소설은 〈거짓 사랑〉과 〈진정한 사랑〉 사이에서 변증법적 선택의 회로로 빠져든다. 따라서 이 이야기의 핵심적 이해는 최순석이 〈거짓 사랑〉을 선택함으로써만이 〈진정한 사랑〉에 이를 수 있다는 독자의 자각에 있다. '-하는 척'과 '진정성' 사이의 변증법. 작가는 이 점을 의식하고 있다.

— 아이러니였다. 최근 (최)순석이 그녀를 죽이기 위한 전술의 일환으로 그녀를 무척이나 사랑하고 아끼는 척 행동했던 것이 그녀에게 큰 감동을 줬던 모양이었다.

'사랑하는 척'으로 인해 아내는 남편 최순석에게 진정 사랑을 느끼게 되고 이런저런 이유로 잘되지 않던 임신까지 하게 된다. 이 순간(소소한 입장 차이와 오해[7]가 겹친 후에) 최순석은 김낙인의 '복수의 법칙'에 딱 들어맞는 희생양이 아내가 아니라 자신으로 바뀌었음을 결코 깨닫지 못한다.

최순석이 스스로 생각하는 자신(나는 아내를 사랑하는 척했을 뿐이다)과 세상 사람들, 특히나 김낙인에게 보인 자신의 인상(아내에게 지극정성인) 사이에는 쉬 건널 수 없는 심연이 가로놓여 있다. 최순석은 죽어가면서 김낙인의 헛다리 짚은 결정이 멍청한 오인이라고 항변하고 싶을 것이다. 지젝의 평소 지론을 끌어와 판단하면, 이런 오인의 결과물이야말로 최순석의 진정한 모습이라는 것이다. 우리는 행위가 내면의 심리를 제압하는 시대를 살고 있다.

끝으로 사족을 무릅쓰고 지적해야 할 것이 있다. 나는 작가 고유권리로서의 자유로운 선택에 대해 조심스럽게 불만을 토로한 적이 있었다. 〈인생의 무게〉가 〈천생연분〉이라는 제목으로 바뀌어 실리

---

7)   최순석은 아내를 통해 김낙인에게 잦은 빚 독촉을 한다.

는 것에 반대한다고. 〈천생연분〉이라는 제목은 〈인생의 무게〉가 주는 만큼의 변증법적 사고의 울림을, 삶이 아이러니한 상황에 직면하는 중의적인 느낌을 제대로 전달하지 못한다고. 비슷한 이유로, 나는 〈복수의 법칙〉[8]보다는 〈진정한 복수〉라는 제목을 선호한다. 이 소설의 주제는 진정한 사랑을 가늠하는 기준이 내면의 자기 생각인지 행위인지를 묻는 작가 의식과 관련이 있어 보인다. '진정한 복수'와 '진정한 사랑' 사이에는 '진정성'이라는 어휘의 공명이 있다. '제발 오해들 마! 나는 아내를 진정 사랑한 게 아니었다고!'라고 울부짖는 상상 가능한, 독자의 얼굴에 미소를 띠게 만드는 최순석의 항변―결국 그가 내지른 창끝은 자신의 심장을 겨냥하지 않았는가?―에는 그가 최후의 순간까지 깨닫지 못한 변증법적 진실이 있다. 최순석은 아내를 진정 사랑했기에 죽을 수밖에 없었노라고!

소유: 내가 그녀를 사랑할 수 없다면… 내가 그녀를 소유할 수 없다면… 뒤틀린 변태적 욕망의 소유자는 자기 육신의 일부가 사랑하는 상대에게 먹히길 원한다. **과잉** 상태에 도달하는 것이 불가능하다면 그 어떤 **과소**의 상태라도 달게 받아들이겠다는 불굴의 의지. (〈싸늘한 여름〉, 1997).

시(詩)[9]: 시는 먹고사는 데 도움이 안 되는 쓸모없는 것(과소)이자 사치(과잉)다.

8)   황세연이 내게 준 파일 문서에는 제목이 〈복수의 법칙〉으로 돼 있다.
9)   《내가 죽인 남자가 돌아왔다》, 85쪽.

농약(제초제)[10]: 제초제(농약)를 가운데 두고 살충제와 전착제 사이에 **과소**와 **과잉**의 변증법이 형성된다. 살충제는 버러지를 죽이는 농약이기에 자살하려는 사람이 버러지가 될 것 같은 기분에 사용할 수 없고, 자신의 인생이 한 떨기 잡초와 다르지 않기에 제초제로 자살하는 게 적당하나 농약 성분이 빗물에 씻겨 내려가지 않게 하는 약품인 전착제를 함께 마시면 제초제의 효과가 제대로 나타날 것이다.

홍성준: 최순석의 육촌으로 최순석에게 살해당한다. 독자는 최순석이 홍성준을 통해 행운을 얻었지만 그 행운을 유지하기 위해서는 그를 죽여야 한다는 아이러니를 읽어낼 수 있다. (〈고난도 살인〉, 2021)

군대와 예수상(像): 예전, 사병으로 제대를 한 남성에게 군대란 그 방향을 향해서는 오줌도 누고 싶지 않은 '끔찍한 경험'(**과소**)을 한 곳이다. 그런데, 〈비리가 너무 많다〉의 주인공은 군대에 다시 들어가 생활하고 싶어 안달이다. 그에게 군대란 옷 주고, 밥 주고, 용돈 주고, 운동시켜주고, 같이 놀 수 있는 수많은 친구들과 소총, 대포, 탱크, 비행기 같이 값비싼 공짜 장난감들이 즐비한 곳이라 자신의 인생에서 '가장 행복한 시간'(**과잉**)을 보냈던 장소다. '국방이 의무라면 당연히 권리도 될 텐데…'라는 주인공의 넋두리는 의무와 대립된 권리의 이름으로서가 아니라 '의무의 과잉'으로서의 권리를 주장하는 셈이다.

재입대를 포기할 수밖에 없었던 주인공의 예전 직업은 예수처럼

---

10)   위의 책, 325쪽.

목수였다. 그는 예수의 손목에 못을 박은 예수상을 수없이 만들어 왔다. 예수의 손목에 못을 박아 예수상을 만드는 일에 대해 사람들은 좋은 일(과잉)이라고 했지만, 자신은 밥벌이를 위해 어쩔 수 없이 예수의 손목에 못을 박아야 하는 나쁜 일(과소)로 생각한다. 예수를 십자가에 매달아 못을 박는 일에 불안을 느낀 주인공은, 어느 날 교회로 가서 자신이 손수 못을 박아 매단 예수상 앞에서 두 손을 공손히 모아 기도를 올린다. 상징적 의미에서 볼 때, 자신이 죽인 예수(과소)에게 지옥 유황불에 떨어지지 않도록 구원자(과잉)가 되어주기를 간청하는 것이다.

아편(양귀비)과 인어 고기: 아편은, 진통을 위해 응급약(과소)으로 복용하는 것이 아니라 담배 같은 기호식품처럼 즐거움(과잉)을 위해 피우는 것이다(〈반토막〉, 2005). 한편 체질에 맞지 않는 사람이 인어 고기를 먹으면 흉측한 괴물(과소)이 되지만 체질에 잘 맞으면 불로장생(과잉)하게 된다.

황금만과 항아리: 황금만이라고 이름을 지을 때는 떼돈 벌어 재물 쌓고 부자(과잉)가 되라는 의미였을 텐데 부자는커녕 금은방 강도(과소) 살인자가 된다. 평소의 사용 용도와 달리 항아리 안에는 보물(과잉)이 아니라 시체(과소)가 들어 있다(〈보물찾기〉, 2006).

황금 기생충: 부정적 인식의 대상인 기생충(과소)은 황금보다 더 금전적 가치(과잉)가 있다(《삼각파도 속으로》, 2020).

대걸레자루(쇠파이프): 소설에서는 쇠파이프를 든 주인공이 기억

속에서 대걸레자루를 떠올리는데, 대걸레자루가 그 형태와 위기의 순간에 인식된 기능에서 쇠파이프와 다름이 없는 한, 방어용(**과소**)이자 공격용(**과잉**)인 셈이다(〈개티즌〉, 2011).

떡살: 앞 설명 참조.

야동: 결혼 전에 촬영된 아내의 섹스 동영상을 보며 남편은 불결함(**과소**)과 아쉬움(**과잉**) ─아내가 동영상 속의 적극적 태도와 달리 자신에게는 열심히 섹스를 해주지 않고 나무토막처럼 뻣뻣하게 대했다는 의미에서 ─을 느낀다(〈불완전 변태〉, 2012).

고려일보 연감과 조지 워싱턴: 주인공 황세연은 고려일보 사주 왕이일 회장을 살해한다. 흉기(?)는 공교롭게도 고려일보 연감이다. 처음엔 왕 회장이 고려일보 연감을 머리 위 책장에서 꺼내려다가 실수로 책에 머리를 맞아 사망한 단순 사고로 추정되었다. 나중에 범인 황세연이 두꺼운 연감을 휘둘러 사망에 이르게 한 것으로 밝혀졌는데, 그의 변명은 아이러니하기만 하다.

─ 연감에서 거짓말만 뺐어도 뇌출혈을 일으킬 만큼 그렇게 두껍지는 않았을 텐데…

고려일보 연감은 세상을 향한 거짓말(**과잉**)인 한에서 왕 회장을 죽이는 살해 도구(**과소**)가 된다. 같은 맥락으로, 전기 작가의 창작에 불과한 허구적 일화(현실에 못 미친다는 의미에서의 **과소**)가 조지 워싱턴을 더 존경받는 인물(**과잉**)로 만들었다(〈농담〉, 2001).

사제 권총: 서미애의 권태를 없애주기 위해 총구를 머리에 대고 겨누는 장난(**과소**)―죽음 앞에 선 경험이 새 삶에 대한 의욕을 불어넣어줄 것이므로―을 치려다가 우연한 과실로 그녀를 쏘아 죽이고 만다. 진짜 살인(**과잉**)을 하고 나서야 정석화는 권태로부터 해방된다(〈예전엔 미쳐서 몰랐어요〉, 2002).

포르말린 용액과 수술대: 사진 현상의 경막제로 쓰이는 한에서 방부제―죽인 여자를 예술품으로 만들기 위한―로 쓰일 수 있다. 한편 수술대는 살인자가 여성의 시체를 예술품으로 만들기 위한 해부의 받침대(**과잉**)이자 죽어가는 사람을 살리기 위한 치료의 받침대(**과소**)이다(《미녀사냥꾼》, 1997).

위(소화기관): 위가 비어 있는 것은 위액이 먹은 음식을 다 소화(**과소**)시켰기 때문이기도 하지만 구토를 함으로써 게워냈기(**과잉**) 때문이기도 하다.

편지: 〈비리가 너무 많다〉에 나오는 '들켰다, 튀어라!'라는 협박편지는, 협박을 해서 뜯어낸 돈으로 아내와 행복하게 사는 꿈을 꾸는 **과잉**이자 그 편지로 인해 아내가 자신을 버리고 달아나게 되는 **과소**로서의 변증법적 어휘다.

표준말: 최순석은 긴장하면 표준말 비스름한 것을 빠르게 내뱉는 버릇이 있다. 따라서 이윤정이 자신에게 과분한 여자라고 생각되는 한 그는 자연스럽게 입에 밴 사투리로 말할 수가 없다. 소설의 말미에서 서로 사랑하게 되자 최순석은 사투리로 이윤정에게 말한다. 사

투리는 표준말의 **과소**이고 '표준말 비스름한 것'은 표준말의 변증법적 **과잉**이 된다(《삼각파도 속으로》).

제기랄!: 쪽팔림의 격한 감정을 표현한 이 단어는 미묘하게도 〈동기〉 끝 부분에서 두 번 반복되어 사용되는데, 전자와 후자는 '비웃는 사람들의 비웃음 소리'에 절묘하게 대응한다. 즉 앞의 '제기랄!'은 '비웃는'에, 뒤의 '제기랄!'은 '비웃음 소리'에 대응되어 있는 것이다. 그도 그럴 것이, 앞의 '제기랄!'이 술에 취해 곯아떨어진 은요일(등장인물)을 상대로 돈 몇 푼을 훔친 사실이 은요일 본인의 입을 통해 주변에 알려졌을 경우 느낄 쪽팔림이라면, 뒤의 '제기랄!'은 앞의 치졸한 쪽팔림이 싫어(물론 역시나 돈 몇 푼을 훔치기 위한 것이지만) 은요일을 유인해 죽인 사실이 경찰 수사로 지인들에게 알려졌을 경우에 살인자 최순석이 느낄 쪽팔림이기 때문이다. '비웃는 사람들의 비웃음 소리'는 같은 단어의 중복 탓에 매끄러운 표현은 아니다. 그럼에도 황세연이 '사람들의 비웃음 소리'가 아니라 '비웃는 사람들의 비웃음 소리'라고 표현한 것은 독자가 아이러니를 제대로 느끼기를 바랐기 때문일 것이다. 아니, 변증법적 사고 속에서 그는 강박을 느끼듯 그렇게 표현할 수밖에 없었다.

염화나트륨(소금): 앞의 설명 참조.

소설적 진실: '소설에는 〈소설적 진실〉이라는 것이 있다. 현실에서는 날아가던 새들이 공중에서 충돌을 할 수도 있지만, 소설에서는 그런 일이 일어날 수 없다…. 소설은 꾸며낸 얘기라는 선입관이 있어 지극히 가능한 일, 타당한 일 이외의 보편적이지 않은 얘기들은

독자들이 수긍을 하려 들지 않는다. 그렇기에 현실에서는 비상식적인 현상들이 더러 일어나지만 소설의 사건들은 모두 설명이 가능한 상식선에서 일어나야 한다. 진실보다 더 진실 같은 거짓, 그것이 바로 〈소설적 진실〉[11]이다.' 이것이야말로 **과소**와 **과잉**의 변증법이 아닌가?!

돈세탁: 돈의 출처를 감춘다는 돈세탁의 상징적 의미가 지폐에 묻은 피를 씻기 위해 세탁기에 집어넣고 말 그대로 돈세탁을 할 때, 상징적 의미에서 물질적 의미로의 변증법적 변환을 겪는다(《내가 죽인 남자가 돌아왔다》).

만우절: 뒤에 상세한 해설이 있으므로 생략한다.

범죄 없는 마을 현판: 앞의 내용 참조.

황세연: 황세연은 황세환(작가의 본명)이자 황세현(〈황세현 살인사건〉, 2001)이다. 또 휴대전화의 닉네임으로 쓰는 황새이기도 하다. 그래서 황세연 작가는 푸르른 창공을 날아다니는 새가 된다. 신간이 나오면 작가 사인을 할 때 꼭 황새 그림을 그려준다. 이미지로까지 확장된 이 모든 언어유희는 변증법적 관점 이동과 관련이 있다. 남들과 다르게, 황세연 작가에게는 왜 고유명이 제대로 된 고유명 역할을 하지 못하는지에 대해서는 따로 후술할 것이다.

---

11) 황세연, 《디디알(DDR)》, 태동출판사, 2000, 142쪽.

이상 기술했듯이 변증법적 사고를 통과하는, 또는 관점의 이동에 따른 시간이 필수적으로 요청된다면, 우리는 황세연의 변증법적 소설들을 읽고 나서 요구된 시간(이것은 기본적으로 상징적인 의미이지만 소설의 첫 글자부터 끝 글자까지의 물리적 길이라고 이해할 수도 있을 것이다) 내에서 관점 이동에 실패한다면 어떤 현상이 생겨날까, 앞선 관점이 뒤따른 관점에 순순히 자리를 양보하지 않고 스스로 붕괴해가는 모습은 어떨까, 관점과 관점 사이에는 대체 무엇으로 채워질까, 라는 물음을 던져볼 수 있다.

매개항에 대한 궁극적 인식이, 예리한 반복 해석을 통해 '아직 아닌…'을 '이미'로 깨달음으로써 이동을 깔끔하게 성취하는 것은 맞지만, 사후-사고라는 입장에서 볼 때 정리되거나 질서화하지 못한 그 어떤 잔해들, 수렴되지 못한 파편들에 대해서도 생각해보아야 한다.

나는 이것들을 네 가지로 분류하고자 한다. 우연의 문제, 예술과 반사회적 충동, 농담, 이름 짓기(naming).

a. 우연의 문제

우연의 문제는 황세연 작가에게 엄청난 골칫거리로 보인다. 현실에서 그가 겪었을 크고 작은 우연한 사건들에 대한 감각을, 추리소설가로서 소설 속 우연을 다루는 문제와 융합시키는 데 골머리를 앓는 것 같다.

자주 '처음부터 죽이려고 했던 것은 아니었다'라는 범인의 고백을 통해 살인사건에 우발적 요소가 있음을 알려주는데—〈동기〉에서 최순석은 취해 잠든 줄 알았던 은요일이 깨어나는 바람에 그를 살해하며, 〈예전엔 미쳐서 몰랐어요〉에서 정석화는 거짓으로 죽이는 시능을 했던 것이지 진짜 죽이려고 했던 것은 아니었다. 서미애가 정석화가 들이댄 손을 치우려다가 오발로 사달이 난 것이다―추리소설가의 역량이 계획 살인을 얼마나 독자들을 속이는 방식으로 구성할 수 있는가에 따라 결정된다고 할 때 소설 속 범인의 고백은 무언지 모르게 독자의 입장에서 흡족하지 않다.

때로 황세연은 까불지 말고 좀 더 두고 보란 듯이 소설 줄거리에 숱한 우연들을 깔아놓고 그 모든 우연의 상황들을 살인 기획의 필연적 구성 부분들로 되돌리는 솜씨를 보여주며 통상적인 추리소설가로서의 본분을 되찾기도 한다. 〈불완전변태〉에서 제시한 이프(if) 용법들. '내 발밑에 시너 통만 가져다놓지 않았어도…', '공사 현장 앞에 불법주차만 하지 않았어도…'. 그러나 수사관이 명민하게 찾아낸 것은 그 하찮은 우연들이 톱니바퀴처럼 맞물려 있다는 점이다. 결국 피살자는 우연의 연속으로 죽은 것이 아니라 잘 짜인 시나리오에 의해 살인 세트장에서 살해되었음이 밝혀진다. 〈황당특급〉 또한 다르지 않다. '꾀죄죄한 복장의 택시 운전기사가 모는 그 택시에 오르지만 않았어도…', '마을버스가 파업을 하지 않고 그 택시만 집 앞에 없었더라도…', '눈 오는 날 하필 총을 소지한 탈영병이 묻지 마 관광버스에 올라타지만 않았어도…'. 〈불완전변태〉에서와 마찬가지로 이 모든 이프 용법들은 수사관들의 꼼꼼한 한 점 기획 속으로 수렴된다.

황세연의 소설 장면들에서 우연적인 상황은 여기저기 차고 넘친다. 〈비리가 너무 많다〉에서 '들켰다, 튀어라!'라는 협박 편지를 아내가 읽게 된 것은 시장에 갔던 아내가 돌아오는 것을 보고 급히 책상 위에 놓여 있던 책(아내가 회사와 집을 오가며 읽던 소설책) 속에 자신이 만든 협박 편지를 끼워 감춘 우연 때문이었다. 《미녀사냥꾼》에서 죽게 될 위기에 처한 이가은은 세 개의 전선이 같은 극인지 그중 하나라도 다른 극인지에 따라 자신의 운명이 바뀌는 우연에 노출된다. 《내가 죽인 남자가 돌아왔다》는 두말할 것도 없이 소설 전체의 줄거리가 우연으로 시작해서 우연으로 끝난다 싶을 정도로 우연한 해프닝의 연속이다.

이와 달리—이 차이를 알아보는 것은 아주 중요하다—골치 아픈 우연의 문제와 정면승부를 겨룬 작품이 〈스탠리 밀그램[12]의 법칙〉이다. 이때, 우연이라는 상황이 소설 내에서 차지하는 비중은 적당한 타협의 산물, 이를테면 작가가 집필 중인 줄거리의 부분적 요소로서 혹은 소설의 초두에서 말미까지 여기저기 전체를 관통하는 압도적 요소로서 그 힘의 크기를 인정하고 드러내는 것[13]에 그치는 것이 아니라, 우연 자체를 대상화해 소설의 주제로, 작가의식의 주제로, 더불어 전기적(傳記的)으로 거기에 자연스럽게 빙의되었을 삶의 주제로 다뤄보는 것이다.

앞서 나는 변증법적 사고는 개인의 내밀한 사정과 이력에 연민을 가지지 않는다고 썼다. 변증법에 기반을 둔 마르크스의 사상은 지주(地主)의 생활상의 선악에 관계없이 지주라는 이름만으로 그들을 혁명적 처단의 희생물로 삼켜버린 바 있다. 얼핏 보기에 황세연은 이

---

12) 황세연이 말하길, 하버드대학 교수였던 스탠리 밀그램에 따르면 여섯 단계를 거치면 인류 모두가 긴밀히 연결되어 서로 영향을 주고받을 정도로 지구가 좁다는 의미에서, 스탠리 밀그램의 법칙을 '작은 세계 현상'이라고도 불렸다는 것이다.

13) 이 소설에도 어김없이 어지러운 이프(if) 용법은 작동한다. '수많은 상황 중 단 하나만 빗나갔더라도 은비는 죽지 않았을 것이다…. 학원 선생이 수업에 빠지지만 않았더라도…, 학원 앞에서 떡볶이를 사먹지만 않았더라도…, 길을 건널 때 신호등이 조금만 빨리 또는 늦게 들어왔더라도…, 경비실에 들러 택배가 왔는지 확인만 하지 않았더라도…, 친구를 만나 잡담만 하지 않았더라도…, 엘리베이터가 9층을 지나 위로 올라가지만 않았더라도…' 등등.

소설에서 이런 매정한 사고방식을 견디지 못하겠다는 듯이(평소 자신의 작업 방식을 비판하듯) 스스로의 변증법적 사고를 부정하는 태도를 취하고 있다.

1인칭으로 서술된 이 소설에서 주인공 아빠의 늦둥이 외동딸 은비가 잔혹하게 살해된다. 범인은 같은 아파트에 사는 중학교 2학년 어린 남학생(살인자M)이다. 아버지에게 잔소리를 들은 뒤 홧김에 부엌칼을 들고 밖으로 나와 무작정 엘리베이터를 탔다가 은비를 만나 살해했다는 것이다. 세 번의 칼침을 맞은 은비는 그 자리에서 즉사한다. 놈은 어이없게도 경찰관에게 자신은 아버지의 잔소리에 오래도록 시달려 더없이 불행했는데 엘리베이터에서 만난 은비가 너무 행복해 보여 죽였다고 진술한다. 공정의 하늘이 무심하게도 놈은 만 14세 미만이라 형사처벌을 피해갈 수 있게 된다.

사랑하는 딸이 죽은 마당에 뒤늦게 부모의 교육 관리 책임을 물어 민사 소송을 통해 금전적 피해보상을 받는 것은 무의미해 보였다. 아버지의 잔소리가 원인이었다면 자기 아버지나 죽일 일이지 왜 하필 내 딸을….

이런 심리에 사로잡힌 '나'는 결국 놈을 죽이기로 결심할 뿐만 아니라 녀석의 '성격 형성에 가장 큰 영향을 준 사람'을 찾아내 기필코 같이 죽이겠다고 스스로에게 다짐한다. 나이와 신분고하를 막론하고 그게 누구든 예외는 없다고 비장한 복수의 칼날을 벼리면서.

고용원을 통해 뒷조사를 한 결과 살인자M은 홀아버지와 살고 있었는데, 그마저 친아버지가 아니었다. 친엄마가 10년 전 교통사고로 돌아가시는 바람에 의붓아버지 최홍만이 홀로 키워왔다는 것이다. 그런 탓인지 최홍만은 평소 아들에게 무관심한 편이었고 잔소리가 심했으며 가끔 폭력 행사도 마다하지 않았다고 했다.

이 소설이 유독 흥미를 끄는 것은 뒷조사에 그치지 않고 최홍만의 변명을, 아니 해명을 들어본다는 점이다. 최홍만의 얘기는 사뭇 달랐다. 그는 아내가 죽은 후 피붙이가 아니어서 관심이 좀 덜 갔을 뿐 (기회가 있었지만 새장가도 가지 않은 채) 학원도 꼬박꼬박 보내고 용돈도 넉넉히 주면서 뒷바라지에 최선을 다해왔다고 항변했다. 그러면서 넋두리하기를 '제 엄마가 그때 그렇게 무면허 운전사의 뺑소니차에 치여 죽지만 않았더라도 녀석과 내 인생이 이렇게 개판이 되지는 않았을 텐데…'

'나'의 지시를 받은 고용원은 다시 뺑소니 무면허 운전사를 수소문해 찾아가 그가 왜 그런 무모한 사고를 냈는지 진상을 캐낸다. 무면허 뺑소니 운전자 한종팔의 변명은 이러했다.

'김용만이 그놈이 나에게 사기만 치지 않았더라도… 내가 빚더미에 올라앉지도 않았을 테고 운전면허를 정지당하지도 않았을 테고 아내가 가출하지도 않았을 테고 냉동트럭 운전을 할 일도 없었을 테고… 사람을 치었어도 뺑소니를 치는 일은 없었을 텐데…'

고용원은 이번엔 김용만을 찾아가 그의 얘기를 듣는다. 김용만 또한 주식 사기꾼 최순석에게 당해서 한종팔을 부득이하게 끌어들일 수밖에 없었던 곤란한 사정이 있었다는 것이다. 그리고 이어지는 최순석의 변명… 어린 시절 그는 학자금이(짐자전거를 도둑맞는 바람에) 아버지의 새 자전거를 사는 데 쓰이게 되어 자신의 인생이 형편없이 꼬이게 된 불운한 사정을 들려준다. 한데… 주인공의 기억 속에서 그 짐자전거를 훔친 범인은 바로 '나'다. '나'는 대학교 2학년 때 주머니를 털어 술을 마신 후 차비가 없어 걸어서 기숙사로 귀가하던 중 골목 담벼락에 오줌을 누다가 보게 된 어느 술집 앞 고물 짐자전거를 훔쳤었다. 소설은 M의 살인에 나쁜 영향력을 행사한 원인의 최종 귀착지가 다름 아닌 바로 자신이었다는 충격적인 기억의 보고서를 듣고 끝나는데, 원리상 영향력의 선후관계가 그리는 궤적은 우연의 무한한 연쇄의 궤적이다. 고인이 된 터라 최순석 아버지의 아들에 대한 영향력을 알 수 없게 되었다는 문제는 차치하고서라도, 이제 소설의 열린 결말은 '나'가 빠져들게 될 이프 용법을 독자들에게 상상해보라고 권하는 것만 같다.

'나'는 왜 하필 그날 술을 마셨을까? 차비까지 탈탈 털어 술을 마시지만 않았더라도 짐자전거를 훔치는 일은 없지 않았을까? 그 골목 담벼락에 오줌을 누지만 않았어도 짐자전거를 훔칠 생각을 아예 못했을 텐데… 술집을 나오기 전 화장실에 들르기만 했더라도….

'나' 또한 숱한 영향력들이 수렴하는 중간 기착지로서의 역할을 할 뿐이다. 그나마 그 힘들이 하나의 관점으로 수렴되는 이유는 소설이라는 허구 공간에서 발생하는 수사적(修辭的)인 이유 때문이지 존재론적 토대 원리에 의한 것은 아니다. '나'는 실체화될 수 없다. '나'는 기껏해야 실타래의 재질과 다르지 않은 매듭의 지위를 가질 뿐이다. 그것은 그저 명목적 지위에 불과하다.

중간 기착지의 성격을 띤, 명목적 지위를 가진 '나'를 실체화시키는 유일한 방법은 '나'가 살인자M을 죽이고 나서 더불어 그 아이에게 악영향을 준 사람들—당연히 최종적으로 '나'의 자살을 포함한—을 죽이는 행위를 통해서만 달성될 수 있다. 열린 결말 속에서 결국 '나'의 지위는 독자의 상상 속 해석으로 남게 된다.

황세연은 왜 '나'의 자살이라는 닫힌 결말로 이 소설을 끝내지 않았을까? 그런 의미에서 〈스탠리 밀그램의 법칙〉은 〈황당특급〉이나 〈불완전변태〉와는 사뭇 다른 이해를 요구한다.

후자의 두 소설에는 우연들이 수렴하는(우연들을 필연으로 만드는)

최종 기획이 있다. 실체로서의 고정점이라 불러도 손색이 없을 귀착지가 존재한다. 반면 '생판 모르는 중학교 2학년 남학생이 내 사랑하는 딸을 죽였는데, 그 무한 영향력의 연쇄 고리 사이에 연결점으로서의 내가 존재하므로 나는 자살해야 마땅하다'라는 결론은 상상은 가능하지만 너무 극단적인 생각이라는 점을 쉬 떨칠 수는 없다.

《내가 죽인 남자가 돌아왔다》에서 돈세탁의 상징적 의미가 물질적 의미로 변증법적 변화를 겪을 때, 소팔희의 입장에서는 엉겁결에 내뱉은 변명에 불과했지만, 어린 황은조의 이해 수준에서는 돈세탁의 물질적 의미가 확고함을 믿어 의심치 않는다. 황은조의 순진한 파악은 실체로서의 고정점이자 귀착지 역할을 한다. 같은 소설에서 복날, 개가 며느리를 잡아먹는 이야기에서도 관점의 이동은 명확하다. 시어머니가 밥을 주지 않자 며느리는 줄곧 개밥을 훔쳐 먹으며 생활하는데, 복날이 되자 개는 '내가 그동안 내 밥을 너에게 먹여 키웠으니 오늘 널 잡아먹겠다'라고 선언한 뒤 실행에 옮긴다. 여기서도 복날 '개를 잡아먹는 사람'으로부터 '사람을 잡아먹는 개'로의 관점 이동이 있을지언정 '키워 잡아먹는다'라는 확고한 생각의 고정점이 있다. 갓 시집온 며느리가 줄곧 학대를 받고 있었다는 개인적 사정은 변명거리로 허락되지 않는다. '만일 시어머니가 밥만 먹여주었더라도 개밥을 훔쳐 먹는 짓을 하지는 않았을 거라는…' 이프 용법은 들어설 자리가 없다.

내게는, 〈스탠리 밀그램의 법칙〉이 황세연 스스로가 수없이 생성시켜 변증법적 정신의 화물 목록에 올렸던 어휘들의 궁극적 지위에 대해 의심하는 소설처럼 읽힌다.

b. 농담

황세연은 사석에서도 자주 농담을 즐긴다. 대표적인 변증법적 농담은 술좌석에서 심각한 얼굴로 자리를 박차고 일어난 그가 좌중의 주목을 요구하며 '급한 용무 때문에 가봐야겠다!'고 선언할 때 생겨난다. '갑자기? 왜? 무슨 일 있어?'라는 동석자의 물음에 '미안, 오줌 쌀 일이 급해서'라고 능청스럽게 대답한다. 오줌이 심히 마려운 사람에게 배뇨보다 더 급한 용무가 어디 있겠는가? '급한 용무' 또한 그의 변증법적 사고를 거친 단어인 셈이다. 그는 또 '다음 주 수요일쯤 만나는 게 어떨까?'라는 물음에는 '너무 먼 미래의 일이어서 일단 약속은 잡아두지만 확답은 내리지 못하겠다'는 엉뚱한 대답을 내놓는다. 그는 대략 일주일 사이에 생겨날지도 모를, 약속을 방해하는 요소로서 '우연한 사건의 소용돌이'를 늘 염두에 두고 있는 듯하다.

소설에서도 크게 다르지 않다. 늘씬한 미녀의 다리를 훔쳐보며 '배가 고파지는 이유가 성욕과 식욕이 비례하기 때문'이라는 헛소리를 하는 부하 형사에게 상관이 나무라며 제발 좀 수사에 건설적인 얘기를 하라고 하자 '여자 얘기야말로 남자 입장에서는 만리장성을 쌓는 건설적인 얘기가 아니냐?'라는 변증법적 우스갯소리[14]를 하는 것에서부터 소탐대실(小貪大失)을 소탐돼실(소 한 마리 지키려다 돼지까지 다 잃는다는 농담)로 해석하는 언어유희,[15] 천국에 가기 어렵겠다는 말에 뒷문으로 슬쩍 들어가면 된다―사회에 이토록 비리가 넘쳐나는데 신이 만든 천국이라고 해서 비리가 없을쏘냐!―는 블랙유머[16]

---

14) '돈이 없어 죽고 싶은데 (농약 살) 돈이 없어 죽을 수가 없다'(《동기》)라는 농담도 변증법적이다.

15) '저승길도 식후경'(《예전엔 미처서 몰랐어요》)이란 농담도 이에 해당할 것이다.

등 갖가지 농담들이 즐비하다.

프로이트에 따르면 농담은 진지함을 유지하기 위해 억압으로 기능하는 초자아에 대한 대담한 일격[17]이다. 수장당한 어처구니없는 아내의 죽음이 야기한 고통을, 죽어서 천국에 가야 한다는 종교적 부담감을, 소탐대실이라는 도덕적 교훈과 처세술을 황세연은 농담 한 방으로 날려버린다. 즉 억압된 충동을 방출한다.

의미의 생산이나 형성은 일정 부분 정신적 압박을 불러일으키기 마련인데, 농담은 그 의미 형성의 본질이 불확실한 데다 근거가 없으며 의미 형성에 의해 구축된 질서의 기표가 실상 임의적인 표식과 소리에 불과함을 보여준다. 프로이트 식으로 말하면 '의미'의 기저에는 '의미 없음'이 자리하고 있다[18]는 것이다.《내가 죽인 남자가 돌아왔다》가 소설화된 소극(笑劇)처럼 느껴지는 까닭도 소설 전체가 '범죄 없는 마을'이라는 현판의 무의미함(범죄 없는 마을이라는 타이틀을 얻기 위해 범죄를 은폐한다는)에 노출되기 때문일 것이다.

농담을, 의미의 사용 속에 숨겨진 무의미를 환기시켜 억압된 심리의 방출을 유도하는 것이라 이해할 때, 황세연은 놀랍게도 농담을 즐기는 것에 그치지 않고 한 걸음 더 나아가 농담의 역할을 전도시켜 그것을 정신의 억압 기제로 재활용하는 실험(?)을 한다.《미녀사냥꾼》에서 최순석이 옛 애인 진영에게 사랑 고백을 하는 장면이 바

---

16)   수몰되어 수장당한 아내를 두고 아직도 물 밖으로 안 나오는 잠수 신기록을 세우고 있다는, 중천리 이장 왕주영의 농담은 변증법적이면서―수동형인 수장을 능동형인 잠수로 치환한다―동시에 삶의 무거운 이야기를 가벼운 이야기로 처리함으로써 삶 자체를 풍자하는(삶을 진지하게 대하는 모든 사람의 태도를 풍자하는) 블랙유머의 성격도 갖는다.

17)   테리 이글턴 지음, 손성화 옮김,《유머란 무엇인가?》, 문학사상, 2019, 30쪽.

18)   위의 책, 55쪽.

로 그것이다. 장미 한 송이를 준비한 최순석은 고백을 목전에 앞둔 찰나 하필 그날이 만우절이라는 생각에 치를 떤다.

— 순석은 이 만우절이라는 낱말이 순간적으로 마음에 걸렸다. 내 고백이 농담이나 거짓말로 들리면 어쩌지? (…) 이런 성스러운 고백을 만우절에 하면 성스러움이 치명적인 손상을 입을 것 같았다.[19]

농담이나 가벼운 거짓말이 평소와 다르게 공식적으로 허용된 날. 역설적으로 만우절이라는 낱말이 주는 강박관념에 사로잡힌 최순석은 끝내 고백의 기회를 놓치고 마는데, 공교롭게도 진영은 이날 자살한다.

최순석은 이프 용법—그날 사랑 고백만 했더라도…—에 사로잡히면서 만우절이 자신의 현실 인식을 비웃는 되먹임의 일격을 당한다.

— 다만 확실한 것은, 그녀는 만우절 밤에 거짓말처럼 순석의 곁을 영원히 떠났다는 것뿐이었다.[20]

이 알레고리 같은 이야기가 전달하려는 내용은 최순석의 사랑 고백 기회를 좌절시켰던 만우절(초자아로 전도된 강박관념)이 애인 진영이 자살한 현실을 조롱하는 듯한 농담(거짓말)의 기능을 동시에 수행한다는 점이다. 만우절이란 황세연 식 변증법적 단어는, 뒤집어진

19)   《미녀사냥꾼》, 해난터, 1997, 232쪽.
20)   위의 책, 238쪽.

의미로, 의미의 과잉(강박관념)이자 의미의 과소(농담, 거짓말)이다.

c. 예술과 반사회적 충동

우리는 황세연의 소설에서 예술이나 미적 감각이란 표현이 변태적 욕망이나 반사회적 충동과 병렬되어 나타나는 현상을 보게 된다. 더불어 유독 잔혹한 장면과 묘사가 이어지는데, 목이 잘려나간 시체의 이미지는 그 어떤 미달 상태의 상징처럼 보인다는 것이다.

— 머리와 다리가 잘려나가 발견되지 않았고… (김미정, 고3)
— 머리가 잘려나가고 없었으며… (최명순, 고3)
— 내장과 머리, 다리가 사라졌으며… (김지혜, 30세, 회사원)
— 머리와 내장, 팔이 없었다(이화숙, 대학교 3학년)[21]

《미녀사냥꾼》의 경우 그나마 잔혹한 변태 심리를 가진 개인 범죄자에게 머리통을 자르는 끔찍한 취미를 귀속시킬 수 있지만, 국가 간의 전쟁을 앞둔 스파이물로 분류될 수 있는 《조미전쟁》에조차 이런 과한 이미지가 나온다는 것은 주목을 끌 수밖에 없다.

— 여자의 시체는 몸과 머리가 완전히 분리되어 침대 위에 뒹굴고 있었다. 머리가 없는 몸은 알몸이었고, 피로 물든 침대에 반듯하게 뉘어져 있었다. 그리고 머리는 얼굴이 천장을 향한 채 사타구니 사이에 놓여 있었다.

21) 위의 책, 30쪽.

유기체가 절단되어 파편화된 숱한 이미지들. 물론 다른 작가의 수많은 추리소설의 경우에도 악몽, 신경증, 정신적 외상, 검붉은 피로 얼룩진 범죄의 흔적들, 파괴 욕구, 시선을 돌려 외면하고 싶은 사체의 상태 등등이 존재한다.

그러나 황세연의 소설에서 머리가 잘려나간 이미지는 그저 공포를 불러일으키는 잔혹한 장면 묘사라는 언어 층위에 국한되지 않는다. 우린 이 이미지가 황세연의 변증법적 의식구조 속에서 갖는 역할에 대해 물어야 한다.

이에 대해 우리의 이목을 끄는 점은, 독자가 참혹한 이미지를 만날 때, 황세연 특유의 변증법적 농담조차 실패하고 만다는 데 있다. 정복 경찰과 형사의 대화를 이가은이 듣는 장면이다.

— 꼭, 잘 손질되어 놓여 있는 푸주간의 돼지를 보는 것 같군.
— 머리는 어디로 간 걸까요?
— 그걸 내가 어떻게 알아. 어떤 놈이 고사라도 지내려고 가져갔나 보지 뭐.

《내가 죽인 남자가 돌아왔다》에서 박달수 노인과 아내를 잃은 왕주영 사이의 농담(수장되어 실종된 상태를 잠수 신기록이라 자랑삼아 말하는)이 독자에게 먹히는 이유는 황세연 작가가 세심하게 깔아놓은(눈에 보이지 않는) 보조 장치가 은밀히 작동하기 때문이다. 첫째, '그해 가을'의 과거 사건이라고 표현하듯이 몇 년이 지난 시점이라 당사자인 왕주영이 애도 기간을 거친 후 어느 정도 마음의 안정을 되찾은 상태에서 아내의 죽음을 객관적으로 바라볼 수 있게 되었다는 점이다. 둘째, 박달수 노인과는 시골 동네 공동체의 주민으로 오랜 기간

동안 서로를 봐왔기에 박달수 노인이 왕주영의 그 농담 속에서 도리어 왕주영의 슬픔을 읽어낼 수도 있다는 점이다. 셋째, 무엇보다 중요한 핵심 포인트인데, 농담을 던지는 주체가 왕주영 자신이었다는 것이다. 박달수 노인이 그 농담을 할 수는 없는 일이다.

위에서 사람의 잘린 머리를 두고 돼지머리 고사 운운하는 농담 장면에서는 이 모든 디테일이 결여돼 있다. 내 생각에, 소설《미녀사냥꾼》에서의 농담의 실패는 소설 전체의 변증법적 관점 이동의 실패를 반영하고 있다는 점이다. 뒤집어 얘기하면 변증법적 사고를 통과하지 못하는 잔인한 충동 등에 대해 얘기할 때 황세연이 예술, 미의식 운운하게 된다는 것이다.

이때 충족되지 못한 느낌, 미달되거나 미완성의 느낌이 소설 속 등장인물들의 의식을 지배하게 된다.《나는 사랑을 믿지 않는다》에서 강진숙이 '볼 수는 있으나 소유할 수 없다'는 강렬한 불만족에 사로잡힐 때가 그러했고, 〈인생의 무게〉에서 지영이란 인물이 '고슴도치'란 별명이 붙은(창같이 뾰족하고 커다란 침들이 수십 개나 달린) 쇠 조각상의 꼬치가 되어 죽어갈 때 그녀 스스로가 자신을 예술작품으로 인식하는 순간이 그러하다.

— 지영은 조각상에 온몸을 찔린 채 죽어가며, '고슴도치'와 어우러져 고통스럽게 누워 있는 자신이 새로운 하나의 훌륭한 예술작품이 되었다는 것을 깨달았다.

지영의 인식에는 확실히 맹점이 존재한다. 원론적인 입장에서 보면, 이 '고슴도치'와 한 몸이 된 자신의 모습을 예술작품으로 인정할 수 있는 사람은 죽어가는 자신이 아니라 바로 그 시점에 거리를 두

체적 보편성)이다. 황세연이라면 우연한 사건들로 우글거릴 그 공간을, 지젝은 '사라지는 매개자(vanishing mediator)'라는 개념을 통해 소급적으로 정리한다.

가령, 그가 추리문학사를 이해하는 방식을 생각해보자. 관점 1: 애거사 크리스티. 관점 2: 레이먼드 챈들러.

관점 2에서 보면 크리스티는 구질서(클래식)의 대표자이고, 챈들러는 신질서(하드보일드)의 대표자다. 신질서를 예고했던 천재가 바로 '사라지는 매개자'로서의 더실 해밋이다. 팬들에겐 죄송하지만, 신질서의 도래를 알지 못하고 미국에서 친영적인(pro-British) 글을 썼던 엘러리 퀸은 패스(pass). 이때 관점 2인 챈들러는 마지막 어휘인 셈이다.

소급적 정리, 사후-사고를 가능케 하는 마지막 어휘에 대한 믿음이 황세연에게는 없다. 〈황당특급〉 같은 작품을 예외로 친다면, 그는 세상이 부여한 추리작가라는 직함이 무색하게도 반푸아로주의자(anti-Poirotist)[36]임에 틀림없다. 모르긴 몰라도, 지젝이 추리소설을 좋아했던 이유 중 하나가 푸아로(Poirot)가 피의자들을 서재에 불러 모아놓고 개중에서 진짜 범인을 가려내는 장면이 자신의 사유로 받아들인 소급적 정리를 닮았기 때문일 것이다.

이 지점에서 황세연은, 같은 변증법적 사고의 소유자이지만, 지젝과 결별하는 리처드 로티의 생각을 닮아 있다. 그에 따르면 언어의 본질, 자아의 본질, 공동체의 본질 따위란 없다. 언어와 자아와 공동체는 넘쳐나는 우연의 질서화된 산물일 뿐이다.

36)   내가 만들어본 조어다.

황세연의 자아가 우연의 산물이기에 상황에 맞추어진 유동성을 갖고 있을 뿐─황세환, 황세연, 황세현, 황새─만 아니라 그 유동성을 가장 적절히 드러낼 수 있는 방법이 변증법적 사고라면, 앞서 내가 농담으로 말한 '글쓰기 문제가 있는 막걸리 술꾼'이란 별명보다는 로티가 니체의 생각을 끌어와 유동적인 자아에 대한 위안거리로 삼은 자기-창조자에 대한 통칭(通稱)이 더 어울려 보인다.

─ 자신의 용어로 스스로를 서술함으로써 자기 자신을 창안해내는 독특한 유형의 죽어가는 동물.[37]

그렇다. 변증법적 사고의 여과지를 통과한 정신의 화물 목록에 등재된 단어들은 황세연이 서술한 자기 자신의 다양한 모습이기도 했던 것이다. 그랬기에, 황세연은 자기의 이름마저 그 화물 목록에 올릴 수밖에 없었던 것이다.

이제 행복한 복수의 시간이 왔다. 그가 죽었다는 소식을 전해 들은 나는 허둥대면서 여기저기 전화를 돌렸었다. 후일 많은 사람들이 '황세연스러운 장난기'를 알고 헛웃음을 짓고 말았지만─당시 누구든 그 이상의 생각을 하는 것은 불가능했다─지금 나는 그 장난이 황세연 작가를 이해하기 위한 필수 관문임을 안다. 그는 자신과 친분이 있는 모든 사람들에게 '자신이 죽었다고 믿는 순간에서야 자신이 멀쩡히 살아 있음'을 보여주었다. 그는, 추정컨대 무의식의 힘을 빌려, 자기 작품의 수준을 만만하게 보는 오독의 순간을 거치고 나

---

37) 　　리처드 로티 지음, 김동식·이유선 옮김, 《우연성, 아이러니, 연대》, 사월의책, 2020, 79쪽.

서야 자기 작품의 진가를 알아볼 수 있게 하는 덫을 설치해놓았다.

  나는 세상 전부를 겨냥했던 배포 넘치는 그의 농담에 소심한 되치기를 하려 한다. 사실 이 글의 진짜 제목은 로티가 말한 의미로서의 '아이러니스트(Ironist), 황세연'이다. 황세연이 당혹감 속에 이 글을 읽기를 기대하면서, 나는 에세이로서는 적지 않은 분량을 꼼꼼히 읽어내는 지루함과 고통을 감내하지 않고서는 이 마지막 제목과 그 진의에 도달하지 못하도록 나만의 나뭇결을 만들어놓았다. **지독한 아·이·러·니·스·트, 황세연.**

특집 단편

스포츠서울 신춘문예에 당선되며 소설을 쓰기 시작했다. 소설 몇 권을 출간한 뒤 출판사에 취직해 편집자로 일하다가 회사 합병으로 그만둔 뒤 다시 열심히 소설을 쓰고 있다. '교보문고 스토리 공모전' 대상, '한국추리문학상' 신예상과 대상, 황금펜상을 수상했다. 최근 《여름의 시간》에 〈환상의 목소리〉를, 《괴이한 미스터리: 범죄 편》에 〈흉가〉를 수록했으며 《2035 SF 미스터리》에 수록된 〈고난도 살인〉은 드라마로 제작 중이다. 이밖에도 장편 추리소설 《내가 죽인 남자가 돌아왔다》, 《삼각파도 속으로》 등을 출간했다.

내가 죽인 남자

황세연

"무슨 일 났나 봐?"

귓가에 대고 속삭이는 듯한 여자의 목소리에 악몽에서 깼지만 여전히 비몽사
몽이었다. 부드러운 손길이 내 가슴을 쓰다듬어댔다.

"설마, 불 난 건 아니겠지?"

가슴을 애무하던 손길이 사라지며 침대가 출렁거렸다. 곧이어 커튼을 젖히는
소리가 들렸다.

"무슨 일이지? 구급차와 경찰차가 왔어!"

그제야 익숙한 경찰차 사이렌 소리가 낯설게 여겨졌다.

나는 더 자고 싶었지만 경찰차 사이렌 소리를 들은 범죄자처럼 정신을 차리려고 노력했다. 손등으로 눈을 비비고 나서 눈을 떴다. 상체를 일으키니 시력이 완전히 돌아오지 않은 눈에 낯설면서도 익숙한 풍경이 들어왔다. 화려한 벽지의 천장과 은은한 조명, 화장대와 컴퓨터, 조그마한 냉장고, 작은 테이블과 주변에 아무렇게나 늘어선 술병들. 커튼 사이로 날이 밝아오는 성에 낀 창문과 창문 앞에 팬티만 입은 채 서서 창밖을 살피고 있는 단발머리 여자의 뒷모습이 보였다. 여자는 아내가 아닌 하민아였다. 그렇다면…, 외박을 한 것이다. 순간 아내의 짜증 가득한 얼굴이 뇌리를 스쳐갔다. 이번에는 또 뭐라고 변명하지…?

"저 경찰 아저씨, 아는 사람 아냐?"

하민아의 말에 알몸으로 침대에서 내려섰다. 어지럼증이 일며 몸이 휘청했다. 뇌가 녹아버린 것처럼 머리가 지끈거렸다. 술 탓이었다. 비틀거리며 창가로 가서 창문을 열고 밖을 내다봤다. 찬 공기가 온몸을 감쌌다. 역시 이곳은 하민아와 내가 한 달에 한 번쯤 들르는 아모르 모텔 3층이었다. 상체를 옆으로 돌려 출입구 쪽을 살펴보니 구급차 한 대와 인근 지구대 경찰차 한 대가 불빛을 번쩍이며 서 있었다. 하지만 경찰은 보이지 않았다. 어디선가 시끄러운 말소리가 들려왔다. 소란의 위치를 파악하기 위해 상체를 조금 더 창문 밖으로 내밀어 아래를 살폈다. 우리 방 바로 아래쪽 1층의 방범창 창살 한쪽이 뜯겨 밖으로 젖혀져 있는 것이 보였다. 소란은 그 방에서 일고 있는 것 같았다. 무슨 큰일이 난 것 같았다.

휴대전화를 찾았다. 내 휴대전화는 컴퓨터 책상 위에 꺼진 채 놓여 있었다. 전화기를 켜자 밤사이 문자 세 개와 카톡 세 개가 들어와 있었다. 카톡을 확인하려는데 전화벨이 울렸다.

"여보세요?"

내 입에서 쉰 목소리가 흘러나왔다.

"팀장님, 살인사건입니다."

여형사인 송초아가 통보하듯 말했다.

"뭐?"

"조금 전에 지구대에서 연락이 왔는데, 양송리에 있는 아모르 모텔 1층에서 투숙객이 살해당했답니다. 강력계는 모두 현장으로 출근하랍니다."

그 말을 듣는 순간 나는 어떤 위기감에, 위기감의 실체인 옆에 서 있는 하민아를 돌아봤다. 하민아는 꺼놓았던 휴대전화를 켜서 들여다보고 있었다.

"엄마가 왜 밤에 세 통씩이나 전화했지?"

불안한 기색으로 중얼거리는 하민아는 팬티만 입고 있었지만 이미 세면을 마치고 립스틱을 칠하고 눈썹을 그린 말끔한 얼굴이었다. 마흔두 살인 하민아는 늘 내게 맨얼굴을 보이지 않으려고 노력하고 있었다.

"계장님은 이미 출발했을 겁니다."

"아, 알았어! 곧장 아모르 모텔로 갈게. 거기서 보자고."

전화를 끊었다.

"큰일 났네."

"무슨 일인데?"

하민아가 휴대전화에서 고개를 들어 동그란 눈으로 나를 쳐다봤다.

"이 모텔서 살인사건이 났대."

"살인사건? 정말? 자기, 또 한참 정신없겠네."

하민아가 창가로 가서 다시 아래를 내려다봤다.

"아, 차라리 잘됐다! 범인 잡으면 진급할 수 있잖아?"

"뭐어? 그게 무슨 뜬금없는 소리야?"

"자기, 어젯밤에 이번에도 진급에서 탈락했다며, 후배가 먼저 진급했다며 내게 밤새도록 술주정한 거 기억 안 나?"

"지금 잡담하고 있을 시간 없어. 빨리 옷 입어!"

나는 속옷을 찾으려고 두리번거리며 옷장 문을 열었다. 나와 하민아의 속옷과 양말, 겉옷이 옷장 안 옷걸이에 가지런히 걸려 있었다. 내 습관이 아니었다. 하민아의 솜씨였다.

"옷 입으라니까!"

"잠깐만! 엄마한테 전화 한 통만 하고."

하민아는 밤에 어머니가 전화를 세 통이나 했다는 것이 꽤 신경 쓰이는 모양이었다.

"전화는 밖에 나가서 해. 이 모텔에서 살인사건 일어났다는 게 무슨 의미인지 몰라? 형사들이 이 모텔에 묵은 사람들을 죄다 조사하고 모텔 CCTV까지 꼼꼼히 돌려볼 거라고."

"사람이 죽었든 살았든 우리와 상관없는 일인데 그게 뭐 큰일이라고…?"

"왜 큰일이 아니야. 경찰의 불륜은 징계감이란 말이야. 일단 여기서 빨리 빠져나가야 해."

나는 KF94 마스크를 눈 밑까지 올려 썼고, 하민아는 한술 더 떠서 마스크는 물론 단발머리 위에 점퍼에 달린 후드 모자까지 푹 눌러썼다. 우리는 엘리베이터를 타지 않고 들어올 때 코로나 감염을 의식해 사용한 비상계단을 도둑고양이처럼 내려갔다. 1층 비상계단 입구 앞에 엘리베이터가 있었고 그 바로 옆이 창문이 열려 있는 카운터 방이었지만 방 안에 사람은 없었다. 1층 복도를 조심스럽게 살피니 복도 끝의 방문이 열린 객실 앞에 마스크를 쓴 여주인과 남자 한 명이 서서 방 안을 들여다보고 있었다. 경찰관과 구급대원들은 방 안에 있는 것 같았다. 다행히 계단 바로 옆이 출입구였다. 나는 하민아에게 빨리 밖으로 나가라는 손짓을 했다. 후드 모자를 눌러쓴 하민아가 고개를 푹 숙인 채 CCTV 밑을 재빨리 통과해 건물 밖으로 나갔다. 나도 고개를 숙인 채 뒤따라 모텔을 빠져나왔다.

우리는 거리를 두고 걷다가 멈춰 서서 서로에게 손을 흔든 뒤 그대로 헤어졌다. 하민아는 택시를 잡아타고 집으로 갈 테고, 나는 다시 모텔로 돌아가야 했다.

경찰 승합차 한 대와 승용차 두 대가 연이어 모텔 주차장 안으로 들어갔다. 마을버스 정거장 의자에 앉아 모텔을 지켜보고 있던 나는 빠른 걸음으로 다시 모텔을 향해 걸었다.

모텔 마당으로 들어서자 차에서 내려 모텔 입구로 들어가는 홍성준 경감의 뒷모습이 보였다. 나는 급히 뒤쫓아가며 큰 소리로 인사를 건넸다.

"안녕하세요! 무슨 사건입니까?"

오랜만의 살인사건이었다.

어젯밤 양송리 월출산 밑에 있는 3층짜리 아모르 모텔 1층 108호에서 40대 중반쯤의 남자가 칼에 목과 가슴을 찔려 사망했다.

인구가 2만 명 정도인 가청읍 외곽에 있는 아모르 모텔은 자동차가 많이 다니는 왕복 2차선 도로 가에 있었지만, 외지인들이 여행하다가 들러 숙박하는 경우는 드물고 대부분 인근에 거주하는 남녀가 와서 하룻밤을 보내는 일종의 러브호텔이었다. 코로나 사태가 터지고 술집 영업시간에 제한이 생긴 뒤로는 술꾼들이 2차를 하는 장소로 사용되고 있기도 했다. 술집이 많은 은평리 번화가에서 도보로 15분 정도 걸렸다.

어젯밤 나와 하민아도 번화가에서 술을 마시다가 코로나 방역 수칙에 따라 술집 영업이 9시에 종료되자 편의점에서 술을 사 들고 이 모텔까지 걸어왔다.

직사각형 모양의 3층짜리 건물인 아모르 모텔은 1층에서 3층까지 각 층마다 여덟 개의 객실이 있었다. 객실의 총수는 스물네 개지만 1층 출입구 옆의 객실은 구조를 변경해서 여주인과 종업원이 교대로 머물며 손님을 상대하는 카운터 방이었다.

주차장 출입구가 있는 북쪽과 월출산과 이어져 있는 동쪽에 총 스무 대쯤의 소형차를 주차할 수 있는 주차장이 있었다. 친구나 가족끼리 온 사람들은 모텔 출입구와 가까운 북쪽 주차장을 선호했고, 불륜관계의 남녀 등 모텔에 온 사실을 숨기고 싶어 하는 사람들은 동쪽 주차장을 선호했다.

사건이 일어난 108호는 하루 숙박비가 4만 원인 실버룸인데 지난밤 내가 묵었던 6만 원짜리 VIP룸인 308호와 구조는 똑같았다. 출입문을 열면 현관, 현관에서 신발을 벗고 들어서면 왼쪽이 화장실, 오른쪽이 옷장이었다. 방 오른쪽 벽에 긴 붙박이 테이블이 있어 아래와 위에 의자, 냉장고, 컴퓨터, 텔레비전, 거울, 드라이기 등이 비치되어 있었다. 방 가운데에 2인용 침대, 침대와 창문 사이에 작은 테이블 하나와 의자 두 개가 놓여 있었다.

3층의 VIP룸과 1층의 실버룸이 다른 점은 침대와 가전제품들이었다. 3층은 호텔 같은 분위기였지만 1층은 20년 전의 가구와 가전제품들이 여전히 그대로 자리를 차지하고 있었고 창문 밖에 방범용 쇠창살까지 붙어 있었다.

죽은 40대 중반의 남자는 삼각팬티에 모텔 목욕가운을 걸친 채 화장실과 침대 사이에 옆으로 쓰러져 있었다. 목에서 피가 흘러나와 있었고 왼쪽 가슴 부위 맨살에 과도가 꽂혀 있었다. 칼에 찔린 심장이 바로 멈췄기 때문인지 몸 밖으로 흘러나온 혈액의 양은 많지 않았다.

우리 형사들이 갔을 때는 피 묻은 모텔 수건이 옆으로 치워져 있었지만, 현장에 제일 먼저 도착해 사망을 확인한 지구대 경찰관들과 구급대원들이 방 안에 들어갔을 때는 피가 흥건한 모텔 수건이 과도 손잡이를 느슨하게 감싼 채 죽은 사람의 가슴 부위를 덮고 있었다.

오전 10시. 과학수사팀원들이 사진을 찍어가며 변사자의 지문을 뜨고 있을 때 국과수 부검의 출신의 검안의가 도착했다.

검안 소견에 따르면, 피해자는 서 있는 상태에서 과도에 목을 두 번 찔렸고 가운을 입은 상태에서 가슴을 한 번 찔렸다. 마지막 칼날은 가운의 옷섶 사이 맨살을 파고들었다. 칼날이 왼쪽 갈비뼈 사이로 지나가 심장을 찔렀다. 목의 자창은 두 번 다 칼날이 왼쪽 경동맥을 비켜 가 치명적이지는 않았다. 하지만 살인자가 칼로 피해자의 목을 찔렀다는 것은 처음부터 죽일 의도가 분명했다는 의미다. 가슴의 자창은 첫 번째는 두꺼운 가운이 방패 역할을 해서 상처가 그리 깊지 않았고 심장을 찌른 두 번째 공격이 목숨을 빼앗은 사망 원인이었다.

시체의 체온과 경직 상태, 시반으로 추정한 남자의 사망 시각은 어젯밤 11시에서 오늘 새벽 1시 사이였다.

피해자는 칼로 네 번 찔렸지만 방심하고 있다가 방어할 틈도 없이 당한 것 같았다. 방 안 어디에도 싸운 흔적이 없었고 시체의 손과 팔에도 칼을 막으려다 생긴 방어흔이 없었다. 싸우는 소리를 들은 사람도 없었다.

어젯밤 3층과 2층의 객실에는 손님들이 많았지만 1층은 사건이 일어난 108호, 108호와 복도를 사이에 두고 대각선 방향으로 있는 105호, 그리고 여주인이 있던 카운터 방에만 사람이 있었다. 105호는 어젯밤 11시쯤 술집 여종업원으로 보이는 여자와 비슷한 또래의 남자가 투숙했는데 새벽 1시쯤 카운터 앞의 바구니에 열쇠를 반납하고 퇴실했다.

검안이 끝난 시신은 냉장 보관하기 위해 인근 양청병원 장례식장 시체 안치실로 옮겨졌다. 부검 영장이 발부되는 대로 국립과학수사연구원으로 옮겨 부검할 예정이었다.

사건이 일어난 108호의 테이블 위에는 마른오징어와 맥주 캔이 두 개 놓여 있었는데, 맥주 캔 하나는 비어 있었고 하나는 따지도 않은 새것이었다.

108호 화장실의 문손잡이, 수도꼭지, 세면기, 샤워 부스, 그리고 모텔 방의 열려 있던 창문과 뜯어낸 쇠창살에서는 루미놀 반응이 전혀 없었다. 손을 씻은 흔적이 없는데도 창문과 쇠창살에 혈흔이 묻지 않은 걸 보면 두꺼운 수건으로 칼손잡이를 감싼 상태에서 살인을 저질렀기에 범인의 손에 피가 묻지 않은 것 같았다. 범인이 수건으로 칼 손잡이를 감싼 의도는 칼을 들고 피해자에게 접근할 때 칼을 감추기 위한 것이었을 수도 있고, 칼로 피해자를 찌를 때 튄 피가 몸에 묻는 것을 방지하거나 칼을 쥔 손에 상처가 나는 것을 막기 위한 것이었을 수도 있고, 칼에 지문이 남는 것을 피하기 위해 그랬을 수도 있었다.

아모르 모텔 살인사건은 하나하나의 단서들이 우발적 살인이 아닌 계획 살인임을 말해주고 있었다. 범인은 피해자를 살해할 흉기를 미리 준비해왔고 처음부터 목을 노렸고 방범창 창살을 뜯어낼 도구도 미리 준비해왔다. 이런 것으로 봐서, 과학수사팀원들이 방 안 곳곳에서 다양한 지문을 채취했지만 그중에 범인의 지문이 포함되어 있을 확률은 매우 낮았다. 범인은 도주로와 도주 방법도 미리 생각해두었다가 계획대로 행동했을 것이다.

범인은 도망갈 때 피해자의 가방과 휴대전화, 지갑 등을 가져갔다.

방범창 창살은 밖이 아닌 안에서 뜯어냈다.

창문 밑은 화단이었고 그 앞이 건물 뒤쪽 주차장이었다. 성인 허리 높이의 주차장 담을 넘으면 밤에는 사람들이 거의 다니지 않는 산책길이 나왔다. 그 산책길을 따라가면 마을 어디로든 갈 수 있었고 해발 350미터인 월출산으로 올라갈 수도 있었다.

시체에서 뜬 지문으로 피해자의 신원이 확인되었다. 피해자는 마흔다섯 살의 우태권이었다.

"우태권?"

피해자의 이름을 듣는 순간 나는 고개를 갸웃거리지 않을 수 없었다. 들어본 이름이었다. 하지만 동명이인일 거로 생각했다. 그 사람일 리 없었다. 그 사람이어서는 절대 안 되었다. 하지만, 맞았다.

우태권은 어젯밤 나와 함께 있었던 하민아의 남편이었다. 그 사실을 확인하는 순간 나는 두 다리가 다 후들후들 떨렸다. 남편이 모텔 1층 108호에서 살해되던 시각에 아내는 같은 모텔 3층 308호에서 불륜남과 정을 통하며 즐거운 시간을 보내고 있었다. 그런데 그 불륜남이 바로 나였고 불륜녀 남편의 살인사건을 수사해야 하는 형사였다.

나는 야구방망이에 뒤통수를 얻어맞은 것처럼 머릿속이 하얘진 상황에서도 하민아가 남편이 살해되었다는 소식을 들으면 어떤 표정을 지을지 궁금했다.

나와 하민아의 마음의 불륜은 약 4년 정도 되었고 육체적 불륜은 3년 정도 되었다. 하지만 나는 하민아에 대해 아는 것이 많지 않았다.

하민아와 내가 처음 만난 것은 약 5년 전으로 내가 오래도록 활동해온 등산 동호회에서였다. 나는 하민아를 처음 만났을 때 30대 초반인 줄 알고 당시 마흔 살인 나와 나이 차가 많다는 생각에 관심을 두지 않았다. 그런데 알고 보니 세 살밖에 차이가 나지 않았다. 하민아는 동안인 데다 화장발까지 좋았다.

등산은 힘들고 위험한 면이 있어 같이 등산하는 사람들끼리 서로 의지하려는 경향이 강해 금방 친해진다. 하민아는 몇 번 산을 오르고 나서 바쁘다는 핑계를 대며 등산은 거의 하지 않았으나 총무였던 나와 친해진 뒤로 뒤풀이 장소에는 자주 얼굴을 내밀었다.

하민아는 모임에서 목소리가 큰 여자가 아닌, 잘 웃고 남들의 말에 잘 공감하고 동조하는 여자였다. 누군가 무슨 이야기를 하면 손뼉을 치며 "와하하, 정말 그랬어요?", "정말 멋져요!", "정말 재밌어요!", "어머머, 정말 안됐네요!"라고 말하며 박자를 맞추고 흥을 돋웠다. 나는 그녀 앞에서 무슨 이야기를 하더라도 그녀가 내 이야기에 푹 빠져 있는 것 같아 슬플 때는 위로가 되었고 뭔가를 자랑할 때는 더욱 기분이 좋아지곤 했다. 그 때문인지 나는 아내나 친구들에게 하지 못하는 말도 그녀에게는 털어놓곤 했다.

그녀에게 호감을 느낀 뒤로 나는 우리 등산 모임 이외의 사적인 자리에까지 그녀를 불러내기 시작했다. 그러다 3년 전 가을, 술기운에 같이 하룻밤을 보낸 뒤 줄곧 불륜관계를 유지해오고 있었다.

불륜관계 초기에 우리는 한 달에 두세 번 정도 만나 술을 마시고 잠자리를 가졌다. 밤부터 아침까지 같이 있는 긴 밤은 몇 번 없었고 대부분 저녁 6시쯤 만나 술을 한잔 마신 뒤 10시쯤 숙박업소에 들어가 관계를 갖고 새벽 1시나 2시쯤에 나와 각자 집으로 돌아가곤 했다. 그런 관계를 6개월쯤 유지하다가 언제부터인가 한 달에 한 번꼴로 만나고 있었다.

하민아는 사람들의 과장된 무용담이나 뻔한 허풍에도 속아 넘어간 것처럼 연신 장단을 맞춰대곤 했지만 겉보기와 달리 꽤 치밀한 면이 있었다. 그녀는 나와 여관에 갈 때면 늘 가방에서 집에서 가져온 비누를 꺼내 사용했다. 나는 처음에는 남들이 쓰던 비누나 샴푸를 쓰지 않으려는 결벽증 때문인 줄 알았다. 그런데 그게 아니었다. 샤워 시 여관에 있는 비누나 샴푸를 사용하면 몸에서 나는 향기가 달라져 남편에게 의심을 받을 수 있기에 집에서 쓰는 것과 같은 비누를 미리 준비해오는 거였다.

하민아에 관해 이야기하자면 108호에서 살해된 그녀의 남편 이야기를 하지 않을 수 없다. 내가 언젠가 그녀에게 다른 남자와 자는 게 찔리지 않느냐고 물었을 때 "우리 남편이 먼저 바람 피웠어!"라고 심드렁하게 말한 적이 있었다.

하민아에게 조금씩 들은 이야기에 추측을 가미해 그녀의 남편에 관해 이야기해보자면, 아내가 아모르 모텔 3층에서 바람을 피우고 있는 사이 1층에서 살해된 우태권은 고향은 어딘지 몰라도 대전에서 자랐다. 고등학교 졸업이 최종 학력이었다. 고등학교 3학년 때 대학 입학시험 대신 공무원 시험을 준비해 다음 해 9급 공무원 시험에 합격했다. 대학은 안 갔지만 공부 머리가 나쁘지는 않았던 것 같았다.

　서울의 어느 동사무소에서 일하던 우태권은 서울에서 여대를 졸업한 동갑내기 하민아와 스물여섯 살에 중매로 만나 결혼했다. 이후 우태권의 직장 생활과 결혼 생활은 무난했던 것 같았다. 그리고 결혼 7년 차에 인공수정으로 딸을 출산했다.

　우태권이 16년간의 공무원 생활을 접은 것은 8년쯤 전인 서른일곱 살 때였다. 하민아의 말을 옮겨보면, "내가 인공수정으로 어렵게 애를 가져 임신 8개월쯤 되었을 땐데, 남편이 야근한다며 자꾸 집에 늦게 들어오는 거야. 그런데 통장에 찍히는 월급은 똑같더란 말이지. 국가가 야근 수당이나 떼먹는 악덕 기업이야? 뭔가 이상해서 의심하고 있었는데, 어느 날 남편이 밤늦게 들어와 화장실에 간 사이 나도 얼굴을 아는 남편의 여자 상사에게서 문자가 와서 보니, '택시 안이지? 오늘 너무 황홀했어. 사랑해!'라는 글과 함께 빨간 하트가 세 개나 떠 있는 거야. 너무나 당황스러웠지만 모르는 척했는데 화장실에서 나온 남편이 휴대전화를 집어 그 문자를 보자마자 급히 지우는 거야. 딱 걸린 거지. 내 집요한 추궁에도 남편은 친하게 지내는 여자 상사가 장난으로 보낸 거라고 끝까지 둘러대더라고. 장난인지 아닌지 내가 그년에게 전화 걸어 확인하겠다고 했더니 남편이 내가 전화하지 못하게 휴대전화를 화장실 바닥에 내동댕이쳐서 부수더라고. 그런 행동보다 확실한 물증이 어디 있겠어. 밤새 한숨도 못 자고 다음 날 동사무소로 찾아가 출근하는 그년의 머리채를 잡고 흔들어댔어. 직원들은 물론 동네 사람들까지 다 보는 앞에서 미친 듯이 말이야. 배가 불룩 나온 임산부가 그러고 있었으니 볼 만했겠지. 그런데 어찌 된 일인지 그년은 전출만 갔고 남편이 직장을 그만두더라고. 그때 내가 임신만 하지 않았어도 바로 이혼했을 거야. 아니 어떻게, 임신해서 배가 남산만 한 아내를 두고 직장 상사하고 바람을 피워?"

이후 우태권은 작은 중소기업에 취직했다. 하지만 적성에 안 맞았는지 몇 달 만에 그만두고 자격증을 따겠다며 중장비 학원에 다니고 공인중개사 시험공부를 했다. 1년여 만에 중장비 자격증과 공인중개사 자격증을 따기는 했지만, 그 자격증으로 취직하는 데는 실패했다.

이 무렵이 하민아가 등산동호회에 나오기 시작한 때였다. 온종일 집에서 빈둥대는 남편을 보고 있는 것이 화나고 답답해서, 또 임신으로 찐 살도 뺄 겸 해서 어린아이를 친정엄마에게 맡기고 친구 따라 산을 오르기 시작했다. 하지만 처음 각오와 달리 아이 때문에 온종일 시간을 내는 것은 무리였다.

마땅한 일자리를 찾지 못한 우태권은 있는 돈, 없는 돈을 끌어 모아 비싼 권리금을 주고 장사가 잘되는 한식집을 사서 장사를 시작했다. 하지만 장사가 잘되는 것처럼 보였던 식당은 사기였다. 전 주인은 장사가 안 되는 가게를 싸게 사서 장사가 잘되는 것처럼 포장해 비싼 권리금을 받고 팔아치우는 전문 업자였다. 2년 정도 버텼지만 점점 손해가 커지자 결국 식당 문을 닫고 동네 뒷골목에 구멍가게 같은 맥줏집을 차렸다.

맥줏집은 처음에는 우태권이 운영했고 일손이 달릴 때만 하민아가 아이를 친정엄마나 어린이집에 맡기고 도왔는데, 남편이 장사할 때보다 하민아가 혼자 장사할 때 매출이 훨씬 좋았다. 손님들 대부분이 나이 많은 동네 아저씨들이어서 그런 것 같았다. 결국 가게는 하민아가 맡고, 우태권은 집에서 아이를 돌보고 살림을 도맡게 되었다.

그러다 코로나 사태가 터졌다. 코로나가 전국을 휩쓸자 술집 손님이 뚝 끊겼고 영업시간까지 제한받게 되었다. 그렇게 2년을 버티는 동안 가게 월세를 내고 주방 아줌마한테 월급을 주느라 빚만 늘어갔다. 버티다 못해 주방 아줌마까지 내보냈지만 상황은 조금도 나아지지 않았다.

가게 운영이 어려워지자 하민아는 다시 아이를 친정엄마에게 맡겼고, 우태권은 중고 오토바이를 사서 배달대행업을 시작했다. 초보였지만 코로나로 집에서 음식을 주문하는 사람들이 늘면서 오토바이를 타고 열심히 달리기만 하면 한달에 300만 원 정도는 벌 수 있었다.

우태권이 돈을 벌기 시작하자 하민아는 코로나로 운영이 힘든 맥줏집을 접고다시 아이를 돌보기 시작했다.

그런데 불행이 또 찾아왔다. 어느 날 오토바이를 타고 배달 경쟁을 하던 우태권이 건널목에서 아이를 치고 말았다. 아이는 2주간 병원에 입원했고 우태권도 다쳐서 일주일 정도 치료를 받았다. 아이가 신호를 위반하고 건널목을 뛰어간 것이었지만 법에 따라 치료비는 모두 오토바이가 물어줘야 했다. 이후 우태권은 오토바이 운전에 트라우마가 생겨 배달 일을 그만두었다. 그 후 우울증이 생겼다.

남편이 오토바이 사고를 내고 트라우마까지 생기자 먹고살 길이 막막해진 하민아는 친구에게 부탁해 보험설계사 일을 시작했다. 약 3개월 전이었다.

당연히 나도 하민아에게 보험을 들었다. 손해였지만 기존의 종신보험을 깨고 하민아를 통해 새로 종신보험에 가입했다.

하민아는 원래부터 밤일을 적극적으로 하는 여자였는데 내가 보험을 들어준 그날은 그 어느 때보다 뜨거웠다. 그때부터 나는 지인들에게도 하민아에게 보험을 들도록 강권했고, 하민아는 나를 통해 보험 계약을 할 때마다 나를 모텔로 불러 뜨거운 감사 인사를 했다.

　그런데 한편으로는, 하민아의 그런 행동을 보며 나는 그녀가 꽤 계산적인 여자라는 생각을 하기 시작했다. 그녀에게 나보다 보험을 잘 물어다주는 남자가 나타나면 잠자리에서 그 사람이 1순위고 나는 2순위가 될 수밖에 없었다. 그녀는 남편과는 잠자리를 거의 하지 않는다고 했는데 그건 남편이나 그녀가 서로 열정이 없어서가 아니라 남편이 그녀에게 돈을 잘 벌어다 주지 못하기 때문인지도 몰랐다. 그녀는 행복은 같이할 수 있어도 불행은 같이하기 어려운 아내였다.

　하민아의 딸은 현재 초등학교 1학년인데 자폐기가 있어 병원 치료를 받고 있다고 했다.

　이상이 내가 하민아에게 직접 들었거나 추측, 또는 경험으로 아는 전부다.

　계장이 형사들을 모아놓고 팀별로 업무를 지시했다.

　피하고 싶은 일이었는데 하필이면 나와 송초아 형사에게 피해자 우태권의 아내를 상대하는 일이 떨어졌다. 피해자의 아내를 병원 시체 안치실로 데려가 남편의 시신을 확인시키고 우태권의 금전 문제나 원한 관계 등을 알아보는 일이었다.

　송 형사는 불행한 소식을 전하기 위해 피해자의 아내를 만나야 한다는 사실에 한숨부터 쉬었다. 피해자 가족에게 누군가의 갑작스러운 죽음을 알리고 그들을 상대로 뭔가를 알아내는 일은 심리적 부담이 큰 업무였다. 물론 나는 더욱 달갑지 않은 일이었다. 내연녀에게 남편의 죽음을 알린 뒤 남편의 시체를 확인시켜야 했고 남편에 관해 꼬치꼬치 캐물어야 했다. 그런데 한편으로는 이 일을 내가 맡게 된 것이 다행인지도 모른다는 생각이 들었다.

나는 피해자 아내의 전화번호를 모르는 척하며 송 형사에게 전화번호를 불러달라고 했다. 송 형사가 불러주는 전화번호를 내 전화기에 한 자씩 입력하자 '하민아'라는 이름이 떴다.

"어? 내 전화기에 저장되어 있는 사람인데? 하민아?"

나는 놀란 척 연기했다.

"아는 사람이에요?"

"아, 우리 등산동호회 회원이야. 이거 참, 세상 좁네…."

나는 동행할 송초아 형사 앞에서 하민아와 잘 아는 사이라는 걸 숨길 수 없다는 생각에 미리 연막을 쳤다.

신호음이 열 번 정도 간 뒤 하민아가 급히 전화를 받았다.

"자기가 이 시간에 웬일이야?"

숨소리가 거칠었다.

"여보세요? 오늘은 등산 모임 때문이 아니라, 남편 우태권 씨 때문에… 불행한 소식입니다."

"뭐? 무슨 일인데?"

하민아의 목소리가 튀었다. 내 입에서 남편 이름이 나오자 뭔가 불길한 일이 벌어졌다는 걸 직감한 것 같았다.

"우태권 씨가 오늘 아침에 양송리 아모르 모텔에서 숨진 채 발견됐습니다."

"뭐, 뭐…? 농, 농담이지? 설마 아까 그…."

"남편분은 지금 양청병원 영안실에 있습니다."

하민아는 충격을 받았는지 한동안 말이 없었다.

"경황이 없으시겠지만, 가족의 신원 확인이 필요합니다."

"혹시 자, 자살인가요…?"

뜻밖의 질문이었다.

"아니, 타살입니다."

다시 침묵이 이어졌다.

"여보세요? 여보세요?"

"예. 듣고 있어요."

"저희가 먼저 가서 기다리고 있을 테니 양청병원 장례식장 입구로 오세요."

하민아는 택시를 타고 우리보다 조금 늦게 도착했다. 아침과 다른 옷을 입고 있었다. 마스크를 쓰고 있어 표정을 읽을 수는 없었으나 운 것 같지는 않았다. 그런데 혼자가 아니었다. 택시에서 여자아이 한 명이 따라 내렸다. 급히 맡길 데가 없었는지 방학 중인 초등학교 1학년생 딸을 데려온 것이었다. 딸은 엄마를 닮아서 귀엽고 예뻤으나 자폐기가 있다더니 엄마의 손을 잠시도 놓지 않으려고 했다.

나와 송 형사는 하민아를 안내해 장례식장 안에 있는 시체 안치실 앞으로 데려갔다. 하지만 나는 하민아를 데리고 안으로 들어가 그녀의 남편 시체 앞에 서고 싶지 않았다. 그건 하민아도 마찬가지일 거라고 생각했다. 내연남을 죽은 남편 앞에 세우고 싶지는 않을 것이다.

나는 시체 안치실로 들어가지 않으려고 머리를 굴렸다.

"이름이 뭐니?"

허리를 숙이고 하민아의 딸에게 눈을 맞추며 이름을 물었다.

"우해연…."

"해연아, 아저씨랑 여기 잠깐 있지 않을래? 엄마는 이 아줌마랑 잠깐 저 방에 들어갔다가 나올 거야. 저 방에 있는 사람들은 어린이를 싫어하거든."

하지만 아이는 엄마에게서 떨어지지 않으려고 하민아의 허벅지를 끌어안았다. 하민아가 허벅지에서 아이의 손을 떼어내자 내가 아이를 번쩍 안아 들었다.

"해연아, 잠깐이면 돼. 문 열어놓고 여기서 엄마 지켜보자."

나는 송 형사에게 하민아를 빨리 안으로 데리고 들어가라고 손짓했다.

하민아가 아이의 손을 놓고 송 형사와 함께 시체 안치실로 들어가자 아이는 손과 팔을 흔들어대며 울기 시작했다.

하민아와 송 형사는 시체 안치실에서 꽤 오래 있다가 나왔다. 그러나 그건 내 머릿속의 시계일 뿐 두 사람이 실제로 시체 안치실에 머무른 시간은 5분 정도에 불과했다.

아이는 아빠의 죽음을 슬퍼하기라도 하듯 요란하게 울어대다가, 죽은 남편을 확인하고 침울한 표정으로 나오는 엄마를 보고 울음을 그치며 환하게 웃었다. 아이가 엄마에게 가려고 몸부림을 쳐서 아이를 바닥에 내려놓자, 아이가 하민아에게 달려들었고 그녀는 주저앉듯 무릎을 꿇으며 아이를 꼭 끌어안았다. 그리고 거의 동시에 마스크를 쓴 하민아의 입에서 푸후훗, 웃음 같은 울음소리가 터져 나왔다.

하민아의 감정이 진정되길 기다렸다가 남편이 누군가에게 원한을 샀거나 누군가와 금전적으로 얽히지 않았는지, 한마디로 남편을 죽일 만한 용의자가 있는지 물었다. 하지만 하민아는 고개를 옆으로 천천히 저을 뿐이었다.

"지금은 아무 생각도 안 나요. 집에 가서 쉬고 싶어요. 생각나면 연락할게요."

어쩔 수 없었다. 나와 송 형사는 택시를 잡아 하민아와 딸을 태워 보내고 다시 아모르 모텔로 돌아왔다.

내가 하민아를 만나는 사이 아모르 모텔 주차장에 코로나 간이 검사소 같은 커다란 천막 두 동이 설치되어 있었다. 천막 안에는 접이식 책상과 노트북 몇 대, 불붙은 가스난로가 한 대씩 놓여 있었다. 임시 수사본부였다. 형사 몇 명이 외장하드가 연결된 노트북 앞에 앉아서 복사한 모텔 CCTV 영상과 주차장의 자동차들에서 수거한 블랙박스 영상들을 돌려보고 있었다.

"뭐 좀 나왔나?"

내가 긴장한 목소리로 묻자 모니터를 들여다보던 형사들이 일제히 나를 힐끔 쳐다보고 나서 다시 시선을 모니터로 가져갔다.

"아직요…."

입구 쪽의 곽 형사가 대표로 대답했다.

러브호텔에 드나드는 사람들은 대부분 CCTV에 찍히는 걸 원하지 않는다. 그 때문에 아직도 CCTV가 없는 숙박업소도 있고, 있는 업소도 최소한의 장소에만 카메라를 설치하고 있다.

아모르 모텔에는 CCTV가 총 석 대 설치되어 있었다. 하나는 엘리베이터, 하나는 주차장 입구, 하나는 모텔 출입문 안쪽에 있었다. 그런데 엘리베이터 CCTV는 15년쯤 된 것이었고 나머지 두 대의 CCTV도 10년쯤 된 거여서 모두 화질이 좋지 않았다.

어젯밤 아모르 모텔에 투숙한 사람들은 생각보다 많았다. 객실 열두 개에 서른다섯 명 정도가 투숙했다. 그중 몇 팀은 술꾼들이었다. 코로나로 술집 영업시간이 9시로 제한되자 술꾼들이 삼삼오오 짝을 지어 모텔로 몰려왔다.

석 대의 CCTV 앞을 오고 간 사람은 약 120명 정도였다. 투숙객들이 술이나 담배를 사려고 드나들어서 중복으로 찍힌 결과였다.

코로나는 수사에 장점이기도 했고 단점이기도 했다. CCTV에 찍힌 사람들 모두가 마스크를 썼다는 것은 단점이었고, 코로나 방역법에 따라 모텔 입구에 설치되어 있는 QR코드 스캐너는 장점이었다.

모텔에 드나든 사람들의 신원 파악은 먼저 QR코드 체크인 기록과 수기로 남긴 연락처를 이용하고 다음으로 주차장 입구 CCTV에 찍힌 자동차 번호판을 참고하기로 했다. 그런데 문제는 자가용을 이용하지도 않고 QR코드 체크인 대신 코로나 방역 명부에 수기로 전화번호를 남긴 사람들이었다. 기존의 수사 경험으로 보면 수기로 남긴 전화번호는 반 이상이 가짜였다. 숙박업소 주인도 손님들이 늘 가짜 연락처를 남긴다는 사실을 잘 알고 있을 테지만 불륜으로 먹고 사는 러브호텔인지라 손님들의 신분을 일일이 확인하기는 어려울 것이다.

어젯밤, 모텔에 들어가며 투숙 사실을 숨기고 싶었던 나와 하민아도 QR코드 체크인 대신 수기로 가짜 전화번호를 남겼다.

사람들은 배우자의 불륜이 의심되면 신용카드 명세서부터 살피게 마련이고 여관에서 결제된 내역이 있으면 이혼 소송을 할 때 법원에 해당 숙박업소의 CCTV 영상 증거 보전 신청부터 한다. 모텔 CCTV에 이성과 함께 드나드는 장면이 찍혔다면 이혼 소송에서는 치명적이었다.

이런 사실을 누구보다 잘 아는 경찰이기에 나는 하민아와 모텔에 갈 때 반드시 방값을 현금으로 지불했고, CCTV에 얼굴이 찍히지 않도록 노력했고, 연락처도 당연히 가짜로 남겼다.

나는 해야 할 업무가 따로 있음에도 모니터를 들여다보고 있는 형사들 뒤에 계속 서서 CCTV 녹화 영상을 주시했다. 나와 하민아가 CCTV에 어떻게 찍혔는지 확인하고 대책을 세워야 했다.

어제 나와 하민아는 3층 308호로 이동할 때 밀폐된 엘리베이터 대신 코로나 감염 위험이 적은 비상계단을 이용했고, 아침에도 비상계단으로 내려왔다. 주차장 입구 쪽으로는 가지 않았으니 하민아와 나의 모습이 찍힌 CCTV는 모텔 입구 CCTV뿐이었다.

드디어, 죄인같이 고개를 푹 숙인 채 모텔로 들어오는 하민아와 내 모습이 모니터에 나타났다. 하민아는 평소에는 거의 쓰지 않는 점퍼의 후드 모자까지 눌러쓰고 있었다. 카운터 앞의 코로나 방역 출입 명부에는 내가 나와 하민아의 연락처를 동시에 적었다. 모두 가짜였다. 방값은 내가 현금으로 계산했다. 우리는 카운터 앞에 1분 정도 머물렀다가 카드키를 받아들고 계단 입구로 사라졌다.

확실히, 하민아는 후드 모자에 마스크를 쓰고 고개까지 숙이고 있어 그 누구도 얼굴을 알아볼 수는 없을 것 같았다. 그런데 문제는 나였다. 마스크를 눈 밑까지 올려 쓰고 있어 얼굴을 알아보기는 어렵겠지만 지금 입고 있는 옷이 모니터 속 복장과 똑같았다. 튀는 옷은 아니었으나 누가 모니터 속의 남자와 내 옷을 비교하면 같은 옷이라는 걸 금방 눈치챌 것 같았다. 그나마 다행인 건 CCTV 해상도가 낮아서 옷 색깔이 달라 보인다는 점이었다.

'어떻게 하지? 집에 가서 옷을 갈아입고 올까?'

그때 곽 형사가 기지개를 켜며 등 뒤에 서 있는 나를 돌아봤다. 나는 곽 형사가 내 옷을 살피기라도 하는 것처럼 몸이 굳어졌다.

"아! 피곤하다. CCTV 해상도도 개판이고 죄다 마스크를 쓰고 있으니 누가 누군지 알 수가 있나."

바로 그때 옆의 조 형사가 크게 소리쳤다.

"찾았습니다! 범인은 바로 이 갈색 머리입니다."

조 형사가 흐릿한 화면을 확대해 등 뒤로 몰려온 형사들에게 보여줬다.

모텔 1층 출입문 안쪽에 설치되어 있는 CCTV는 광각이어서 카운터 방 앞에서부터 1층 복도 끝까지 카메라에 잡혔다. 어젯밤 살인사건이 일어난 복도 끝의 108호는 투숙객 두 명이 각각 한 시간 간격으로 방 안으로 들어갈 때만 문이 열렸다가 닫혔다. 방에 있던 두 사람 중 하나가 시체로 발견되었으니 나머지 한 사람이 범인임이 자명했다. 범인은 출입문을 통해 객실로 들어가 살인을 저지른 뒤 창문 쇠창살을 뜯고 창밖으로 도망갔다.

'그런데 왜 범인은 도망갈 때 들어온 출입문이 아닌 창문을 이용했을까? 옷에 피가 묻어 있었나?'

그렇게 생각하기에는 범인이 미리 쇠창살을 뜯을 연장을 준비해왔다는 점이 이상했다.

CCTV를 보면 살해된 우태권이 아모르 모텔 안으로 들어온 것은 어젯밤 10시 32분이었다. 검은 마스크를 쓴 우태권은 검은 잠바에 검은 양복바지, 검은 스포츠 가방을 들고 있었다.

여주인도 CCTV만큼이나 우태권의 모습을 선명히 기억하고 있었다.

카운터 방 안에서 텔레비전을 보다가 모텔로 들어서는 우태권을 본 여주인은 "어서 오세요!" 인사한 뒤 창문 앞 테이블에 놓여 있는 코로나 방역 QR 스캐너를 가리켰다. 우태권은 주머니에서 휴대전화를 꺼내 화면에 QR코드를 띄우며 텔레비전 연속극에서 눈을 떼지 못하고 있는 여주인에게 물었다.

"방 있죠?"

"혼자세요?"

"아뇨. 좀 있다가 한 명 더 올 겁니다."

"어느 방으로 드릴까요? 1층 실버는 4만 원, 2층 골드는 5만 원, 6층 VIP는 6만 원입니다."

"방값 차이가 뭐죠?"

"시설 차이예요. 늦게 오실 분이 여자분이면 6층으로 하시죠?"

"아뇨, 남잡니다. 남녀 손님은 대부분 3층에 묵는 모양이죠?"

"대부분은 그래요."

우태권이 고개를 옆으로 돌려 출입문 옆의 엘리베이터를 쳐다봤다. 뭔가 망설이는 것 같았다.

"3층으로 드릴까요?"

"아뇨. 그냥 1층으로 주세요. 이왕이면 저기 맨 끝 방이 좋을 거 같군요."

"1층은 창문에 방범 창살이 있어 답답할 텐데…."

"괜찮습니다."

여주인은 버릇대로 비싼 방을 권유해보았지만 우태권은 미리 방을 정하고 온 것처럼 단호하게 대답했다.

여주인은 실내를 둘러보는 우태권의 눈빛에서 뭔가 불안한 기색을 느끼고 그를 유심히 살폈다. 마스크 때문에 나이를 가늠하기 어려웠지만 눈빛은 선해 보였다. 하의 양복바지는 주름이 별로 없었고 잠바도 싸구려는 아니었다. 계산대

맞은편 비상계단 옆의 거울을 통해 보니 신고 있는 신발은 구두가 아닌 흰색 운동화였다. 새 신발처럼 보였다. 요즘은 양복바지에 운동화를 신는 젊은이들이 많다 보니 눈에 띄는 복장은 아니었다. 옷이 든 것으로 보이는 두툼한 스포츠 가방을 들고 있는 게, 타지에서 업무 차 출장 나온 사람 같기도 했다. 가방과 함께 들고 있는 편의점 비닐봉지 밖으로 오징어 다리 하나가 삐져나와 있었다.

"전에 우리 모텔에 묵은 적 있으세요?"

여주인이 우태권이 내민 신용카드를 단말기에 끼우며 물었다.

"7년쯤 전에 한 번 온 적이 있습니다. 3층에서 묵었었죠."

"아, 그래요. 호호, 그땐 여자분하고 오셨었나 보군요."

"외부는 그대론데 실내는 인테리어가 바뀌었군요."

말하는 동안 우태권의 마스크가 조금씩 코 아래로 흘러 내려갔다. 남자는 피부가 검은 편이었는데 농부처럼 착해 보였다. 얼굴에 별 특징이 없는, 어디서나 볼 수 있는 흔한 얼굴이었다. 다만 역시 좀 초조해 보이는 것 같기는 했다.

여주인은 신용카드와 계산서를 우태권에게 건네고 나서 칫솔 두 개와 1층 끝 방의 카드키를 내줬다.

"퇴실은 11시예요."

"예. 한 시간쯤 뒤 다리를 저는 남자가 한 명 올 텐데, 끝 방으로 오라고 말씀해주세요."

"예."

여주인은 창가에서 물러나 다시 연속극을 보기 시작했다.

이후 몇 사람이 더 투숙했고 또 투숙했던 사람들이 술과 안주를 사기 위해 밖으로 나갔다가 돌아왔다.

11시 20분쯤 검은 모자를 쓰고 왼쪽 다리를 약간 저는 남자가 모텔 안으로 들어왔다. 청바지에 흰색 마스크를 쓴, 역시 나이를 가늠하기 어려운 중년 남자였다. 모자를 쓰고 있었지만 베토벤의 머리 같은 갈색 파마머리가 가장 먼저 눈에 띄었다. 돋보기안경으로 보이는 검은색 뿔테 안경을 쓰고 있었다. 손에 옷이 든 것 같은 두툼한 검은색 비닐봉지가 들려 있었다.

"어서 오세요!"

여주인은 반갑게 맞았지만 갈색 머리 남자는 돈이 되는 손님이 아니었다.

"한 시간쯤 전에 우태권이라는 사람이 1층에 방을 잡겠다고 했는데요."

굵은 목소리의 말투에서 경상도 억양이 느껴졌다.

"아, 이름은 모르겠고, 검은 옷에 검은 가방 든 남자분요? 저기 끝 방 108호로 가보세요. QR 체크인하시고요."

"제가 휴대전화를 깜빡하고 안 가져왔는데요."

남자가 흘러내린 뿔테 안경을 밀어 올리며 말했다. 밖이 추운지 돋보기로 보이는 안경알에 흰색 마스크에서 올라온 김이 뿌옇게 서려 있었다.

"그럼, 거기에 연락처 써주세요."

여주인은 QR코드 스캐너 옆에 있는 코로나 방역 출입 명부를 손가락으로 가리킨 뒤 다시 텔레비전으로 시선을 돌렸다.

CCTV 속 남자는 왼손잡이였다. 코로나 방역 출입 명부에 코를 박다시피 엎드려 왼손으로 연락처를 적고 난 남자는 108호로 가서 초인종을 눌렀다. 등을 보인 채 잠시 문 앞에 서 있던 남자가 문손잡이를 밀어 열고 안으로 들어갔다. 그 장면이 복도 반대쪽 출입문 위에 있는 해상도 낮은 CCTV에 희미하게나마 찍혔다. 이후 아침에 시체가 발견될 때까지 108호 출입문은 한 번도 열리지 않왔다.

아침 7시 50분쯤 오토바이를 타고 출근한 남자 직원이 주차장 구석에 오토바이를 세우다가 108호의 방범창 창살이 밖으로 젖혀져 있는 것을 발견했다. 열려 있는 창문으로 다가가 방 안에 사람이 쓰러져 있는 것을 봤고 여주인과 함께 마스터키로 108호 문을 열고 들어가 피투성이 남자가 칼에 찔렸다는 것을 확인하고 119와 경찰에 신고했다.

CCTV 영상을 보면 범인은 어젯밤 코로나 방역 출입 명부와 볼펜, 108호의 초인종, 출입문 손잡이를 만졌다. 그런데 세 곳 모두에서 범인의 지문이 채취되지 않았다. 볼펜은 이후 다른 사람들이 만졌으니 지문이 지워졌다고 쳐도 108호 초인종과 출입문 손잡이를 마지막으로 만진 사람은 갈색 파마머리였다. 그런데 먼저 투숙한 우태권의 지문뿐이었다. 범인이 장갑을 끼고 있지 않았던 것으로 보아 범인은 손가락과 손바닥에 투명 매니큐어나 고무풀 같은 걸 바르고 있었던 것 같았다.

오후에 경찰견이 뒷산 골짜기 산책로 바로 옆에서 누군가가 뭔가를 불에 태운 흔적을 발견했다. 불탄 자리에 남아 있는 것들은 드라이버와 펜치, 돋보기 안경알, 가방과 잠바의 지퍼, 불에 타다 만 지갑의 일부, 불탄 지갑에서 나온 것으로 보이는 500원짜리 동전 하나, 부서진 휴대전화 등이었다.

나중에 밝혀진 거지만 불에 탄 지갑과 휴대전화는 우태권의 것이었다. 휴대전화는 일부러 돌로 내리쳐서 망가뜨린 데다 불에 태우기까지 해서 복원이 불가능해 보였다. 드라이버와 펜치는 아모르 모텔 108호의 창문 쇠창살을 뜯어내는 데 사용한 도구였고, 돋보기 안경알은 범인이 변장하느라 썼던 뿔테 안경의 알로 추정되었다.

피해자가 모텔에서 가운만을 입은 채 범인을 맞이한 것과 범인이 피해자의 휴대전화를 일부러 망가뜨린 것을 보면 범인은 면식범이 틀림없었다.

범인이 뒷산에서 범행 증거들을 불에 태운 걸 보면 범인의 도주로는 뒷산 등산로였을 가능성이 컸다. 뒷산인 월출산에는 등산로가 거미줄처럼 뻗어 있었다. 또 산과 산이 계속 이어져 있어 등산로를 따라가면 아주 먼 동네까지도 CCTV에 찍히지 않고 갈 수 있었다.

사람들을 만나 탐문하고 곳곳을 들쑤시고 다니던 형사들이 5시가 되자 수사본부가 차려진 양청경찰서로 모여들었다. 수사 회의는 양청경찰서 강당에서 수사본부장인 경찰서장과 형사과장 등 50여 명이 참석한 가운데 진행되었다. 현장 지휘를 맡은 강력계 홍성준 경감이 마이크를 잡고 형사들이 각자 알아낸 것들을 발표하여 공유하게 했다.

이번 사건 해결의 핵심은 아모르 모텔 108호에 두 번째로 들어간 갈색 파마머리 남자의 정체를 파악하는 일이었다. 인상착의는 키 175센티미터 내외, 몸무게 80킬로그램 정도, 눈에 띄는 갈색 파마머리, 뿔테 안경, 회색 잠바, 청바지, 흰색 운동화, 걸을 때 왼쪽 다리를 약간 절고, 말투에 경상도 억양이 있는 사람이었다.

하지만 뒷산에서 불에 탄 안경과 옷가지 등의 흔적을 보면 범인은 변장했던 게 분명했다. 말투도 일부러 경상도 억양을 썼을 수 있었다. 다만 다리를 저는 것은 연기는 아니었던 것 같았다. 어젯밤 살해된 우태권이 모텔에 투숙할 때 여주인에게 다리를 저는 남자가 자신을 찾아올 거라고 말했었다. 범인이 우태권과 잘 아는 면식범이라면 진짜 다리를 저는 사람일 확률이 높았다.

그런데 이상한 것은 어젯밤 모텔 CCTV에 찍힌 영상을 제외하고 인근 도로 CCTV나 골목 CCTV에서는 다리를 저는 사람을 찾아볼 수 없다는 점이었다. 오토바이나 자동차를 타고 왔던 걸까?

범인이 피해자의 휴대전화를 고의로 파괴한 것을 보면, 휴대전화 어딘가에 범인에 대한 단서가 있었을 가능성이 크다. 그런 생각으로 형사들은 피해자의 최근 통화 기록과 문자 기록, 카카오톡 기록 등을 꼼꼼히 조사 중이었다.

죽은 우태권과 마지막으로 통화한 사람은 그의 장모였다. 어젯밤 우태권이 아모르 모텔에 투숙하기 직전 장모가 우태권에게 전화를 걸어 2분 정도 통화했다. 그리고 우태권의 휴대전화가 꺼진 시각은 밤 12시 5분이었다.

도시에서 누군가의 동선을 파악할 때 유용하게 사용하는 통신사 기지국 접속 기록은 가청읍 일대에서는 별 쓸모가 없었다. 사건이 일어난 아모르 모텔 반경 2킬로미터 이내에는 특정 통신사 기지국이 두 개 있었지만 아모르 모텔, 피해자의 집, 인근 술집 등이 모두 같은 기지국을 사용하고 있었다. 게다가 유력한 용의자인 갈색 파마머리는 모텔 투숙 시 여주인에게 휴대전화를 놓고 와서 QR코드 체크인을 할 수 없다고 말했다. 추적을 피하려고 휴대전화를 꺼놓았거나 실제로 가져오지 않았다면 두 경우 모두 인근 기지국 접속 기록은 아무 쓸모가 없었다.

CCTV와 목격자 탐문을 통해 피해자의 어제 하루 동선이 대충이나마 파악되었다.

우태권은 어제 낮 5시쯤 스포츠 가방을 들고 방학 중인 초등학교 1학년 딸을 데리고 집을 나와 빵집에 들러 아이가 좋아하는 케이크를 샀다. 아이를 데리고 인근 처가에 들른 우태권은 친구 아버지가 돌아가셔서 급히 지방에 내려가야 한다며 아이를 장모에게 맡기고 케이크를 건넸다. 아이는 저녁때 아내가 데리러 올 것이라고 말했다. 이후 행적은 알 수 없었고 7시쯤 읍내 술집에서 혼자 술을 마셨고 술집들이 문을 닫는 9시에 술집을 나와 9시 15분쯤 편의점에 들러 맥주 두 개와 마른오징어를 샀다. 편의점에서 나온 우태권은 걸어서 양송리 아모르 모텔 앞으로 이동한 뒤 인근에서 장모에게서 걸려온 전화를 받았다. 이후 행적은 알 수 없고, 밤 10시 30분쯤 아모르 모텔 1층 108호에 투숙했다. 그리고 아침 8시께 칼에 찔려 사망한 변사체로 발견되었다.

마이크를 들고 회의를 주도하던 강력계장이 형사들을 둘러보다가 내게 질문했다.

"어제 피해자 아내는 뭘 하고 있었나? 왜 아이를 아내가 아닌 피해자가 처가에 맡긴 거지?"

마이크가 내게 넘어왔다.

"그게 말입니다. 오전에, 피해자 아내를 시체 안치실로 데려가 남편 시체를 확인하게 했는데, 너무 큰 충격을 받은 상태여서 대화할 수 있는 상황이 아니었습니다. 다른 사람들에게 수소문해보니, 근래 백수로 지내던 피해자가 집에서 살림하며 아이를 돌봐왔고 아내는 밖에 나가 보험설계사 일을 했답니다. 내일 다시 아내분을 만나서 원한 관계, 금전 관계 등 여러 가지를 종합적으로 알아보겠습니다."

다음은 박 형사 차례였다.

"피해자 우태권은 사망 시 10억을 받을 수 있는 종신보험에 가입되어 있었습니다. 근데 가입한 지가 얼마 안 되었습니다. 보험 가입일이 석 달 전입니다."

"그래? 백수였다면 금전적으로 쪼들렸을 텐데? 한 달 납입액은 얼마나 되지?"

"40여만 원 정도 됩니다."

"우태권 씨가 스스로 가입한 건가?"

"KBC보험이던데, 시간이 부족해 그것까지는 아직 조사 못했습니다."

박 형사가 대답을 못하자 내가 손을 들고 끼어들어 보충 설명을 했다.

"KBC보험이면, 아내분이 KBC보험 설계사이니 아내에게 들었을 겁니다. 3개월 전이면 아내분이 막 보험설계사 일을 시작했을 무렵과 맞아떨어집니다."

다음은 홍 형사 차례였다.

"살인에 쓰인 과도는 오랫동안 칼을 만들어온 카르코라는 국내 회사가 20년 전에 출시한 '골든 나이프'라는 제품입니다. 골든 나이프는 부엌칼과 과도 세트를 나무상자에 넣어 3만 원 정도에 팔던 상품으로, 천 세트를 생산했답니다. 살인에 쓰인 과도는 전혀 사용한 흔적이 없는데, 범인이 최근에 구했다기보다는 예전에 구입해서 장기간 보관해오지 않았나 싶습니다. 나온 지 오래되었고 많이 생산된 제품도 아니라서, 살인에 쓰인 골든 나이프 과도와 한 세트인 골든 나이프 부엌칼을 가지고 있는 자가 있다면 바로 그 사람이 범인일 확률이 높습니다."

사건이 벌어진 지 하루가 지났다.

형사들이 아모르 모텔 살인범으로 단정하고 있는, 왼발을 절고 경상도 말투를 쓰는 갈색 파마머리가 찍힌 CCTV를 하나 더 찾아냈다.

우태권이 살해되던 날 갈색 파마머리는 아모르 모텔 인근의 철물점에 들러 펜치와 드라이버를 현금으로 샀다. 시간상으로 보면 갈색 파마머리가 아모르 모텔에 들어가기 직전이었다. 하지만 그 CCTV는 철물점에 설치된 것이 아니라 그 옆 가게의 CCTV였다. 너무 멀리서 찍은 것이어서 다리를 전다는 것과 옷차림의 특징 정도만 알아볼 수 있었다.

새로운 의문이 하나 더 추가되었다. 범인은 가발과 안경으로 변장하고 살인에 쓸 칼을 미리 준비해왔으면서 방범창을 뜯어낸 도구는 왜 모텔 인근에서 구한 것일까? 늦은 시간이었으니 철물점이 문을 닫았더라면 도구를 구하기가 쉽지 않았을 것이다.

갈색 파마머리의 정체는 여전히 오리무중이었다. 사건이 일어나기 직전 우태권과 통화나 문자, 카카오톡을 주고받은 사람 중에 범인으로 보이는 수상한 사람은 없었다.

형사들은 갈색 파마머리를 찾기 위한 수사를 벌이는 한편 범죄 동기를 파악하려고 노력하고 있었다.

'우태권이 죽어서 가장 이익을 보는 사람은 누구일까?'

범죄 동기가 원한 때문인지, 금전 때문인지 알 수만 있다면 용의자를 추리는데 큰 도움이 될 터였다.

형사들 중에는 갈색 파마머리를 누군가의 지시나 교사를 받은 전문 킬러라고 생각하는 사람도 있었다. 만약 이 사건이 살인 교사라면 우태권이 아니라 그 주변 사람들에게서 답을 얻어야 할 수도 있었다.

우태권의 부검은 살인사건인지라 국과수에서 신속하게 이루어졌다. 결과는 약 2주 뒤에 나오겠지만 부검을 참관한 형사들의 말에 의하면 특이점은 없었다고 했다. 부검의의 소견도 시체를 검시한 검안의의 소견과 크게 다르지 않다고 했다.

부검이 끝난 시체는 가족들에 의해 다시 양청 장례식장 시체 안치실로 옮겨졌다. 이제 장례를 치를 수 있었다.

나는 장례식장에 조문을 가지도 않았고 수사를 하러 가지도 않았다.

장례가 끝난 다음 날 하민아를 만나기 위해 연락했다.

현재 수사가 가장 미진한 사람이 바로 죽은 자의 아내 하민아였다. 나는 수사를 위해 하민아를 만나 꼬치꼬치 캐묻는 것이 심리적으로 부담되었지만 어쩔수 없었다. 더는 시간을 끌 수 없었다.

하민아는 처음에는 자기네 집 앞에 있는 커피숍으로 오라고 했다가 장소를 바꿔 맥줏집으로 오라고 했다. 낮술을 한잔하고 싶다고 했다.

나는 송초아 형사에게 하민아를 만나러 간다고 말하지 않고 혼자서 만나러 갔다.

하민아는 약속 시간보다 30분쯤 지나서 모습을 드러냈다.

"미안! 술집에 애를 데리고 올 수 없어서 친정엄마에게 맡기고 오느라 늦었어."

하민아는 한마디로 얼굴이 반쪽이 되어 있었다. 화장하지 않은 얼굴이어서 더욱 창백해 보이는 것 같기도 했다. 그녀가 맨얼굴로 나를 만나러 나온 건 처음이었다.

"여기 맥주 한 병 더 주세요."

나는 맥주를 추가로 시키고 나서 "장례는 잘 치렀냐?"라는 말로 입을 열었다. 그녀는 말없이 고개를 끄덕이고 나서 창밖을 보며 남 이야기하듯 물었다.

"수사는 어떻게 되어가?"

나는 수사 상황에 관해 대충 이야기했다.

우태권이 모텔에 투숙할 때의 상황과 한 시간 정도 지나서 우태권을 만나러 온 범인의 인상착의 등을 이야기했다. 하지만 칼에 몇 번 찔렸고 어떻게 찔렸고 하는 등의 이야기는 하지 않았다.

"범인은 남편을 살해한 뒤 지갑, 휴대전화, 가방 등 남편의 소지품을 모조리 가지고 창문을 부수고 빠져나가 주차장 담을 넘어 뒷산으로 도망갔어. 그리고 거기서 남편의 소지품, 창문을 부술 때 썼던 도구 등을 불에 태웠어."

하민아는 창밖으로 시선을 향한 채 말없이 듣기만 했다.

"왜 그랬을까?"

"뭐가?"

하민아가 내게로 시선을 돌렸다.

"범인은 왜 남편의 소지품들을 다 태웠을까?"

"글쎄? 남편의 소지품을 없애야만 할 이유가 있었나 보지."

"그리고 또 범인은 모텔에 들어올 때는 출입문으로 들어왔으면서 왜 도망갈 때는 굳이 번거롭게 방범창을 뜯고 도망간 걸까?"

"옷에 피라도 묻었던 걸까? 핏자국이 남들의 눈에 띌까 봐…."

하민아는 핏자국을 발음하며 미간을 찡그렸다.

"그건 아닌 거 같아. 범인은 모텔에 투숙하기 직전에 방범 창살을 부술 도구를 구했어. 계획대로 움직인 거야."

"우발적인 살인이 아니라 계획적인 살인이란 거지?"

"그래. 모든 증거가 그래. 혹 남편이 원한을 샀을 만한 사람 없어?"

하민아가 바로 고개를 옆으로 저었다.

"며칠 곰곰이 생각해봤는데, 남편은 누구에게 원한을 살 만한 성격이 아니야. 성격이 꽤 소심해. 다른 사람이 잘못했어도 자기가 먼저 사과하는 사람이야. 무능력해도 마음은 착한 사람이었어."

"본의 아니게 원한을 샀을 수도 있잖아?"

"그랬을 수도 있겠지."

"금전 관계는?"

"글쎄? 남편에게 얼마간의 빚이 있긴 하지만 사채는 아닌데…."

잠시 생각하던 나는 맥주 한 모금을 마시고 나서 다시 입을 열었다. 껄끄러운 질문이었지만 짚고 넘어가지 않을 수 없었다.

"남편이 거액의 사망 보험에 가입되어 있던데 어떻게 된 거야?"

"푸후훗…."

맥주잔을 입에 가져다대던 하민아가 다시 내려놓으며 억지로 웃는 듯한 웃음소리를 냈다.

"아, 그러고 보니 나도 유력한 용의자구나? 내가 의심스러워?"

"그런 건 아니고…."

"그래. 나도 유력한 용의자고 자기도 유력한 용의자야. 뉴스 보면 계획된 살인사건은 죄다 돈이나 치정 때문에 일어나지 않던가? 자기는 가끔 우리 남편이 죽었으면 좋겠다는 생각 안 해봤어? 잠자리할 때 보면 우리 남편에게 꽤 질투를 느끼는 것 같던데?"

말투는 농담 같았지만 하민아는 진지한 표정으로 말을 이어갔다.

"내가 보험쟁이가 되었을 때 누가 가장 먼저 보험을 들었을까? 내연남? 남편? 후훗, 남편 보험은 실적을 올리기 위해 내가 가입시킨 거야. 우리 형편에는 사오십만 원도 부담스러워서 몇 달 뒤 해지할 생각이었어. 그런데 이런 일이 생긴 거지."

하민아가 맥주잔을 들어 단번에 들이켰다.

"크, 오랜만에 술 마시니 속이 다 시원하네. 남편이 죽었다는 소식을 들었을 때 내가 무슨 생각을 한 줄 알아? 장례 치르는 내내 슬프기만 했을 것 같아? 그래 씨발, 잘된 거야. 그렇게 애지중지하던 딸에게 마지막으로 큰 선물을 주고 떠난 거지. 살아 있어봤자 거지로 살며 가난만 대물림했을 텐데 딸에게 큰 선물을 주고 간 거야. 어떤 새끼가 죽였는지 모르지만 오히려 남편과 우리 가정을 도와준 거지."

하민아의 입에서 아무렇게나 흘러나온 말이 내 머릿속에서 의미가 되는 순간 갑자기 뭔가가 내 뒤통수를 때리는 느낌이었다. 머리가 찌릿했다. 여러 가지 의문들과 흐릿한 CCTV 화면이 동시에 내 뇌리를 스쳐갔다.

나는 급히 휴대전화를 꺼내 화면에 네이버 지도를 띄우고 가청읍 은평리가 잘 보이도록 확대했다. 우태권이 살해되기 직전 저녁에 술을 마신 식당은 양청해장국이었다. 그다음은 인근 편의점에 들러 캔맥주와 오징어를 샀고, 마지막으로 양송리의 아모르 모텔에 투숙했다.

양청해장국을 찾아 지도를 확대하니 예상대로 바로 앞에 만리장성 양꼬치가 있었다. 동선이 겹쳤다. 우태권이 죽던 날 나와 하민아, 우태권이 움직인 동선이 똑같았다. 하민아와 내가 만리장성 양꼬치에서 술을 마실 때 하민아의 남편 우태권은 맞은편에 있는 양청해장국에서 술을 마셨고 하민아와 내가 편의점에 들러 술을 사고 나온 뒤 바로 우태권이 들어가 캔맥주 두 개와 오징어를 샀다. 그리고 우리가 아모르 모텔 3층 308호에 투숙하고 나서 얼마 있다가 우태권이 아모르 모텔 1층 108호에 투숙했다.

갑자기 술기운이 한꺼번에 올라오는 것처럼 머리가 어지러웠다.

"왜 그래?"

하민아가 내 표정을 보고 물었다.

"자기, 집에서 쓰는 칼 상표가 뭐야?"

"칼? 부엌칼?"

"부엌칼이든 무슨 칼이든 상표가 골든 나이프인 칼 없어?"

"골든 나이프? 아, 우리 집 부엌칼이 골든 나이프인데, 왜?"

"그거 세트로 판매했던 건데, 집에 골든 나이프 과도도 있어?"

"잘 모르겠는데?"

"그 칼은 부엌칼과 과도가 한 세트로 팔리던 거야."

"맞아, 기억나. 결혼할 때 엄마가 사준 거야. 그게 왜?"

하민아가 불안한 표정으로 물었다.

나는 말없이 휴대전화에 저장해놓은 아모르 모텔 CCTV 동영상을 띄웠다. 모텔 입구의 CCTV에 찍힌 갈색 머리 살인범의 모습이었다.

"잘 봐. 다리를 저는 이 사람이 살인범이야. 머리는 아마 가발일 거야."

하민아는 모자를 쓴 갈색 파마머리가 모텔 입구로 들어와 코로나 방역 출입 명부에 왼손으로 가짜 전화번호를 남기고, 108호 초인종을 누른 뒤 출입문을 열고 들어가 사라질 때까지 휴대전화 화면에서 눈을 떼지 않았다.

"여길 다시 자세히 봐."

나는 갈색 머리가 108호 출입문을 여는 장면을 확대해서 느리게 보여줬다.

"나도 방금 막 깨달은 건데, 108호 출입문을 열고 들어갈 때 누군가가 안에서 출입문을 열어준 게 아니야. 갈색 파마머리가 직접 문을 열고 안으로 들어간 거야. 문이 잠겨 있지 않았던 거지."

"그 말을 들으니 그런 것 같기도 하네. 안에서 문을 열어줬다면 문이 조금이라도 열린 뒤 밖에 있는 사람이 문손잡이를 밀고 들어갔을 거 같은데, 그렇지 않은 걸 보면…."

"자, 이 갈색 파마머리가 누군 거 같아?"

나는 다시 영상을 앞쪽으로 돌려 갈색 파마머리가 카메라 바로 앞에 있을 때의 가장 선명한 모습을 하민아에게 보여줬다.

"누구라니?"

"안경을 쓰고 변장했지만 눈에 익은 얼굴 아냐?"

"내가 아는 사람이라고?"

"김이 서린 흐릿한 안경 속 눈매를 잘 봐. 키와 덩치도 살펴보고. 남편 같지 않아?"

"뭐어!"

하민아가 손에 들고 있던 내 휴대전화를 손에서 벌레 털어내듯 테이블 위에 털썩 떨어뜨렸다.

"남편 맞지? 남편은 자살한 거야. 누군가에게 살해된 게 아니라 자기가 자기를 죽인 거지."

나는 하민아에게 남편의 죽음이 자살일 수밖에 없는 증거들을 이야기했다.

자살이면 그동안 내가 이상하다고 생각했던 모든 의문점들이 다 설명되었다.

범인은 장갑을 끼고 있지 않았는데 현장 어디에서도 지문이 나오지 않았다. 초인종, 문손잡이 등에서 우태권의 지문만 채취되었다. 범인이 손가락에 매니큐어 같은 걸 칠하고 있었던 게 아니었다.

범인이 굳이 번거롭게 창문으로 도망친 이유도 자살이면 설명이 되었다. 또 범인이 변장하는 데 썼던 옷, 가발, 가방, 그리고 피해자인 우태권의 휴대전화와 지갑을 형사들이 수색하면 쉽게 눈에 띌 만한 산책길 옆에서 불에 태운 것도 설명이 되었다.

사건을 시간의 흐름에 따라 재구성해보면 이러했을 것이다.

그날 오후 5시, 우태권은 세트로 산 칼이지만 집에서 오래 사용해온 부엌칼과 달리 한 번도 사용하지 않고 나무상자 속에 들어 있던 날카로운 과도와 변장에 쓸 옷과 가발 등을 스포츠 가방에 넣어 들고 딸아이의 손을 잡고 집을 나섰다. 아내를 살해하는 현장에 사랑하는 딸을 데려갈 수는 없어 딸은 처가에 맡겼다. 장모에게는 아내가 저녁 늦게 딸을 데리러 올 거라고 말했다. 정말 아내가 너무 늦지 않게 귀가해 딸아이가 집에 없는 것을 보고 친정에 연락해 딸을 데리러 간다면 남편이 바람난 아내를 죽이는 비극은 일어나지 않을 수도 있었다.

우태권은 아내가 한 명 또는 여러 남자와 모텔에 드나들고 있다는 사실을 알고 나서 아내의 휴대전화에 위치 추적 프로그램을 깔아놓았기에 아내를 찾는 것은 그리 어려운 일이 아니었다. 곧 우태권은 번화가에서 외간 남자와 술을 마시고 있는 아내를 찾아냈다. 그는 그 술집이 잘 보이는 맞은편 술집으로 들어가 술을 마시며 창문을 통해 아내와 남자를 감시했다. 아내는 표정이 밝고 즐거워 보였다. 아내는 내연남에게 갖은 애교를 떨어댔다. 안주를 먹여주기도 했다.

아내는 남편인 자기에게는 지금까지 한 번도 하지 않은 행동들을 내연남에게는 자연스레 하고 있었다. 아마 잠자리에서도 그러리라. 우태권은 당장 달려가 준비해온 과도로 두 연놈을 찔러 죽이고 싶은 충동을 느꼈으나 꾹 참았다. 불륜 현장을 두 눈으로 확인하고 죽여야 마땅했다.

술집들이 문을 닫는 시간인 9시가 되자 아내와 남자가 술집에서 나왔다. 우태권은 적당히 거리를 두고 두 사람을 미행했다. 아내의 휴대전화에 위치 추적 프로그램이 깔려 있으니 두 사람을 놓쳐도 다시 찾아내면 되었다.

아내와 불륜남은 편의점에 들러 술을 샀다. 두 사람이 나온 뒤 우태권도 편의점으로 들어가 술을 샀다. 두 사람이 술을 사 들고 어디로 갈지 모르니 두 사람이 하는 대로 따라 한 것이었다.

두 사람은 걸어서 아모르 모텔로 이동했다. 예전에 우태권이 공무원이었을 때 여자 상사의 손에 이끌려 와본 적이 있는 모텔이었다. 우태권은 멀리서 두 사람이 모텔 안으로 들어가는 것을 지켜봤다. 곧 3층 객실 하나에 불이 켜졌다. 308호였다.

우태권은 준비해온 갈색 파마머리 가발과 모자, 안경 등으로 변장했다. 잠바와 바지도 준비해온 예전 옷으로 갈아입었다. 날카로운 과도를 꺼내 바지 허리춤에 찔러넣었다. 변장은 완전범죄를 하기 위함이 아니라 불륜 현장을 덮치기 전에 아내에게 먼저 발각되는 상황을 피하기 위해서였다. 남편이 코앞에 서 있어도 누구인지 알아보지 못해야 했다. 아내와 불륜남을 죽인 뒤에는 자살할 생각이었다.

모텔을 향해 걸어가는데 전화벨이 울렸다. 무시했다. 하지만 전화벨은 끊이지 않고 계속 울렸다. 휴대전화를 꺼내 살펴보니 장모 전화였다. 장모에게 연락이 오리라는 것은 해연을 장모에게 맡길 때부터 이미 예상한 바였고 일말의 희망이 사라졌음을 알리는 조곡이었다. 그런데 끊임없이 울리는 전화벨 소리가 마치 해연이가 아빠를 간절히 부르는 가냘픈 목소리처럼 들렸다. 딸의 목소리를 마지막으로 한 번 더 듣고 싶었다. 결국 전화기의 통화 버튼을 눌렀다.

"여보세요?"

"우 서방인가? 어찌 된 일인지 민아가 아직도 해연이를 데리러 오지 않아서…. 아까 두 번이나 전화했는데 받지 않더니, 방금 또 전화했더니 전화기가 꺼졌더라고."

"아, 친구들하고 술 마신다고 제게 전화 왔었어요. 아마 배터리가 떨어졌을 겁니다. 죄송합니다만, 해연이는 내일 아침에 데리러 갈 테니 오늘 밤은 어머님이 좀 데리고 있어주세요."

"그래, 그러지."

"해연이 아직 안 자죠?"

전화기에서 전화를 그대로 끊을세라 다급히 아빠를 부르는 해연의 목소리가 들려왔다.

"아빠, 아빠!"

"그래, 해연아!"

"아빠 보고 싶어, 언제 와?"

"오늘은 할머니하고 자. 내일 데리러 갈게."

"아빠 자장가 불러줘."

"아빠 지금 밖이라 그럴 수 없어."

"아잉, 아빠가 자장가 안 불러주면 나 또 오줌 싼단 말이야."

어쩔 수 없었다. 우태권은 전화기에 대고 어릴 때 어머니가 불러주던 자장가를 부르기 시작했다.

"엄마가 섬 그늘에 굴 따러 가면, 아기가 혼자 남아 집을 보다가…."

눈에서 눈물이 주르륵 흘러내렸다. 노랫소리에 조금씩 울음소리가 섞였다.

"왜 그래 아빠?"

아이도 아빠의 목소리가 이상하다고 느낀 것 같았다.

"잘 자, 해연아…. 잘 자!"

전화를 끊으려 했지만 차마 종료 버튼을 누를 수 없었다. 아이가 몇 번 아빠를 부르다 대답이 없자 장모가 전화기를 건네받아 "여보세요?" 하고 한 번 불러본 뒤 전화가 끊어진 줄 알고 전화를 끊었다.

우태권은 그대로 서서 한참 동안 손에 들린 전화기를 들여다봤다.

아내가 나한테 끔찍하게 살해되고 나도 죽고 나면 자폐아 해연, 사랑하는 딸 우해연은 어떻게 될까?

우태권은 모텔 안으로 걸음을 옮기지 못하고 모텔 옆에 한참을 서 있었다.

결국 우태권은 아내를 죽이기 위해 허리춤에 꽂았던 칼을 빼내 다시 스포츠 가방에 넣었다.

이제 아내를 죽이고 싶지 않았다. 그냥 혼자 죽는 게 여러모로 나았다. 아내는 남편에게는 악녀일지 몰라도 해연에게는 꼭 필요한 좋은 엄마였다.

'그래, 나만 죽으면 다 해결돼.'

혼자 죽으면, 잘하면 해연에게 10억을 유산으로 남겨줄 수도 있었다.

우태권은 모텔 주차장 뒤편 오솔길에서 아내와 남자가 투숙한 308호를 올려다봤다. 아내와 남자가 지금 무슨 짓을 하고 있을지 상상하니 다시 죽이고 싶은 충동이 일었다. 하지만 복수와 해연에게 물려줄 10억 중에 딱 하나만 선택할 수 있었다. 아내와 내연남에게 복수하면 딸의 행복이 사라지고, 아내와 내연남에게 복수하지 않으면 딸이 행복해질 수 있었다. 선택은 이미 정해져 있었다.

그때 그의 눈에 108호의 방범창 창살이 들어왔다. 순간 좋은 아이디어가 떠올랐다. 아내가 바람을 피우고 있는 모텔에서 남편이 끔찍하게 살해되는 것도 아내와 내연남에게 재미있는 선물이 될 것 같았다.

우태권은 일부러 다리를 절뚝이며 인근 철물점에 들러 경상도 말투를 써가며 방범창 창살을 뜯어낼 수 있는 도구를 샀다.

모텔 뒤 오솔길에서 다시 원래대로 옷을 갈아입고 변장을 해제해 우태권으로 돌아간 그는 모텔 안으로 들어가 미리 점찍어둔 108호에 투숙했다. 그리고 철물점에서 산 드라이버와 펜치로 방범창 창살을 뜯어내고 변장 도구와 옷이 든 가방을 들고 창문을 빠져나가 인적이 없는 곳에서 다시 가발과 모자, 안경을 쓰고 색깔이 다른 마스크를 걸치고 옷을 갈아입었다. 다시 다리를 절며 모텔 출입구로 들어가 경상도 말투로 여주인과 대화한 뒤 108호로 갔다. 108호 출입문은 닫히지 않도록 잠금장치 틈에 접은 종이를 끼워놓은 상태였다. 초인종을 누른 뒤 잠시 기다리는 척하다가 108호 출입문을 열고 안으로 들어간 우태권은 휴대전화를 끄고 자신의 원래 옷이 든 가방을 들고 망가뜨려놓은 창문을 통해 밖으로 빠져나가 뒷산에서 옷을 갈아입은 뒤 변장 도구와 옷, 망가뜨린 휴대전화, 지갑, 마스크, 창문을 뜯는 데 사용한 연장 등을 불에 태웠다. 다만 지갑은 완전히 태우지 않고 타다 만 것처럼 조금 남겨놓았다. 그는 옷에 흙이 묻지 않게 조심하며 모텔로 돌아와 다시 창문을 통해 모텔 안으로 들어갔다. 이후 신발에 묻은 흙을 꼼꼼히 털어낸 뒤 캔맥주를 하나 마시고 나서 목욕가운으로 갈아

입었다. 칼에 지문이 남지 않도록 과도 손잡이를 모텔 수건으로 감싸 쥐고 타인이 찌른 것처럼 목욕가운 위로 가슴을 한 번 찌르고 목을 두 번 찔렀다. 하지만 상처가 깊지 않자 가슴 맨살에 칼끝을 대고 벽에 수건을 감은 칼 손잡이를 댄 뒤 몸을 앞으로 전진시켜 자살에 성공했다. 말 그대로 성공이었다.

내 이야기를 듣고 난 하민아는 말없이 맥주를 연거푸 들이켰다. 눈에 눈물이 고여 있었다. 나는 하민아의 빈 잔에 몇 번 술을 따라줬다.

"이제 어쩔 거야?"

하민아가 내게 물었다.

"글쎄?"

나는 대답을 회피했다.

내가 알아낸 사실을 수사본부에 보고하면 이 사건은 우태권이 보험을 타기 위한 자작극, 자살 사건으로 종결되고 나와 하민아의 불륜관계는 영원히 들통 나지 않을 것이다. 그리고 나는 내년에는 경감으로 진급할 수 있을 것이다. 하지만 하민아와는 다시 잠자리를 할 수 없을 것이다.

만약 내가 입을 다문다면 하민아와 그녀의 자폐아 딸은 금전적으로 여유 있는 삶을 살 수 있을 테지만 앞으로의 수사 과정에서 나와 하민아의 불륜관계가 들통 날 위험이 있었다. 또 나는 속궁합이 잘 맞는 하민아와 계속 내연관계를 유지할 수 있을 테지만 내년에도 점수가 부족해 진급은 하지 못할 것이다.

잠시 뒤 나는 어떻게 할지 결정하고 입을 열었다.

"집에 들어가자마자 남편 가슴에 꽂혀 있던 과도와 한 세트인 그 골든 나이프 부엌칼, 그 칼을 종이나 휴지에 잘 싸서 쓰레기봉투에 넣어 사람들의 눈에 띄지 않게 은밀히 버려. 그럼 아버지가 원하던 대로 딸이 아버지의 사망보험금을 탈

수 있을 거야."

"고, 고마워…."

하지만 나는 하민아에게 고맙다는 말을 듣고 싶지는 않았다.

"나 먼저 간다. 수사 회의가 있어."

나는 자리에서 일어나 마스크를 눈 밑까지 올려 쓴 뒤, 늘 하던 버릇대로 현금으로 술값을 내고 서둘러 술집을 빠져나왔다. 수사 회의는 핑계였다.

나는 경찰서 쪽으로 걸어가며 휴대전화에 있는 하민아의 전화번호를 지웠다. 사적으로는 이제 다시는 하민아와 만나지 않을 생각이었다. 내가 나쁜 놈이긴 해도 남편을 죽여놓고 죽은 자의 아내와 계속 바람을 피울 만큼 나쁜 놈은 못되었다.

차가운 바람이 목덜미를 파고들었다. 코로나 변종이 극성인 올겨울은 유난히 더 추운 것 같았다.

신인상

수상작

바그다드

최필원

이라크 반군의 RPG 공격이 시작됐을 때 미군 제1기병사단 소속 정찰대는 다급하게 아무 문이나 골라 들어가 몸을 피했다. 허술하고 허름해 보이는 노란 건물은 곡물 따위를 저장해두는 창고인 듯했다. 굉음과 함께 미군이 우르르 몰려들어오자 안에 있던 남자 서너 명이 기겁을 하며 뒷문으로 빠져나가버렸다.

케빈 셔우드 상등병이 작은 창문 밖으로 상황을 살폈다.

"놈들이 주변 건물 옥상에 진을 치고 기다렸던 모양입니다."

그의 눈이 불타는 험비 두 대와 그 주변을 빠르게 훑어나갔다.

"사상자는?"

마크 첼리오스 중위의 질문에 대원들이 웅성대며 동료의 생사를 확인하기 시작했다. 밖에서 AK-47이 발사될 때마다 건물 외벽에서 돌과 흙먼지가 튀었다. 이라크에서 대량으로 찍어낸 AK-47은 값이 저렴할 뿐만 아니라 내구력과 파워가 탁월해 반군의 트레이드마크로 굳어진 지 오래였다.

"모리스!"

"네!"

"맥매스터!"

"여기 있습니다!"

"블레이크 상사님!"

"여기!"

"프랭코! 닐리! 머피!"

자욱한 먼지 속에서 대원들이 다급하게 서로를 불러댔다.

"해밀턴! 해밀턴은 어디 있지?"

"해밀턴과 포스터가 보이지 않습니다."

벤 켄모어 병장이 소리쳤다.

"포스터와 해밀턴은 RPG가 폭발했을 때 험비에서 빠져나오지 못했습니다."

케빈 셔우드 상등병이 말했다.

"그들과 같이 타고 온 헌팅턴은 저쪽에 누워 있습니다. 얼핏 봐도 부상이 꽤 심각한 것 같습니다. 눈도 보이지 않는답니다."

드숀 그린 상등병이 덧붙였다.

"다른 부상자는?"

첼리오스가 패닉에 빠진 눈빛으로 물었다.

"블레이크 상사님이 파편에 맞아 얼굴과 목에 출혈이 생겼습니다. 쏜은 임팩트 순간에 건물 외벽에 부딪혀 어깨와 허리에 부상을 입었고요. 프랭코 일등병님은 지프에서 뛰어내리다가 발목이 접질렸습니다. 그 외 확인된 대원들의 부상은 경미합니다."

의무병 에릭 모리스 이등병이 보고했다.

"셔우드와 켄모어, 자네들은 실종자들이 보이는지 창문으로 계속 밖을 살피도록 해. 닐리와 헌팅턴, 자네들은 뒷문을 지키고, 머피 자네는 앞문에서 실종자들을 불러봐. 아직 살아 있다면 나가서 데려와야 하니까."

중위의 지시가 떨어지자 호명된 대원들이 신속하게 움직였다.

"지원 요청을 해야 하는데 하필 포스터가 실종돼서 큰일입니다."

창밖을 살피던 셔우드가 말했다. 랜딜 포스터 일등병은 유닛의 통신병이었다. 적에게 포위된 상황에서 무전기를 챙기러 나가는 건 자살행위나 다름없었다. 게다가 RPG 공격에 무전기가 손상됐을 가능성도 배제할 수 없었다.

어두운 표정으로 창고 안을 찬찬히 둘러보는 첼리오스 중위의 입에서 긴 한숨이 터져 나왔다.

빌어먹을 양키 놈들. 내가 오늘 다 쓸어버리겠어.

나는 이를 갈아대며 자욱한 연기를 조심스레 헤쳐 나갔다. 예고도 없이 사방에서 RPG가 날아들었을 때 기고만장하던 미국 놈들은 기겁을 하며 도로변의 아무 문이나 열고 들어가버렸다. 꽁지 빠지게 달아나는 꼴이 어찌나 우습던지.

양키 놈들의 험비와 지프는 아직도 불길에 휩싸여 있었다. 나는 현장 주변을 빠르게 살펴나갔다. 놈들에게 발각되지 않고 접근하려면 자욱하게 피어오르는 연기를 잘 활용해야 했다.

나는 건물을 멀리 돌아 뒤편으로 향했다. 놈들이 패닉에 빠져 있는 틈을 타 기습하면 의외로 손쉽게 양키 놈들을 전멸시킬 수 있을 것이다. 이제야 우리 부류를 능멸하고 학대하고 업신여겨온 노랑머리 코쟁이 놈들에게 본때를 보여줄 기회가 온 것이다.

"블레이크 상태는?"

첼리오스가 의무병에게 물었다.

"지혈은 됐고요. 다행히 위독한 상태는 아닙니다, 중위님."

모리스가 대답했다.

첼리오스는 굳은 표정으로 고개를 끄덕이며 부상자들을 차례로 쳐다보았다. 당장 지원 요청을 해야 했지만 통신병 포스터가 실종됐으니 낭패였다. 신속히 항공 지원이 이루어지면 이 악몽 같은 상황은 단 몇 분 만에 해결될 테지만 지금으로서는 기지가 상황을 파악하고 연락이 두절된 순찰 유닛을 찾아 나설 때까지 기다리는 수밖에 없었다.

"실종자들이 보이나?"

중위가 창문 밖을 유심히 살피고 있는 셔우드와 켄모어에게 물었다.

"연기가 너무 자욱해서 보이질 않습니다, 중위님."

켄모어 병장이 대답했다.

"반군은?"

"반대편 건물 옥상에서 계속 총을 쏴대고 있습니다. 도로 양옆에서도 무장한 놈들이 야금야금 접근 중입니다. 보나마나 창고 뒤편으로도 몰려들고 있을 거고요. 여기서 이렇게 죽치고 있다간 금세 포위당하고 말 겁니다."

그때 창고 뒷문 쪽에서 총성이 들려왔다.

"닐리! 헌팅턴!"

첼리오스가 큰 소리로 불러보았지만 부하들의 응답이 없었다. 순간 그의 등골이 오싹해졌다.

양키 놈 둘이 뒷문을 지키고 있었다. 그들은 나를 보지 못했지만 허물어지다만 돌담 뒤에 몸을 숨긴 나는 놈들을 똑똑히 볼 수 있었다. 바짝 긴장한 노랑머리 악마들은 수시로 고개를 내밀며 썰렁한 뒷골목을 살폈다. 나는 라이플을 어깨에 메고 조심스레 돌담에서 떨어져나왔다.

두 놈 중 하나가 뒤를 돌아보며 누군가에게 소리치고 있었다. 동료들에게 뒷골목 상황을 보고하는 것일 테지. 나는 좁은 골목에 줄지어 세워진 차량들 뒤에 몸을 숨긴 채 창고 왼편으로 조심스레 이동해나갔다.

악의 무리를 내 손으로 직접 응징할 기회가 굴러들어오다니! 아직도 실감이 나지 않았다. 얼마나 오랫동안 꿈꿔온 순간이던가! 쳐 죽여도, 산 채로 씹어 먹어도 시원치 않을 원수 놈들.

미군들의 고개가 다시 건물 안으로 사라졌다. 나는 그 틈을 타 잽싸게 좁은 길을 건너갔다. 그리고 발소리를 죽인 채 창고 뒷문을 향해 빠르게 나아갔다. 문 뒤편에서 잔뜩 경직된 양키 놈들의 목소리가 흘러나왔다. 어느새 뒷문에 도착한 나는 벽에 몸을 밀착시키고 가쁜 호흡을 가다듬었다.

잠시 후, 한 놈의 고개가 다시 문밖으로 튀어나왔다. 나와 눈이 마주치는 순간 놈이 헉 하고 짧은 숨을 내쉬었다. 그의 눈은 툭 튀어나올 것처럼 휘둥그레졌다. 나는 그가 기겁을 하며 법석을 떨어대기 전에 망설임 없이 방아쇠를 당겼다. 그리고 문 앞으로 이동해 패닉에 빠진 또 한 놈을 쏴 죽였다.

선량한 사람들 괴롭힐 땐 신나고 좋았지? 너희가 똑같이 당해보니 어때? 너희 양키 놈들 때문에 얼마나 많은 사람들이 피눈물을 흘린 줄 알아? 자, 이제 인과응보의 대가를 치를 시간이야. 피로 네놈들 찻값을 치르게 해주지.

나는 먼지 덮인 바닥에 큰대자로 뻗어버린 놈의 벨트에서 짙은 초록색의 원통형 수류탄을 뽑아들었다. *M83 SMOKE TA.* 나는 유유히 링을 뽑고 연막 수류탄을 창고 안쪽 깊숙이 던져 넣었다.

"제가 가보겠습니다, 중위님."

창가에 서 있던 벤 켄모어 병장이 총성이 들려온 뒷문을 향해 조심스레 이동했다.

"그린, 맥매스터, 자네들도 켄모어를 따라가 봐."

첼리오스 중위가 다급하게 지시했다. 모리스 의무병을 도와 부상자들을 챙기던 드숀 그린 상등병과 스티브 맥매스터 이등병이 벽에 기대어놓은 라이플을 집어들고 병장을 따라 나갔다.

바로 그때, 둔탁한 소리와 함께 무언가가 안으로 튕겨져 들어왔다. 짙은 색의 원통형 물체는 대원들에게 너무나 익숙한 것이었다.

"연막탄입니다!"

그린이 소리쳤다.

순간 퍽 하는 소리와 함께 하얗고 매캐한 연기가 뿜어져 나오기 시작했다.

"빌어먹을! 닐리! 헌팅턴! 이게 어떻게 된 거야?"

첼리오스가 뒤편을 향해 소리쳤다.

창고 안은 순식간에 자욱한 연기로 가득 차버렸다. 첼리오스가 연막탄을 찾아 다급하게 바닥을 더듬어나갔다.

"앞문과 창문을 열어!"

중위의 지시가 떨어지자 패트릭 머피 이등병이 콜록대며 앞문을 활짝 열어젖혔다. 케빈 셔우드 상등병은 라이플 총구로 유리창을 깨뜨렸다. 문과 창문으로 하얀 연기가 내뿜어지자 기다렸다는 듯 밖에서 AK-47이 일제히 발사됐다.

간신히 연막탄을 찾아낸 첼리오스가 창가로 달려가 그것을 밖으로 힘껏 내던졌다. 하지만 이미 실내를 뒤덮어버린 연기는 쉬이 걷히지 않았다. 모래바람이 일자 밖으로 뿜어져 나간 연기가 소용돌이치며 발광했다.

"모두들 정신 똑바로 차려! 우리 시야가 가려진 틈을 타서 놈들이 들이닥칠 수 있으니까. 연기가 걷힐 때까지 필사적으로 버텨야 해! 셔우드는 창문으로 바깥 상황을 살피고, 켄모어와 머피는 앞문을 지키고 있다가 적의 움직임이 포착되면 발포해. 그린, 맥매스터, 자네들은 뒷문을 맡아. 놈들이 이미 진입해 있는지도 모르니까. 자네들도 움직임이 포착되면 지체 없이 발포하도록 해."

중위의 지시에 따라 대원들이 신속하게 움직였다.

"모리스, 자넨 부상자들을 저쪽 곡물 부대 뒤편으로 옮겨. 한데 모아놓으면 챙기기 수월할 테니."

"중위님, 저도 뒤편으로 가겠습니다. 발목 조금 삐끗한 것 가지고 중상자 취급하시면 곤란합니다."

리치 프랭코 일등병이 라이플을 집어들며 말했다. 그는 자신의 발목이 부러졌음을 짐작하고 있었다. 통증이 극심했지만 이런 위태로운 상황에 멀쩡한 두 손을 놀리고 있는 건 용납할 수 없는 일이었다. 그의 발목 상태를 잘 알고 있는 모리스가 반발하려 하자 프랭코가 모리스 이등병을 매섭게 쏘아보았다.

"좋아. 프랭코 자네도 그린과 맥매스터를 따라가."

프랭코가 절뚝거리며 뒤편으로 사라지자 첼리오스가 곡물 부대를 앞문으로 가져가 차곡차곡 쌓아놓았다. 켄모어와 머피를 위한 총알막이었다.

"다들 기운 내! 이곳 상황이 파악되는 대로 기지에서 지원을 급파할 거야. 딱 10분만 더 버텨보자고!"

첼리오스 중위는 창고 안을 슥 둘러보고 나서 뒷문에 쌓아놓을 부대를 주섬주섬 챙기기 시작했다. 그가 묵직한 곡물 부대를 어깨에 들쳐 메고 돌아서려는 찰나, 뒤편에서 또다시 총성이 들려왔다. 누군가의 비명과 함께 대원들의 응사가 시작됐다.

첼리오스는 부대를 던져놓고 자욱한 연기 속에서 라이플을 찾아 바닥을 더듬기 시작했다.

창고 뒷방에는 온갖 잡동사니가 어지럽게 널려 있었다. 나는 한쪽에 쌓아둔 나무 상자들 뒤에 몸을 숨긴 채 놈들을 기다렸다. 활짝 열린 뒷문으로 하얀 연기가 내뿜어지고 있었다.

잠시 후, 무거운 군화 소리와 함께 양키 놈들이 모습을 드러냈다. 그들은 연신 기침을 토해내며 조심스레 걸음을 옮겨나갔다. 그들 중 하나는 문 옆에 바짝 붙어 서서 밖을 살폈고, 나머지 하나는 뒷방 구석구석을 수색해나갔다.

　나는 터져 나오려는 기침을 간신히 참고 라이플로 두 놈을 차례로 겨누었다. 어느 놈 먼저 죽여줄까? 하얀 악마? 까만 악마?

　그때 세 번째 양키 놈이 뒷방으로 불쑥 들어왔다.

　"뒷문은 상등병님과 내가 맡을 테니까 맥매스터 자넨 뒷방을 샅샅이 뒤져봐. 놈들이 이미 진입해 있는지도 모르니까."

　뒤늦게 따라 들어온 땅딸막한 놈이 한쪽 구석에서 라이플 총구로 곡물 부대를 푹푹 찔러대고 있는 멀대같은 놈에게 말했다.

　"알겠습니다, 일등병님."

　세 번째 양키는 눈에 잔뜩 힘을 주고 문밖을 살피는 깜둥이 양키 옆으로 바짝 다가가 섰다.

　"발목도 성치 않은데 왜 왔어?"

　"상등병님이 못 미더워서요."

　땅딸보가 씩 웃으며 말했다.

　"난 여기서 왼편을 살필 테니까 자넨 문 반대편에서 오른편을 살피도록 해."

　땅딸보는 상관의 지시에 따라 움직였다.

　"맥매스터! 벽에 놈들이 기어들어올 만한 구멍이 없는지 꼼꼼히 살펴봐!"

　"알겠습니다, 상등병님."

　깜둥이와 땅딸보가 문밖을 살피는 동안 멀대는 사방에 널린 잡동사니를 발로 걷어차며 수색을 이어나갔다.

잠시 후, 반대편 수색을 마친 멀대가 내가 숨어 있는 쪽으로 돌아섰다. 연기는 서서히 걷혀가는 중이었다. 더 이상 꾸물거릴 시간이 없었다.

나는 나무 상자 밖으로 라이플을 내밀고 멀대와 문 양옆에 서서 바깥 상황을 살피고 있는 두 양키 놈을 향해 총알을 퍼부었다. 바닥에 고꾸라진 땅딸보가 다급하게 응사했지만 맹렬히 날아든 총알은 든든한 방패를 갖춘 내게까지 미치지 못했다. 그새 연기가 다시 시야를 가려놓았고, 나는 문간의 두 놈을 향해 남은 총알을 전부 쏟아냈다.

나는 방아쇠에서 손가락을 떼고 귀를 쫑긋 세워보았다. 다행히 더 이상의 응사는 없었다. 나는 탄약이 얼마 남지 않은 라이플을 한쪽으로 던져버리고 부자연스러운 자세로 엎어져 있는 멀대의 손에서 M4 카빈 라이플을 거두었다.

나는 쓰러진 양키 놈들을 마지막으로 둘러본 후 나머지 악마들이 갇혀 있는 창고로 빠르게 이동해나갔다. 놈들에게 신의 분노를 똑똑히 보여줄 시간이었다. 나는 뛰는 가슴을 애써 진정시키고 속으로 나지막이 되뇌었다.

자비로운 신이시여, 저 악마들을 지옥으로 보내소서.

자비로운 신이시여, 뜻하는 바 이룰 수 있도록 지켜주소서.

지켜주소서.

"뒷방에 가봐야겠어. 모리스, 부상자들 잠깐 놔두고 날 따라와!"

첼리오스 중위가 의무병을 손짓해 불렀다. 뒷방에서 보게 될 참혹한 광경을 떠올리는 그의 온몸이 덜덜 떨리고 있었다.

모리스가 마지막으로 코너 블레이크 상사의 얼굴과 목 상태를 살피고 나서

라이플을 챙겨 들었다.

"내 뒤에 바짝 붙어 따라와. 놈들이 뒷문으로 진입했을 수도 있으니까."

중위의 말에 모리스가 겁에 질린 얼굴로 마른침을 삼켰다. 제네바 협약에 따라 적군이라도 의무병을 공격할 수 없고, 대신 의무병도 호신용 무기 외의 살상 무기를 소지할 수 없었다. 의무병은 적이 자신과 자신이 보호해야 할 환자를 공격하려는 경우에만 무기를 사용할 수 있는데, 이 경우 합당한 무기 사용으로 인정되어 국제법의 보호를 받을 수 있었다. 하지만 미치광이 타월헤드들이 제네바 협약 따위를 알 리 없었고, 모리스 또한 생사가 걸린 위태로운 상황에서 이것저것 따지다가 총알밥이 되고 싶지 않았다.

"그린! 프랭코! 맥매스터!"

첼리오스가 대원들의 이름을 부르며 뒤편으로 이동했다. 뒷방으로 통하는 좁고 어두운 통로는 아직도 자욱한 연기로 가득 차 있었다.

"대답이 없는 걸 보니 놈들에게 당한 모양이야. 어차피 연기 때문에 적군인지 아군인지 구분할 수도 없을 테니까, 앞에서 움직임이 포착되면 일단 방아쇠부터 당겨. 알아듣겠지?"

첼리오스가 정면을 노려보며 나지막이 말했다.

"알겠습니다, 중위님."

라이플을 쥔 모리스의 손에는 힘이 잔뜩 들어가 있었다.

"그린! 프랭코! 맥매스터! 다들 무사한가?"

중위가 다시 대원들을 불러보았지만 들려오는 것이라고는 문밖에서 일고 있는 거센 모래바람 소리뿐이었다.

안쪽에서 대원들을 부르는 목쉰 소리가 들려왔을 때 나는 좁은 통로 한쪽에 수북이 쌓인 곡물 부대 뒤에 몸을 숨긴 채 기다리고 있었다. 라이플을 쥔 손에서 땀이 배어 나왔지만 긴장되기보다는 한껏 들뜬 마음이었다.

창고 앞쪽에서는 아직까지도 반군의 AK-47과 양키 놈들의 M4가 산발적으로 발사되고 있었다. 이제 곧 반군에게 포위당한 정찰대를 구하러 양키 기지가 급파한 지원이 도착하게 될 것이다. 서둘러야 했다. 악마들이 무시무시한 화력을 앞세우고 몰려들기 전에 뜻한 바를 이루어야 했다.

몇 초 후, 마침내 두 개의 형체가 통로로 들어섰다. 앞장선 놈은 빠르게 걸어 뒷방으로 향했고, 뒤따르는 놈은 좁은 통로를 좌우로 살피며 잰걸음으로 따라 나가는 중이었다. 두 놈이 곡물 부대 앞을 지나 뒷방으로 들어섰다. 나는 잽싸게 뛰쳐나가 뒷놈에게 라이플을 갈겼다. 갑자기 들려온 총성에 몇 걸음 앞서가던 놈이 화들짝 놀라며 바닥에 납작 엎드렸다. 나는 그가 돌아보기 전에 후다닥 달려가 놈에게 총구를 들이밀었다.

"총 버려."

놈은 순순히 시키는 대로 했다. 나는 그가 앞으로 던져놓은 라이플을 한쪽 구석으로 차버렸다.

"천천히 일어나."

양키 놈은 가쁜 숨을 쌕쌕 내쉬며 몸을 일으켰다.

"중위님! 괜찮으십니까? 중위님!"

창고 쪽에서 한 대원이 큰 소리로 상관을 불렀다.

"괜찮다고 대답해. 각자 포지션 유지하라고 하고."

중위는 잠시 뜸을 들이다가 내 지시에 따랐다.

"여긴 괜찮아! 포지션 이탈하지 말고 바깥 상황 잘 감시해!"

"잘했어."

내가 총구로 놈의 등을 쿡 찌르자 그가 움찔했다.

"자, 이제 우린 창고로 돌아갈 거야. 허튼수작 부렸다간 내 M4가 용서하지 않을 테니까 명심해. 알아듣겠어?"

놈이 말없이 고개를 끄덕였다.

"앞장서서 걸어. 아주 천천히."

놈이 몸을 틀고 창고를 향해 걸음을 옮겨나가기 시작했다. 나는 총구를 놈의 등에 갖다 붙인 채 그를 따라 나갔다.

연막탄을 신속하게 처리한 덕분에 창고 안의 연기는 많이 걷힌 상태였다. 나는 앞서나가는 양키 놈에게 몸을 밀착시킨 채 문턱을 넘어갔다.

마침내 원수 놈들을 조져버릴 때가 온 것이었다.

"중위님!"

곡물 부대 뒤에서 애런 쏜 이등병의 목소리가 터져 나왔다. 딱딱하게 굳은 표정으로 두 손을 번쩍 든 상관의 모습에 쏜은 당혹스러웠다. 나머지 대원들도 속속 고개를 돌려 첼리오스 중위를 쳐다보았다.

"다들 총 버려!"

중위 뒤에서 미군 군복 차림의 남자가 흠잡을 데 없는 완벽한 발음으로 소리쳤다. 대원들이 일제히 중위 쪽으로 총구를 돌렸다. 남자가 라이플로 등을 쿡 찌르자 첼리오스가 긴 한숨을 내쉬며 대원들을 찬찬히 돌아보았다.

"시키는 대로들 해. 다들 총 버려."

중위의 맥 빠진 목소리에 대원들은 어찌할 바를 모르고 서로를 쳐다보았다. 첼리오스가 말없이 고개를 끄덕이자 중위를 빤히 응시하던 케빈 셔우드 상등병이 먼저 라이플을 바닥에 내려놓았다. 나머지 대원들도 그를 따라 무기를 내놓았다.

"다들 저쪽 구석으로 이동해."

남자가 수북이 쌓인 곡물 부대를 턱으로 가리켰다. 앞문을 지키고 있던 켄모어와 머피, 그리고 창가의 셔우드가 부상자들이 앉아 있는 쪽으로 쭈뼛쭈뼛 이동했다. 다섯 명의 대원을 한쪽 구석으로 몰아넣은 남자가 중위와 함께 움직이며 바닥에 널린 무기를 반대편 구석으로 차 넣었다.

"너도 저기 가서 앉아."

남자가 총구로 중위의 등을 떠밀었다. 첼리오스는 여전히 두 손을 든 채 부하들이 모여 앉은 곳으로 천천히 걸어 나갔다. 그가 대원들 앞에 자리를 잡고 앉자 남자가 얼굴에서 전투복 얼굴 덮개를 턱밑으로 내렸다. 중위와 대원들은 눈을 가늘게 뜨고 옅은 연기에 가려진 남자의 얼굴을 일제히 올려다보았다. 마침 창문으로 스며든 바람이 연기를 걷어내자 남자의 얼굴이 드러났다.

순간 대원들의 눈이 휘둥그레졌다. 몇몇은 숨이 턱 막혀버린 모습이었다.

"해밀턴!"

첼리오스 중위가 믿을 수 없다는 얼굴로 조슈아 해밀턴 이등병을 올려다보았다. 나머지 대원들의 반응도 그와 다르지 않았다.

"왜? 놀랐나?"

해밀턴이 실실 미소를 흘리며 말했다.

"해밀턴, 너 이 자식. 이게 뭐 하는 짓이야? 반란은 사형감이라는 거 몰라?"

챌리오스가 이를 갈며 말했다.

해밀턴이 총구를 내리고 그의 왼쪽 무릎에 총알을 하나 박아 넣었다. 중위가 외마디 비명을 지르며 피가 배어나오는 무릎을 두 손으로 움켜쥐었다.

"어디, 또 할 말 있는 사람?"

해밀턴이 공포에 질린 대원들을 찬찬히 돌아보았다. 그들은 숨을 죽인 채 해밀턴의 얼굴과 총구를 번갈아 쳐다보았다.

"이유가 뭐지?"

정찰대 2인자, 코너 블레이크 상사가 기어들어가는 목소리로 물었다. 얼굴과 목에 파편이 박힌 그는 마치 공포영화 속 캐릭터처럼 피범벅이 돼 있었다.

"이유? 그래, 이유라도 알고 죽어야 덜 억울하겠지."

해밀턴이 씩 웃으며 대원들의 얼굴을 차례로 쳐다보았다.

"자네 혹시…."

"닥치고 있어!"

챌리오스 중위가 입을 열자 해밀턴이 빽 소리치며 총상 입은 그의 다리를 냅다 걷어찼다.

"마크, 아직도 네가 내 상관인 줄 알아? 아직도 상황 파악이 안 돼?"

중위의 입이 닫히자 해밀턴이 심호흡을 몇 번 하며 흥분을 가라앉혔다.

"너희들이 나한테 무슨 짓을 했는지 다들 잘 알 거야. 아까 순찰 나오기 직전까지도 그랬잖아. 차별, 학대, 무시, 따돌림."

해밀턴의 시선이 벤 켄모어 병장에게로 돌아갔다.

"벤 켄모어, 우리 유닛에서 가장 악명 높은 인종차별주의자. 넌 내가 유닛에 처음 배치됐을 때부터 별의별 트집을 다 잡아 엄청나게 갈궈댔어. 인정하지?"

"그… 그건 오해….'

총성과 함께 켄모어의 오른쪽 어깨에서 피가 튀었다.

"오해라고? 마주칠 때마다 실실 쪼개면서 욕을 해대지 않았던가? 손 하나 까딱하기 싫어서 날 노예 부리듯 했던 거 잊었어? 우리 유닛에 이등병이 나 하나야? 헌팅턴, 머피, 맥매스터, 모리스, 닐리. 왜 걔들은 가만 놔둔 거지? 게다가 머피는 깜둥이이기까지 한데. 왜 나만 그리도 못살게 군 거냐고!"

해밀턴이 빽 소리치자 켄모어가 움찔하며 마른침을 꿀꺽 삼켰다.

"독실한 크리스천이라고 했던가? 너희 교회에선 그러라고 가르치냐? 유색인종들은 마음껏 조롱하고, 모욕하고, 학대하고, 무시해도 된다고 배웠어? 네가 저 밖에 타월헤드들이랑 뭐가 달라? 네오나치처럼 굴 거면 최소한 목에 걸고 다니는 그 십자가만이라도 벗어놓던가."

"내 말과 행동에 상처받았다면 사과할게, 진심으로. 널 괴롭힐 의도는 없었어. 그냥… 그냥….'

켄모어가 덜덜 떨리는 목소리로 말했다.

"아니. 오히려 내가 미안해. 난 널 용서해도 이 총은 널 용서 못 하거든."

해밀턴이 망설임 없이 방아쇠를 당겼다. 켄모어의 뒤통수에서 피와 회백질이 폭발했다. 대원들이 기겁을 하며 일제히 몸을 웅크렸다.

"케빈.'

해밀턴이 셔우드 상등병을 매섭게 쏘아보았다. 셔우드는 당장이라도 울음을 터뜨릴 것 같은 표정으로 그를 올려다보았다.

"네가 뭘 잘못했는지 알지?"

"미안해, 조슈아. 제발 죽이지만 말아줘. 진심으로 사과할게."

셔우드가 머리를 조아리며 말했다.

"켄모어가 죽어라 날 갈궈댈 때 옆에서 간족대며 부추겼던 거, 기억해?"

"나도 그러고 싶어서 그랬던 게 아니야. 너도 켄모어 성질 알잖아. 뭘 하든 자기 장단에 안 맞추면 망나니로 돌변하는 거. 내가 살려면 어쩔 수 없었어. 정말 미안해."

"두 달 전, 켄모어가 당번도 아닌 나한테 사흘 연속으로 화장실 청소를 시켰을 때였어. 울분을 삼키며 걸레질을 하고 있었는데 네놈이 휘파람을 불면서 들어왔지. 그날 기억해, 케빈?"

상등병이 겁에 질린 얼굴로 고개를 끄덕였다.

"넌 언제나처럼 날 조롱하면서 볼일을 봤어. 그러다가 갑자기 휙 돌아서서 바닥에 오줌을 갈겨대기 시작했지."

해밀턴이 앞으로 한 걸음 다가갔다. 셔우드를 비롯한 모든 대원이 흠칫 놀라며 당황했다.

"그때 일은 뼈저리게 반성하고 있어. 미안해. 정식으로 사과할게."

"내가 힘들고 괴로워할 땐 뭐 하다가 이제야 마음에도 없는 사과를 하지? 게다가 네놈이 내게 저지른 악행이 어디 그것뿐이었어? 너나 켄모어나 뱃속까지 KKK이긴 마찬가지야. 지구가 멸망해도 절대 박멸되지 않을 바퀴벌레 새끼들."

예고도 없이 해밀턴의 라이플이 불을 뿜었다. 셔우드의 상체가 옆으로 스르르 넘어가 애런 쏜 이등병의 무릎 위로 떨어졌다.

"코너!"

해밀턴이 맨 뒤에서 벽에 몸을 기댄 채 웅크려 앉은 코너 블레이크 상사를 노려보았다.

"해밀턴, 제발 이성을 찾아. 정말 동료들을 다 죽일 셈이야?"

"동료? 지금 동료라고 했어? 세상에 어떤 놈이 동료를 그렇게 학대하고 무시하지? 저 알카에다 야만인 놈들도 그런 짓은 안 할걸?"

"해밀턴. 유닛 리더로서 내가 정식으로 사과하지. 이번 일은 내가 책임지고 처리할 테니 제발 그 총 좀 내려. 응? 부탁이야."

여전히 무릎을 움켜쥔 첼리오스가 울먹이며 호소했다.

"곧 네 차례가 돌아올 테니 닥치고 있어!"

해밀턴이 다시 그에게 총구를 겨누자 중위가 움찔하며 입을 닫았다.

"코너 블레이크. 내가 몇 번 찾아가서 유닛 상관과 동료들의 만행을 신고했을 때 넌 어떻게 했지?"

피범벅이 된 블레이크는 말없이 고개를 떨어뜨렸다.

"동료들끼리 장난 좀 친 것 가지고 오버하지 말라고 했지? 기억해? 내가 몇 번 더 찾아갔더니 오히려 짜증을 내더군. 그것도 기억하지? 문제를 키우면 내가 다치게 될 테니 경거망동 말라고 오히려 역정을 냈잖아."

블레이크가 시선을 피하자 해밀턴이 총구를 그에게로 돌렸다.

"대답해! 그랬어, 안 그랬어?"

"대원들을 세심히 챙기지 못한 내 잘못이야. 인정해. 그리고 정말 미안해."

"네 죄를 인정했으니 너무 억울해하지 마. 자업자득이니까."

탕!

고막을 찢을 듯한 요란한 총성과 함께 상사의 미간에 까만 구멍이 생겼다.

"다음!"

해밀턴의 라이플이 남은 세 명의 대원을 차례로 훑어나갔다. 첼리오스는 어금니를 악문 채로 해밀턴을 노려보고 있었다. 그와 계급이 같은 머피와 쏜은 고개를 푹 숙인 채 나지막이 흐느끼는 중이었다.

"내 입대 동기, 애런."

자신의 이름이 불리자 애런 쏜 이등병이 고개를 저으며 더 격하게 흐느끼기 시작했다.

"남들이 그래도 넌 그러면 안 되잖아. 네가 내 상관이야? 어떻게 계급이 같은 입대 동기에게 그렇게 냉담할 수 있지?"

"조쉬, 네가 힘들 때 곁에서 힘이 돼주지 못했던 거, 반성하고 사과할게. 하지만 나도 고참들에게 많이 시달렸다고. 물론 너만큼은 아니었지만."

"많이 시달려? 고작 기분 나쁜 농담 몇 번 들은 게 전부잖아. 난 하루에 열두 번도 넘게 자살 충동에 휩싸일 만큼 고통 받았어. 알기나 해? 넌 그나마 내가 가장 믿고 의지했던 동료였어. 날 위해 바람막이가 돼달라는 게 아니잖아. 내가 부대에서 신체적으로, 정신적으로, 정서적으로 학대받고 있을 때 단 한 번이라도 윗선에 보고한 적 있었어? 이 부조리를 네 눈으로 똑똑히 목격했으면서 어떻게든 손을 써볼 생각이나 해봤느냐고!"

"미안해, 조쉬. 정말 미안해…."

쏜이 머리를 조아리며 한층 더 격하게 흐느꼈다.

"방관도 학대야. 넌 그걸 알면서도 외면했어. 네가 죽을 이유는 그걸로 충분해."

해밀턴이 앞으로 다가가 총구를 애런 쏜 이등병의 머리에 가져다 댔다.

"해밀턴, 그 정도 했으면 됐어. 모두가 진심으로 뉘우치고 있어. 기지로 복귀하는 대로 이 문제를 확실히 바로잡겠다고 약속할게. 나부터 참회하고 징계 위원회 회부를 자청할 테니 제발….”

탕!

첼리오스 중위의 호소가 끝나기도 전에 쏜이 옆으로 픽 고꾸라졌다. 해밀턴은 다시 뒤로 몇 걸음 물러나 첼리오스에게 라이플을 겨누었다.

“드디어 중위님 차례가 돌아왔군요.”

해밀턴이 히죽 웃으며 말했다. 패트릭 머피 이등병의 호명을 예상했던 첼리오스가 흠칫 놀라며 해밀턴을 올려다보았다. 그의 눈은 극도의 공포로 가득 차 있었다.

“이 시대의 참 군인, 프랜시스 중장의 연설, 기억해?”

뜻밖의 이름이 언급되자 중위가 고개를 갸웃거렸다. 공군 중앙사령부 부사령관 폴 J. 프랜시스 중장은 한 흑인 장병에 대한 인종차별 사건이 발생한 직후 부대원들을 모아놓고 7분에 걸친 명연설을 남겨 화제가 된 인물이었다. 어떤 이유로든 상대를 존엄과 존중으로 대할 수 없다면 당장 부대에서 꺼지라는 독기 어린 메시지는 《뉴욕 타임스》를 비롯한 유수의 언론들에 대서특필될 정도로 큰 주목을 받았고, 프랜시스 중장은 그 연설을 통해 ‘참 군인’의 아이콘으로 떠올랐다.

“난 그걸 보고 가슴이 뭉클했는데, 당신은 어땠어?”

“훌륭한 분이지. 프랜시스 중장님, 나도 존경하는 분이야.”

중위의 대답에 해밀턴이 기가 막힌다는 듯 피식 웃었다.

“존경? 그래서 그랬던 거야? 명색이 소대장이라는 작자가 신고가 접수돼도 깔아뭉개고, 아니, 오히려 더 그러라고 부추겼잖아. 행동 보고서엔 날 피해자가 아닌, 망상병 환자로 둔갑시켜버렸고."

"이봐, 해밀턴. 내가 어떻게 하면 되겠어? 내가 뭘 해주면 진정하겠냐고. 뭐든 다 들어줄 테니 얘기해봐."

"난 이름만 미국인일 뿐, 보다시피 아시아인이야. 검은 머리, 노란 피부, 미세하지만 분명히 감지되는 악센트. 당신 눈에 난 그저 하등한 '칭크'로만 비칠 뿐이겠지."

"아니야. 난 절대 그런 적…."

"닥쳐, 이 새끼야!"

해밀턴이 군홧발로 중위의 가슴을 냅다 찍었다. 첼리오스가 가슴을 부여잡고 뒤로 벌러덩 누워버렸다.

"똑똑히 들어. 내 이름은 김정환이야. 본명은 조슈아 정환 해밀턴. 한국에서 태어났고, 한 살 때 미국인 회계사 스티븐 D. 해밀턴에게 입양돼 지금껏 미국인으로 살아왔어. 출생지는 서울이지만 고향은 코네티컷이야. 난 자랑스러운 미국인으로서 나라에 봉사하고자 입대했는데, 막상 들어와서 보니 군대라는 곳은 인종차별과 백인 우월주의가 일상화된 지옥이더군."

첼리오스는 여전히 군홧발에 찍힌 가슴을 손으로 문지르며 가쁜 숨을 몰아쉬고 있었다. 해밀턴은 중위 뒤로 쓰러진 대원들을 찬찬히 돌아보았다.

"아까 RPG가 날아들었을 때 난 너희 양키 놈들을 따라 창고로 들어가지 않았어. 순간적으로 기발한 아이디어가 떠올랐거든. 내가 겪어온 설움을 한 방에, 그리고 아주 확실하게 갚아줄 수 있는 방법 말이야. 모두가 패닉에 빠져 있을 때 난 불타는 험비들 뒤에 몸을 숨겼어. 의식을 잃은 포스터가 험비 안에 갇혀 있는데도 다들 제 한 목숨 건사하는 데만 정신이 팔려 있더군. 내 위치에선 얼마든지 꺼내올 수 있었지만….”

해밀턴이 한숨을 내쉬며 고개를 저었다.

“난 그러지 않았어. 아니, 그러고 싶지 않았어. 포스터 그 새끼도 너희랑 다를
게 없었거든.”

“그래서 이 위중한 상황을 사적 복수를 위한 절호의 기회로 삼았다, 이건가?”

“빙고.”

“지원이 도착하면 너도 무사하지 못할 텐데.”

“내 걱정일랑 마. 다 생각이 있으니까.”

해밀턴이 유유히 미소를 흘리며 말했다.

“기어이 이렇게까지 해야겠어?”

“왜? 다른 좋은 방법이라도 있나?”

“정신교육 세션에 인종차별 근절을 위한 관련 커리큘럼을 포함시키고 캠페인
을 지속적으로….”

“닥쳐! 네놈이 그런 말을 지껄인다고 마크 첼리오스가 폴 프랜시스가 되는 줄
알아? 난 말이지, 21세기 군대에서 〈미시시피 버닝〉을 실사판으로 겪게 될지
꿈에도 몰랐어. 아랫것들은 신나게 차별하고 조롱하고 무시하고 학대하고, 윗
것들은 그러든지 말든지 방조만 할 뿐이고. 날 갈군 놈들도 죽어 마땅하지만 그
걸 알고도 모른 척 방조한 넌 몇 배 더 큰 죄를 지은 거야.”

“이봐, 조쉬. 흥분하지 말고, 재발 방지를 위해 함께 애써보자고. 내가 기지에
복귀하는 즉시 사령관님께….”

불쑥 내밀어진 해밀턴의 총구가 미간에 닿자 중위의 말이 뚝 멎었다.

“마지막으로 할 말 있으면 해봐.”

"조쉬. 제발 이러지 마. 부탁이야…."

"마지막으로 할 말 없어?"

"조쉬, 제발…."

"바이 바이."

해밀턴이 매정하게 방아쇠를 당겼다. 첼리오스가 쓰러진 대원들 위로 힘없이 고꾸라졌다. 해밀턴은 앞으로 성큼 다가가 중위를 잠시 내려다보았다. 그리고 다시 라이플을 들어 그의 이마에 총알을 몇 번 더 박아 넣었다.

총성의 메아리가 잦아들자 밖에서 웅성거림이 들려왔다. 해밀턴은 기지가 급파한 지원이 달려오고 있음을 짐작했다. 긴급 항공지원이 결정됐다면 지금쯤 '죽음의 사신'이라 불리는 AH-64 아파치가 맹렬히 날아오고 있을 것이다. 동체 하부에 장착된 30밀리미터 M230 체인건과 최강 화력을 자랑하는 AGM-114 헬파이어 대전차 미사일이 작정하고 '불벼락'을 내리면 현장 주변은 순식간에 잿더미로 변하게 될 것이다. 눈치 빠른 반군 놈들은 진작 멀찌감치 달아났을 게 뻔했다. 한동안 밖이 잠잠했던 이유였다.

다급해진 해밀턴이 마지막 남은 대원, 패트릭 머피 이등병을 돌아보았다. 머피는 두 손으로 머리를 감싸 쥔 채 소리 없이 흐느끼고 있었다.

"패트릭."

해밀턴이 나지막이 동료를 불렀다. 머피는 여전히 고개를 떨군 채 어깨를 들썩이고 있었다.

"걱정 마, 패트릭. 넌 죽이지 않을 테니까."

그 말에 머피가 조심스럽게 고개를 들었다. 촉촉이 젖은 그의 눈은 극도의 공포를 머금고 있었다.

"넌 내게 잘못한 게 없잖아. 오히려 흑인이라고 나만큼이나 괴롭힘을 당했으면서."

"조, 조쉬…."

"저 KKK 레드넥들, 내가 싹 다 청소했어. 봐, 너도 후련하지?"

머피가 피범벅이 된 채 널브러진 동료와 고참들을 찬찬히 돌아보았다. 반쯤 넋이 나간 듯한 그가 다시 해밀턴에게로 시선을 되돌렸다.

"앞으로 흑인이라고 부당한 갈굼을 당하는 일은 없을 거야. 우리 유색인종들이 한번 화나면 무섭다는 걸 이번에 확실하게 보여줬잖아. 안 그래?"

겁에 질린 표정의 머피가 말없이 고개를 끄덕였다. 공감의 제스처가 아닌, 그저 해밀턴의 비위를 맞추려는 필사의 몸부림이었다.

"그래서 말인데… 날 위해 뭐 하나만 해줬으면 해. 내 부탁, 들어줄 거지?"

머피가 다시 고개를 끄덕였다.

"넌 잘할 수 있을 거야. 난 널 믿어."

해밀턴이 머피에게 바짝 다가가 섰다. 그리고 동료에게 장난스럽게 살짝 윙크를 해보인 후 널브러진 시체들에 대고 라이플 탄창에 남은 탄약을 전부 쏟아내기 시작했다. 패트릭 머피 이등병이 두 손으로 귀를 막은 채 비명을 질러댔다. 탄창이 바닥났음을 확인한 해밀턴이 머피의 머리에서 두건을 벗겨냈다. 그는 땀으로 흥건히 젖은 두건으로 라이플을 박박 문질러 닦기 시작했다. 머피는 그가 라이플에서 지문을 지우려 한다는 걸 알아차렸다.

"이봐, 팻, 미안하지만 이것 좀 들고 있어주겠어?"

해밀턴이 머피에게 라이플을 내밀었다. 잠시 망설이던 머피는 쭈뼛쭈뼛하며 라이플을 받아들었다.

"난 나가서 지원이 오고 있는지 살펴볼 테니까 넌 여기서 기다리고 있어. 상황 봐서 괜찮으면 나오라고 부를 테니까. 알았지?"

"그… 그래."

"그 총, 손에서 놓으면 안 돼. 알았지? 잘 갖고 있다가 이따 나와서 돌려줘. 할 수 있겠지?"

머피가 고개를 끄덕였다. 해밀턴이 자신의 라이플을 앞으로 돌려놓고 손을 뻗어 머피의 벨트에서 M67 세열 수류탄 두 개를 뽑아 들었다.

"수류탄은 왜…?"

"걱정 마. 잠깐 빌리는 것뿐이니까. 밖에 타월헤드 놈들이 남아 있을지 모르잖아."

해밀턴이 수류탄을 주머니에 쑤셔 넣고는 라이플의 총구를 머피에게로 돌렸다.

"조금만 기다려. 몇 분 후에 듬직한 아파치가 우릴 구하러 올 테니까."

해밀턴이 머피의 어깨를 가볍게 두드려주고 나서 슬슬 뒷걸음질 치기 시작했다. 그의 눈과 총구의 방향은 머피에게 단단히 고정돼 있었다. 앞문으로 빠져나온 그는 잽싸게 몸을 숙여 창문 밑으로 이동했다. 머피는 해밀턴이 시키는 대로 탄약이 바닥난 라이플을 어색하게 쥔 채 멍한 얼굴로 앉아 있었다.

해밀턴이 머피의 수류탄에서 핀을 차례로 뽑았다. 안전 레버가 팅겨져 나오자 그가 창문 안에 대고 소리쳤다.

"미안하지만 대의를 위해서 네가 희생해줘야겠어! 오늘 이 순간은 영원히 잊지 않을게! 이 지옥을 떠나서 좋은 데로 가, 패트릭!"

해밀턴이 수류탄 두 개를 창문 안으로 던져 넣고 몸을 최대한 움츠렸다. 순간 요란한 굉음과 함께 창고 안에서 수류탄이 폭발했다. 박살 난 창문 밖으로 파편과 화연이 터져 나왔다.

해밀턴은 한동안 그렇게 움츠린 채 엎드려 있었다. 잠시 후 정적이 찾아들자 남쪽에서 헬리콥터 로터 소리가 아득하게 들려오기 시작했다. 지원이 달려오는 소리였다. 해밀턴은 엉금엉금 기어 여전히 까만 연기를 게워내고 있는 험비 밑으로 기어 들어갔다. 그리고 동쪽 하늘에서 늠름한 아파치가 모습을 드러낼 때까지 차분히 기다렸다.

"머피 이등병이?"

숀 머클러 상사가 해밀턴에게 물었다. 해밀턴은 넋이 나간 표정으로 고개를 끄덕였다. 그들은 기지로 복귀하는 험비의 뒷좌석에 나란히 앉아 있었다.

"대원들을 다 쏴 죽이고 나서 수류탄으로 자폭했고?"

해밀턴이 다시 고개를 끄덕였다.

"그러는 동안 자넨 불타는 험비 밑에 은신하고 있었고?"

"주변 건물에서 반군들이 끊임없이 사격을 해댔습니다. 위치를 노출시키면서 대원들에게 합류하는 대신 지원이 도착할 때까지 몸을 숨기고 있는 게 낫겠다고 판단했습니다."

"그래, 현명한 선택이었어."

상사가 해밀턴의 어깨를 토닥이며 말했다. 머클러의 얼굴에는 막냇동생을 대하는 맏형의 인자한 미소가 머금어져 있었다.

"머피에게서 뭔가 징조 같은 게 없었나? 자네랑은 계급도 같고, 아무래도…."

머클러는 유색인종끼리 무언가 통하는 게 있지 않았는지를 묻고 싶은 것이었다. 머피가 음흉하고 충격적인 속내를 아시아인인 해밀턴에게만 살짝 암시하지는 않았는지.

"패트릭은… 입대 직후부터 고참과 동료들에게 온갖 학대와 무시를 당해왔어요. 저 역시 아시아인이라는 이유로 멸시와 차별을 숱하게 겪었지만… 패트릭이 당한 것에 비하면 새 발의 피였죠."

"자네나 머피나, 왜 그때그때 상부에 보고하지 않았지?"

"보고해봤자 묵살만 당하니까요. 저도 예전에 한 번 상담 장교를 찾아가 하소연했다가 나약해 빠져서 적응을 못하는 거라는 핀잔만 들었습니다."

"21세기에, 그것도 우리 부대에서 이런 말도 안 되는 일이 벌어지다니."

머클러 상사가 긴 한숨을 내쉬며 고개를 저었다.

"두어 달 전쯤 패트릭이 나중에 기회가 오면 전부 싹 쓸어버리겠다고 얘기한 적이 있습니다. 그땐 그냥 지나가는 말로 흘려들었는데…."

"그때 이미 전조가 있었군."

"켄모어 병장님이 에미넴과 투팍 중 누가 더 나은 래퍼인지 물었을 때 패트릭이 눈치 없이 투팍이라고 대답했다가 큰 곤욕을 치렀습니다. 병장님은 에미넴의 골수팬이었거든요. 패트릭은 그걸 알면서도 소신껏 대답했다가…."

"그깟 래퍼 때문에 또 무슨 일이 있었나?"

"병장님이 일주일 안에 에미넴의 〈앙코르〉에 수록된 스무 곡을 달달 외우라고 지시하셨습니다. 단 한 단어라도 빼먹거나 틀리면 아주 '혹독한' 대가를 치르게 해주겠다고…."

머클러가 더 듣고 싶지 않다는 듯 한 손을 들어 해밀턴의 말을 막았다. 그의 얼굴에는 경멸의 표정이 역력히 드러나 있었다.

"그러니까…."

한동안 진저리치던 머클러가 다시 입을 열었다.

"그런 말도 안 되는 일들이 유닛 안에서 조직적으로 행해졌다는 거지?"

"그 일로 한참 시달리고 나서 전부 싹 쓸어버리겠다는 발언이 나온 것이었죠."

머클러가 말없이 고개를 끄덕였다.

"패트릭은 그런 상등병님께 특히 실망했다고 했습니다."

"드숀 그린?"

"네. 같은 흑인끼리 챙겨주고 막아주진 못할망정 오히려 방관만 한다면서 말입니다."

"예고된 참사였군. 자네 얘길 들어보니."

"죄송합니다, 상사님. 제가 들어가서 어떻게든 막았어야 했는데."

"아니. 밖에서 지원을 기다리는 게 현명한 판단이었어."

해밀턴이 울먹이며 고개를 떨어뜨렸다.

"복귀하는 대로 사령관님께 제대로 된 대책 마련을 건의해야겠어. 자네도 알다시피 군대 내 인종차별이 어제오늘 일이 아니잖아. 이번 기회에 확실한 자구책을 마련해서 완전히 뿌리 뽑아야지."

머클러가 다시 해밀턴을 쳐다보며 인자한 미소를 지었다. 그리고 이등병의 어깨를 가볍게 두드렸다.

"자네라도 살아남았으니 정말 다행이야, 해밀턴. 죽지 않고 버텨줘서 고마워."

머클러가 또다시 한숨을 내쉬며 창밖으로 시선을 돌렸다. 한동안 고개를 떨구고 있던 해밀턴도 반대쪽으로 몸을 살짝 틀어 창밖으로 스쳐가는 바그다드 변두리 풍경을 바라보았다. 그의 입가는 어느새 보일 듯 말듯 한 미소를 머금고 있었다.

최필원

캐나다 웨스턴온타리오 대학교에서 통계학을 전공했고, 현재 번역가와 기획자로 활동하고 있다. 장르 문학 브랜드 '모중석 스릴러 클럽'과 '버티고'를 기획했다. 옮긴 책으로는 존 그리샴의 《최후의 배심원》, 할런 코벤의 《단 한 번의 시선》, 제프리 디버의 《소녀의 무덤》, 척 팔라닉의 《파이트 클럽》, 데니스 루헤인의 《미스틱 리버》, 로버트 러들럼의 《본 아이덴티티》, 마이클 푼케의 《레버넌트》, 매트 헤이그의 《시간을 멈추는 법》, 마이클 로보텀의 《미안하다고 말해》 등이 있다.

심사평

미스터리가 우리 사회와 삶의 진실을 꿰뚫는 칼날이 되기를

《계간 미스터리》 신인상 심사위원

 이번 호에도 많은 분들이 신인상에 응모했다. 추리소설을 쓰려고 암중모색하는 예비 작가들이 이토록 많다는 사실에 심사하는 내내 기꺼운 마음이 들었다. 아쉬운 점이 있다면, '계간 미스터리 신인상'은 추리와 그 하위 장르의 작품을 뽑는 공모임에도, 지나치게 벗어난 작품을 투고하는 경우가 있다는 것이다. 최근에는 웹소설 형식의 작품도 응모하는데 중단편을 훌쩍 넘는 분량과 완결성이 떨어지는 단점이 있다. 추리소설의 꽃이라고 할 수 있는 중단편만의 매력을 충분히 살린 작품의 투고를 기대한다.

본심에 올라온 작품은 〈터번〉, 〈눈이 내리면〉, 〈가상화폐 살인〉, 〈바그다드〉 네 작품이었다. 먼저 〈터번〉의 경우 마술사를 소재로 삼았다는 점과 사건 전개가 흥미롭다는 부분에서 가산점을 받았다. 하지만 터번에 진상이 숨어 있다는 점이 제목만으로도 충분히 유추가 가능하고, 무엇보다 살인을 한 방법에 대한 자세한 설명이 없다는 점이 아쉬웠다. 마술사를 소재로 한 만큼, 추리소설의 매력 중 하나인 '하우더닛(howdunit)'을 제대로 살렸으면 하는 아쉬움이 남는다.

〈눈이 내리면〉은 기억을 잃은 주인공이 눈 덮인 산길을 헤매며 일어나는 일을 다루고 있다. 사건으로 바로 뛰어드는 서두는 좋았지만, 기억을 잃은 화자가 이미 숱하게 다뤄진 소재이니만큼 식상함을 이겨낼 참신함이 필요한데 영화나 드라마에서 많이 본 듯한 전개가 이어져 아쉬웠다. 등장인물의 대화체에서 현실감이 느껴지지 않는다는 점도 단점으로 꼽혔다.

〈가상화폐 살인〉은 암호화폐라는 트렌디한 소재를 다룬 점도 좋았고, 폰지사기 수법에 대한 디테일한 묘사에서도 좋은 평가를 받았다. 하지만 지나치게 많은 시점 인물의 등장으로 난삽함을 피하지 못한 것이 아쉬웠다. 시점 인물을 명확하게 설정하고, 플롯을 꼼꼼하게 짠다면 좋은 작품으로 재탄생하리라고 본다.

〈바그다드〉의 경우는 이국적인 배경을 담고 있으며 인종차별, 군대 내 폭력이라는 주제 의식이 높은 가산점을 받았다. 물론 범인을 추리하는 과정이 없어 미스터리한 요소가 약하다는 것이 단점으로 지적됐지만, 현실적인 주제와 디테일한 전투 장면 묘사, 안정된 문장과 범인의 심리 묘사를 활용해서 서술 트릭을 펼쳐낸 점이 높이 평가됐다. 따라서 이번 호 신인상은 〈바그다드〉가 선정되었다.

전반적으로 응모작의 수준이 높고, 다양한 소재가 활용되고 있다는 점이 고무적이다. 미스터리가 그저 하나의 서술 도구가 아니라 우리 사회와 삶의 진실을 꿰뚫는 칼날로 활용되는, 수준 높은 작품의 투고를 간절히 기다리고 있다.

수상자 인터뷰

'모중석 스릴러 클럽' 기획자이자 영미 장르문학 번역가,
'러니의 스릴러 월드' 운영자, 작가로 데뷔하다

인터뷰 진행 • 한이

  한국 미스터리 씬에 신선한 충격을 선사할 신인을 발굴 육성한다는 취지에
따라, 《계간 미스터리》는 이번 호부터 신인상 당선자들의 인터뷰를 싣는다. 이
번 호 신인상에는 최필원의 〈바그다드〉가 선정되었다. 최필원 작가는 지난 호
에도 〈설전〉으로 본심에 올랐으며, 연이은 도전 끝에 신인상을 거머쥐게 되었
다. 장르소설 좀 읽는다는 독자들에게는 번역가/기획자로 더 잘 알려진 당선자
에게 몇 가지 질문을 드렸다(인터뷰 내용에 〈바그다드〉의 주요한 스포일러가 포함되어
있습니다).

편집부(이하 '편'): 먼저 '계간 미스터리 신인상' 당선을 축하드립니다. 간단한 자기소개를 부탁드립니다.

최필원(이하 '최'): 영미권 도서를 번역하고 있는 최필원입니다. 소설을 쓰고 싶어 번역을 시작했는데 어쩌다 보니 이게 직업이 돼버렸네요. 현재 태평양 너머 어딘가에서 열심히 번역을 하며 틈틈이 소설을 쓰고 있습니다.

편: 작가보다는 장르소설 기획자와 번역가로 더 잘 알려져 있는데요. 어떻게 장르소설 기획자를 시작하게 되었나요? 어떤 시리즈들을 기획했고, 시리즈를 론칭하기까지 어떤 단계들을 거치는지 궁금합니다.

최: 외국에서 대학을 마치고 오랜만에 고국에 왔을 때, 재밌게 읽은 원서 몇 권을 챙겨 무작정 출판사 문을 두드렸습니다. 그때 들고 온 책이 척 팔라닉의 《파이트 클럽》, 리 차일드의 《킬링 플로어》, 조 버프의 《딥 사운드 채널》, 모 헤이더의 《버드맨》, 이렇게 네 권이었습니다. 마침 책세상 주간님이 장르문학 브랜드를 만들어보자고 해서 《파이트 클럽》을 포함한 척 팔라닉의 작품들과 《버드맨》으로 '메피스토 시리즈'를 론칭하게 됐습니다. 번역가 데뷔와 동시에 출판 기획자로도 데뷔하게 된 셈이었죠.

그 후 김영사의 문학 임프린트인 비채의 탄생과 함께 '모중석 스릴러 클럽'을 기획하게 됐고, 캐시 라익스의 작품 《본즈》의 번역을 의뢰받고 출판사를 찾았을 때 스릴러 문학 전문 브랜드 기획을 넌지시 던지기도 했습니다. 웅진의 문학 임프린트인 시작과 함께 '메두사 컬렉션'을 기획했고, 에버리치홀딩스에서 '이

스케이프 시리즈', 오픈하우스에서 '버티고 시리즈'를 기획했습니다. 어쩌다 보니 연쇄 브랜드 론칭러가 돼버렸네요.

편: 조 버프의 《딥 사운드 채널》만 빼고는 모두 번역 출간됐으니 타율이 아주 좋은 편입니다. 많은 장르소설을 번역하시기도 했는데 작품을 고르는 기준 같은 것이 있나요?

최: 재미와 참신함. 하이 콘셉트를 가진 재밌는 소설이라면 장르 불문하고 다 찾아 읽는 편입니다. 개인적으로 오컬트 호러와 스릴러를 특히 좋아합니다.

편: 번역하거나 기획하신 것 중에서 특별히 아끼는 작가와 작품이 있나요? 그리고 안타까운 작품이 있다면?

최: '모중석 스릴러 클럽'을 통해 할런 코벤과 제프리 디버를 '누구나 아는 이름'으로 키워냈다는 자부심이 있습니다. 두 작가는 《단 한 번의 시선》과 《소녀의 무덤》으로 국내 독자들에게 강렬한 첫인상을 심어준 후 지금껏 흥행 보증수표로서의 입지를 단단히 굳혀왔죠. 반면, 국내에서 부진을 면치 못한 이언 랜킨과 로버트 크레이스, 제프 롱은 무척 아쉬운 케이스들입니다.

편: 로버트 크레이스의 엘비스 콜과 조 파이크는 개인적으로도 아깝습니다. 이언 랜킨의 존 리버스는 아무래도 시리즈 전작을 읽어야 제대로 된 매력을 느낄 수 있는 것 같습니다. 아직 국내에 소개되지 않은 작가와 작품 중에서 꼭 번역

해서 알리고 싶은 장르소설이 있다면 몇 편 소개해주시죠.

최: 스티브 레더의 '잭 나이팅게일 시리즈'와 제임스 롤린스의 '시그마 포스 시리즈', 윌리엄 요르츠버그의 걸작 오컬트 스릴러, 《폴링 엔젤》의 속편 《엔젤스 인페르노》, 그리고 라이언 데이비드 잔의 작품들이 있습니다. 톰 클랜시의 '잭 라이언 시리즈'를 제 손으로 직접 완간시키는 것과 리처드 닐리의 《플라스틱 나이트메어》를 새로운 번역으로 소개하는 것도 숙원 프로젝트입니다.

편: 오컬트가 가미된 스릴러 '잭 나이팅게일 시리즈'와 톰 클랜시의 '잭 라이언 시리즈'는 저도 기대가 큰 작품들입니다. 숙원 프로젝트가 꼭 성공하길 바랍니다. 기왕에 기획자와 번역가로 탄탄한 입지를 갖고 계신데, 작가의 길에 도전하신 이유가 궁금합니다.

최: 앞에서 말씀드린 대로, 저는 소설을 쓰고 싶어 번역을 시작했습니다. 먼저 번역 작업을 통해 글쓰기 내공을 쌓고, 출판사들과 두터운 인맥을 구축하는 게 바람직한 순서라 생각했어요. 하지만 막상 번역가가 되어보니 끊임없이 이어지는 마감과 사투를 벌이느라 정작 소설을 쓸 짬이 생기지 않더군요.

편: 작품 이야기로 넘어가서 이번 신인상 당선작인 〈바그다드〉는 한 편의 스릴러 영화를 보는 듯한 구성에, '버지니아 공대 총기 난사 사건'을 떠올리게 하는 부분이 인상적이었습니다. 어떻게 이 작품을 구상하게 되셨나요?

최: 몇 년 전, 제가 운영하는 장르문학 커뮤니티 '러니의 스릴러 월드'에서 몇 몇 회원들과 '마하 7.0'이라는 작가 모임을 결성한 적이 있었습니다(마하 7의 속도로 페이지가 넘어가는 재밌는 소설을 쓰자는 의미입니다). 자주 모임을 가지면서 많은 아이디어를 나눴는데 〈바그다드〉도 그때 구상한 스토리였어요(그땐 제목이 〈전우의 시체를 넘고 넘어〉였답니다. 웃음).

발상은 인상 깊게 본 〈블랙 호크다운〉과 〈아메리칸 스나이퍼〉 같은 영화들로부터 은연중에 영향을 받지 않았을까 생각해봅니다. 원래는 반군의 습격을 받고 막다른 구석으로 내몰리게 된 평화유지군 호송대의 피 말리는 시간을 스릴 넘치게 그리고 싶었는데 야금야금 쓰다 보니 어느새 군대 내 '불링(bullying)'을 소재로 한 서술 트릭 스토리로 둔갑해 있더군요.

편: 위에서도 말씀해주셨지만 최필원 님의 또 다른 부캐인 '러니' 이야기를 안 할 수 없는데요(《계간 미스터리》 2021년 겨울호에서 다루기도 했습니다만). 어떻게 '러니의 스릴러 월드'란 카페를 시작하시게 되었나요? 그리고 '러스월'만의 커뮤니티 문화라고 한다면 어떤 것이 있을까요?

최: '러니의 스릴러 월드'는 2004년 9월에 개설된 스릴러 문학 커뮤니티입니다. 몇 달 앞서 개설된 일본 미스터리 커뮤니티를 보고 타 언어권 스릴러 문학 커뮤니티도 하나 있으면 좋겠다고 생각했어요. 누가 먼저 나서서 만들어주기를 기다리는 대신 직접 총대를 메기로 했죠. 저부터가 번역가이기 전에 스릴러 문학의 열렬한 팬이니까요.

처음엔 큰 기대 없이 개인 블로그 관리하는 셈치고 혼자서 이런저런 글들을 줄줄이 올려놨어요. 그렇게 장(場)을 만들어놨더니 어떻게들 아셨는지 한두 분씩 가입을 하시더군요. 취향과 취미를 공유하는 분들을 뵈니 너무나 반가웠어요. 그게 벌써 18년 전의 일이네요.

저는 러스월에서 책 얘기만큼이나 시시콜콜하고 소소한 일상 이야기가 많이 오가기를 희망했어요. 사람 냄새 폴폴 풍기는 정겨운 사랑방 같은 공간이 되기를 바랐죠. 러스월엔 가입 조건이 없어요. 회원 등급을 나누지도, 등업을 위한 조건을 걸지도 않았고요. 물론 활동 수칙 따위도 없답니다. 책과 사람을 좋아한다면 누구나 부담 없이 들어와 신나게 놀 수 있는 공간이에요. 저는 이따금 불법 광고물을 삭제하고, 건의 사항을 수렴하는 정도의 관리만 할 뿐 카페의 실질적인 운영진은 회원들이죠. 진지한 책 얘기와 실없는 조크가 마구 뒤섞인 무질서함 속에서 끈끈한 정이 싹트는…. 러스월은 그런 묘한 매력이 있는 곳이에요.

편: 앞으로의 집필 계획이나, 시리즈 론칭 계획이 있다면 알려주세요.

최: 지금껏 그래왔듯 즐겁게 번역하며 재밌는 소설도 많이 쓰고 싶어요. 나중에 장르문학 단편집/앤솔러지 전문 브랜드를 기획해보고 싶은 생각도 있습니다. 브랜드명도 이미 지어놨어요. MOSS(Masters of Short Stories)라고….

편: 하하. 철자는 다르기는 합니다만, 콜린 덱스터의 모스(MORSE) 경감 시리즈가 떠오릅니다. 꼭 새로운 브랜드로 다시 뵐 수 있기를 바랍니다. 끝으로 당선 소감을 말씀해주시죠.

최: 편집장님으로부터 별도의 당선 소감을 작성해달라는 말을 들었지만, 워낙에 이런 일을 쑥스러워하고 제대로 못해서 그냥 여기서 말씀드리겠습니다.

《계간 미스터리》여름호 신인상에 응모할 단편소설을 쓰고 있던 중 당선이라는 기쁜 소식을 전해 들었습니다. 부끄러운 작품, 〈바그다드〉에 신인상을 안겨주신 '계간 미스터리 신인상' 심사위원 여러분께 진심으로 감사의 마음을 전합니다.

오랜 외국 생활 탓에 모국어로 유창하고 세련된 표현을 구사하는 것이 쉽지 않습니다. 그래서 늘 작품을 세상에 내놓을 때면 쥐구멍에 들어가 숨고 싶은 마음이 간절해집니다.

〈바그다드〉는 군대 내 인종 차별과 집단 따돌림/괴롭힘을 소재로 한 소설로, 서술 트릭을 살짝 가미해 읽는 재미를, 그리고 우리 시대의 슬픈 현실을 곁들여 무게를 더해보았습니다. 액션과 서스펜스, 미스터리, 그리고 사회적 비평이 균형 있게 분배된 작품을 쓰고 싶었지만 모든 면에서 함량 미달 평가를 받지는 않을까 걱정이 앞섭니다. 그리고 밀덕 여러분, 읽다가 밀리터리 디테일에 오류가 보이더라도 너그러운 이해를 부탁드리겠습니다.

변변찮은 작품으로 큰 상을 받게 되어 무척 부담스럽고, 특히 독자 여러분께 송구한 마음마저 듭니다. 즐겁게 집필했던 만큼 부디 재밌게 읽어주시면 감사하겠습니다.

단편 소설

무구한 살의

홍정기

아이스크림을 할짝대던 남자는 잠시 멍해졌다.

아주 중요한 말을 들은 것 같아 몸이 반응했지만 머리가 미처 따라잡지 못했다.

"아저씨! 무슨 생각을 그렇게 해?"

꼬마의 목소리에 퍼뜩 정신이 들었다.

설마, 내가 잘못 들었겠지.

남자는 확인하듯 다시 한번 되물었다.

"뭐, 뭐라고?"

꼬마는 샐쭉 웃으며 녹아가는 막대 아이스크림을 핥았다.

가만히 있어도 불쾌감이 치솟는 7월의 장마철. 먹구름 사이로 비치던 태양이 기울고 운동장에는 서서히 땅거미가 지고 있었다. 날이 저물고 있었지만 여전히 셔츠가 땀에 흥건히 젖을 정도로 무더웠다. 텅 빈 운동장 구석 남자와 꼬마는 나란히 그네에 걸터앉아 막대 아이스크림을 핥았다. 얼마 남지 않은 여름방학에 하고 싶은 일을 물은 남자는 다시 한번 놀랐다.

"사람을 죽여보고 싶다고."

어느새 녹아내린 아이스크림이 남자의 손가락을 타고 흘러내렸다. 장난기 가득한 꼬마의 눈빛. 하지만 아이가 내뱉은 말을 장난으로 치부하기에는 내용이 평범하지 않았다. 남자는 애써 당혹스러운 기색을 감추고 말했다.

"아니… 왜? 뭣 때문에?"

꼬마는 어깨를 으쓱 올렸다.

"그냥. 재미있을 것 같아서."

남자는 침을 꿀꺽 삼키고 차분히 되물었다.

"그러니까, 뭐가 재미있을 것 같은데?"

꼬마는 아이스크림을 한입 베어 우물거리며 답했다.

"숨이 끊어지는 순간, 그 마지막 순간의 떨림을 지켜보고 싶어."

쑥스러운 듯 시선을 아래로 떨구는 꼬마의 두 볼에 발그레 홍조가 번져갔다.

이 녀석, 진심인가.

아득한 곳을 바라보는 눈동자. 꼬마는 그 순간을 생각하며 흥분하고 있었다. 남자의 머릿속이 뒤엉켜 혼란스러워졌다.

지금 이 순간. 내가 경찰이라는 사실을 알면 이 녀석은 과연 어떤 표정을 지을까.

문득 남자의 뇌리에 며칠 전 일이 스쳐갔다.

"꼬맹아, 뭐 해?"

노을이 붉은 꼬리를 물고 넘어가는 저녁 즈음. 운동장 구석 플라타너스나무 아래 쪼그려 앉아 있던 녀석은 뭔가에 열중하느라 미동도 없었다.

"뭐 하는데 그리 조용하냐."

재차 물었지만 역시 대답은 없었다. 남자가 다가가 녀석의 등 뒤에 서자 그제 야 녀석은 고개를 돌려 올려다봤다. 시퍼렇게 멍든 눈두덩으로 눈빛을 번쩍이 는 아이. 남자는 호기심이 일었다. 남자는 시선을 돌려 꼬마의 어깨 너머를 살 폈다.

아이가 집중하고 있는 것은 다름 아닌 새였다. 작고 연약해 보이는 새 한 마 리. 그런데 상태가 조금 이상했다. 천적의 공격을 받았을까. 날개를 펴고 푸드덕 거리지만 좀처럼 날지 못했다. 가만히 보니 한쪽 날개가 제대로 펴지지 않는 듯 했다. 남자는 대수롭지 않게 말했다.

"날개를 다쳤구나."

"응."

간결한 대답. 꼬마는 관찰을 계속했다. 작은 새는 날갯짓을 거듭하다 이내 지 쳤는지 땅바닥에 쓰러져 가쁜 숨을 내쉬었다.

"아무래도 어렵겠는데?"

사실 별 생각 없이 내뱉은 말이었다. 그렇게 보이기도 했고. 그런데 그 순간 꼬마가 벌떡 일어섰다. 얼마나 쭈그려 앉아 있었는지 꼬마의 무릎에서 뚜둑 소리가 났다.

"웅. 그런 것 같아."

감정이 섞이지 않은 심플한 대답. 말을 마친 꼬마는 곧바로 오른발을 가슴께까지 치켜들었다. 꼬마의 기세에 남자가 놀라 외쳤다.

"어… 야. 뭐, 뭐 하려고."

남자가 미처 말릴 새도 없이 꼬마는 새의 머리를 가차 없이 내리찍었다.

빠그작.

꼬마의 지저분한 운동화에 새대가리가 으스러지면서 기분 나쁜 소리를 냈다. 꼬마는 천천히 발을 떼어낸 뒤 다시 쪼그려 앉아 얼굴을 바짝 들이밀었다. 피를 토한 채 참혹하게 으깨진 새의 머리. 하얀 몸통에 붙은 가는 다리가 부르르 떨리며 마지막 경련을 했다. 남자는 참담한 기분에 한숨이 비어져 나왔다.

"다친 새를 구하려고 지켜보던 게 아니었구나."

꼬마는 아무 말도 없었다. 한없이 웅크린 작은 등. 그 등을 보자 호기심이 일었다. 이 순간 녀석은 어떤 표정을 짓고 있을까. 남자는 걸음을 옮겨 꼬마의 앞으로 돌아갔다. 꼬마의 얼굴과 마주한 순간. 남자의 등줄기에 소름이 돋았다. 죽은 새를 지켜보는 꼬마의 입꼬리는 기이하게 올라가 있었다.

웃는… 건가.

그 순간 꼬마의 눈동자에는 깊이를 알 수 없는 공허하고 싸늘한 눈빛이 감돌았다. 남자는 꼬마의 눈동자 속에 깃든 광기를 의도치 않게 엿본 것만 같았다.

“앙.”

꼬마는 얼마 남지 않은 아이스크림을 한입에 베어 물었다. 소리를 내며 아이스크림 조각을 녹여 먹는 아이의 눈두덩은 여전히 푸르스름했다. 시간이 꽤 흘렀는데 멍 자국은 좀처럼 가시지 않았다.

“어? 엄마 올 시간이다. 나 갈게. 아저씨 빠이.”

앙상한 아이스크림 막대를 아무렇게나 내던진 꼬마가 땅바닥에 널브러진 책가방을 둘러멨다. 벌써 7시인가. 해가 진 운동장에는 어느새 어둠이 내려앉아 있었다.

남자는 운동장을 가로질러 뛰어가는 꼬마의 뒤통수를 향해 외쳤다.

“그래. 깜깜하니까 조심해서 가.”

남자의 말에 꼬마가 운동장 한복판에서 멈춰 섰다. 이내 등에 멘 가방을 앞으로 돌려 뒤적거렸다. 다시 내달리는 꼬마의 한 발자국 앞서 둥그런 빛이 어둠을 밝혔다. 가방에 있던 플래시를 켠 것이리라.

남자는 멀어져가는 꼬마를 지켜보며 조용히 담배를 빼물었다. 불을 붙이고 첫 모금을 깊이 들이마셨다. 날숨과 함께 박하 향을 머금은 담배 연기가 대기 중에 사라졌다.

살인이 목표인 초딩이라니.

아무래도 녀석에게 조금 더 신경 써야 할 것 같다. 어둠 속에서 새빨간 담뱃불이 갈피를 못 잡고 흔들렸다.

꼬마의 고백이 마음에 쓰였지만 남자는 좀처럼 학교에 가지 못했다. 상습 소매치기 검거를 위해 지하철에서 거의 살다시피 했다. 우여곡절 끝에 소매치기를 검거하고 나흘 만에 초등학교로 향했다. 편의점에 들러 꼬마가 좋아하는 생귤탱귤 아이스크림도 샀다. 하지만 꼬마가 있을 그네는 텅 비어 있었다. 혹시나 싶어 학교 뒤편도 살펴봤지만 꼬마는 어디에도 없었다.

오늘은 일찍 갔나….

내심 실망감이 밀려왔다. 행방이 궁금했지만 휴대전화가 없는 꼬마에게 연락할 방법은 없었다. 남자는 처량하게 홀로 그네에 앉아 자신과 꼬마 몫의 아이스크림을 먹고 쓸쓸히 발걸음을 돌렸다.

어둑한 하늘에는 잔뜩 먹구름이 끼어 있어 당장이라도 비가 쏟아질 것 같았다.

정말로 남자가 집에 들어오고 얼마 뒤 요란한 천둥 번개와 함께 장대비가 쏟아졌다.

오전 6시.

요란하게 울리는 휴대전화 소리에 남자는 잠에서 깼다.

유난히 눈꺼풀이 무거웠다. 잠들기 전 마신 소주 때문인가. 얼굴을 잔뜩 찌푸린 남자는 어렵사리 실눈을 떴다. 어둠 속에서 휴대전화 액정이 환하게 빛나고 있었다. 창에 친 블라인드 사이로 어슴푸레 빛이 들어왔다. 이제 막 동이 트는 중인가. 남자는 짜증이 확 밀려왔다.

대체 누구냐. 꼭두새벽부터….

전화벨 소리는 여전히 귀가 따갑게 울려댔다. 남자는 머리맡에 놓인 휴대전화를 낚아챘다. 발신자를 확인하고 나서야 잠긴 목소리를 가다듬고 전화를 받왔다.

"네. 오영섭입니다."

잠시 후 남자는 전화기를 고쳐 잡았다.

"네… 네. 네. 알겠습니다."

짧은 통화였다. 하지만 남자에게 남아 있던 숙취는 모두 달아났다.

사건이었다. 그것도 남자의 코앞에서 벌어진 사건.

남자는 그길로 집을 나와 발걸음을 서둘렀다. 남자가 사는 아파트에서 초등학교를 끼고 오른쪽 코너로 5분 거리에 있는 오래된 다세대주택. 남자도 익히 알고 있는 4층짜리 주택이었다. 출퇴근 때마다 오가며 그 주택을 지나왔기 때문이다. 다만 이번에는 출퇴근이 아닌 사건으로 방문하게 됐다. 그 낡은 주택 옥상에서 한 여성이 스스로 목숨을 내던졌다.

"자살?"

남자의 물음에 다세대주택 정문 앞에 와 있던 후배 형사가 대답했다.

"빨리 오셨네요."

"집 앞이거든."

"아."

후배가 잠시 뜸을 들였다 말을 이었다.

"목에 묶인 흔적, 피하 점막 출혈, 여기에 기도와 정맥의 울혈까지 고려하면… 목을 맨 죽음이 맞죠. 일단 자살로 보고 있습니다. 타살 여부는 국과수에서 조사 중이고요."

남자가 두리번거리며 물었다.

"시신은?"

"주택 뒤편입니다. 이쪽이요."

남자는 후배가 가리키는 쪽으로 발걸음을 서두르며 물었다.

"로프가 도구?"

"네. 등산용 로프요. 등산용품점에서 쉽게 구할 수 있는 로프예요. 옥상 난간에 로프를 묶고 올가미 매듭을 목에 걸고 뛰어내린 듯합니다. 옥상 난간 안쪽에서 일부분이긴 하지만 사망자 지문이 발견됐어요. 난간을 넘기 위해 잡았던 것 같습니다."

"시신이 땅바닥에서 발견됐다며? 그럼 로프가 끊어진 건가?"

"아뇨. 옥상 난간에 묶은 로프가 저절로 풀린 것 같아요. 매달린 채로 심하게 발버둥 쳤는지, 아니면 애초에 로프를 서툴게 묶었는지는 모르겠지만 중간에 끊어진 흔적은 없었습니다. 일반인들이 묶기 힘든 에번스 매듭이 아니라 올가미 매듭이 사용된 것도 같은 맥락으로 보이고요."

"참나. 고작 3층 높이였을 텐데. 조금 더 일찍 떨어졌더라면 다리뼈가 부러지는 정도로 끝났을지도 모르. 그 몇 분이 생사를 갈랐군."

주택을 돌자 너른 공터가 남자의 시야에 들어왔다. 그렇게 지나다녔는데도 주택 뒤에 이런 공터가 있는 줄은 몰랐다. 공터 한가운데에는 짓다 만 건물의 뼈대가 흉물스럽게 서 있었다. 뼈대 주변으로 높다랗게 자란 잡초들이 빽빽이 들어차 있었다. 간밤에 내린 폭우에 잡초는 물기를 가득 머금고 특유의 풀냄새를 풍겼다.

장마철인 걸 감안해도 어른 키만 한 잡초들로 보아 오랫동안 방치돼 있던 것 같았다.

귓가에 웅성거리는 소리에 남자는 공터에서 시선을 돌렸다. 주택 부지와 공터를 경계 지은 2미터 폭의 시멘트 바닥 위를 국과수 요원들이 조사 중이었다. 사진을 찍는 요원 뒤로 방수포에 싸인 시신이 보였다. 때마침 시신을 실을 휴대용 들것이 들어왔다. 두 명의 요원이 익숙하게 시신의 머리와 다리를 들어 들것으로 옮겼다.

남자가 방수포 사이로 드러난 시신의 얼굴을 슬쩍 들여다보며 물었다.

"신원은 밝혀졌어?"

"그게, 잠시만요."

후배가 수첩을 넘기는 사이 불현듯 남자가 숨을 삼켰다. 남자의 표정이 뻣뻣하게 굳었고 순식간에 창백해졌다. 남자는 시신의 얼굴에서 눈을 떼지 못했다. 심상치 않은 기색을 감지한 후배가 수첩에서 고개를 들었다.

"선, 선미 씨…."

남자의 얼굴에 짙게 그늘이 드리워졌다. 들것에 실린 시신은 다름 아닌 단골 편의점에 새로 들어온 이선미였다.

그토록 윤기 나던 갈색 머리가 젖은 미역처럼 창백한 시신의 얼굴에 달라붙어 있었다. 눈을 감은 그녀의 얼굴은 죽음의 고통에 온통 일그러져 있었다.

남자는 참담한 심경으로 하늘을 향해 고개를 들었다. 시커먼 먹구름이 낀 하늘 사이로 남자의 시선 끝자락에 주택 옥상이 걸렸다.

옥상 난간에 매달린 붉은 깃발과 흰색 깃발이 정신없이 바람에 나부끼고 있었다.

꼬마와의 첫 만남은 한 달 전으로 거슬러 올라간다.

오랜만에 돌아온 비번 날. 늘어지게 늦잠을 자고 난 남자의 속이 온통 시끄러웠다. 아내가 식탁 위에 남긴 쪽지 한 장 때문이었다.

'당신 같은 일벌레하고는 더 이상 못살아. 우리 서로 생각할 시간을 갖자. 은아는 내가 데려갈게. 마음 정리하는 대로 내가 연락할 테니까 그전엔 절대 먼저 연락하지 마.'

"하아. 젠장. 어쩐지 집구석이 너무 조용하더라니."

그저 열심히 일하고 돈을 벌어온 것밖에 없는데. 그게 그렇게 큰 죄란 말인가. 버럭 화가 치밀었다. 남자는 고이 놓인 쪽지를 낚아채 거칠게 구겨버렸다.

"그래. 마음대로 해라. 나는 지금부터 자유다."

남자는 애써 콧노래를 부르며 소파에 벌렁 누웠다. 하지만 그리 오래가지 않아 몸을 일으켰다. 텅 빈 적막감. 두 살배기 아이의 조잘대는 말소리가 사라진 집은 너무나 고요했다.

"끄응…."

마음이 착잡했다. TV를 켜 쇼 프로그램을 틀었다. 뭐가 그리 신나는지 연예인들은 쉼 없이 웃어댔다. 남자는 리모컨으로 볼륨을 높였다. 하지만 화면이 눈에 들어오지 않았다. 왠지 울화가 치밀었다. 한동안 멍하니 있던 남자는 TV를 끄고 리모컨을 소파에 내던졌다. 이마에 맺힌 땀방울이 관자놀이를 타고 흘러내렸다. 탈탈거리는 낡은 선풍기로는 한낮의 더위를 버티기에는 역부족이었다.

"에이씨."

남자는 발을 뻗어 엄지발가락으로 선풍기를 끄고 지갑과 담배, 휴대전화를 챙겨 무작정 집을 나섰다. 막상 갈 곳은 없었다. 갈팡질팡 망설이던 남자의 눈에 초등학교 운동장이 들어왔다. 남자가 사는 아파트와 마주한 학교였다. 뜨거운 햇빛이 작열하는 운동장에는 수업을 마친 여남은 아이들이 축구공을 쫓아 우르르 몰려다녔다.

저놈들은 덥지도 않나.

어이없어 하면서도 발길은 저도 모르게 운동장으로 향했다. 남자는 그늘막이 마련된 계단에 걸터앉아 습관적으로 담배를 빼물었다. 그때 등 뒤로 따가운 시선이 느껴졌다. 고개를 돌리자 땀에 흠뻑 젖은 채 쉬고 있던 아이와 눈이 마주쳤다.

아. 학교였지.

남자는 멋쩍게 입에 문 담배를 트레이닝 바지에 쑤셔 넣었다. 아이는 한 번 더 강렬한 눈빛을 쏘아 보낸 뒤 운동장에 뛰고 있는 무리에 합류했다. 생명력 넘치는 아이들의 열기가 운동장에 가득 찼다. 뭐가 그리도 신이 나는지. 아이들은 공을 따라 미친 듯이 뛰어다니고 깔깔대며 웃어댔다. 하지만 조금 전 TV 속 웃음을 파는 연예인들과는 뭔가 달랐다.

몇 년만 있으면 우리 은아도 저렇게 뛰어다니겠지?

땀 흘리며 뛰어다닐 아이를 상상하던 남자의 의식이 아내의 가출로 이어졌다. 희미하게 떠오른 미소가 걷히고 깊은 한숨이 새어나왔다. 만약 이혼하면 아이는 아내의 손에 키워질 텐데. 아이 없는 삶을 견뎌낼 수 있을까. 남자의 가슴속에 다시금 울분이 끓어올랐다. 자신을 이해하지 못하는 아내가 원망스러웠다. 그저 열심히 살았을 뿐이다. 대체 내가 뭘 잘못했단 말인가.

그때였다.

운동장 소음 사이로 희미하게 들리는 비명소리가 남자의 신경을 잡아끌었다.

비명과 욕설이 뒤섞인 웅성거림. 단순히 싸움으로 치부하기엔 일관된 비명이었다. 일방적인 폭행이었다.

남자는 운동장을 등지고 비명소리를 따라 발걸음을 옮겼다. 소리의 출처는 학교 건물 뒤편. 높다란 담장 안쪽 으슥한 공간에 네댓 명의 소년들이 둥글게 모여 있었다. 남자는 숨을 죽이고 천천히 다가갔다. 어렵지 않게 아이들의 발아래서 머리를 감싸 쥔 채 엎드린 아이를 목격할 수 있었다. 요즘 학교 폭력은 이런 건가. 무차별 집단 린치와 다름없었다. 빙 둘러선 소년들이 엎드린 아이를 차례로 짓밟았다. 집단 폭행의 열기가 아이들을 흥분시키는 듯했다. 아무래도 그대로 둘 수는 없었다. 남자가 개입하려는 순간, 때마침 얼굴을 걷어차인 아이의 머리가 하늘로 쳐들렸다. 바로 그때 남자는 일그러진 얼굴로 비명을 토해내는 아이와 정면으로 눈이 마주쳤다.

남자는 숨을 삼켰다. 빛을 잃은 아이의 눈빛에 남자의 발이 그대로 땅바닥에 얼어붙었다. 어딘가 전선이 끊어진 듯 감정이 결여된 눈빛. 그것은 초등학생의 눈빛이 아니었다.

밟히면서도 남자를 응시하는 아이의 시선을 따라간 가해 소년이 남자의 존재를 눈치챘다. 가해 소년이 다급하게 외쳤다.

"어, 야, 야, 꼰대다. 튀어!"

"뛰어. 도망쳐."

생각지 못한 남자의 등장에 소년들은 천적을 피하는 영양 떼처럼 삽시간에 흩어졌다.

"운 좋은 줄 알아. 새끼야! 다음엔 아주 죽여버릴 거야."

도망치는 와중에도 다음 폭행을 예고하는 소년도 있었다.

쓰러져 있던 아이는 아무렇지 않게 일어나 옷에 묻은 흙먼지를 털어냈다. 그러나 연보라 티셔츠에 온통 찍힌 발자국은 손으로 털어낼 수 있는 것이 아니었다.

"괜찮니?"

걱정스러운 물음에 아이는 남자를 물끄러미 바라봤다. 그제야 아이의 얼굴을 제대로 볼 수 있었다. 얼굴이 말이 아니었다. 상고머리는 온통 헝클어져 까치집을 지었고 왼쪽 눈두덩은 시퍼렇게 부어 반쯤 감겨 있었다. 코피가 번져 볼과 턱이 온통 붉게 얼룩졌다. 120센티미터 정도 될까. 조금 전 가해 소년들과 비교해도 족히 머리 하나는 차이가 날 정도로 작았다.

나중에야 알게 된 사실이지만 아이에게 린치를 가한 학생들은 아이와 같은 3학년이었다. 하지만 그 당시에는 도저히 같은 학년으로 보이지 않았다. 그 정도로 아이는 작고 초라했다. 익숙한 듯 구석에 처박힌 책가방을 메고 사라지려는 아이를 남자는 다급히 붙들었다. 엉망인 아이를 그대로 보낼 수가 없었다. 남자는 다짜고짜 아이를 이끌고 학교 앞 편의점으로 향했다.

남자는 반창고와 연고, 물과 막대 아이스크림 두 개를 골라 계산대로 갔다. 계산대에는 먼저 들어온 덩치 큰 남자가 바구니 가득 담은 냉동식품을 계산 중이었다. 덩치는 얼굴에 흘러내리는 땀을 연신 손수건으로 훔쳐내고 있었다.

"안녕히 가세요. 어, 안녕하세요. 봉지 필요하신가요?"

보기만 해도 숨 막히는 덩치가 사라지자 그 뒤에서 싱그러운 꽃향기가 날 것 같은 여성이 남자를 향해 미소 짓고 있었다.

"어… 어. 네. 안녕하세요. 주세요, 봉지… 근데 여기 아저씨는 어디 가고…."

당황한 남자가 갑자기 말을 더듬었다.

"아. 야간 알바를 하셨던 분이 그만둬서 사장님이 야간으로 가시고 제가 새로 채용됐어요."

"아… 그렇구나. 하. 하… 선미 씨?"

갈색 생머리 끝이 닿은 왼쪽 가슴에 달린 명찰에 이선미라는 이름이 새겨져 있었다. 여성은 쑥스러운 듯 미소 지으며 고개를 꾸벅였다.

"네. 앞으로 잘 부탁드려요."

튤립 모양의 똑딱핀으로 가지런히 정리된 정수리에서 향긋한 꽃 내음이 풍기는 것 같았다. 남자는 그 향을 맡으려는 듯 남몰래 숨을 들이마셨다.

물건을 봉지에 담은 점원이 남자를 빤히 쳐다봤다. 남자는 그제야 계산을 하지 않았다는 것을 깨달았다. 순간 얼굴이 확 달아올랐다. 급히 바지 주머니를 뒤져 신용카드를 건넸다. 한순간 바보 멍청이가 된 기분이었다. 그 정도로 여점원은 매력적이었다. 155센티미터 정도의 아담한 체구에 컬이 진 갈색 머리가 어깨 위에서 찰랑거렸다. 투명한 피부에 오밀조밀한 이목구비, 무엇보다 가식 없는 눈웃음이 남자의 눈길을 사로잡았다.

서른 중반의 유부남이 여점원 앞에서 헬렐레하는 꼴이라니… 꼬맹이가 얼마나 한심하게 보고 있을까. 현타가 온 남자가 슬쩍 옆에 선 꼬마를 곁눈질했다.

어럽쇼.

아이를 본 남자는 웃음이 새어나왔다. 그렇게 무뚝뚝하던 아이가 점원에게 넋을 잃고 있는 것이 아닌가. 시퍼런 멍 아래로 발갛게 피어오르는 홍조를 보고 남자는 터지는 웃음을 참기 위해 이를 악물었다. 나이가 어려도 예쁜 건 다 똑같구나. 피식 웃음 지은 남자는 아이를 잡아끌었다.

"꼬맹아, 가자."

남자가 점원에게 눈인사를 건네고 가게를 나갈 때까지도 아이의 시선은 끝까지 여자에게 고정돼 있었다.

　처음엔 벙어리같이 무뚝뚝하던 아이도 만남이 거듭될수록 서서히 말문이 트였다. 그렇게 꼬마에 대해서 조금씩 알게 되었다. 천안초등학교 3학년 3반이라 했다. 키가 120센티미터로 반에서 가장 작다고 했다. 물론 몸무게도 가장 적었다. 왜소한 체격, 내향적인 성격 탓에 친구들과 가까워지지 못하고 겉도는 듯했다. 무엇보다 꼬마가 왕따를 당하는 결정적 이유는 따로 있었던 것 같다. 꼬마의 엄마가 무당이라는 사실 때문이다. 멍청한 담임선생의 부주의로 꼬마가 감추고 싶었던 엄마의 직업이 공개됐다. 귀신 보는 아이. 저주받은 아이. 재수 없는 아이 등등. 악의적인 소문은 삽시간에 끝도 없이 퍼져나갔다. 어느새 꼬마는 아이들에게 증오의 대상이 되어버렸다.

　유일한 보호자인 꼬마의 엄마는 매일 일을 나가는데 저녁 7시가 지나야 퇴근할 수 있다고 했다. 오후 3시에 하교하는 꼬마는 학교에서 내내 시간을 때우다 엄마가 돌아오는 7시쯤 집으로 돌아갔다. 아이 엄마는 꼬마에게 거의 신경을 쓰지 않는 듯했다. 아니 방치 수준에 가까웠다. 아이만 남겨두고 집을 비우는 날도 있는 것 같았다. 꼬마는 매일 같은 옷을 입었다. 옷이 땀에 흠뻑 젖는 여름에도 말이다. 온통 흙먼지가 묻어 있는 셔츠를 며칠씩 입을 때도 있었고, 목깃에 묻은 잡초가 며칠씩 붙어 있을 때도 있었다. 행주 썩는 냄새가 낙인처럼 꼬마를 따라다녔다. 그 때문에 반 아이들에게 더욱 왕따를 당하는지도 몰랐다.

　남자는 언제나 홀로인 꼬마가 신경 쓰였다. 어차피 남자도 퇴근 후 텅 빈 집에 들어가기 싫었다. 어쩌면 가족의 부재로 생긴 상실감을 꼬마로 대신한 건지도 몰랐다. 남자는 일찍 퇴근하는 날이면 먼저 학교에 들러 아이와 시간을 보냈다.

비번인 날은 꼬마가 집단 린치를 당할까 걱정돼 발걸음을 서두르기도 했다. 아이를 보는 날은 루틴처럼 편의점에 가서 아이스크림을 샀다. 그리고 그네에 걸터앉아 각자의 아이스크림을 먹었다. 딱히 별다른 말은 필요 없었다. 그저 차가운 아이스크림을 먹으며 지는 노을을 지켜봤다. 그 순간만큼은 둘은 누구에게도 방해받지 않고 같은 곳에서 같은 풍경을 바라봤다. 아이 엄마가 늦는 날이면 편의점 도시락을 꼬마의 조그만 손에 쥐어 보내기도 했다. 여전히 꼬마는 필요한 말 외에는 입을 열지 않았다. 하지만 남자는 꼬마가 점점 마음을 열고 있다고 느꼈다.

그 와중에 느닷없이 꼬마가 살인 충동을 고백한 것이다. 아이답지 않게 짙게 배인 어둠을 대수롭지 않게 여겼건만, 꼬마의 고백은 가히 충격적이었다. 나이에 어울리지 않는 순수한 살의를 풍기고 있었기 때문이다.

"왔어?"

학교를 마친 꼬마가 남자가 있는 그네로 다가왔다. 오랜만에 만난 꼬마의 눈두덩은 시퍼렇던 멍 자국이 희미해져 있었다. 꼬마는 그네 아래 책가방을 놓고 남자 옆 빈 그네에 걸터앉았다. 한동안 둘 사이에 침묵이 내려앉았다. 가방을 메고 삼삼오오 모여 하교하는 아이들이 운동장을 가로질렀다.

"너니?"

남자의 목소리가 낮게 깔렸다.

꼬마는 반응이 없었다. 그저 말없이 운동장을 응시했다. 오늘따라 꼬마의 얼굴은 더욱 표정이 없었다. 속마음을 감추기 위함인지, 아니면 정말로 아무런 감정이 없는 건지 알 수 없었다. 답답한 남자가 그네에서 일어나 꼬마의 어깨를 붙잡았다. 그제야 꼬마의 고개가 남자를 향했다. 꼬마와 남자의 눈이 마주쳤다. 그 몇 초의 찰나. 남자는 빛을 잃은 꼬마의 눈동자 속에서 이글이글 불타오르는 불꽃을 엿봤다. 하지만 불꽃은 순식간에 사라지고 꼬마는 이내 남자의 눈을 피했다. 꼬마가 서둘러 입을 뗐다.

"그게 무슨 소리예요?"

남자는 굳은 표정으로 다시 물었다.

"뭔가 알고 있다는 거 다 알아."

꼬마는 남자의 다그침에 어색한 미소를 지었다.

"무슨 소린지 하나도 모르겠네. 아저씨 오늘 이상하다, 하하."

상기된 목소리, 어색한 표정. 그동안 봐왔던 모습과 달리 꼬마는 묘하게 들떠 있었다. 무엇보다 용납할 수 없는 건 꼬마의 입꼬리에 걸린 미소였다.

남자는 주먹을 불끈 쥐었다.

꼬마의 웃음 띤 얼굴에서 일그러진 시신의 얼굴이 겹쳐 보였다.

현장을 직접 확인했건만 남자는 이미 수사 중인 사건이 있어 이선미 사건에서 배제되었다. 다만 동료 형사를 통해 수사 보고서를 받아볼 수 있었다. 수사 방향은 자살에 중점을 두고 있었으나 타살 가능성도 열어두고 있었다.

부검 결과 최초 현장 감식 의견대로 경부압박으로 인한 질식사로 확인되었다. 또한 양쪽 손바닥이 로프에 쓸려 있고 손톱에서 섬유가 발견됐다. 목을 맨 상태에서 숨이 끊어지기 직전까지 살아 있었던 것이다. 그밖에 최소 3층 높이에서 떨어진 것치고는 경미한 찰과상 외에 골절이나 타박상은 없었다.

사망 추정 시각은 저녁 8~10시경. 혈액 검사에서 약물 반응은 없었다. 다만 혈중 미량의 알코올이 검출됐는데 사망자가 살던 2층 거실에서 먹다 만 캔 맥주가 발견되어 자살 직전까지 맥주를 마셨던 것으로 추정됐다. 전자레인지 안에는 유통 기한이 지난 폐기용 편의점 떡볶이가 들어 있었다. 전원이 켜진 TV는 묵음 상태였고 거실 창은 절반쯤 열려 있었다. 주인 없는 거실에서 벽걸이 에어컨이 홀로 작동하고 있었다.

드러난 증거들로 이선미의 행적을 추정하자면 이렇다.

편의점 알바를 마치고 저녁 7시경에 퇴근한 이선미는 바로 집으로 귀가해 실내복으로 갈아입고 캔 맥주를 마시며 TV 쇼핑을 시청했다. 그리고 얼마 뒤 이선미는 절반 정도 남은 맥주를 탁자 위에 두고 옥상으로 올라가 로프로 목을 걸고 난간 밖으로 뛰어내린다. 옥상 난간 안쪽에서 이선미의 어깨너비로 양 손가락 지문이 발견되었고, 그 가운데 부분에 로프가 묶였다 풀린 자국이 발견되었다. 목이 졸려 한동안 발버둥 치던 이선미는 숨이 끊기고, 느슨하게 묶였던 로프가 난간에서 풀려 시신과 함께 바닥으로 추락한다.

시신은 다음 날 새벽 4시경 순찰을 돌던 주택 단지 경비원에게 발견됐다. 경비원은 간밤에 내린 비에 흠뻑 젖은 시신이 마네킹인 줄 알았다고 했다. 시멘트 바닥을 향한 채 엎드린 시신의 얼굴을 랜턴으로 비춰 보고서야 2층에 홀로 자취하는 이선미임을 알았다고 했다.

경비실 입구에 설치된 CCTV로 경비원이 이선미의 죽음과는 무관한 것을 확인했다.

옥상은 흡연자들을 위해 상시 개방돼 있었다. 이선미도 옥상을 찾는 흡연자 중 하나였다. 옥상 바닥에 떨어진 꽁초들에서 이선미와 4층에 사는 회사원 박진우의 DNA가 검출됐다. 옥상 철문은 손잡이를 돌리지 않더라도 밀어서 열 수 있는 문이었다. 그 때문인지 문손잡이에서 이선미의 지문은 발견할 수 없었다. 이선미의 투신 이후 11시부터 쏟아진 폭우로 옥상이나 바닥에서 족적과 유류품 등은 찾을 수 없었다. 대부분 빗물에 유실된 듯했다.

스물두 살인 이선미는 국가 자격증 시험에 매진하기 위해 대학교 3학년 2학기를 휴학 중이었다. 자격증 준비 중 생활비를 벌기 위해 편의점에 주간 아르바이트 중이었으며 밝은 성격으로 손님들을 대했다. 하지만 넉넉지 않은 형편 탓에 남몰래 마음고생을 한 모양이었다. 그녀의 다이어리에는 좀처럼 줄지 않는 카드빚에 대한 걱정과 흙수저라는 태생적 한계를 비관하는 내용이 적혀 있었다. 다만 다이어리에 자살 암시는 없었다. 현장에서도 유서는 발견되지 않았다. 쌓이고 쌓인 울분의 폭발로 즉흥적인 자살 시도는 얼마든지 가능한 일. 유서의 존재 유무는 사건성 판단에서 제외하기로 했다.

자살에 쓰인 로프는 구매한 지 얼마 안 된 신품이었다. 개인 SNS에서 이선미가 대학 재학 중 등산 동아리에서 활동했던 사실을 확인했다. 추후 등산 용도로 구매했는지 아니면 자살 도구로 충동 구매했는지 여부는 확인할 수 없었다. 후배 형사의 말대로 로프는 시중 등산용품점에서 쉽게 구할 수 있는 물건이었다. 하지만 집 안에 로프를 구매한 영수증은 발견되지 않았다. 구매 즉시 영수증을 버렸을 가능성도 배제할 순 없다. 한 가지 특이점은 이선미의 목에 걸린 올가미 매듭 부위의 로프 안쪽으로 직경 1밀리미터 정도의 구멍이 존재했다는 점이다. 로프 내부로 약 1미터 길이로 구멍이 난 이유는 알 수 없었다. 다만 제품의 불량이 아니라 인위적인 손상이라는 것을 확인했다.

현장의 정황들은 대부분 이선미의 자살을 가리키고 있었다. 하지만 남자는 좀처럼 납득하기 힘들었다. 비관적인 일기를 썼다지만 엄밀히 보자면 흔한 신세 한탄 정도에 그쳤다. 죽겠다고 입버릇처럼 말하는 사람치고 정말로 스스로 목숨을 끊는 사람은 그리 많지 않다. 형사 생활을 하며 나름 눈썰미가 있다고 자부해온 남자가 본 이선미는 자살과는 거리가 멀었다. 남몰래 내면에 어두운 마음을 숨기고 있었다 해도 말이다. 등산 동아리 활동 경력이 있음에도 옥상 난간 로프를 허술하게 묶은 점, 자살 도구인 신품 로프에 손상이 있는 점도 거슬렸다.

그런 남자의 날카로운 신경을 긁은 것은 수사 보고서 마지막 페이지를 봤을 때였다.

현장 주변에서 발견된 물품들이 나열된 페이지였다. 사진들을 훑던 남자의 눈이 갑자기 커졌다. 인쇄된 사진에는 썩어가는 동물들의 사체와 뼛조각들이 늘어서 있었다. 잡초가 웃자란 공터의 폐건물 흙 속에서 발견된 사체들. 새끼 고양이와 강아지, 심지어 조류까지 있었다.

누군가 폐건물에서 동물들을 잔혹하게 살육한 것이다. 다만 사체 주변에서 타인의 흔적을 찾을 수 없고 이선미의 자살과 직접적인 연관은 없다는 것이 결론이었다.

남자는 구더기가 들끓는 새의 사체를 보자 등골이 서늘해졌다. 머리 부분이 뭔가에 눌린 듯 형체를 알아볼 수 없는 사체. 뭔가 쎄한 느낌이 온몸을 뒤덮었다. 순간 남자의 뇌리를 스치는 장면이 있었다. 남자는 재빨리 두툼한 보고서를 앞으로 넘겨 조금 전 대강 훑었던 보고서 중간 부분을 다시 읽어 내려갔다. 주택 거주자 탐문이 기록된 페이지였다.

사건 당일. 4층 거주자는 지방 출장으로 집에 없었다. 3층에는 28세 무직 남성 박철민이 사건 시간대에 LOL 게임 중이었다고 진술했다. 실제로 해당 시간대 게임 접속 정보를 확인했다. 그리고 1층에는 열 살 초등생이 홀로 집을 지키고 있었다. 아이는 무당인 엄마가 집에 올 때까지 자기 방에서 숙제를 했다고 진술했다. 유일한 출입구인 주택 중앙 현관에 설치된 CCTV를 통해 엄마가 폭우가 쏟아지기 직전인 10시 50분경에 귀가한 것을 확인했다.

아니길 바라는 마음으로 초등학생의 이름을 확인했다.

하지만 남자의 불길한 생각은 적중했다.

꼬마의 이름이었다.

홍조 띤 얼굴로 사람을 죽이고 싶다던 꼬마의 얼굴이 뇌리를 스쳤다. 대체 언제부터 이런 짓을 해왔단 말인가. 조금은 알고 있다고 생각했는데. 꼬마에 대해 아는 건 하나도 없었다.

설마. 이선미의 죽음에 꼬마가 관여했을까.

"하핫."

순간 남자는 허탈한 웃음을 터뜨렸다. 머릿속 생각을 떨쳐내려는 듯 고개를 가로저었다. 왕따나 당하는 허약한 꼬맹이가 뭘 할 수 있겠는가. 형사 체면에 잠깐이나마 꼬마를 의심했던 자신이 수치스러웠다. 하지만 입 안에 남은 씁쓸한 뒷맛이 가시지 않았다. 이선미에게서 눈을 떼지 못하던 꼬마의 눈빛, 그리고 발그레한 두 볼의 홍조가 끈질기게 남자를 괴롭혔다.

며칠 뒤. 이선미의 자살로 사건이 마무리될 것 같다고 후배가 말했다. 그때까지도 남자의 가슴속에는 무언가 돌처럼 딱딱한 것이 걸려 있었다. 남자는 결심했다. 한 번만 더 현장에 가보기로. 어차피 집 앞이 아닌가.

"안녕하세요. 오랜만입니다."

머리가 희끗한 중년이 고개를 꾸벅였다. 가게에 들어서는 남자도 고개를 숙였다. 남자는 다세대주택에 들르기 전 떨어진 담배도 살 겸 이선미가 일하던 편의점에 들렀다.

"아. 사장님이 다시 주간에 계시는군요. 선미 씨 일은 안됐습니다."

머뭇거리는 남자의 말에 사장의 얼굴에 그늘이 졌다.

"참 착하고 성실한 학생이었는데… 왜 그랬는지 이해가 안 됩니다. 하아."

한숨과 함께 침체된 분위기에 남자가 서둘러 물었다.

"저야 손님으로 봐서 항상 밝아 보였는데. 사장님이 보시기엔 어땠나요?"

"선미 씬 다른 알바생과는 달랐어요. 스스로 할 일을 찾았고 손님이 없는 시간에는 틈틈이 문제집을 펴고 공부했어요. 착실히 미래를 준비하는 사람이랄까. 그래서 선미 씨가 그렇게 됐다는 소식을 들었을 땐 정말 깜짝 놀랐습니다. 그저 몸이 많이 아파서 결근한 줄 알았거든요."

"정말 사장님도 많이 놀랐겠어요."

고개를 끄덕이는 남자와 사장 사이에 잠시 무거운 침묵이 내려앉았다. 분위기를 바꾸려는 듯 중년 사장이 미소를 띠며 말했다.

"담배 사러 오신 거죠? 지금도 같은 거 피우세요?"

남자가 중년 사장 뒤에 있는 진열장을 가리키며 말했다.

"럭키스트라이크 한 갑 주세요."

남자는 담배 값을 계산한 뒤 편의점을 나왔다. 때마침 허름한 차림의 노파가 편의점 건물 뒤 천막 안에서 박스 더미를 꺼내왔다. 정오를 조금 넘긴 시각. 따가운 땡볕 아래 땀을 비 오듯 흘리는 노파는 벅찬 숨을 토해내며 힘겹게 박스를 리어카에 실었다. 거리에서 자주 보았던 노파였다. 굽은 허리로 리어카를 끌며 모은 폐지로 생계를 꾸려가는 노인이었다. 노인의 처지를 딱히 여긴 편의점 사장이 천막 안에 따로 모아둔 폐지 더미를 넘긴 것이리라. 마주친 이상 모른 척 지나칠 수는 없었다.

"어르신, 제가 도와드릴게요."

남자는 노파를 앞서 천막 안으로 들어갔다. 펼쳐진 상태로 차곡차곡 쌓인 박스들이 남자의 허리 높이까지 왔다. 남자는 노끈으로 나눠 묶은 더미를 양손에 들고 리어카로 향했다.

"고, 고마우이."

활처럼 굽은 허리를 잠시 편 노파가 이마에 흥건한 땀을 훔쳤다.

"아녜요. 별거 아닌데요. 뭘."

남자가 손에 든 것을 리어카에 싣고 다시 천막으로 향하는 발걸음에 속도를 높였다. 박스 더미를 묶은 노끈 틈에 손가락을 걸던 남자는 갑자기 그대로 멈춰 섰다.

"응?"

남자는 천막에서 꺼내온 박스 더미를 바닥에 내려놓고 쪼그려 앉았다. 한참 동안 이리저리 살피던 남자는 이윽고 휴대전화를 꺼내 사진을 찍기 시작했다.

"설마."

벌떡 일어선 남자가 다시 편의점 안으로 들어가 다짜고짜 중년 사장의 얼굴에 휴대전화를 들이밀었다.

"사장님, 이 종이 박스 묶은 노끈이요. 이거 사장님이 묶은 건가요?"

사장은 안경을 고쳐 쓰고 휴대전화 화면을 유심히 살폈다.

"이 비닐 노끈을 말씀하시는 거라면 제가 묶은 게 아닙니다."

"그럼 누가 묶은 거죠?"

휴대전화에서 시선을 뗀 사장이 고개를 들었다.

"선미 씨요. 종이 상자를 그냥 두면 폐지 줍는 할머니가 하나하나 일일이 펼쳐서 가져가야 한다고. 직접 상자를 펼치고 노끈으로 묶어서 쌓아뒀습니다."

"그럼 박스를 묶은 매듭들도 전부 선미 씨가 직접 한 거군요."

고개를 끄덕이는 사장을 뒤로하고 남자는 복잡한 얼굴로 가게를 나섰다. 남자의 눈빛이 전에 없이 날카롭게 빛났다. 자살이 아닐지도 모른다는 남자의 의심이 확신으로 바뀌는 순간이었다.

남자는 뜀박질에 가까운 빠른 걸음으로 다세대주택을 찾았다.

담배 한 개비를 입에 물고 불을 붙였다. 옥상에서 불어오는 바람에 땀에 젖은 앞머리가 흩날렸다. 담배를 깊이 빨아들인 뒤 난간 아래를 내려다봤다. 수풀이 무성한 공터 가운데 흉물스럽게 서 있는 폐건물이 보였다. 빌라를 짓던 건설사가 도산하는 바람에 공사가 중단된 채 그대로 방치된 상태라고 했다.

꼬마가 저기에서 동물들을 도륙한 건가. 한낮에도 음산한 기운이 풍기는 폐건물에서 그런 짓거릴 하다니. 참나.

국과수 조사가 끝난 옥상에서는 더 이상 건질 것이 없었다. 남자는 주택 뒤 공터로 걸음을 옮겼다. 폐건물에 가기 위해 거침없이 수풀 사이를 헤치고 안으로 들어갔다. 한동안 가로막은 수풀들을 밀어 길을 트던 남자의 손이 문득 멈췄다. 우거진 수풀들 사이로 한 뼘 정도의 작은 공터가 있었다. 공터 안의 잡초들은 꺾인 채 눕혀져 있었다. 남자는 직감했다.

꼬마다. 꼬마가 여기 서 있었다. 그것도 한두 번이 아니다.

남자는 직접 공터에 서서 꼬마의 키에 맞게 무릎을 굽혔다. 그리고 고개를 들어 주택을 바라봤다.

"이… 이 새끼…."

남자가 나직이 중얼거렸다.

"범인이 잡혔다던데요."

한참 만에 건넨 꼬마의 말에 남자는 현실로 돌아왔다. 남자는 터벅터벅 걸어가 다시 자신의 그네에 앉았다.

"아니야."

남자가 말을 이었다.

"범인으로 의심돼서 조사를 받은 거지."

"아."

꼬마는 이해했다는 듯 고개를 까딱거렸다.

"복도나 계단에 CCTV가 있었다면 좋았겠지만. 네 집은 엘리베이터도 없잖아. 그러니 유일한 출입구인 중앙 현관에 설치된 CCTV를 볼 수밖에 없었어. 그런데 사건 시간대 현관을 출입한 사람은 이선미 본인과 네 엄마밖에 없었어. 만약 이선미가 죽임을 당했다고 가정하면 가장 의심되는 사람은 누구겠니?"

곰곰이 생각하던 꼬마가 정답을 맞히듯 외쳤다.

"3층 아저씨!"

"맞아. 꼬마인 네가 뭘 할 수 있으리라 생각한 사람은 없었어. 남은 건 당시 그 주택에 있던 유일한 어른, 박철민뿐이지."

남자는 꼬마를 힐끔 보고 말을 이었다.

"이런 말 하면 어떻게 생각할지 모르지만, 처음에 아저씬 널 의심했었어."

남자의 말이 끝나자 꼬마는 놀랐다는 듯 눈을 동그랗게 뜨고 남자를 향해 고개를 돌렸다.

"헤에에에?"

"네가 첫 번째 살인 상대로 이선미를 골랐다고 생각했어. 넌 이선미와 이웃이니 접근하기 쉬웠을 거야. 어느 정도 친분을 쌓은 뒤 이선미를 옥상으로 불러내지. 옥상에서 뭔가를 잃어버렸으니 함께 찾아달라고 말이야. 착한 이선미는 네부탁을 거절하지 못하고 널 따라 옥상으로 갔어."

꼬마가 웃음을 터뜨리며 감탄했다.

"와, 지금 추리하는 거예요? 아저씨 명탐정 코난 같아요."

남자는 꼬마의 반응을 무시하고 말했다.

"넌 미리 로프를 묶어두었던 난간 근처로 이선미를 유도했어. 그곳에서 중요한 물건을 잃어버렸다고 말이야. 착한 선미 씨는 정신없이 옥상 바닥을 뒤졌어. 그렇게 정신이 팔린 사이, 네가 올가미를 목에 씌운 거지. 선미 씨는 놀라서 일어서지. 그때 경황이 없는 선미 씨를 네가 옥상 아래로 떠민 거야."

꼬마가 김빠진 듯 말했다.

"에이, 아저씨. 코난이라기엔 너무 허술한데요. 처음부터 틀렸어요. 난 편의점 언니랑 친하지 않아요. 따로 얘기를 나눠본 적도 없는걸요. 게다가 옥상 난간이 얼마나 높은데 제 힘으로 어른을 밀어 넘길 수 있을 거라 생각하는 거예요?"

꼬마가 팔을 엑스자로 교차하고 말했다.

"삐삑! 불합격!"

남자는 머쓱한 듯 뒷머리를 긁적이며 말했다.

"맞아. 무리지. 그래서 더욱 박철민을 주목하게 된 거야. 이선미가 근무했던 편의점 CCTV를 확인하고 의심은 더욱 깊어졌어. 우리도 종종 마주쳤잖아. 물건을 잔뜩 사가는 박철민을."

남자는 꼬마와 함께 이선미를 처음 봤던 날 앞서 계산하던 거구의 사내를 떠올렸다.

"박철민은 매일같이 편의점에 출석 도장을 찍었어. 그것도 이선미가 근무하는 주간에만. 그리고 이선미가 죽기 3일 전, 박철민은 꽃다발을 들고 편의점을 찾았어. 물론 편의점에서 판매하는 꽃이 아니었지."

"고백하러 갔구나."

"응. 결과는… 참담했어."

"쯧쯧쯧."

꼬마가 운동장을 바라보며 작게 혀를 찼다.

"자, 넘치는 애정은 순식간에 증오로 변했어. 자신의 마음을 거절한 여잘 죽이고 싶었을 거야. 그래서 죽였을 거라 생각해. 그런데 어떻게 죽였는지 그 방법을 알 수가 없었어. 조사를 받던 박철민이 고백에 대한 질문 이후로 완전히 입을 다물어버렸거든."

"에이, 경찰이 그런 것도 못 밝혀요?"

남자가 한숨을 쉬며 말했다.

"그걸 묵비권이라고 해. 범인으로 의심되는 사람이 입을 다물어버리면 확실한 증거를 제시하지 않는 이상 방법이 없어."

"경찰도 참 답답하겠네요."

남자는 말없이 고개를 끄덕였다. 갑자기 운동장 절반에 그늘이 드리워져 하늘을 올려다봤다. 어느새 몰려든 먹구름이 서서히 태양을 가리고 있었다. 당장이라도 빗방울이 떨어질 것 같았다. 남자는 서둘렀다.

"자체적으로 조사했지만 고백 이후 3일간의 행적이 묘연해. 아마 그사이에 로프를 구매했을 거라고 예상하고 있어."

"고백했는데 차였다고 정말 3층 오빠가 죽였을까요? 2층 언니가 자살한 것일 수도 있잖아요."

남자는 단호하게 대답했다.

"자살은 아냐. 자살에 쓰인 올가미 매듭이 달랐어."

"네?"

되묻는 꼬마에게 남자가 천천히 설명했다.

"선미 씨가 평소에 쓰는 매듭은 올가미 매듭이야. 자살할 때 목에 감았던 매듭도 올가미였고. 그런데 묶는 방법에 차이가 있었어. 그녀는 평소 슬립 넛(Slip Knot) 매듭법을 썼어. 편의점에 그녀가 묶은 박스 다발을 통해 확인했지. 그런데 목에 걸린 올가미는 누스 넛(Noose Knot) 방법을 썼더군. 두 매듭은 모양이 상당히 비슷해. 전문가가 아니라면 알아차리지 못할 정도로. 선미 씨를 스토킹 하던 박철민이 그녀의 매듭법을 이용해서 자살로 꾸미려 했지만 묶는 법을 착각한 게 패착이었어. 아마 그녀의 SNS에서 그녀가 등산 동아리였다는 사실도 계산에 넣었을 거야. 심증은 확실해. 부족한 건 물증뿐. 그래서 모험을 감행했지. 영장을 발부받아서 박철민의 집을 수색한 거야. 물증을 찾지 못하면 역풍을 맞을 걸 각오하고 말이야."

꼬마가 호기심 섞인 눈으로 물었다.

"그래서 찾은 게 있어요?"

"집은 쓰레기장이나 다름없었어. 무직 기간이 길어지면서 정리에 대한 개념을 잃어버린 것 같았어. 그런데 박철민의 생활 패턴과 무관해 보이는 물건 몇 개가 있었어."

"뭔데요?"

"우선 낚싯대. 사용한 흔적도 없는 새거였어. 낚시를 즐기는 타입은 아닌데 말이야. 두 번째로 칼에 찢긴 옷가지들. 주워 모았더니 간절기 코트였어. 예전에 유행했던 칼라를 취향대로 스타일 할 수 있는 철 지난 옷이었지. 드론도 있더군. 백수인데 투자 좀 한 것 같았어. 평소에 거실 밖 공터로 드론 날리는 게 취미였다나. 그래서 드론 정비를 위한 공구들도 갖고 있더라고."

꼬마가 뭔가 떠오른 듯 말했다.

"아, 밖에서 들리던 커다란 모기 소리가 드론이었구나."

"하지만 이것들로는 박철민을 잡아넣을 수 없어."

남자는 침을 꿀꺽 삼켰다.

"그래서 널 찾아온 거야."

남자는 꼬마를 뚫어져라 쳐다봤다. 꼬마는 남자의 시선이 부담스러운지 땅바닥으로 고개를 숙였다.

"제가 뭐라고…. 전 아무것도 몰라요. 그날도 전 그냥 방에서 숙제를 했는걸요."

말을 마친 꼬마가 슬쩍 고개를 들어 남자의 눈치를 살폈다. 순간 꼬마는 화들짝 놀랐다. 어느새 남자의 얼굴이 꼬마 바로 앞에 있었기 때문이다. 꼬마를 내려다보는 남자의 눈에는 확신이 담겨 있었다.

"왜, 왜 이래요⋯."

당황한 꼬마가 다시 고개를 땅으로 떨구었다. 공중에 뜬 운동화 끝을 바라보던 꼬마의 눈에 사진 한 장이 스윽 들어왔다. 사진 속 이미지를 인식한 순간 꼬마의 동공이 커졌다. 내내 감정을 숨기고 포커페이스를 유지하던 꼬마였다. 하지만 남자는 사진을 본 꼬마의 미세한 반응을 놓치지 않았다.

"이게 뭔지 아는구나."

"뭔지는 알죠. 죽은 새잖아요. 근데 이게 왜요."

"그냥 아는지를 물어본 게 아냐. 네가 한 짓인지를 묻는 거야."

"참나. 제가 왜 이런 짓을 하겠어요. 아저씨 오늘은 이상한 말만 하네."

남자는 차가운 눈으로 말했다.

"부정해봐야 소용없어. 이 사진에 반응을 보인 건 오직 너뿐이니까. 이 새뿐만이 아냐. 꽤 많은 동물들을 죽였더구나. 그 사체들 사이에 사람의 머리카락이 나왔어. 증거를 남기지 않으려고 꽤나 노력했는데 실수를 했나 보더구나. 그 머리카락에서 누구의 유전자가 나왔는지 아니? 바로 너야. 네가 한 짓이라는 반박할 수 없는 진실이지."

남자의 말에 그네 줄을 움켜잡은 꼬마의 손이 작게 떨렸다. 걸렸다!

남자의 관자놀이에 땀 한 방울이 흘러내렸다. 사실 꼬마의 유전자는 나오지 않았다. 아니, 감식조차 한 적 없다. 꼬마의 반응을 보려고 즉석에서 만든 거짓말이었다. 하지만 애써 화를 참는 꼬마의 표정을 보니 예상이 적중한 듯했다. 남자는 틈을 주지 않고 몰아붙였다.

"내가 직접 공터를 다시 조사해봤어. 그런데 주택 뒤, 잡초가 우거진 한가운데 공간이 있더구나. 얼마나 자주 갔었는지 그 공간의 잡초들은 전부 눕혀져 있었어. 딱 네가 서 있을 만한 작은 공간이었어. 잡초 사이에 몸을 숨기고 2층 거실을 관찰하기에 안성맞춤인 공간."

남자는 꼬마를 가리키며 목소리를 높였다.

"학교에서 널 볼 때마다 네 옷에 붙어 있는 잡초 부스러기들을 얼마나 많이 봤는지 몰라. 넌 얼마나 많은 날 동안 동물들을 죽였고, 수풀 사이에 몸을 숨기고 이선미를 훔쳐본 거니? 그렇게 네 안에 차곡차곡 살의를 키워왔던 거였니?"

남자는 손가락으로 앞 머리카락을 쓸어 넘겼다.

"자, 말 못하는 짐승을 죽였건, 2층을 몰래 훔쳐봤건, 그런 건 상관없어. 이선미가 죽던 날 네가 뭘 봤는지만 얘기해주면 돼. 협조하지 않으면 나도 어쩔 수 없어. 네 엄마에게 솔직하게 얘기하는 수밖에. 그동안 네가 했던 행동들을…."

엄마라는 말에 꼬마의 동공이 좌우로 미친 듯이 흔들렸다. 처음으로 표정이 없던 꼬마의 얼굴에 당황과 공포가 떠올랐다. 핏기가 없던 얼굴이 새빨갛게 물들었다. 꼬마에게 엄마는 어떤 존재이기에 이런 반응을 일으키는 걸까. 하지만 그것도 잠시, 꼬마는 순식간에 평정심을 되찾았다.

"크크크크…."

갑자기 꼬마가 어깨를 흔들며 웃어댔다.

"하하하하하."

급기야 배를 부여잡고 웃음을 터트렸다. 남자는 갑작스러운 변화에 반응하지 못하고 꼬마의 기색을 살피는 데 급급했다.

"왜, 왜 이래? 갑자기 미친 거야?"

그때 웃음을 걷어낸 꼬마가 남자를 노려봤다.

"역시 어른들은 똑같아, 아저씨는 뭔가 다른 줄 알았는데 마찬가지였어."

당황한 남자가 뭐라 말하려 했지만 꼬마는 틈을 주지 않고 쏘아붙였다.

"지금 아저씨가 하는 짓, 목격자 심문 아냐? 살인사건이라지만 미성년자를 심문하려면 부모나 아동심리 상담사가 동석해야 한다는 건 아저씨가 제일 잘 알텐데. 아저씬 내가 초딩이라 가볍게 보고 내 인권을 침해했고 나아가 경찰 공권력을 남용한 거 아냐?"

남자의 등줄기로 땀 한 방울이 흘러내렸다. 그저 꿀 먹은 벙어리처럼 꼬마를 멀뚱멀뚱 쳐다볼 수밖에 없었다. 뭐야. 이 녀석…. 그동안 내게 보인 어리숙한 모습들은 만들어낸 이미지였단 말인가. 그때 무섭도록 차가운 눈으로 노려보던 꼬마의 왼쪽 입꼬리가 씨익 올라갔다.

"사실 이선미를 내가 죽였어도 난 처벌받지 않아. 아저씨도 잘 알겠지만, 난 대통령을 죽여도 처벌받지 않는 촉법소년이거든. 큭큭큭."

남자는 그제야 정신을 차리고 뒤늦게 발끈했다.

"뭐야? 이 녀석 그게 무슨 말이야!"

"하지만 걱정 마세요. 그동안 아저씨와의 정이 있으니 오늘 일은 그냥 넘어가 줄게요. 그리고."

꼬마가 검지를 세우고 한쪽 눈을 찡긋거렸다.

"아저씨가 듣고 싶어 하는 정보도 말씀드릴게요. 대신 오늘 이후로 더 이상 날 찾지 않는다고 약속하세요. 저도, 엄마도."

꼬마의 차가운 눈빛이 남자를 관통하는 것 같았다. 남자는 침을 꿀꺽 삼켰다. 꼬마에게 제대로 한방 먹었다. 뭔가에 홀린 것 같았다. 하지만 생각할 것도 없었다. 남자는 천천히 고개를 끄덕였다. 꼬마는 만족스러운 표정으로 입을 뗐다.

"아쉽지만 사건 당일에는 아무것도 못 봤어요. 정말로 방에서 숙제를 했거든요."

남자가 듣고 싶던 대답은 아니었다. 낙담하려는 찰나 꼬마의 이어지는 말에 남자는 고개를 번쩍 들었다.

"근데 사건 전날, 3층 뚱땡이를 봤어요."

"어, 어디서? 옥상?"

"아뇨. 3층 발코니요."

남자의 눈빛이 날카롭게 빛났다.

"거기서 뭘 했지?"

"저녁 8시인가, 3층 뚱땡이가 발코니로 나왔어요. 손에는 기다란 막대가 들려 있었어요. 그러고 보니 그게 낚싯대였나 봐요."

꼬마가 기억을 더듬는지 눈동자가 위로 떠올랐다.

"뚱땡이가 상체를 발코니 밖으로 쑥 내밀더니 낚싯대로 아래층 거실 창문을 두드렸어요."

"선미 씨는? 그래서 선미 씨가 밖으로 나왔어?"

"아뇨. 언니는 집에 없었어요. 불이 꺼져 있었거든요."

남자가 작게 중얼거렸다.

"살인 예행연습이었구나."

꼬마가 씨익 웃었다.

"들어봐요. 이제부터가 하이라이트니까. 뚱땡이가 낚싯대를 구석에 내려놓고 꺼내든 게 바로 로프였어요. 뚱땡이는 로프로 만든 올가미를 2층으로 천천히 내리다가 휙 올리고, 또 천천히 내리다가 휙 끌어올렸어요. 조용히, 그리고 빠르게. 마치 먹이를 낚아채는 짐승처럼요."

이야기를 하는 꼬마의 볼에 발그레한 홍조가 번졌다.

남자의 머릿속에 이선미의 목을 맨 로프를 있는 힘껏 잡아당기는 박철민이 그려졌다. 땀을 뻘뻘 흘리며 가쁜 숨을 토해내는 박철민. 영문도 모른 채 로프에 매달려 발버둥치는 이선미. 발코니 밖 공중에 떠오른 이선미의 몸에서 힘이 빠지고, 박철민은 천천히 로프를 풀어낸다. 차갑게 식어버린 이선미의 시신은 차가운 시멘트 바닥으로 떨어진다.

생각하는 것만으로도 기분이 몹시 더러워졌다. 이선미가 3층 높이에서 떨어진 것치고 상처가 없었던 건 그 때문이었구나.

그때 꼬마가 한마디를 덧붙였다.

"아, 근데 올가미가 좀 달랐어요. 원래 일반적인 올가미는 힘이 없는데, 뚱땡이가 만든 올가미는 어째서인지 동그란 모양을 계속 유지하고 있었어요."

남자의 주먹에 불끈 힘이 들어갔다. 잡을 수 있다. 그런 확신이 들었다. 꼬마의 진술 덕분에 사건을 가리고 있던 안개가 말끔히 걷히고 있었다.

어둠이 내려앉은 운동장에 낮부터 이어지는 매미 소리가 시끄럽게 고막을 때렸다.

"아. 덥다 더워."

입추가 훌쩍 지났는데도 늦더위가 여전히 기승을 부렸다. 해가 진 밤에도 낮 동안의 열기가 식지 않아 셔츠를 적셨다. 남자는 익숙한 듯 그네에 앉아 담배를 입에 물었다. 담장 너머 요란한 네온사인 빌딩숲과는 달리 어둠에 싸인 학교는 차분한 느낌을 주었다.

얼마 전, 아내와 아들이 돌아왔다. 남자의 진심 어린 사과와 회유가 없었다면 불가능했던 일이다. 이제는 집 안의 왁자지껄한 소란을 피해 잠깐의 자유를 누리고자 학교를 찾는 그였다.

그네에 앉아 담배 한 개비를 피우고 가족이 있는 집으로 돌아간다. 집 앞을 두고 굳이 학교까지 오는 이유는 누구에게도 방해받지 않는 고요함이 좋아졌기 때문이다. 그 고요함이 싫어 학교를 찾던 그였는데 말이다. 인간이란 참 간사한 동물이다.

꼬마의 결정적 진술로 박철민은 체포됐다. 자세한 살해 방법을 제시하자 줄곧 묵비를 행사하던 박철민은 무너졌다. 모양을 그대로 유지하던 올가미의 비밀은 로프 내부에 뚫려 있던 작은 구멍과 연관이 있었다. 박철민의 집에서 발견했던 찢어진 코트의 목깃. 원하는 모양대로 구부릴 수 있는 칼라 속 철사를 뽑아 로프에 넣었던 것이다. 둥근 모양이 잡힌 올가미로 이선미의 목을 더욱 효과적으로 잡아챌 수 있었을 것이다.

2층 발코니 난간에서 이선미의 양손 지문을 다시 확인했다. 거실에서 맥주를 마시며 TV를 본 이선미가 거실 창문으로 들려오는 소리에 TV를 음소거한 뒤, 발코니로 나와 난간을 잡고 공터를 살폈으리라. 죽음 직전 마지막 남긴 지문이 분명했다. 하지만 자신이 사는 집 발코니에 찍힌 지문에 관심을 둘 형사가 과연 몇이나 될까.

결국 옥상 난간에서 발견된 이선미의 양손 지문은 그저 우연에 불과했다. 흡연을 하며 무심코 잡았던 지문이었을까. 이선미를 스토킹 하던 박철민이 그 모습을 떠올리며 살해 계획을 착안했는지도 모르겠다. 옥상 난간 이선미의 지문과 지문 사이, 정확히 한가운데 로프를 묶었던 자국을 남겼으니 말이다.

이선미를 살해한 이유를 묻자 박철민이 남긴 대답은 이랬다.

'내가 가질 수 없으니 다른 누구도 가질 수 없게 부숴버린 거야.'

연신 땀을 훔치던 박철민은 뭐가 그리 즐거운지 미친 듯이 웃어댔다. 그리고 마지막 한마디를 계속 읊조렸다.

'죽는 순간까지도 그녀는 환하게 빛났어. 죽는 순간까지도 그녀는 환하게 빛났어. 죽는 순간까지도… 히히히힛!'

정신이상으로 감형되는 건 바라지 않지만, 아무리 봐도 미친놈이었다.

꼬마.

남자는 꼬마와의 약속을 지켰다. 하지만 약속과는 별개로 그날이 꼬마와의 마지막 만남이었다. 며칠 뒤 꼬마는 타지로 전학을 가버렸다. 억울하게 죽은 사람이 있는 곳은 부정을 탄다나. 꼬마의 엄마가 막무가내로 전학을 강행했다고 한다.

가끔씩 꼬마의 안부가 궁금해진다. 잘 살고 있으려나. 어느덧 담뱃불이 필터 근처까지 왔다. 남자는 마지막 한 모금을 빨고 담뱃불을 튕겼다. 돌아가자. 집으로.

그네에서 일어선 남자가 발걸음을 뗐다.

"아우, 젠장."

남자의 슬리퍼가 운동장에 고여 있던 흙탕물에 빠졌다. 흰색 나이키 슬리퍼와 발가락 사이로 온통 진흙물이 흘러들었다. 남자는 진창이 묻은 슬리퍼를 마른 땅바닥에 대충 비볐다.

"에휴. 부질없다. 집에 가서 씻자."

성한 슬리퍼를 버릴 순 없었다. 남자는 운동복 바지에서 휴대전화를 꺼내 플래시를 켰다.

남자의 한발 앞서 플래시 불빛이 운동장 바닥을 비췄다.

그 순간.

남자의 발이 운동장 바닥에 멈춰 섰다. 남자의 뇌리를 스치는 무언가….

이마에 땀이 솟구쳤다. 겨드랑이에서 배어난 땀이 줄줄 흘러 옆구리를 스쳐 갔다. 무더위에 흘린 땀이 아니었다. 남자의 몸을 적시는 것은 온기를 잃은 식은땀이었다.

'죽는 순간까지도 그녀는 환하게 빛났어.'

'사람을 죽여보고 싶다고.'

'숨이 끊어지는 순간. 그 마지막 순간의 떨림을 지켜보고 싶어.'

'죽는 순간까지도 그녀는 환하게 빛났어.'

'사람을 죽여보고 싶다고.'

'숨이 끊어지는 순간. 그 마지막 순간의 떨림을 지켜보고 싶어.'

남자의 귓가에 목소리들이 정신없이 부딪쳤다. 그리고 잊힌 기억 한 조각이 눈앞에 떠올랐다. 가방 속에서 플래시를 켜고 운동장을 뛰어가던 꼬마….

사실 남자는 박철민 살인사건을 떠올릴 때마다 어딘가 부자연스러움을 느꼈다. 초범인데도 불구하고 첫 번째 시도 만에 로프 올가미로 사람의 목을 한 번에 매달아 죽인 것. 이선미가 운이 없어서? 남자는 고개를 절레절레 흔들었다. 휴대전화가 없는 꼬마가 발코니 넘어 어두운 공터에 나갈 때면 항상 플래시를 들고 있지 않았을까.

박철민의 의도는 이미 사건 전날 파악했다. 이선미를 죽이고 싶은. 이선미의 숨이 끊어지는 순간을 지켜보고 싶던 꼬마는 박철민의 살인을 돕고 싶어 하지 않았을까. 발코니 난간에 두 손을 잡고 이선미가 쳐다본 것은 무엇이었을까.

이선미의 얼굴을 환하게 빛내던, 이선미의 시선을 순간적으로 멀게 한, 그래서 죽음에 이르게 만든 건 꼬마가 이선미를 향해 비춘 플래시 불빛이 아니었을까.

진실은 아무도 모른다. 오직 꼬마밖에는….

남자의 몸이 부르르 떨렸다. 낭패감이 밀려왔다.

두 볼 가득 홍조 띤 꼬마의 얼굴.

그날.

이선미의 숨이 끊어지던 순간.

꼬마는 어떤 표정을 짓고 있었을까….

홍정기

네이버에서 '엽기부족'이란 닉네임으로 장르소설을 리뷰하고 있다. 2020년 《계간 미스터리》 봄여름호에 〈백색살의〉로 신인상을 수상했고, 〈무속인 살인사건〉, 〈쓰쿠모가미〉, 〈미안해〉 등의 단편을 썼다. 《한국추리문학상 황금펜상 수상작품집 2021 제15회》에 〈코난을 찾아라〉가 수록되었고 《혼숨》에 〈혼숨〉을 발표했다.

겨울이 없는 나라

박소해

1

차선이 사라졌다.

눈앞이 온통 백색이다. 거센 눈보라 때문에 서귀포시와 제주시를 잇는 지방도 1135호 평화로 상행선과 하행선 모두 눈 덮인 벌판이 되었다. 중앙선 가드레일만 흐릿하게 보였다.

"언니 집에서 그냥 자고 오는 건데 그랬어."

홍이서는 운전대를 양손으로 움켜쥐었다. 서귀포 사는 친언니와 통화 중이었다.

"아까보다 많이 내려?"

언니가 말했다.

"장난 아니야. 이젠 펑펑 쏟아져. 앞이 안 보여."

약했던 눈발이 평화로에 들어서면서 폭설로 변했다. 가장 빠른 속도로 와이퍼를 켜도 전면 유리에 눈이 어마하게 쌓였다. 스노타이어나 체인을 장착하지 않은 차로 눈길을 가려니 느림보 운전을 해야 했다.

그때 멀리서 쾅 소리가 들렸다.

"언니. 원래 눈 오면 천둥도 쳐? 방금 큰 소리 들었어?"

"아니. 못 들었는데."

새벽에 눈길 운전이라니. 홍이서는 다시 한번 길을 나선 걸 후회했다.

그때 앞에 검은 형체가 불쑥 나타났다.

홍이서가 황급히 브레이크를 밟자 차는 조용히 정지했다. 1차선 도로 한복판에 두 대의 차가 멈춰 있었다. 뒤차가 앞차를 들이받은 교통사고였다. 그녀는 천천히 갓길에 주차하고 비상등을 켰다. 휴대전화에 대고 말했다.

"언니, 앞에 사고 났어. 나 전화 끊는다."

SUV가 소형 탑차를 추돌했다. 하얀색 SUV는 '허' 번호판을 단 렌터카였고, 보라색 탑차는 옆면에 베트남 반미 샌드위치 사진이 붙여진 푸드트럭이었다. 홍이서는 SUV 안을 들여다봤다. 사람이 없었다. 푸드트럭 발판으로 올라가 차 문을 열었다. 바로 눈앞에 나타난 장면에 흠칫했다.

중년 남자가 운전대에 몸을 기댄 채 눈을 감고 있었다. 배에 생긴 검고 큰 얼룩에서 계속 피가 흘러나왔다. 운전석 밑은 온통 피 웅덩이였다. 눈길 교통사고로 저렇게 심하게 다칠 수 있을까. 홍이서는 급하게 휴대전화를 들어 119 버튼을 눌렀다.

"네, 119입니다."

여성 소방관이 바로 받았다.

"평화로 상행선에서 교통사고가 났어요. 들이받은 뒤차 운전자는 달아났어요. 앞차에는 다친 사람이 있는데 기절했고 배에서 계속 피를 흘려요. 죽었을지도 몰라요."

홍이서가 울먹이며 말했다.

"출혈이 심하단 말씀이십니까? 지금 폭설이라 구급차가 도착하는 데 시간이 걸립니다. 생존 반응을 확인해주시겠어요?"

"네, 한번 해볼게요. 끊지 말아주세요."

휴대전화 스피커 버튼을 누르고 가슴에 손바닥을 대니 약한 미동이 있었다. 그녀는 손가락을 피해자 코 근처로 가져갔다. 들숨 날숨이 느껴졌다.

"아직 심장 박동이 있고 숨은 쉬네요."

"죄송하지만 뺑소니 현장이라 목격자 증언이 필요합니다. 피해자 곁에서 자리를 지켜주실 수 있을까요? 경찰도 같이 보내겠습니다. 정확한 위치가 어디인가요?"

"동광리 지나서 평화로예요. 배터리가 거의 떨어져 가요. 일단 전화는 끊을게요."

"네, 119로 전화하셔서 김윤아 소방관 찾아주시면 됩니다."

전화를 끊다가 깜짝 놀랐다. 남자가 두 눈을 부릅뜨고 홍이서를 바라보고 있었다. 기침을 하자 입술 아래로 핏줄기가 흘렀다.

남자가 힘겹게 몸을 일으키려고 노력했다.

"그대로 계세요. 제가 구급차 불렀어요. 경찰도 같이 온대요."

"경찰? 안 돼…."

남자가 눈을 휘둥그레 뜨더니 한 손으로 배를 움켜쥐었다. 간신히 피 묻은 검지를 들어 조수석을 가리켰다. 손가락이 부들부들 떨렸다.

"다, 다…."

남자는 말을 끝맺지 못하고 운전대에 쓰러졌다.

홍이서는 남자 곁으로 다가갔다. 손바닥을 가슴에 대보고 코 옆에 손가락을 대봐도 아무 기척이 없었다. 인공호흡을 시도할 필요조차 없었다.

남자는 죽었다.

대체 이게 무슨 일이야. 홍이서는 갑자기 울음이 터져나왔다. 흐느끼다가 진정이 되자 생각했다. 남자는 마지막 순간에 무슨 말을 하려고 했을까? 운동화 바닥에 불쾌한 이물감이 느껴졌다. 검붉은 피 웅덩이 안에 뭔가가 있었다. 나무 손잡이가 있는 물체였다. 그녀는 그 물체를 조심스럽게 들어올렸다.

사냥용 나이프였다.

홍이서는 나이프를 떨어뜨렸다. 다급하게 김윤아 소방관에게 전화했다.

"저, 구급차는 취소해주세요. 경찰이 더 급해요."

"네?"

홍이서는 부들부들 떨면서 말했다.

"교통사고가 아니라 살인사건 같아요. 방금 피 묻은 칼을 주웠어요."

통화를 마치고 눈물을 닦았다. 서둘러 자신의 차로 뛰어갔다. 눈길에 미끄러져 한 번 넘어졌지만 툭툭 털고 일어났다. 코에 낯선 냄새가 느껴졌다. 달콤한 탄내였다. '누가 설탕을 태웠나.' 차 트렁크를 열고 검은 물체를 꺼내 들었다. 카메라였다.

2

토요일 새벽 5시 10분. 좌승주 형사는 항상 6시 알람이 울리기 전에 눈을 떴다. 오랜 불면증이 가져다준 습관이었다. 더 잘까 그냥 일어날까 고민하다가 일어나기로 결정했다.

휴대전화 알람을 껐다. 세수를 하는데 벨 소리가 울렸다.

"선배, 자맨?"

같은 수사 1팀 양주혁 형사였다.

"아니, 진작 깼."

"선배, 밖에 봔? 새벽에 폭설이 왔네. 선배 차 올해도 스노타이어 안 끼웠지예?"

"어."

"게믄 내가 태우러 갈게 예? 15분 안으로 준비 마칩서."

"뭔 일?"

"평화로에서 살인사건 신고 들어완. 지금 도로가 다 눈길이라서 젤 가까운 우리 팀에 출동 요청 들어와싱게. 선배한테 젤 먼저 전화해신디 안 받았댄 하더라.”

휴대전화를 확인했다. 4시 좀 넘어서 부재중 전화가 세 통 들어와 있었다. 그 땐 깊이 잠들었나.

좌 형사는 그제야 블라인드를 올려 창밖을 봤다. 세상이 눈 천지였다. 건물, 도로, 나무들이 모두 눈옷을 입었다. 하늘에서는 거센 눈보라가 휘몰아쳤다.

“도로에서 살인? 교통사고가 아니고?”

“자세한 건 가면서 설명하게.”

“알안. 준비하고 이시크라.”

양주혁 형사는 겨울이 되면 눈이 오기 전에 미리 스노타이어로 갈아 끼우곤 했다.

좌 형사는 큰 몸을 움직여 외출 채비를 했다. 거울을 들여다보고 검은 얼굴에 로션을 꼼꼼하게 펴 발랐다. 추운 날 피부가 트면 아프다. 부엌으로 가서 텀블러에 블랙커피를 탔다. 새치가 조금씩 올라오고 있는 숱 많은 곱슬머리에 비니 모자를 깊이 눌러썼다. 오리털 파카를 입고 두꺼운 스포츠 양말 위에 발목까지 오는 겨울 등산화를 신었다. 신발 끈을 단단하게 조이고 있으려니 밖에서 경적이 울렸다. 창밖으로 양 형사가 몰고 온 빨간색 신형 SUV가 보였다. 그는 현관을 열고 내려가 차에 탔다. 온몸에 눈보라를 맞았더니 얼어붙은 기분이었다. 기온은 영하 4도 정도지만 제주는 바람이 세서 체감 온도가 훨씬 더 낮았다.

양 형사가 운전하면서 브리핑을 했다.

“현장으로 바로 가랜. 범인이 피해자 차를 뒤에서 들이받고 차 안에 들어강 운전자를 칼로 찌르고 내뺀 거 닮댄. 서두르면 잡을 수 있을지도 모르주. 겐디 눈이 아직 한창이난 족적 추적하긴 어려울 거 같기도 하고….”

“일기 예보는 봔?”

“하. 봔. 눈은 곧 그칠 거랜 허고, 해 뜨면 기온은 바로 영상으로 올라가난 눈다 녹게 생겨싱게.”

양 형사가 한숨을 쉬었다.

“태양과의 싸움이 되겠구면.”

좌 형사는 중얼거렸다.

태양과의 싸움. 제주 폭설은 육지와 다르다. 제주는 겨울에도 기온이 영상인 날이 많아서 해가 뜨면 눈이 금세 녹아버린다. 서울의 세 배 면적인 섬 안에 제설차가 몇 대 안 되는 이유가 그 때문이다. 폭설이 제아무리 심하게 내린 날도 해안과 낮은 중산간 도로는 정오 무렵엔 교통이 정상화되었다. 문제는 고도가 높은 중산간과 산간이다. 한라산을 비롯한 고도가 높은 곳은 몇 달이고 눈이 녹지 않는다.

“현장 고도는 높은가?”

“119에서 알려준 위치 보난 고갯길이긴 한데 아주 높진 않앙게. 덕분에 눈 금방 녹게 생견.”

“눈 녹으면 도망가는 범인한테 유리해질 건디.”

좌 형사가 조용히 대답했다. 눈은 형사에겐 유리하고 범인에겐 불리하다. 눈이 녹으면 모든 것이 진창이 되어버린다. 그나마 남아 있던 증거도 채취하기가 어렵다.

“참, 선배, 목격자가 있댄.”

"에? 이 새벽에? 도로에서 난 사건이랜 하지 안 핸?"

"뭐, 게믄 이 폭설에 순찰차가 지나가당 발견한 줄 알아수광? 서귀포서 제주시로 넘어가던 한 아가씨가 발견하고 신고한 거랜 햄수다. 첨에는 교통사고인 줄 알아신디 피해자 주변에서 사냥 칼을 주웠댄."

"해외 구매로 사냥 칼 사는 거야 쉽지."

"피해자 복부에 자상이 있고 칼이 피 웅덩이에 떨어져 있었댄. 거의 게임 끝 아니?"

"부검팀 홍 교수님은?"

"오는 중. 우리보단 늦을 거 닮아."

"초동팀은?"

"우리가 1등이랜 허난. 초동팀이며 부검팀이며 제때 올 수 이실지…. 지금 시내 쪽은 길이 완전히 얼엉 난리 나수게."

"게믄 우리가 초동수사 해야쿵게."

"게난. 지금은 제주 하늘 아래 우리 둘뿐이라."

좌 형사는 머릿속이 복잡해졌다

"양 형사, 목격자 번호는 딴?"

"건 무사?"

"119 소방관이 형사는 아니난. 눈 녹기 전에 수사 시간 절약하잰 허믄 가는 중에 질문해야지."

"오, 좋은 생각. 선배는 이런 데 머리 잘 돌아가예?"

양 형사가 귀에 끼운 블루투스 폰으로 119센터에 전화하더니, 급하게 번호를 외쳤다.

"선배, 010-××××-××××."

좌 형사는 바로 휴대전화 키패드에 번호를 받아 적고 통화 버튼을 눌렀다.

신호음이 갔다. 한 번 두 번 세 번….

한참 있다가 누군가가 받았다. 졸음에 겨운 목소리였다.

"여보세요?"

"안녕하세요? 서귀포경찰서 수사 1팀 좌승주 형사라고 합니다. 지금 현장으로 출동 중입니다. 아까 살인사건 신고하신 홍이서 님 맞습니까?"

"네, 기름이 거의 떨어져 가고, 휴대전화도 방전되기 직전이에요."

홍이서가 날카롭게 말했다.

"정말 수고가 많으십니다. 제가 몇 가지 질문을 드려도 되겠습니까?"

"배터리 나가기 전까지는요."

"현장을 목격한 건 몇 시경인가요?"

"아까 119에 전화한 시간이 새벽 3시 반 정도…. 그전에 서귀포 사는 언니랑 통화하고 있었으니까 언니한테 물어보면 정확할 거예요."

"혹시 교통사고가 나는 장면은 직접 보셨습니까?"

"아뇨. 제가 도착하니까 이미 사고가 난 다음이었어요. 충돌하기 직전에 급하게 멈췄어요."

"큰일 날 뻔했군요. 피해자와 대화를 나누셨다고요? 무슨 대화를 했습니까?"

"제가 구급차와 경찰을 불렀다고 했더니 피해자가 '경찰은 안 돼'라고 말했어요. 이상한 건 손가락으로 자꾸 조수석을 가리켰어요. 마지막에 '다'라는 말을 했어요."

"다?"

좌 형사는 들으면서 고개를 갸웃했다.

"네. 분명 '다'라고 말했어요. 저도 무슨 뜻인지 궁금해요."

홍이서가 말했다.

"알겠습니다. 곧 뵙겠습니다."

좌 형사는 전화를 끊었다.

"양 형사, 커피 좀 싸왔나?"

"여기요."

양 형사는 카키색 대형 보온병에 한가득 커피를 채워왔다. 좌 형사는 보온병 뚜껑에 커피를 따라 마셨다. 고개를 들어 하늘을 봤다. 눈보라는 아까보다 기세가 약해졌다. 어둑어둑한 하늘에 눈구름이 걷힌 걸 보니 생각보다 시간이 더 촉박한지도 몰랐다.

3

눈보라가 얌전해지더니 언제 눈이 왔냐는 듯 갑자기 멈췄다. 두 사람이 탄 차는 속도를 더 낼 수 있었다. 평화로 현장에 순조롭게 도착했다. 사고 현장 뒤편으로 목격자 차가 갓길에 정차되어 있었다.

좌 형사는 까마귀 한 마리가 푸드트럭 꼭대기에 앉아 있는 것을 보았다. 제주 겨울 철새인 떼까마귀였다. 피 냄새를 맡고 온 게 틀림없었다. 떼까마귀는 보통 무리 지어 다니는데 혼자 있다면 선발대일 것이다.

"훠이. 이놈아. 여긴 일 어따."

먼저 차에서 내린 양 형사가 양팔을 크게 휘저어 까마귀를 쫓아냈다.

"까아아악."

날카로운 울음을 토해낸 떼까마귀는 푸드트럭 위를 한 바퀴 돌더니 멀리 사라졌다.

좌 형사는 밖으로 나왔다. 뽀드득뽀드득. 눈 밟히는 소리가 크게 났다. 소복이 쌓인 눈이 마치 카펫처럼 푹신했다. 푸드트럭 발판 아래에 아직 족적이 남아 있었다. 범인이 피해자를 찔렀을 때 피가 흩뿌려진 자국도 보였다. 그 뒤 눈이 쌓였는지 핏자국이 흐릿했다. 눈이 덮여 불투명해진 핏자국 위에 미세하게 뭔가가 스치고 지나간 흔적이 있었다. 자세히 봐야 겨우 보였다. 그는 허리를 굽혀 살펴보다 휴대전화로 사진을 찍었다. 발판 아래에 피 묻은 족적 두 개가 보였다. 작은 발자국은 목격자 차로 이어져 있었다. 큰 발자국은 푸드트럭에서 도로 옆 높은 언덕 너머로 이어졌다. 이 족적이 도주한 범인의 것일 가능성이 높았다. 붉은색은 점점 옅어졌다. 좌 형사는 무릎을 꿇고 사진을 찍었다.

좌 형사가 SUV 차량 뒤를 살펴보니 바퀴 자국이 보였다. 홍이서의 차 말고 한 대가 더 지나간 흔적이 있었다. 홍이서의 차는 우측 갓길로 빠져나갔는데 다른 차 한 대가 좌측 2차선으로 좌회전해서 지나간 자국이 하나 더 보였다. 바퀴 자국은 눈이 쌓여서 거의 뭉개져 있었다. 차량 옆에는 눈이 한쪽 방향으로 쏠린 듯한 흔적이 있었다. 아까 핏자국에서 본 흔적과 같았다. 비슷한 흔적이 일정한 간격으로 몇 개 더 있었다. 그는 바퀴 자국과 눈이 쏠린 흔적을 휴대전화로 찍었다.

"선배, 저기 봄서. 목격자 차 말고 다른 차 한 대가 더 이서싱게. 2차선에 빠져나간 흔적이 이수다."

양 형사가 곁에서 말했다.

"나도 봔. 사고 목격한 다른 차가 그냥 가버린 걸 수도 있고…. 목격자가 도착하기 전에 지나간 차일 테주. 그건 그렇고 이 흔적은 뭐 닮아? 몇 개가 더 있어."

좌 형사가 눈이 쓸린 흔적을 손가락으로 가리켰다. 양 형사가 주저앉더니 자세히 살펴봤다.

"글쎄. 선배 생각은?"

"흠."

좌 형사도 오리무중이었다.

두 사람은 푸드트럭 차문을 열고 살인 현장을 살펴봤다. 죽은 피해자는 운전대에 기댄 채 잠든 것처럼 보였다. 운전석과 조수석 바닥에는 피가 흥건했다. 좌 형사는 휴대전화로 피해자와 바닥에 떨어진 사냥용 나이프를 찍었다.

좌 형사는 갓길에 세워진 낡은 SUV로 향했다. 운전석 창문으로 새우처럼 등을 구부리고 자고 있는 몸집 작은 여자가 보였다. 차창을 두드렸다. 그녀는 놀란 표정으로 바로 시동을 켜더니 서둘러 창문을 내렸다. 커다랗고 시커먼 산적 같은 남자가 서 있다.

"안녕하십니까. 오래 기다려주셔서 감사합니다. 좌승주 형사라고 합니다."

차 유리창을 사이에 두고 두 사람은 목례를 나눴다.

"홍이서예요."

그녀가 멍하니 말했다. 통화에서 받은 느낌과는 달랐다. 눈가는 부어 있었고 어리고 순진해 보였다.

"많이 힘드셨죠. 여기 커피 드시죠."

좌 형사가 차창 안으로 텀블러를 내밀었다. 홍이서는 반가운 표정으로 텀블러를 낚아채듯 빼앗아가더니 아직 뜨거운 커피를 후루룩 마시기 시작했다. 긴 갈색머리가 마구 흐트러져 있었다.

"형사님. 진짜 죄송한데 혹시, 스웨터 같은 여별 옷은 없을까요? 제가 두 시간째 시동을 끄고 버티다 보니 많이 춥네요."

한숨 돌린 표정으로 홍이서가 물었다. 얇은 후드집업만 입고 있었다.

"네, 잠시만요."

좌 형사는 슬그머니 양 형사에게 말했다.

"니 겉옷 좀 나한테 빌려주라."

"뭐?"

"니는 여기 현장에서 부검팀, 과학수사팀 올 때까지 기다려. 난 이 여자분께 내 파카 빌려드리고 니 파카 입고 범인 추적하러 가게. 경해고 니 신발 보난 가죽 구두네. 방수 안 되지? 그 구두로는 눈길 못 가. 난 겨울 등산화 신어시난."

좌 형사는 파카를 벗으며 말했다. 양 형사가 눈살을 찌푸리더니 자신의 신발과 좌 형사의 신발을 번갈아 봤다.

"아, 씨, 집에서 나오멍 신발을 깜빡했네. 혼자서 괜찮으크라?"

"지금 한시가 급하잖아. 범인 쫓아가려면 눈이 녹기 전에 찾아얄 거 아니? 초동팀 도착하면 내가 말해주는 위치까지 몇 명 올려보내."

좌 형사는 범인이 도망친 곳으로 추정되는 눈 쌓인 언덕을 바라보며 말했다. 하늘은 아직 어둡지만 일출이 머지않았다.

"알안, 게른."

양 형사가 파카를 벗어서 좌 형사에게 건넸다. 요즘 잘나가는 브랜드의 신상 거위 털 파카였다. 입는 순간 온몸이 후끈후끈했다.

"니 월급 뻔히 아는데 나보다 훨씬 더 비싸고 좋은 옷 입네?"

"마누라가 지 월급으로 사주는데 어떵. 냉큼 받아 입어사주."

좌 형사는 피식 웃었다.

"하긴, 차도 니 게 내 거보다 낫다."

"아, 선배. 인생은 할부 아니꽝. 할부로 산 거. 선배도 얼른 결혼하고 자식 낳아봐. 좋은 차 몰게 되이. 내 새끼 태울 찬데 언제 설지 모르는 중고차는 절대 못 사."

"잘났져. 그만 좀 나불대라. 목격자 진술 좀 더 듣고 난 튀어 가사켜."

좌 형사는 입고 있던 오리털 파카를 홍이서에게 내밀었다.

"지난주에 사서 세탁해놓고 오늘 처음 입은 겁니다. 아직 깨끗합니다."

"아, 이렇게까지 안 해주셔도 되는데. 형사님들께 너무 죄송하네요."

홍이서가 죄송하다는 말과는 달리 바로 팔을 꿰었다.

"괜찮습니다. 저는 양주혁 형사라고 합니다."

양 형사가 추운지 어깨를 움츠리면서도 호탕하게 웃으며 손사래를 쳤다.

좌 형사는 홍이서에게 말을 건넸다.

"이제 진술 좀 부탁드릴까요? 양 형사, 다른 팀 출동 상황 좀 체크해."

"어, 선배."

양 형사가 본부와 통화하는 사이 좌 형사는 홍이서의 옆 좌석에 앉았다. 차 안은 추웠다. 두 사람의 입김이 피어올라 하나가 되었다. 홍이서의 뺨이 붉게 상기되었다. 흘끔흘끔 좌 형사를 쳐다보았다. 그는 수첩을 넘기느라 정신이 없었다.

메모할 준비를 마친 좌 형사가 물었다.

"아까 피해자가 손가락으로 조수석을 가리켰다고 하셨습니까."

"네."

"혹시 조수석 서랍을 살펴보라고 말하려던 게 아니었을까요? 글러브박스라고 말할 틈 없이 그만….'

"네? 글러브박스요?"

"자동차 등록증이나 보험 서류 같은 잡동사니를 넣어두는 조수석 서랍이요."

"아! 손가락이 그쪽 방향이었어요. 그러고 보니 조수석 서랍이 활짝 열려 있었어요."

통화를 마친 양 형사가 차로 다가와 부검팀은 15분 안에 도착한다고 말했다.

"알겠어. 족적은 모두 두 개가 나왔습니다. 죄송한데 홍이서 님, 신발을 벗어주시겠습니까? 신발 바닥 사진을 찍어야 합니다. 그래야 용의자 선에서 홍이서 님을 제외할 수 있으니까요. 지문 채취도 필요합니다. 양 형사에게 지문 키트가 있으니까 지금 바로 지문을 채취하겠습니다. 현장 지문 중에서 목격자 지문을 제외하기 위한 조처입니다."

"네. 지금 벗어서 드려요?"

홍이서는 신고 있던 캔버스 운동화를 벗어서 좌 형사에게 건넸다. 좌 형사는 신발 바닥을 사진 찍고 바로 돌려주었다. 양 형사가 홍이서에게 다가가 지문 채취를 했다.

"양 형사, 같이 확인할 게 있어. 트럭으로 가보자."

좌 형사가 양 형사 어깨를 툭 치고 차에서 내려 푸드트럭으로 갔다. 홍이서도 뒤따라왔다. 좌 형사는 그녀를 내버려두었다. 조수석 쪽 차문을 열고 활짝 열린 글러브박스를 들여다봤다. 열쇠 구멍이 있는 박스 안에서 자동차 등록증, 보험 서류, 스크랩북, 영수증 묶음이 나왔다.

좌 형사가 양 형사에게 지시했다.

"나 범인 추적 올라가 있는 동안 이 서류들 좀 조사허라. 피해자 신원 조회하고."

"이름이 윤성욱이네."

양 형사는 등록증에 나온 차주 이름과 차량 번호를 본부에 알리고 조회를 요청했다.

"저기, 피해자 목에 목걸이가 있네요."

불쑥 홍이서가 말했다.

좌 형사와 양 형사가 동시에 피해자의 목을 봤다. 가느다란 검은 끈의 목걸이가 입은 옷 안으로 들어가 있었다. 양 형사가 피해자 목에서 목걸이를 벗겨냈다. 목걸이 끝은 비어 있었다. 누군가가 목걸이에 달려 있던 뭔가를 잡아 뜯은 듯했다.

"선배, 이 끝에 혹시 글러브박스 열쇠가 달려 있지 않으실 건가?"

"범인이 뭔가 박스에 있는 걸 훔쳐서 달아났겠네."

"그런 거 같지, 예?"

"양 형사, 난 지금 가잰. 이 스크랩북도 한번 조사해보라."

"어."

좌 형사가 홍이서에게 말했다.

"아, 홍이서 님은 이제 진술이 끝났으니 그만 가셔도 됩니다."

"정말이죠?"

그녀가 눈을 반짝이며 물었다.

"추후 참고인으로 출두를 요청할 수 있으니 연락처는 주고 가셔야 합니다."

"명함 드릴게요. 그리고 잠깐만 기다려주세요. 또 드릴 게 있어요."

"네?"

홍이서가 차에 갔다 오더니 좌 형사에게 재생지에 인쇄된 명함을 건넸다. 작은 카메라 모양 로고 밑에 이렇게 쓰여 있었다.

사진작가 홍이서

010-××××-××××

홍 스튜디오 제주시 애월읍 장전리×길 ×××-×

가족사진/프로필 사진/증명사진 환영

"또 주신다는 건…?"

"현장 사진이요. 119에서 경찰이 도착하려면 시간이 걸린다고 해서 혹시 몰라 제 카메라로 사진을 찍었어요. 전문가용 카메라로 찍었으니까 화질은 좋아요. 과학수사 하는 분들에게 도움이 될 거예요."

홍이서가 메모리칩을 꺼내더니 좌 형사 손바닥에 탁 하고 올려놓았다.

"…."

좌 형사는 어안이 벙벙했다.

"저, 실력 좋아요. 물론 자원해서 한 일이에요. 메모리칩은 돌려주셔야 해요."

홍이서가 씩씩하게 말했다.

"어, 아. 진정한 시민정신이군요. 협조해주셔서 정말 감사드립니다."

좌 형사가 딱딱하게 대꾸했다. 뒤에서 양 형사가 킥킥거렸다.

"선배. 뭐? 시민정신?"

"양 형사."

"무사?"

"니가 지금 그럴 때냐?"

두 형사가 옥신각신하자 홍이서는 웃으면서 자신의 차에 올라타더니 시동을 걸었다. 요란한 소리와 함께 갓길을 벗어난 SUV가 멀어졌다.

4

좌 형사는 홍이서가 준 메모리칩을 양 형사에게 건네고 언덕을 향해 오르기 시작했다. 경사가 꽤 가팔랐다. 요즘 운동을 소홀히 한 티가 나는지 금세 숨이 턱에 찼다. 걸음마다 발목까지 눈 속에 푹푹 빠졌다. 걸어 올라간 지 5분쯤 지났을 때 뒤에서 양 형사가 소리쳤다.

"선배!"

좌 형사가 뒤돌아서 양 형사를 내려다봤다.

"이 스크랩북 대박. 선배도 여기 내려왕 같이 봐살 건디."

"뭐? 뭐가 대박? 멀엉 잘 안 들려."

양 형사가 입을 모아서 크게 소리쳤지만 제대로 들리지 않았다.

"안 들럼수광? 문자 보내크라. 봅서."

좌 형사는 휴대전화 문자를 확인했다. 스크랩북에 붙여진 신문기사를 찍은 사진이었다. 시기는 7년 전이었다.

2인조 보석 강도, 한 명은 잡고 한 명은 공개수배.

서울에서 발생한 2인조 보석 가게 강도 사건의 용의자 중 한 명이 수개월째 행방이 묘연한 가운데 서울 중구 경찰은 용의자 신원을 밝히는 등 사건을 공개수사로 전환했다. 지난 9월 서울 중구의 한 보석 가게에 2인조 강도가 침입해 여성 점원을 제압하고 금품을 훔쳤다. 손님 행세를 하던 용의자들은 점원이 사무실로 들어서는 순간, 따라 들어가 점원을 묶고 금고에 보관된 보석을 모두 훔쳐 달아났다. 경찰은 범행 현장에서 용의자들의 지문을 확보해 30세 강우빈은 체포했으나 리더인 41세 김무극은 놓쳤다. 경찰은 추적을 벌여왔으나, 수사에 진척이 없자 수개월 만에 사건을 공개수사로 전환, 41세 김무극을 공개수배하기로 했다.

2011/02/02 15:17 ○○뉴스 김미환 기자

기사에는 김무극과 강우빈의 사진이 있었다. 중년 남자와 젊은 청년.
문자가 하나 더 왔다. 양 형사의 코멘트였다.

— 선배, 단순 살인사건이 아닌게. 죽은 피해자가 보석 강도 2인조 중 대장 격인 김무극이네. 김무극은 전과 12범, 강우빈은 4범. 범인은 공범 강우빈일 가능성이 높네. 두 사람은 감방 동료로 만낭 출소 뒤에 같이 강도질을 핸. 김무극이 제주로 도망 와서 제주도민 윤성욱의 신분을 빌엉 살았던 것 닮아.

좌 형사가 답장을 보냈다.

— 2인조 강도에 대해 육지 경찰에게 정보 지원 요청해. 윤성욱에 대해서도 조사 요청하고.

하늘이 아래에서부터 서서히 밝아져 왔다. 동이 트기 시작했다. 서둘러야 했다. 해가 뜨면 눈이 녹는다. 눈이 녹으면 족적도 사라진다. 다시 언덕을 오르기 시작했다.

언덕 꼭대기에 오르자 눈앞은 광활한 오름 군락지였다. 순백색의 봉긋한 언덕들이 여러 개 이어졌다. 붉은 족적은 흔적이 사라졌다. 눈이 그새 발자국을 덮었다.

어디로 갔을까?

좌 형사는 막막했다.

까아아악. 까악.

그때 좌 형사 머리 위로 떼까마귀 한 마리가 날아갔다. 이어서 두 마리 세 마리 열 마리…. 잠깐 사이에 수를 셀 수 없을 정도로 까마귀가 늘어났다. 어느새 요란한 울음소리를 내는 수십 마리의 떼까마귀가 하늘을 점령했다. 떼까마귀들은 무리 지어 어딘가를 향해 날아가고 있었다.

그는 까마귀를 따르기로 했다. 입김이 계속 나왔다. 맨손이 벌겋게 얼었다. 수시로 고개를 들어 하늘을 바라보며 검은 물결이 향하는 방향으로 걸어갔다.

10여 분 걸었을까, 민둥산과 숲의 경계에 이르렀다. 삼나무 숲은 울창했다. 큰 삼나무 가지 하나를 꺾어서 지팡이를 삼으니 걷는 게 한결 수월했다. 숲을 지나 다시 벌거벗은 언덕으로 나오자 떼까마귀 무리가 보였다. 멀리서 보니 검은 깃털로 만든 거대한 공처럼 보였다. 공이 들썩들썩했다.

"훠이, 훠이!"

좌 형사는 나뭇가지를 마구 휘두르며 떼까마귀 무리 한가운데로 뛰어들었다. 겁이 없는 떼까마귀 무리였지만 계속 나뭇가지를 휘두르니 조금씩 뒤로 물러났다. 강제로 식사를 멈추게 되어 아쉬운 듯했다.

젊은 남자가 누워 있었다.

벌써 안구 하나는 사라지고 없었다. 번식을 앞둔 겨울철에 까마귀는 육식을 즐겼다.

좌 형사는 피로 얼룩진 시신의 겉옷에서 지갑을 꺼냈다. 신분증이 나왔다. 시신의 얼굴은 증명사진과 많이 달랐지만 주민등록증에 나온 이름은 강우빈이었다. 주머니를 더 뒤져보았지만 휴대전화는 나오지 않았다. 글러브박스에서 훔쳐갔을 법한 그 무엇도 나오지 않았다. 가쁜 숨을 몰아쉬며 시신 옆에 털썩 무릎을 꿇었다. 지치고 피곤했다.

곧 좌 형사는 눈을 찌르는 햇살에 미간을 찌푸렸다.

해가 완전히 떴다.

5

부검의 홍창익 교수가 등산화를 신고 두툼한 야상 잠바를 입은 채 강우빈의 시신 앞에 쭈그리고 앉았다. 두꺼운 뿔테 안경테를 손가락으로 올렸다가 내리면서 중얼거렸다.

"이거 심한데. 조금만 더 늦게 발견했으면 어땠을지….."

라텍스 장갑을 낀 손으로 시신의 옷을 들추고 상처를 확인하고 있는 홍 교수에게 좌 형사가 물었다.

"자창 맞습니까?"

"맞아요. 강우빈은 날카로운 무기에 예리하게 베이고 찔렸습니다. 상처가 등 쪽에 난 걸로 봐서 뒤에서 당했을 겁니다. 김무극, 강우빈 두 사람이 사냥용 나이프로 격투하다가 서로 찌른 것 같습니다."

홍 교수가 대답했다.

"이 정도로 상처 입고 이렇게 멀리 도망치는 게 가능합니까?"

"출혈이 심하지 않았다면 방심했을 수도 있습니다. 자창을 입은 상태에서 무리하다 보니 이곳에 다다랐을 때는 더 이상 걷기 힘들었을 겁니다."

"김무극은 어떻습니까?"

"교통사고로는 가벼운 타박상을 입은 게 다입니다. 사인은 다발성 자창으로 인한 과다 출혈로 보입니다. 칼을 살펴보니까 해외에서 람보 나이프라고 홍보하는 칼입니다. 홈이 깊게 파여 있어서 사냥한 짐승 멱을 따거나 내장을 가를 때 홈에 피가 고여 흐르게 되어 있죠. 자세한 건 부검을 해봐야겠지만 한두 번 찌른 게 아닙니다. 최소한 열 몇 번은 찌른 듯해요. 원한에 의한 살인으로 보입니다. 면식범의 짓이겠죠."

"강우빈이 죽였을 겁니다."

"그렇게 추정할 수 있습니다."

"강우빈은 김무극에게 사무친 게 많았을 겁니다. 7년 전, 두 사람이 마지막 강도 행각을 저지른 후 강우빈은 잡혔고 김무극은 도망쳤습니다. 지난 7년 동안 김무극은 장물을 판 돈으로 혼자 잘 먹고 잘살았겠죠. 반면 재작년에 출소한 강우빈은 그렇지 못했을 겁니다. 전과자 신분이라 변변한 직업을 갖기 어려웠을 테고. 옛 동료 김무극을 찾아 헤매다가 제주에서 다른 사람 신분으로 푸드트럭 장사를 하고 있다는 걸 알게 됩니다. 복수심이 솟았겠죠. 장물을 판 돈을 나누자고 김무극을 협박하러 제주로 온 겁니다. 렌터카를 빌려 쫓아가다가 뒤에서 박고 푸드트럭이 멈추자 차 안으로 들어갔겠죠. 대화를 하던 도중 사냥용 나이프로 김무극을 찔렀는데, 격투를 하다가 그만 본인도 찔리고 만 거죠."

좌 형사가 빠르게 말을 이어갔다.

"좌 형사님, 한 가지 빠진 게 있습니다."

홍 교수가 지적했다.

"네?"

"강우빈은 왜 이 언덕까지 올라왔을까요?"

"도망을 쳤으니까요."

홍 교수는 고개를 저었다.

"칼에 찔린 몸으로? 강우빈의 렌터카는 아직 멀쩡하고 기름도 넉넉하던데요."

"…."

"김무극은 치명상을 입어서 움직일 수 없었지만, 강우빈은 비교적 가벼운 부상을 입었습니다. 만약 렌터카를 몰고 바로 가까운 병원 응급실에 갔다면 목숨은 건졌을 겁니다. 굳이 차를 버리고 이 설원까지 걸어 올라와서 혼자 죽은 이유는 뭘까요?"

좌 형사는 수긍했다.

"그렇군요. 차를 타고 도망치는 게 나았을 텐데. 교수님, 이상한 게 하나 더 있습니다. 강우빈의 휴대전화가 사라졌어요. 차 안에도 없어요. 분명 뭔가가 더 있습니다."

"수수께끼가 많군요. 건투를 빕니다."

홍 교수가 싱긋 웃었다.

좌 형사는 아까 반장과의 통화를 떠올렸다.

"반장님은 전과범 둘이 서로 찌른 살인이라며 '공소권 없음'으로 끝내자고 합니다."

홍 교수가 안경을 다시 매만지면서 신중한 표정을 지었다.

"제가 아는 좌 형사님은 그 결론에 동의할 것 같지 않군요."

"…."

좌 형사는 조용히 미소를 지었다.

부검팀이 강우빈의 시신을 보디백에 넣고 있는 동안 좌 형사는 천천히 걸어서 언덕을 내려갔다. 파견된 순경들이 범죄 현장에 노란 경계 테이프를 쳤고, 과학수사팀이 푸드트럭을 샅샅이 조사하고 있었다. 김무극의 시신은 이미 보디백에 담겨 구급차에 실려 있었다. 니트 목폴라만 입은 양 형사는 추운지 자신의 차 안에서 쉬고 있었다. 좌 형사가 차문을 열고 들어갔다.

"선배, 얼른 옷 돌려줍서."

양 형사가 투덜거렸다.

"여기. 잘 입언."

좌 형사는 파카를 벗어서 양 형사에게 건넸다. 그제야 아까 홍이서에게 파카를 돌려받지 못한 것이 생각났다.

"선배, 밖에 오래 머무느라 고생했수다. 춥고 출출하지예? 하귀에 삼일해장국 분점이 이신디 거기서 아침부터 먹읍시다."

"서로 도로 가야 할 건디 멀리 애월까지 가자고?"

"모르는 소리. 선배가 저 위에 있는 동안 내가 숙제를 확실히 해놨다 이 말씀."

"뭔 소리야?"

"김무극의 위장 신분, 윤성욱. 조사해보난 결혼했더라고. 3년 전에 제주 여자랑 혼인 신고하고 애월에 살암서. 김무극 처가 하귀에 있는 아파트에 살암시난, 아침 든든히 먹고 피해자 사망 소식 전하면서 진술 받자고. 그리고 거기서 그 예쁘장한 사진작가 아가씨 스튜디오가 멀지 않으난, 거기 들러 선배 옷도 돌려받고 차도 한 잔 얻어먹고. 이게 바로 꿩 먹고 알 먹고, 도랑 치고 가재 잡는 거 아니?"

"뻴 소리."

좌 형사가 무뚝뚝하게 내뱉었다. 그는 10대 시절 이후 꽤 오랫동안 제대로 된 연애를 하지 않았다. 혼자가 편했다.

해가 뜬 지 한 시간 지났을 뿐인데 도로에 쌓인 눈이 거의 다 녹아서 운전하기가 한결 수월했다. 삼일해장국 식당은 이른 아침인데도 손님이 많았다. 워낙 유명한 지역 맛집이라 아침, 점심 장사만 배짱 영업하고 오후 1시 30분에 문을 닫는 곳이었다.

오랜 형사 생활에 단련된 좌 형사는 까마귀에 뜯어 먹힌 시체를 보고도 밥이 잘 넘어갔다. 배고픔을 달래는 게 우선이었다. 파, 콩나물, 내장이 잔뜩 들어간 매콤한 해장국은 추위로 꽁꽁 언 몸을 녹여주었다. 급하게 해장국에 밥을 말아먹으면서 양 형사가 말했다.

"김무극, 강우빈 2인조를 담당했던 육지 형사랑 통화해수다. 훔친 금품 중 꽤 값나가는 다이아몬드가 몇 개 있었는데 아직 처분하지 않았댄. 정보원한테 알아봐도 그쪽 시장에 아예 내놓지 않았다네. 김무극이 몰래 숨겨뒀을 거라고 하더라고."

"다이아몬드라…. 그럼 김무극의 다잉 메시지가 이제야 이해되네. '다'라고 말하다가 죽었다고 했지. 글러브박스에 다이아몬드를 숨겨둔 거였구만."

좌 형사가 말했다.

"그렇겠네. 근데 강우빈 시신에서는 다이아몬드가 안 나오지 안 핸?"

양 형사가 묻자 좌 형사가 고개를 끄덕였다.

"그럼 제3자가 있었단 이야긴데? 다이아몬드 행방은? 꼭 영화 제목 같네. 선배, 김무극과 그 처가 사는 집에 같이 가보게 마씸."

"아, 그리고 김무극 휴대전화는 과학수사팀에 넘겨신디 강우빈 휴대전화는 사라전. 모텔 직원이 빈방에 가봤는데 숙소에는 없댄. 내가 뒤져봐도 차에도 없고. 렌터카 업체에서 차를 빌려줬던 담당 직원은 강우빈이 통화하는 걸 봤다고

하고."

"김무극 찌르고 휴대전화는 버린 거 아니카?"

"가능하지."

"선배, 계산은 내가 하주. 후딱 가보게 마씸."

6

하귀 휴먼시아 아파트는 바닷가에서 가까워서 그런지 거센 바람이 몰아쳤다. 폭설은 끝났지만 바람은 살아 있었다. 아파트 건물과 건물 사이는 바람 계곡이 되었다. 바람이 지나가는 소리가 귀에 들릴 정도였다. 도로에 쌓인 눈은 거의 녹 았지만 아파트 화단, 클린하우스, 주차된 자동차들 지붕에는 아직도 눈이 많이 쌓여 있었다.

두 형사는 김무극의 집 초인종을 눌렀다.

"네? 누구시죠?"

스피커폰으로 밝은 목소리가 들렸다.

"혹시 윤성욱 씨 아내 되십니까?"

좌 형사가 물었다.

"네, 그런데요."

"경찰입니다. 남편분에 대해 말씀드릴 것이 있어서 왔습니다."

양 형사가 큰 목소리로 말했다.

"네. 들어오세요."

부명순은 어리둥절한 표정으로 두 형사를 맞이했다. 윤성욱, 아니 김무극의 아내 부명순은 차분하게 생긴 중년 여성이었다. 긴 곱슬머리에는 나이에 어울리지 않는 리본 장식 핀을 꽂고 있었다. 잘 꾸미면 미인이라고도 할 법한 외모였다. 크고 둥근 큐빅 단추가 달린 수제 카디건을 입고 있었고, 왼손에는 대바늘이 꽂힌 뜨개질 감이 들려 있었다. 부명순은 두 형사를 거실 소파로 안내했다.

"무슨 일로 오셨죠? 남편은 어제 서귀포에 가서 아직 안 들어왔는데요."

"먼저 삼가 애도를 표합니다."

좌 형사가 차분하게 말을 시작했다.

"부군이 오늘 새벽 3시 전후에 사망했습니다."

"네?"

부명순의 눈이 커졌다.

"그럴 리가 없신디…. 어젯밤에 저랑 통화했어요."

"네. 통화 내역에 부명순 님 번호가 있더군요."

"어젯밤 11시에 멀쩡하게 통화했어요. 농담이죠? 사망이라니요."

"유감입니다. 사망이 맞습니다."

부명순의 눈에서 바로 굵은 눈물이 뚝뚝 떨어졌다.

"부검하기 전에 보호자의 확인이 필요합니다. 괴로우시겠지만 사진을 보고 확인해주시겠습니까?"

좌 형사가 김무극의 시신 사진을 부명순에게 보여주었다.

"아앗."

부명순은 양손을 입에 대더니 비틀거렸다. 양 형사가 재빨리 옆으로 다가가 그녀를 부축했다.

"마, 맞아요. 그이예요."

부명순이 흐느껴 울기 시작했다.

"어떻게 죽었나요?"

"칼에 찔리신 듯합니다."

"칼이요? 동업자 오세윤 사장을 만난다고 나갔는데 이런 일을 당하고 왔네요."

"동업자요?"

좌 형사가 물었다.

"반미 샌드위치 푸드트럭은 모두 두 대예요. 남편은 제주시에서 호찌민 반미 트럭, 오세윤 사장은 서귀포에서 하노이 반미 트럭 간판을 달고 장사해요. 두 사람이 자본을 합쳐서 운영했어요. 남편은 어제 오 사장을 만나서 의논할 일이 있다며 저녁 먹고 바로 서귀포로 갔어요. 그때 일기 예보에 눈 소식이 있어서 마지막으로 통화할 때 눈이 심해지면 서귀포에서 하룻밤 묵고 오라고 얘기했어요."

"혹시 동업자 연락처와 주소를 알 수 있을까요?"

"네, 그럼요. 아…. 잠시만요. 안방 제 지갑에 명함이 있을 거예요."

부명순은 티슈로 눈물을 닦더니 안방으로 향했다. 좌 형사가 부명순의 뒤통수에 대고 물었다.

"실례지만 화장실이 어딘가요?"

"저기 복도처럼 보이는 곳 가운데에 있어요."

좌 형사는 슬그머니 화장실에 가는 척하면서 다른 방을 둘러보았다. 서재 벽에 사냥칼이 열 개 넘게 걸려 있었다. 그중 한 진열대가 비어 있는 걸 확인했다.

가족사진 액자 몇 개가 책상 위에 놓여 있었다. 그중에는 새별오름에서 해마다 3월에 열리는 들불축제에서 찍은 사진도 있었다. 반미 푸드트럭 앞에서 부명순과 김무극이 팔짱을 끼고 서 있었다. 또 다른 사진에는 겨울 산에서 사냥용 엽총을 든 부명순과 김무극이 어깨동무를 한 채 웃고 있었다. 부부 사이에 한 소년이 앉아 있는 가족사진도 있었는데 부부는 웃고 있었지만 소년은 웃음기가 없었다.

"남편 취미였죠."

어느새 옆에 다가온 부명순이 말했다.

"남편은 허가받은 사냥꾼이었어요. 파출소에 엽총을 맡겼다가 사냥철에 사냥하곤 했어요. 사냥용 나이프 모으는 게 취미여서 칼만 열 개 넘게 수집했어요. 트럭에 항상 칼을 보관했어요. 그런데 칼에 당했다니…."

이야기하는 도중에 부명순이 눈물을 보였다.

"아, 여쭤보지도 않고 방을 들여다봐서 죄송합니다. 우연히 보이길래…."

"괜찮아요. 여기 동업자 명함이에요. 이 주소로 가보시면 될 거예요."

"감사합니다."

　하노이 반미 푸드트럭
　오세윤 010-××××-××××
　서귀포 서광리 23길 ×××-××

"이 동업자가 수상해요."

부명순이 말했다.

"네?"

"오세윤 사장이 요새 동업을 그만두네 마네 말이 많았어요. 남편이 스트레스를 정말 많이 받아서, 돈벌이가 괜찮은데도 사업을 접을까 고민했어요. 저는 모아놓은 돈이 좀 있으니까 동업자가 속 썩이면 언제든 그만두라고 했죠."

좌 형사는 부명순과 함께 다시 거실로 나가 소파에 앉았다. 부명순의 눈가는 여전히 젖어 있었지만 아까보다 진정이 된 듯했다.

좌 형사가 조심스럽게 말을 꺼냈다.

"지금부터 많이 놀라실지도 모르겠습니다. 부군의 과거에 대한 이야기입니다."

"과거라니요? 과거에 만났던 여자들 말인가요? 혹시 그이가 바람을 피웠나요?"

"아, 아닙니다. 실례지만 두 분은 3년 전에 혼인신고를 하셨더군요. 남편분의 과거를 다 알고 계시진 않죠?"

"그야 둘 다 나이 먹을 대로 먹고 만났으니까요. 저도 그 사람도 재혼이었어요. 저한테는 전남편과의 사이에 고등학생 아들이 있고요."

"실은 남편분 본명은 윤성욱이 아닙니다."

"네? 그게 무슨 말씀이세요?"

"윤성욱 씨 본명은 김무극으로 전과 12범입니다. 오늘 부군의 푸드트럭 근처에서 과거에 같이 강도질을 했던 동료 강우빈의 시신도 발견되었습니다."

"김무극이요? 처음 듣는 이름인데요. 그이가 전과자라고요? 그이는 그 힘든 푸드트럭 일을 하루도 빠짐없이 나가는 성실한 사람이었어요. 형사님, 그이가 죽었다는 소식만으로도 충분히 괴로운데 지금 저를 괴롭히시나요, 예?"

"현장에서 값나가는 다이아몬드가 사라져서 그렇습니다."

부명순이 울면서 말했다.

"다이아몬드요? 듣도 보도 못했어요."

좌 형사는 담담하게 사과했다.

"큰 충격을 받으셨을 텐데…. 범인을 찾으려면 사실 그대로 전달할 수밖에 없습니다. 그렇게 해야 작은 단서라도 건질 수 있습니다."

그때 거실로 키 큰 소년이 걸어 나왔다.

"엄마, 무슨 일이에요?"

"아, 영진아. 왜 나왔어. 공부하지 않고."

"아까부터 갑자기 엄마가 울고불고하니까 집중이 안 돼서 나왔지. 이 아저씨들 누구야?"

소년이 날카로운 목소리로 다그치듯이 물었다.

"형사님들이야. 영진아, 놀라지 마. 네 아빠가 돌아가셨대. 어제 서귀포에 동업자 만나러 가셨다가 그만."

"에이, 난 또. 아빠가 아니라 윤씨 아저씨네."

"얘가…. 어쨌든 아저씨가 돌아가셨어. 넌 슬프지도 않니?"

소년은 싸늘한 표정으로 어깨를 으쓱했다.

"엄마가 나 대신 슬퍼하면 되겠네."

소년은 휙 뒤돌아서 자기 방으로 들어가버렸다.

좌 형사와 양 형사는 어안이 벙벙했다.

"이해하세요. 요즘 한창 사춘기라서 저래요. 새아빠라 그런지 그이와 원래 사이가 안 좋았고요. 장례식을 바로 준비해도 될까요? 여기저기 전화를 해야 할 것 같은데."

부명순이 간절한 어투로 물었다.

"아, 죄송하지만 장례식은 부검이 끝나고 시신을 인도받은 후에 하셔야 합니다."

좌 형사가 대답했다.

"뭐라고요? 그 기간이 얼마나 걸리죠?"

"부검을 마치기 전까지는 확실하게 말씀드릴 수가 없습니다."

양 형사가 단호하게 말했다.

"동업자한테 진술을 받으러 가보겠습니다. 그럼, 또 새로운 소식이 있으면 알려드리겠습니다."

"그이를 죽인 범인을 꼭 찾아주세요, 부탁드립니다."

부명순이 눈이 부은 얼굴로 고개를 숙였다.

두 형사는 김무극의 집을 떠났다.

"선배, 감이 좀 잡혀?"

양 형사가 차에 시동을 걸면서 물었다.

"아니. 이번 사건은 도통 뭐가 뭔지…. 스튜디오로 바로 갈 거?"

"어. 선배 옷도 받아야 할 거 아니?"

"추가로 물어볼 게 생겨. 서둘러. 얼른."

두 형사는 아직 눈이 덮인 아파트 단지를 빠져나왔다.

7

애월읍 초입에 위치한 홍스튜디오는 작은 양옥집 두 채로 밖거리는 스튜디오로 쓰고 안거리는 살림집으로 쓰는 구조였다. 두 형사가 나타나자 홍이서는 일하면서 고갯짓으로 인사했다. 화장을 해서 훨씬 생기 있어 보였다. 그녀는 여자 손님을 앉혀두고 증명사진 촬영을 하고 있었다. 두 형사는 촬영이 끝날 때까지 기다렸다.

"많이 기다리셨죠. 아까 진술은 다 마친 것 같은데 무슨 일로 오셨어요?"

홍이서가 일을 마치고 두 사람 곁으로 다가왔다.

"실은 옷을 돌려받…."

양 형사가 말을 꺼내자, 좌 형사가 손바닥으로 그의 입을 틀어막았다. 뭐라 말하려는 양 형사를 무시하고 좌 형사가 말을 꺼냈다.

"추가로 진술을 받을 게 있어서 왔습니다. 그 참에 아까 빌려드린 옷을 돌려주시면 감사하겠습니다."

"아, 제가 형사님 옷을 입고 그냥 와버렸죠. 죄송해요. 너무 추워서 그만."

홍이서가 난감한 표정을 지으며 오리털 파카를 돌려주자 좌 형사가 받아서 입었다. 은은한 향기가 났다. 조금 겸연쩍었지만 말을 이어갔다.

"실은 피해자 부인에게 진술을 받다 보니 추가로 여쭤보고 싶은 질문이 생겼습니다."

"네."

"저는 홍이서 님이 사건의 첫 목격자이자 첫 수사 요원이었다고 생각합니다. 경찰 과학수사팀보다 몇 시간 먼저 현장에 도착한 셈인데요, 혹시 처음으로 현장을 목격한 사람으로서 이상했던 점이 있었다면 말씀해주시겠습니까?"

"아, 네."

"아까 새벽에는 경황이 없었을 겁니다. 몇 시간이 지나고 나니 특이하다고 생각되는 점이 혹시 없나요?"

홍이서가 잠시 고민하더니 말했다.

"사고 현장에 도착하기 전에 멀리서 천둥소리 같은 걸 들었어요. 지금도 무슨 소리였는지 모르겠어요. 그리고 현장에 도착했을 때 달콤한 냄새가 난다고 생각하긴 했어요. 어렸을 때 자주 해먹었던 달고나 있잖아요. 그 달고나가 타면 나는 냄새 아세요? 뭐 그 냄새와 비슷했어요. 나중에 형사님 도착하고 나서 다시 트럭에 갔을 때는 냄새가 안 나더라고요."

"알겠습니다. 자꾸 시간을 뺏어서 죄송합니다."

좌 형사가 고개를 숙였다.

"괜찮아요. 그럼 나중에 메모리칩은 꼭 돌려주세요. 좌 형사님."

홍이서가 좌 형사의 뒤통수에 대고 말했다.

"선배, 꼭 집엉 선배보고 메모리칩을 돌려달랜 햄수게. 관심이 있단 말이지."

양 형사는 운전하면서 신나게 너스레를 떨었다.

"운전에만 집중해라. 다시 서귀포로 넘어가야지."

"근데 왜 하필 선배야? 나는 얼굴에 임자 있는 몸이요 하고 쓰여 있나. 하 참, 유부남인 게 그렇게 티가 나나. 옛날 양주혁 다 죽었네, 죽었어."

양 형사는 룸미러에 얼굴을 이리저리 돌려보면서 말을 멈추지 않았다.

"그만허라이. 자꾸 시끄럽게 굴면 동업자 집에 너 버리고 간다."

좌 형사가 냉담하게 대꾸했다.

"선배, 내 차 종합보험 아니어서 꼭 나만 운전해야 하는데?"

"한마디만 더 하면 정말 버린다."

두 사람은 부명순이 알려준 주소지에 도착했다. 오세윤의 집은 서광리 외진 곳에 위치한 컨테이너 하우스였다. 밭농사가 발달한 제주에서는 컨테이너를 대여하거나 구매해서 농막이나 집 대용으로 쓰는 경우가 많았다. 현관에 '하노이 반미 샌드위치' 포스터가 붙어 있었다. 푸드트럭은 보이지 않았다.

컨테이너 앞에 개집이 있었는데 곧 누런 개가 튀어나와 마구 짖었다.

"시고르자브종이네. 야, 너 참 예쁘게 생겼다."

양 형사가 쓰다듬어주려고 했더니 개가 이를 드러내서 물릴 뻔했다.

"조심허라. 이 녀석이 많이 예민하네. 밥 굶은 지 좀 된 것 같네."

좌 형사가 개집 앞에 있는 밥그릇과 물그릇을 살펴봤는데 텅 비어 있었다.

양 형사가 먼저 나서서 문을 두드렸다. 대답이 없었다. 문손잡이를 돌려봤지만 굳게 잠겨 있었다.

"차 가지고 잠깐 외출했나? 선배, 창으로 들여다봅서."

좌 형사가 안을 들여다봤지만 커튼이 쳐져 있었고, 사람 흔적은 없었다.

"급하게 육지에라도 갔나?"

양 형사가 중얼거렸다.

좌 형사는 대답하지 않고 먹이 그릇에 사료를 채우고 수돗가에 물그릇을 들고 가서 물을 가득 따랐다. 개에게 사료와 물을 주자, 많이 배고팠는지 정신없이 먹기 시작했다. 어느새 꼬리를 좌우로 격렬하게 흔들고 있었다.

"그래, 배고팠지."

좌 형사는 꼬리를 흔드는 개를 쓰다듬으며 다정한 눈길을 보냈다.

"선배, 가만 보면 개를 참 좋아해, 예? 이 미물에게 친절하게 구는 에너지 한 3분의 1만 홍이서 씨한테 써봅서. 당장 사귀자고 할 건디."

"아까 너 버린다고 했던 말 아직 유효하다."

"내 차는 나만 운전할 수 있다니까."

"됐져. 오세윤에게 전화나 걸어봐."

좌 형사의 말에 양 형사가 명함에 적힌 번호로 전화를 걸었다. 바로 통신사 성우 목소리가 들렸다.

'지금은 전화를 받을 수 없습니다.'

"선배, 꺼져 있네."

좌 형사는 예감이 좋지 않았다.

"노트북 가져완? 오세윤 전과 조회해보라."

"어."

양 형사가 차에 가서 노트북을 꺼냈다.

"양 형사, 김무극이 운영했던 호찌민 반미 샌드위치 트럭이 인스타그램에 등록되어시카?"

"당연하지. 요즘 푸드트럭은 인스타그램에 계정 없으면 장사 못해. 영업을 SNS로 하는데. 이번 기회에 선배도 인스타그램 가입합서. 요즘 SNS 안 하는 사람은 선배밖에 어실걸?"

좌 형사는 생각에 잠겼다.

"선배, 이거 봅서!"

양 형사가 노트북 화면을 보여주었다.

"오세윤. 29세. 이 녀석도 김무극, 강우빈과 같은 교도소 출신이네. 한 8개월 정도 수감 시기가 겹쳐. 오세윤은 분명 김무극의 정체를 알고 이서실 거라."

"그럼 오세윤이…?"

"이 녀석이 범인이었네. 이런 거 닮지 안 해? 제주도로 도망 온 김무극은 제주 여자와 결혼해서 푸드트럭 사업을 시작. 근데 숨겨둔 장물을 처리는 해야겠고 자신이 배신했던 강우빈에게 연락할 수는 없고. 그래서 감방에서 알고 지냈던 오세윤을 제주로 불러들인다. 오세윤은 사실 푸드트럭 동업자가 아니라 육지에 있는 장물아비와 김무극 사이에서 연결고리 역할. 김무극은 아직도 수배 중이니 직접 장물을 거래하기는 어려웠을 거고. 신선한 얼굴이 필요했겠네."

좌 형사는 말없이 듣기만 했다. 양 형사가 계속 말을 이어갔다.

"어느 날 오세윤에게 강우빈이 접근. 김무극에게 복수하고 싶다면서 다이아몬드를 나눠 갖자고 꼬드겼겠지. 그렇게 오세윤이 강우빈과 몰래 편 먹고 김무극의 다이아몬드를 노렸다면? 폭설 내린 날, 오세윤이 김무극을 서귀포로 불러들였고 일상적인 회의 후 헤어지는 척했겠지. 강우빈은 오세윤의 컨테이너 하우스에서 몰래 대기하고 있다가 렌터카를 타서 김무극 쫓아가고, 오세윤도 강우빈이 혹시 혼자 다이아몬드를 챙길까 싶어 감시하러 자기 푸드트럭 타서 강우빈 쫓아갔을 거고. 평화로 현장에서 오세윤과 강우빈이 힘 모양 김무극을 죽였는데, 그 과정에서 강우빈이 부상을 입으난 오세윤은 쾌재를 불러실 테주. 상처 입은 강우빈을 위협해서 언덕으로 쫓아버리고 다이아몬드는 자기가 독차지하고. 그다음엔 자기 차를 몰고 튀었겠지. 도로에 있던 세 번째 바퀴 흔적은 아마도 그거였을 거고. 지금 바로 제주항과 제주공항에 수배하면 오세윤을 잡을 수 이시쿵게."

퍼즐은 맞아떨어졌다. 좌 형사가 말했다.

"서에 연락행 공항과 제주항에 오세윤 수배 요청허라."

서귀포경찰서에서 좌 형사와 양 형사는 공항에 요청했던 CCTV를 보고 있었다. 야구 모자를 깊숙이 눌러쓰고 선글라스를 쓴 오세윤이 캐리어를 끌고 유유히 김포공항 도착 층을 빠져나가는 장면이었다.

"두 명이나 죽인 녀석이 아주 여유 있게 도망쳤네. 조금만 일찍 알았어도 제주공항에서 잡을 수 이서실 건디."

양 형사가 책상을 주먹으로 내리쳤다.

좌 형사는 말없이 다음 동영상을 클릭했다.

다음 CCTV는 오세윤이 공항철도를 타고 가다가 홍대입구역에서 내리는 장면이었다. 마지막 CCTV는 오세윤이 홍대입구역 3번 출구 연남동 방향으로 나가서 붐비는 인파 속으로 걸어가는 장면을 보여주었다. 그게 끝이었다. 그는 천만 인구가 사는 거대한 도시 서울에서 사라졌다.

8

"양 형사, 인스타그램 가입허잰 허믄 어떵해야 돼?"

범인을 놓쳤다는 생각에 양 형사가 양손으로 머리를 쥐어뜯으며 자기 자리에 주저앉아 있는데 좌 형사가 다가와 물었다. 양 형사가 짜증을 냈다.

"지금 그게 문제꽝? 우리 둘 다 반장님한테 죽게 생겼수다."

"인스타그램에 나 계정 하나 파주라."

양 형사가 좌 형사의 스마트폰에 인스타그램 앱을 깔고 계정을 만들어주었다.

"몇 년 전 게시글을 찾아보잰 허믄 계속 아래로 스크롤 내리믄 되나?"

"어."

좌 형사는 휴대전화를 내려다보면서 말했다.

"그리고 니 노트북에 메모리칩 연결할 수 있지? 홍이서 씨가 준 현장 사진들, 지금 당장 보게."

"무사? 사진 데이터는 과학수사대에 벌써 전달했는데, 새삼?"

"내가 뭘 좀 봐야겠어."

양 형사는 노트북에 홍이서의 메모리칩을 꽂아서 건네주었다.

"아, 담배 피우러 나갈 거면, 그 김에 김무극 휴대전화 포렌식 다 끝났는지 과학수사팀에 물어봐주라."

"그래, 다 부려먹어라."

양 형사는 한숨을 쉬며 자리에서 일어났다. 좌 형사는 자리에 앉아 꼼짝 않고 휴대전화를 든 채 인스타그램에 몰두했다. 양 형사는 그 모습을 어처구니없다는 표정으로 쳐다보다가 담배를 한 대 물고 밖으로 나갔다.

월요일 아침, 제주도민일보에 평화로에서 두 명이 죽는 살인사건이 났고 용의자 오세윤이 다이아몬드를 가지고 도망쳤다는 1보가 실렸다. 수사팀 현택기 반장이 두 형사를 불러 징계 먹을 각오를 하라면서 한바탕 잔소리를 퍼부었는데, 안절부절못하는 양 형사에 비해 좌 형사는 느긋했다.

　"야, 이런 기사가 나면 어떻게 하냐. 좌가야. 너 경력이 도대체 몇 년이냐? 이번에 경찰증 반납 좀 해볼래?"

　"반장님, 그 기사는 제가 일부러 준 겁니다."

　"뭐?"

　"친한 제주도민일보 기자에게 제보했습니다. 반장님만 허락하신다면 후속 기사를 오늘 중으로 몇 번 더 내보내고 싶습니다."

　"야, 지금 우리 서귀포 경찰이 일 못한다는 걸 전도, 아니 전국에 다 알려야겠어? 가뜩이나 제주도가 전국 강력 범죄율 1위라는 불명예를 안고 있는데 말이야."

　"네."

　"뭐?"

　"사람들이 우리가 일 못한다고 생각하는 편이 범인 잡는 데에 유리하니까 말입니다."

　방금 전까지 좌 형사를 잡아먹을 듯이 노려봤던 현 반장이 갑자기 부드러운 미소를 지었다. 옆에서 지켜보던 양 형사는 한시름을 놨다.

　"좌갈공명, 니가 다 생각이 있구나?"

　좌 형사는 속으로 혀를 찼다. 좌갈공명. 서귀포경찰서에서 강력 범죄를 주로 맡는 자신을 부르는 별명이었다. 그는 예전부터 이 별명이 끔찍하게 싫었다.

"미안하다. 아까 내가 너무 흥분했지? 아침부터 서장한테 불려가서 그래. 이제 내가 어떻게 해주면 돼?"

현 반장이 다정하게 말했다.

"영장 신청 도와주시고 이따가 제주항에 지원 좀 해주시면 됩니다."

"이번엔 틀림없지?"

현 반장이 다짐하듯 물었다.

"밑져야 본전이죠."

좌 형사가 담담하게 말했다.

"또 시작이다. 쿨 병. 이 세상에서 네가 제일 쿨한 줄 알지?"

현 반장이 투덜거렸다.

"옆에서 같이 다니는 전 어떻겠습니까."

양 형사가 거들었다.

"일단 알았어. 네가 생각이 있다니까 밀어준다."

좌 형사는 반장에게 목례하고 자리로 갔다. 창가에 위치한 좌 형사의 자리는 조금 추웠다. 창밖을 보니 처마의 고드름이 흘러내려서 바깥세상이 일그러져 보였다.

눈은 완전히 녹았다.

9

제주항은 항상 혼잡했다. 육지에서 들어오는 배와 제주에서 나가는 배가 교차하고, 도착하는 인파와 떠나는 인파가 맞물렸다. 하늘을 이리저리 몰려다니는 떼까마귀들처럼 사람들은 제주항 대합실에 우르르 몰려왔다 사라졌다. 사람 물결이 사라지면 청소부가 나타나 바닥을 걸레질했다. 한 젊은 청소부가 힘차게 대걸레를 밀자 귀에 꽂은 이어폰에서 지시 사항이 들렸다.

"너무 열심히 일하지 마라."

"아씨. 원래 기운이 넘쳐서 이러는 걸 어쩌라고?"

청소부는 양 형사였다.

"넌 늘 자의식 과잉이라."

좌 형사가 말했다.

"선배는 항상 돌부처 같아서 탈이주. 그러니 여자가 없지."

"쉿, 온다. 니 얼굴 알고 있으니 조심."

양 형사 쪽으로 타깃이 짐 가방을 들고 걸어왔다. 양 형사는 뒤를 돌아 바닥을 청소하는 척했다. 타깃은 양 형사를 지나 대형 쓰레기통으로 다가가더니 뭔가를 잽싸게 버렸다.

"쓰레기통에 버린 거 줍고 티 내지 말고 따라가."

좌 형사가 양 형사에게 지시했다. 양 형사는 쓰레기통에서 타깃이 버린 물건을 주웠다. 그러고는 대걸레를 들고 뒤를 쫓았다.

제주항에서 용의자를 검거하기로 하면서 좌 형사는 평상복으로 위장한 형사들을 분산 배치시켰다. 양 형사를 포함한 청소부 복장 형사 두 명이 1조, 승객 차림 형사 두 명이 2조였다. 여수행 대형 여객선 한일골드스텔라호가 곧 떠날 시간이었다. 대합실에 경쾌한 알림 음이 울리고 승선 안내방송이 나오자 승객들이 개찰구 앞에 길게 줄을 섰다. 타깃도 줄을 서기 위해 개찰구 쪽으로 걸어갔다.

뒤편에서 지휘하던 좌 형사가 형사들에게 속삭였다.

"청소부 팀, 줄 옆으로 가. 한 명이 줄 왼쪽, 한 명은 줄 오른쪽. 승객 팀, 줄 속에 섞여. 타깃 근처로."

"선배, 이러다 놓쳐. 배에 타겠어."

양 형사가 초조하게 말했다.

"걱정 마. 내가 간다."

좌 형사가 말했다.

"안녕하세요? 여기서 뵙게 될 줄 몰랐네요."

좌 형사는 타깃에게 다가가 인사를 건넸다.

"어머…. 좌 형사님이시네요."

부명순이 눈웃음을 치며 말했다. 하이힐을 신고 진한 화장에 스카프를 두르니 인상이 달라 보였다. 코트 밑으로 버튼이 달린 수제 카디건과 긴 스커트를 입고 있었다.

"장례식 준비를 할 줄 알았는데 급하게 육지로 떠나시네요?"

좌 형사가 물었다.

"육지에 좀 급한 일이 있어서…."

부명순이 난처한 표정을 지었다.

"저희가 부군을 죽인 범인을 열심히 찾고 있는 중인데, 아직 단서가 좀 부족합니다. 실례가 되지 않는다면 배를 타기 전에 추가 진술을 부탁드려도 될까요?

여기 앉으시죠."

좌 형사가 대합실 의자를 가리키며 말했다. 부명순은 불안한 얼굴로 순순히 의자에 앉았다. 좌 형사도 옆에 앉았다.

좌 형사가 말을 시작했다.

"저는 이 사건에서 세 가지가 큰 수수께끼였습니다. 첫 번째, 목격자가 현장 근처에서 들었다던 천둥소리와 나중에 현장에서 맡았던 달고나가 타는 듯한 냄새는 무엇을 의미할까요? 두 번째, 강우빈은 왜 폭설 속에서 언덕 위로 도망쳤을까요? 부검의가 강우빈이 바로 병원에 갔다면 목숨은 건졌을 거라고 하더군요. 세 번째, 오세윤은 정말로 다이아몬드를 가지고 도망쳤을까요? 뭔가 떠오르는 생각은 없으십니까?"

"글쎄, 저는 잘 모르겠네요. 오늘 기사를 봤는데 오세윤 씨가 다이아몬드를 가지고 도망쳤다던데. 그 사람이 범인이니까 찾아서 체포하면 되겠네요."

그때 승선을 알리는 방송이 흘러나왔다.

"형사님, 저는 이만 가봐야겠어요. 도움이 못 돼서 죄송합니다."

부명순이 자리에서 일어나려고 했다.

"잠시만 시간을 주시면 제가 세운 가설을 최대한 빨리 설명해드리죠. 배 시간에 늦지 않게 해드리겠습니다."

좌 형사의 말에 부명순이 다시 앉으며 중얼거렸다.

"네, 형사님 생각이 궁금하네요."

"아까 탁송으로 보낸 차에 짐을 한가득 실으셨더군요. 거의 이삿짐 수준이던데요?"

"그건… 남편 일로 마음도 힘들고 해서 육지 친척 집에 신세지려고 미리 짐을 보낸 거예요. 잠깐 갔다가 장례식 치르러 다시 내려올 거예요."

부명순이 침착하게 말했다.

"제 생각은 다릅니다. 다시는 제주로 돌아올 생각이 없죠? 경찰이 진짜 윤성욱을 조사하면 꼬리가 밟힐 거라고 생각해서 도망치는 거잖아요?"

"…"

부명순은 침묵했다.

"방금 쓰레기통에 버린 건 강우빈의 휴대전화와 푸드트럭 글러브박스 열쇠죠?"

부명순이 어이없다는 듯이 피식 웃었다.

"형사님, 대체 무슨 말씀을 하시는 건지…."

"그저께는 메소드급 연기더군요. 저와 양 형사는 당신한테 감쪽같이 속았죠. 누가 봐도 방금 남편을 잃은 아내 같아 보였어요."

좌 형사가 계속 말했다.

"실상은 이렇죠? 윤성욱의 정체가 김무극인 걸 알고 있는 정도가 아니라, 김무극과 힘을 합쳐 진짜 윤성욱, 남편을 죽였죠?"

"형사님, 왜 이러세요. 전 정말 남편이 전과가 있는지 몰랐어요."

부명순은 당황한 표정이었다.

"얼마나 협조하느냐에 따라 형량이 달라질 겁니다."

좌 형사는 담담하게 말을 이어갔다.

"지명 수배를 당한 김무극이 윤성욱이라는 가짜 신분으로 위장하는 것은 당연했습니다. 하지만 윤성욱의 아내가 김무극과 함께 진짜 윤성욱을 살해했을 거란 생각은 미처 못했죠. 당신은 아들을 데리고 윤성욱과 재혼했지만 행복하지 않았습니다. 여러 번 한라병원 응급실로 간 기록이 있더군요. 조사해보니 윤성욱은 전처와도 가정폭력 때문에 헤어졌던데요. 엽총을 사랑하고 종종 아내를 때리는 거친 남자였습니다. 그러다가 당신은 우연히 김무극을 만났습니다. 두 사람은 사랑에 빠졌죠. 그가 전과자에 수배 중인 것을 알게 되자 한 가지 아이디어가 떠올랐겠죠. 아마, 당신은 김무극을 꼬드겨 윤성욱을 죽이고 윤성욱의 삶을 대신 살라고 했을 겁니다. 김무극은 신분, 아내, 집, 그리고 푸드트럭 사업까지 윤성욱의 삶을 고스란히 훔쳤죠."

부명순은 아무런 말이 없었다. 좌 형사는 말을 이었다.

"집을 방문했을 때 본 사진 중에서 한 장이 어딘가 어색했습니다. 들불축제 때 새별오름 앞에서 찍은 커플 사진. 3월은 아직 추운 달입니다. 윤성욱이 입은 파카가 어딘가 어색했죠. 당신이 입은 파카와 그림자 방향이 달랐습니다. 사진을 합성했다는 확신이 들었습니다. 아마 진짜 윤성욱을 지워내고 그 위에 김무극의 이미지를 넣었겠죠."

좌 형사는 휴대전화로 원본 사진을 보여주었다. 부명순 옆에는 전혀 다른 남자가 웃고 있었다. 진짜 윤성욱이었다.

"포렌식을 한 윤성욱의 휴대전화에서 이 원본 사진이 나오더군요. 기왕이면 제대로 된 전문가에게 맡기지 그랬습니까. 호찌민 반미 트럭 초기 동영상에서도 진짜 윤성욱을 발견했습니다. 윤성욱 시신은 어디에 매장했습니까?"

부명순이 눈알을 굴리더니 다급히 말했다.

"다 김무극의 아이디어였어요. 김무극이 남편을 죽이자고 저를 협박했고 실행에 옮겼어요. 저는 피해자예요. 전 아무도 죽인 적이 없어요."

"죽은 자는 말이 없으니 누구 짓인지는 모르죠. 살인을 알리지 않은 것만으로도 공범이 됩니다."

"김무극이 저를 위협했다니까요. 전 죽기 싫으면 가만히 있어야 했어요. 범죄자와 동거한 게 유일한 죄라면 죄네요. 김무극이 당분간 자기가 윤성욱 행세를 할 테니까 시키는 대로 하라고 겁을 줬어요. 그러지 않으면 아들을 해친다고 했다니까요."

"그건 차차 따져보기로 하죠. 이제 첫 번째와 두 번째 수수께끼를 풀어볼까요? 첫 번째 수수께끼. 목격자가 말했던 천둥소리와 달고나가 타는 듯한 냄새. 저는 그 말을 듣자마자 당신 집에서 봤던 엽총 사진이 생각나더군요. 천둥소리는 엽총이 발사된 소리였고 달고나가 탄 듯한 매캐한 탄내는 화약이 탄 후 공기 중에 남은 냄새였습니다. 탄피는 수거했지만 냄새는 거둬갈 수 없었죠. 두 번째 수수께끼. 저는 진짜 윤성욱이 2015년에 사냥법이 더 엄격하게 개정되기 전에 불법으로 엽총을 집에 보관했을 거라고 추측합니다. 강우빈이 폭설 속에 언덕으로 도망쳤던 건 누군가가 엽총을 발사하면서 그를 위협했기 때문이었죠. 아, 여기서 그 누군가가 오세윤이라고 말하고 싶겠죠?"

"저는 그날 새벽에 아들과 함께 집에 있었어요. 아마 오세윤이 강우빈을 총으로 위협했나 보죠."

"아들 말고 알리바이를 댈 사람이 있습니까? 당신 아들은 벌써 육지로 도망간 것으로 아는데요."

"형사님, 억지가 심하시네요."

"오세윤 이름으로 아들에게 비행기 표를 끊어준 사람이 바로 당신인데요? 김포공항 CCTV에 찍힌 야구 모자를 쓴 오세윤은 바로 그날 오전에 저와 양 형사 앞에 나타났던 당신 아들이었죠. 우리가 돌아가자마자 공항으로 출발했겠죠.

자, 그럼 세 번째 수수께끼로 돌아가야겠네요. 아들이 오세윤 행세를 했다는 건 진짜 오세윤은 도망가지 못했단 이야기죠. 그럼 지금 오세윤은 어디에 있을까요? 당신과 김무극은 오세윤을 통해 다이아몬드를 팔아줄 장물아비를 구했고, 더 이상 그가 필요하지 않자 죽이기로 했습니다. 그날 서귀포에 가서 당신들은 오세윤을 죽였습니다. 김무극이 모는 푸드트럭이 먼저 떠나고 당신은 오세윤의 시신을 실은 차를 몰고 따라갑니다. 그때 강우빈이 몰던 렌터카가 난입하더니 푸드트럭을 뒤에서 받았습니다."

"……."

"때마침 강우빈이 어떻게 평화로에 나타났을까요? 실상은 이렇습니다. 당신은 다이아몬드를 혼자 차지하기로 마음먹었습니다. 김무극의 휴대전화에서 몰래 알아낸 강우빈 연락처로 전화해서 다이아몬드를 준다고 유혹하면서 그를 제주로 불러들였습니다. 김무극이 글러브박스에 다이아몬드를 보관하고 있고 늘 차고 다니는 목걸이에 열쇠가 걸려 있다는 비밀도 알려줬죠. 강우빈이 김무극을 칼로 찌르고 글러브박스에서 다이아몬드를 꺼내는 순간 당신이 칼로 그의 등을 찔렀죠. 도망가는 그에게 엽총을 몇 번 발사했습니다. 그때 강우빈이 휴대전화를 떨어뜨렸는데 그건 아마 당신이 주웠겠죠."

"형사님, 제가 현장에 있었다는 증거가 있어요? 증거 없잖아요."

부명순이 당황하며 물었다.

"운이 나빴습니다. 아까 얘기했듯이 목격자가 있었고 그 목격자가 하필 사진 전문가였어요. 목격자가 찍은 현장 사진 중에서 자동차 바퀴 자국이 유독 선명하게 나온 사진이 있었습니다. 당신이 출발한 직후라서 아직 바퀴 자국이 또렷했죠. 목격자 차량의 바퀴 자국을 제외하니까 남은 바퀴 자국은 하나뿐이었는데, 바로 당신 차와 일치했죠. 아파트 관리실에서 전날 저녁에 푸드트럭과 당신 차가 같이 나갔다가 새벽에 당신 차만 들어온 걸 녹화한 CCTV 영상도 받았습니다. 그 시각이 정확하게 새벽 4시였으니, 사건 현장에서 하귀까지 걸리는 시간과도 맞아떨어졌습니다."

"…."

"아직 안 끝났습니다. 강우빈을 언덕으로 쫓아버리고 당신은 푸드트럭으로 다시 돌아왔습니다. 김무극은 상처가 깊어서 끙끙거리고 있었습니다. 당신에게 빨리 병원에 가자고 재촉했겠죠. 그때 당신이 어떻게 했을까요? 사냥용 나이프를 집어들어 김무극을 마구 찌릅니다. 한 번, 두 번, 세 번… 열 몇 번을…. 그 뒤 차량용 먼지떨이로 족적을 지우며 뒷걸음질 쳐서 당신의 차로 돌아갔습니다. 처음에는 눈길에 난 쓸린 자국이 뭘 의미하는지 알아채지 못했습니다."

"상, 상상력이 상당하시네요. 다 추측이잖아요."

부명순이 중얼거렸다.

"추측이라고요? 증거는 나왔습니다. 저도 이 모든 게 상상이면 좋겠습니다. 그럼 이제 세 번째 수수께끼도 풀렸네요. 오세윤은 다이아몬드를 들고 도망가기는커녕 지금 당신의 차 트렁크에 시체가 되어 누워 있습니다. 당신 차에서 오세윤 시신과 더불어 젖어 있는 먼지떨이와 불법 엽총도 나왔다고 연락이 왔습니다. 총에는 발사된 흔적이 있다고 하더군요. 자, 김무극, 강우빈, 오세윤 모두 죽었습니다. 다이아몬드는 과연 어디에 있을까요?"

"…."

"저는 이런 기사를 읽은 적이 있습니다. 예전에 영국에서 70대 할머니가 벼룩시장에서 산 장식용 모조 다이아몬드가 진짜 다이아몬드라는 걸 알게 되어서 갑자기 횡재를 한 적이 있었죠. 모조 다이아몬드는 장식용 버튼으로 흔히 씁니다. 실례지만 지금 입고 있는 카디건을 벗어주시겠습니까?"

부명순은 체념한 듯했다. 말없이 코트를 벗고 카디건을 건넸다. 좌 형사는 옷을 옆에 있는 양 형사에게 주었다.

"감정해보면 이 큐빅 단추가 진품 다이아몬드로 나올 겁니다. 이제 살인 혐의를 인정하실 겁니까?"

"형사님, 저는 윤성욱에게 맞아서 갈비뼈가 부러진 적도 있어요. 죽어 마땅한 놈이었어요. 김무극이 대신 죽여준다고 한 거예요. 김무극은 처음에는 잘해주더니 장물아비를 구하자 태도가 달라졌어요. 아들하고 사이도 나빴고요. 나중에 저와 아들을 죽일지도 모른다는 생각을 했어요."

부명순이 눈물을 글썽이며 간절한 표정으로 말했다.

"글쎄요, 제 생각은 좀 다릅니다. 저는 김무극이 잔인한 유형의 범죄자 같지 않습니다. 그는 단지 유능한 도둑이었죠. 그를 체포했던 형사와 통화해봤는데 김무극은 전혀 폭력적인 인물이 아니었습니다. 저는 윤성욱을 죽이거나 장물아비를 찾기 위해 오세윤을 이용하자는 계획이 모두 당신 머리에서 나왔을 거라고 생각합니다. 즉 주범은 부명순 씨, 당신입니다. 김무극은 공범에 불과했습니다."

부명순은 울먹이며 고개를 푹 숙였다.

"형사님, 아니에요. 전 그저 평범한 가정주부일 뿐이에요."

"아주 지략이 뛰어난 가정주부죠. 칭찬할 만합니다. 이 모든 계획이 당신 머리에서 나왔다는 걸 증명할 한 가지 증거가 있습니다. 바로 스크랩북이죠. 신의한 수였습니다. 자연스럽게 김무극과 강우빈의 정체를 폭로하고 악당 둘이 서로 찔러 죽였다고 믿게 만들기 위한 소도구였겠죠. 언젠가 써먹으려고 미리 만들었습니까? 이 좁은 제주에서 김무극이 계속 윤성욱 행세를 하는 건 한계가 있고, 언젠가는 시댁 식구에게 들킬 위험이 있으니 얼른 김무극을 죽이고 다이아몬드를 챙겨서 빨리 육지로 달아나고 싶었겠죠."

"……."

"인정하십니까?"

부명순은 고개를 들더니 입가에 비틀린 미소를 지었다. 눈물은 사라졌다. 그녀는 키득거리며 말했다.

"어우, 우리 형사님, 진짜 대단하시네. 네, 정답입니다. 인정. 스크랩북은 보험 같은 거였어요."

"김무극과는 한때 사랑했던 사이였는데도 망설이지 않고 죽였군요."

부명순이 깔깔 웃음을 터뜨렸다.

"형사님, 이 다이아몬드 다 팔면 얼마인지 아세요? 몇 십억이에요. 그걸 어떻게 나눠요?"

좌 형사는 부명순을 가만히 응시했다. 그녀의 눈에서는 겨울바람보다 더 차가운 바람이 불고 있었다.

"이 빌어먹을 인생에 찾아온 유일한 로또를 왜 그놈과 나눠? 어차피 그 새끼는 내가 가만히 있었으면 다이아몬드를 가지고 튀었을 텐데요."

좌 형사가 한탄했다.

"차라리 경찰에 신고하지 그랬습니까? 정상참작이 되었을 겁니다."

"……."

부명순은 코웃음을 쳤다.

"다이아몬드는 퇴직금이었어요. 남자 복이라곤 지지리도 없던 내가 아들과 끝장나게 살아볼 마지막 기회였죠."

좌 형사는 씁쓸한 표정을 지었다.

"다이아몬드가 목숨 값보다 더 중하단 말입니까? 도대체 죽은 사람이 몇 명입니까?"

"형사님."

부명순이 차분하게 좌 형사의 말을 끊었다.

"이게 다인가요? 아무래도 배는 못 타겠네요."

그녀는 입가에 옅은 미소를 머금었다.

한일골드스텔라호가 출발을 알리는 마지막 방송을 내보내고 있었다.

좌 형사는 수갑을 찬 부명순이 여형사에게 이끌려 경찰차에 타는 걸 지켜보았다. 그녀는 아들 김영진의 행방과 윤성욱의 시신이 묻힌 곳에 대해서는 형량 거래를 해야 가르쳐주겠다며 묵비권을 행사했다. 좌 형사는 양 형사에게 김영진 수배를 지시하고 차를 세워둔 곳과 반대편으로 걸어갔다.

"선배, 어디 가맨 마씸? 들어강 보고서 써얄 것 아니꽝."

양 형사가 차에 타면서 좌 형사를 불렀다.

"난 좀 걷잰. 있당 서에서 보게."

좌 형사는 파카 주머니에 양손을 찔러 넣고 걷기 시작했다.

1월이지만 기온이 영상으로 올라 쌀쌀한 가을 날씨 같았다. 갈매기가 날아다니는 하늘은 파랗고 맑았다. 좌 형사는 천천히 항구 거리를 걸었다. 이틀 전에 폭설이 왔다고는 전혀 믿기지 않았다. 그는 까마귀밥이 되었던 강우빈의 모습을 생각했다. 그날 새벽, 폭설 속에서 강우빈은 계속 뛰고 또 뛰었다. 등에서 피를 흘리고 발이 눈에 빠지고 넘어지고 뒹굴어도 눈 속으로 눈 속으로 눈 속으로…. 기껏 한 시간 정도 버텼으리라. 좌 형사는 눈이 쌓인 언덕을 오르는 게 얼마나 기력을 소진시키는지 잘 알고 있었다. 강우빈은 절망적인 상황에서 치명적인 선택을 한 대가를 치렀다.

나라면 중앙선을 넘어 도로 반대편 해안 방향으로 도망갔겠지. 해안이라면 눈은 금방 녹는다. 제주는 1년에 영하 5도 밑으로 떨어지는 날이 채 열흘이 안 되어서 지난 60년 동안 공식적인 겨울이 단 한 번도 없었다. 아무리 눈이 많이 와도, 아무리 바람이 세게 불어도 이 섬은 겨울이 없는 나라였다. 눈은 금세 녹고 죄악은 곧 드러난다.

좌 형사는 손가락으로 주머니에 든 메모리칩을 만지작거렸다.

칩은 따뜻했다.

박소해

〈꽃산담〉으로 2021 《계간 미스터리》 신인상을 수상했다. 미대 졸업 후 웹기획자, 광고대행사 AE, 영화기자, 갤러리 큐레이터, 출판사 편집기획자 등 다양한 직업을 거쳤다. 현재 제주도에서 남편과 함께 귤 농장과 펜션을 운영하고 있다. 세 아들에게 시달리지 않을 때는 조금이라도 글을 써보려고 궁리하며 살고 있다.

무고한 표적

박상민

    한동안 책장을 넘길 수 없었다. 책의 한 귀퉁이에 적힌 세 글자가 일종의 장력으로 작용해 나의 독서를 가로막은 것이다. 무시하고 넘겨버릴 수도 있었지만 이미 모든 관심이 그곳으로 쏠렸다.

    험버트와 롤리타가 펼치는 사랑의 도주는 더 이상 내게 중요하지 않았다. 그들이 프랑스로 가든 이집트로 가든 무슨 상관이란 말인가. 어찌 됐든 이 비정상적인 형태의 사랑은 파국으로 치달을 것이 분명했다. 나는 책을 마저 읽으려는 미련을 떨쳐내고 새롭게 주어진 과제를 담담하게 바라보았다.

    문채수.

비뚜름한 글씨체로 미루어보아 남자일 가능성이 높았다. 적어도 짝사랑하는 여학생이 나를 떠올리며 적은 것은 아니었다. 기분이 썩 좋지는 않았다.

책을 읽으면서 나를 생각할 만큼 가까운 사람은 없었다. 애초에 친구놈들 중에 책을 읽는 인간은 드물었다. 다리를 꼬고 커피숍에 앉아 시시콜콜한 잡담을 하는 것을 교양이라 여기는 그들에게 책은 공작의 깃털만도 못한 것이었다.

문채수는 흔하지 않은 이름이었다. 《롤리타》의 237쪽에 적힌 그 이름은 나를 지칭할 것이다.

도대체 뭘까?

드넓은 황무지에서 검은 탑을 찾아다니는 것만큼이나 어처구니없었다. 무슨 생각으로 내 이름을 적어놓았는지 짐작조차 할 수 없었다.

책을 이리저리 뜯어보던 나는 좋은 방법을 떠올렸다. 이 책을 대출했던 사람들의 목록을 알아내면 자연스레 궁금증도 해소되리라. 2층 자료실에 들어서자 허리를 굽힌 채 정리하는 여직원이 눈에 띄었다. 책을 탁자에 올려놓으며 부드럽게 말했다.

"이 책 말인데요…."

쿵 소리와 함께 짧은 탄식이 흘러나왔다. 급하게 움직이다 탁자에 머리를 부딪친 모양이었다. 미안한 마음에 안쓰러운 눈길로 바라보자 여직원이 머쓱한 듯 웃었다. 나도 뜻하지 않게 웃음이 새어나왔다. 그녀가 숨을 한번 들이쉬더니 입을 열었다.

"반납하실 건가요?"

"아니요, 그게 아니고… 혹시 이 책 최근에 누가 빌렸는지 알 수 있을까요?"

그녀가 당황한 듯 머리카락을 뒤로 쓸어 넘겼다. 도톰한 귓불이 은빛 귀걸이와 함께 모습을 드러냈다. 깨물어보고 싶다는 충동이 일었다. 그런 내 마음을 알아챘는지 그녀가 나를 빤히 올려다보았다. 떨떠름한 표정이었다.

"왜 그러시죠? 그런 건 저희 쪽에서 알려드릴 수 없는데….."

"알아볼 게 있어서요. 뭐 대단한 일은 아니지만요."

"개인정보 문제 땜에 좀 힘들 것 같은데요. 무슨 일 때문인지 말씀해주실 수 있으세요?"

이제 그녀의 눈빛은 완전히 달라져 있었다. 커대버를 앞에 둔 듯 나의 온몸 구석구석을 살피는 그녀의 모습이 흡사 해부 실습 때의 나를 보는 듯했다.

적당한 핑곗거리가 생각나지 않았기에 나는 잠자코 있을 수밖에 없었다. 내 이름이 적혀 있기 때문이라는 말은 입 밖으로 튀어나오지 않았다.

"아니에요, 수고하세요."

이 말만 남기고 잰걸음으로 그곳을 떴다. 그녀의 미심쩍은 눈길을 뒤로한 채 겨드랑이에 책을 끼고 도서관을 빠져나왔다. 흙인지 쇠똥구린지 묘한 성분이 뒤섞인 공기가 코의 점막을 자극했다. 봄과는 어울리지 않는 습기가 나의 의식을 뿌옇게 흐려놓고 있었다.

기숙사로 돌아오는 내내 "문채수, 문채수" 하고 덜떨어진 인간처럼 내 이름을 중얼거렸다. 창문에 비친 얼굴이 마치 스스로에게 최면을 거는 것처럼 느껴졌다. 머릿속이 온통 그 생각뿐이었다.

운동장을 지나 기숙사로 이어지는 내리막길에서 발을 삐끗해 미끄러지고 말았다. 주위를 돌아보고 아무도 없다는 것을 확인한 후에야 바닥에 떨어진 책을 집어들었다. 표지에 듬뿍 묻은 물기를 털어내며 입구로 향했다.

방에 들어서자 악취가 풍겨왔다. 이번 학기 새로운 룸메이트인 민호 형은 환기를 하지 않는 습관이 있었다. 저번에도 누차 말했건만. 창문으로 다가가 문을 활짝 열자 압력 차이 때문인지 쌀쌀한 바람이 밀어닥쳤다. 2층 침대를 올려다 보니 길쭉한 팔 하나가 삐져나와 있었다.

"형, 저 왔어요."

"으응⋯."

꿈꾸는 듯한 목소리로 민호 형이 대답했다. 금방 잠에서 깬 모양이었다. 의례적으로 중얼거렸는데 그것을 형이 들은 모양이었다. 어색한 기운이 감돌자 내가 재빨리 말을 이어갔다.

"조금 전에 제 이름이 적힌 책을 봤어요. 도서관에서요."

정적이 흘렀다. 1초, 2초, 3초. 계속해서 시간은 흘러갔지만 아무런 반응도 없었다. 괜히 조급해진 내가 리본으로 치장한 요크셔테리어마냥 꼬리를 흔들어댔다.

"형이 생각해도 이상하죠? 누가 그 책 읽으면서 제 생각 했나 봐요."

신음소리가 위에서 흘러나왔다. 삐거덕 소리가 들리더니 2층 침대 너머로 민호 형이 모습을 드러냈다. 고양이를 연상시키는 작고 날카로운 눈이 어둠 속에서 빛났다. 형이 하품을 하며 불분명한 발음으로 내뱉었다.

"인마, 그런 걸 망상장애라고 하는 거야. 망상장애!"

"네?"

나도 모르게 흥분해서 움찔했다. 목구멍을 덮고 있던 가래가 기도로 들어갔는지 숨이 막혔다. 캑캑거리며 가슴을 수차례 두드린 끝에 겨우 가래를 바닥에

뱉을 수 있었다. 고개를 높이 쳐들어 형의 우악스러운 눈을 노려봤다. 아무리 그래도 망상장애라니. 내 이름이 적힌 페이지를 펼쳐 형의 얼굴에 갖다 댔다.

"이거 봐요. 분명히 저라니까요."

형은 머리맡에 놓아둔 뿔테안경을 낀 다음 시선을 책으로 돌렸다. 그러더니 내 얼굴과 책을 번갈아 보기 시작했다. 누가 보면 내가 막대한 현상금이 걸린 범죄자여서 실물과 비교하는 중이라고 여겼을 만큼 형의 행동은 괴상하기 짝이 없었다.

"잠깐만, 내려가서 확인할게."

민호 형이 사다리를 밟고 내려오더니 곧장 책상으로 향했다. 나는 벽에 기댄 채 바닥을 뚫어져라 봤다. 방금 전 뱉었던 가래 자국이 지워져 있었기 때문이다. 그 흔적은 마치 고무줄처럼 형의 발바닥까지 길게 이어져 있었다. 이 정도로 감각이 무딜 줄이야. 피식 웃음이 나왔다.

그때 와, 하는 탄성이 들렸다. 고개를 들어 형을 보니 믿을 수 없다는 표정으로 노트북을 들고 나에게 다가오고 있었다. 뭐라도 찾은 모양이었다.

"형, 왜 그래요?"

"이거 좀 봐라. 너랑 이름이 똑같은 애가 사회학과에도 있었네. 심지어 성도 같아."

"정말요?"

노트북을 가로채 모니터를 보고서야 사실이라는 것을 알았다. 속이 뻥 뚫리는 기분이었다. 우리 학교에 문채수는 둘이었던 것이다. 카타르시스를 느끼는 한편으로 허탈한 마음도 들었다. 몇 시간 전부터 나의 전두엽에 침투해 이곳저곳 쑤시고 다니던 의혹들이 몇 초 만에 사라졌기 때문이다. 숨죽이고 있던 민호 형이 내 반응을 확인하려는 듯 얼굴을 가까이 대더니 훈계조의 목소리로 이렇게 말했다.

"자기 이름에 자부심을 갖는 건 좋아. 흔치 않은 이름이긴 하니까. 하지만 세상은 역시 좁아. 그렇지 않냐?"

"자부심은 무슨."

아니라는 듯 손을 저었지만 민호 형의 말이 은근히 정곡을 찔렀다. 그렇다. 나는 내 이름에 어느 정도 자부심을 가지고 있었다. 유치원 시절부터 지금까지 단한 번도 같은 이름을 가진 사람을 직접 본 적이 없으니까.

뭐라 대꾸할 말이 없던 그때, 좋은 생각이 떠올랐다. 학생 정보 시스템 조회 화면에 따르면 사회학과 문채수는 현재 제적된 상태였다. 남자답지 못하다고 생각할 수 있겠지만 나는 이 어정쩡한 상황을 지혜롭게 모면할 필요가 있었다.

"그런데 이 문채수는 제적됐네요? 왜 학교를 그만둔 걸까요? 휴학도 아니고."

"알게 뭐야. 공부해서 인서울이라도 한 모양이지."

"만약 수능을 다시 칠 생각이었다면 4학년까지 다니지도 않았을걸요?"

"그럼 어디 아프가니스탄 같은 데로 망명이라도 갔단 거냐?"

날선 목소리로 민호 형이 다그쳤다. 또다시 고약한 성질머리가 발동한 것이다. 같은 방을 쓴 지 한 달이 넘었지만 언제나 이런 식이었다. 얼마 전에는 있지도 않은 파리가 방에 들어온 것 같다고 한밤중에 생떼를 쓰질 않나, 어쨌든 마음에 드는 구석이라고는 호탕한 성격 하나뿐인 괴팍한 형이었다.

"괜히 궁금하네. 보통 휴학을 하지 학교 자체를 그만두는 사람은 없는데. 안그래요?"

"뭐, 정 궁금하다면 알아봐주지."

민호 형이 휴대전화를 꺼내 버튼을 눌렀다. 심장이 벌렁거리기 시작했다. 그럴 필요는 없는데. 괜히 심기를 건드린 게 아닌가 싶었다. 형의 눈알 속에서 작고 큰 혈관들이 꿈틀대자 내 몸도 덩달아 달아올랐다. 코를 통해 뜨거운 공기가 빠져나가는 것이 느껴졌다. 뚜— 연결음이 들렸다.

"형, 어디다 전화 걸어요?"

"교학팀."

역시 특이한 형이었다. 어쩌면 예전에 군대에 있을 때 탈영을 계획하다가 동료의 고발로 상관에게 적발됐다는 그의 말이 허풍이 아닌지도 몰랐다. 이런저런 일들을 떠올리는 사이 형은 어느새 교학팀 직원과 이야기를 나누고 있었다.

"네, 네. 다름이 아니라 한 가지 여쭙고 싶은 게 있어서요. 사회학과 4학년 문채수 학생 말인데요. 왜 제적된 건가요? 실례가 되지 않는다면…."

이런 걸 과연 학생에게 가르쳐줄까. 그것도 다른 과 학생에게? 나는 그 무모한 행동을 비웃기라도 하듯 고개를 창문 쪽으로 돌려 미소 지었다. 그때 형의 외침이 방 안을 가득 메웠다.

"정말인가요?"

고개를 돌려 바라본 민호 형은 혼이 나간 듯 멍해 보였다. 네, 네. 성의 없이 대답하고는 서둘러 전화를 끊었다. 의아한 마음에 형의 얼굴을 뜯어보았다. 형은 죽음을 선고받은 사형수처럼 잠자코 고개를 숙이고 있었다.

"왜 그러고 있어요. 교학팀이 뭐라는데요?"

형은 그제야 내 존재를 기억해낸 듯 고개를 들었다. 입술이 바르르 떨리고 있었다. 형이 숨을 한 번 들이쉬더니 입술을 간신히 뗐다.

"사회학과 문채수, 죽었대. 두 달 전에."

목구멍에서 말이 튀어나오지 않았다. 아마 민호 형도 이런 기분이었을 것이다. 오싹한 기운에 사로잡힌 내가 침을 삼킨 다음 내뱉었다.

"말도 안 돼."

그 말을 끝으로 침묵이 우리를 감쌌다. 열기로 데워진 방이 습한 공기로 천천히 채워지기 시작했다. 뭐라고 설명할 수 없을 만큼 축축하고 끈적끈적했다. 그것은 휘발유가 잔뜩 발라진 올가미처럼 우리의 목덜미를 놓아주지 않았다.

나와 민호 형은 그렇게 한참을 마주 봤다. 영문을 모르겠다는 형의 눈빛은 아마 한동안 잊지 못하리라. 적어도 당시에는 그렇게 생각했었다.

그날 밤 나는 뜬눈으로 밤을 지새웠다. 눈을 붙이자마자 몰려오는 귀기가 나의 정신을 마비시키고, 공포에 물들게 했다. 아무래도 나와 같은 이름을 가진 학생이 불과 2개월 전 세상을 떠났다는 사실이 충격으로 다가왔던 것이다.

최대한 이성적으로 이 상황을 판단하기 위해 노력했다. 그렇게 하면 어느 정도 공포를 떨쳐낼 수 있으리라 생각했기 때문이다. 그렇지만 소용없었다. 나의 잠을 관장하는 신은 오늘 단단히 작정한 게 분명했다.

속으로 "괜찮아, 괜찮아" 주문을 외며 스스로에게 최면을 걸어 겨우 잠에 빠져들면 1분도 채 되지 않아 한 사내의 거대한 그림자가 꿈속에 출몰했다. 사내가 들고 있던 것이 무엇인지는 기억나지 않는다. 길쭉한 물건이었는데 쇠파이프인지 야구방망이인지는 분간할 길이 없었다. 그렇게 잠이 들었다 깨어나기를 수십 번 반복한 끝에야 설핏 잠이 들었다.

강의 시간 내내 어제 민호 형이 한 말이 나를 사정없이 흔들어댔다. 그것은 어느새 나의 목소리로 바뀐 채 일정한 간격을 두고 머릿속에서 재생됐다. 동기들 누구도 나의 그런 낌새를 눈치채지 못했다. 설령 나를 눈여겨봤더라도 그저 '쟤는 오늘따라 멍 때리고 있네' 하고 가볍게 넘겨버릴 게 분명했다.

어쩌다 목숨을 잃었을까?

혹시 어제 그 책에서 발견한 이름이 그 학생의 죽음과 연관이 있었던 걸까. 과대망상이라는 생각에 무의식적으로 고개를 흔들었다.

오전 강의가 끝나자마자 강의실을 뛰쳐나와 율곡관으로 발걸음을 재촉했다. 그 학생의 죽음에 대해 왜 이런 행동을 하는지 나 자신도 이해할 수 없었다. 그동안 하나씩 쌓여온 스트레스가 어제의 일로 역치를 넘어 제어할 수 없을 정도로 폭발해버린 것인지도 몰랐다.

또 다른 문채수가 두 달 전 사망했다. 그리고 그의 이름이 학교 도서관에 있는 수많은 책들 중 한 권에 쓰여 있었다. 만일 그에게 원한을 품은 누군가가 그 책을 빌렸고, 책을 읽던 중 내면에 용솟음치는 격렬한 살인 충동에 자신도 모르게 펜을 놀렸다면… 충분히 가능성 있는 가설이었다.

하지만 그전에 확인해둘 것이 있었다. 그 학생이 죽은 상황을 더 자세히 파악하고 싶었던 나는 사회학과 학생들이 강의를 듣는 율곡관으로 걸음을 서둘렀다. 10분쯤 지나자 입구가 보였다. 계단을 통해 올라간 뒤 세미나실이 있는 3층에서 복도로 빠져나갔다.

마침 화장실에서 한 여학생이 걸어 나왔다. 그녀의 어깨에 손을 올리자 엇, 소리를 내며 나에게서 떨어졌다. 그녀가 혐오스럽다는 표정으로 나를 노려봤다. 괜히 씻을 수 없는 죄를 지은 기분이 들었다.

"오해 마시고요. 문채수라고 혹시 아시나요? 사회학과 4학년인데."

"네?"

명치를 한 대 맞은 듯 여학생이 헉 소리를 냈다. 순간 불길한 생각이 머리를 스쳤다. 내가 머뭇거리자 그녀가 수상하다는 듯 나를 이리저리 뜯어보았다. 이왕 여기까지 온 김에 직설적으로 물어보기로 했다.

"문채수 씨가 두 달 전에 세상을 떠났다고 하더군요. 자세한 사정을 알아보고 싶어서요."

그녀는 꽤나 난감해하는 표정이었다. 어떻게 말을 이어나가야 할지 확신이 서지 않았다. 그렇다고 신문사 기자로 신분을 속이고 취재하는 비양심적인 행동은 할 수 없지 않은가.

다행히 그럴 필요는 없었다. 어떻게 할까 혼자서 머리를 굴리던 찰나 그녀가 입을 연 것이다. 자신을 사회학과 2학년이라고 소개한 여학생이 나긋하게 말했다.

"채수 선배는 살해당했어요."

살해라는 익숙하지 않은 단어가 잠시 나를 당황스럽게 했지만 곧 정신을 차리고 되물었다.

"살해? 어디서요?"

혀가 말라붙는 것만 같았다. 이제는 입안에 고인 침만으로 발음할 수밖에 없었다.

"선배는 별관 옆 골목에서 머리에 벽돌을 맞고 죽었어요."

"벽돌. 그럼 범인은 잡혔나요?"

"아니요. 경찰 아저씨들 말로는 분명히 범인이 건물 안에 있었는데… 벽돌을 떨어뜨린 다음에 계단으로 뛰어 내려와서 후문 쪽으로 빠져나갔대요."

그녀의 목소리가 떨려오자 내 가슴도 두근거리기 시작했다. 이런 메스꺼운 주제로 대화를 나눠본 적은 23년 인생 동안 한 번도 없었다.

"CCTV 같은 건 없었어요? 범인 얼굴이 찍혔을 거 아니에요."

"화질이 안 좋기도 했구 범인이 모자를 쓰기도 했구. 어쨌든 경찰 아저씨들도 누군지 못 밝혀냈대요."

그때의 기억이 파편처럼 되살아났는지 여학생이 몸을 파르르 떨었다. 어느새 붉게 물든 그녀의 뺨이 가슴속에 남아 있던 눈덩이를 녹여주는 듯했다. 나는 사례로 밀크커피 한 컵을 그녀의 손에 쥐어준 다음 그곳을 빠져나왔다.

겨울 방학을 사흘 앞둔 어느 날 벌어진 사건이었다. 과도 다르고 건물도 꽤나 떨어져 있었기에 나를 포함한 우리 과 학생들은 이 사건에 대해 전혀 모르고 있었다. 물론 사회학과에 다니는 친구를 통해 전해 들은 동기도 있었겠지만, 곧바로 방학이 시작됐기 때문에 내 귀에까지는 들어오지 않았던 것이다. 대학 측에서도 굳이 이 사건을 떠들썩하게 외부에 공개하는 것은 원치 않았을 거다.

경찰은 아직 수사를 하고 있을까?

두 달 동안의 수사에도 범인을 잡지 못했다면 앞으로도 검거하기 어려울 것이다. 이대로 경찰서로 달려가 문제의 책을 보여준다면…. 나는 고개를 저었다. 어쩌면 그 사건과는 아무 관련이 없을지도 몰랐다. 오히려 경찰이 사건과 상관없는 나를 붙들고 마구 흔들어댈 것만 같았다.

세상을 살아가는 데 있어 무관심이 중요하다는 말이 있다. 우리나라만 해도 하루에 수백 명이 이런저런 이유로 목숨을 잃는다. 살인도 일어난다. 나와 이름이 같은 학생의 죽음이라고 해서 특별하게 취급할 필요는 없었다. 그러나 나는 쉽사리 미련을 떨쳐내지 못했다. 미련, 집착. 뭐든지 그것이 문제였다.

그래, 일단 책을 건네주기만 하자. 그다음은 경찰들 마음이다.

고민하던 나는 기숙사로 돌아가 책을 집은 다음 택시에 올랐다. 정의를 위해서, 그리고 고뇌를 한시라도 빨리 털어내기 위해서 험난한 여정을 떠나기로 결심한 것이다.

춘천경찰서는 낮부터 사람들로 붐볐다. 이 아늑한 도시에 수십 명의 범죄자들이 오랜만에 집회라도 가지는 모양이었다. 유치장에는 온몸이 멍투성이인 젊은 사내가 마치 인도 사람처럼 손으로 밥을 퍼먹고 있었다. 앞으로 나아갈수록 악취가 풍겨왔다. 다양한 사람들의 체취가 뒤죽박죽 혼합되어 기묘한 냄새로 둔갑한 것이다. 어디로 가야 할지 몰라 두리번거리던 그때, 걸걸한 목소리가 귀에 꽂혔다.

"학생."

돌아보니 땅딸막한 체구의 경찰이 나를 의아하다는 듯 보고 있었다. 고개를 살짝 숙여 인사하니 그가 나에게 다가왔다.

"누구 찾는 사람 있니?"

"아니요, 얼마 전에 일어났던 사건 때문에요. 살인사건."

"살인사건?"

마치 그런 단어는 지금껏 들어본 적이 없다는 투로 그가 되물었다. 어이, 살인은 그쪽 전공 아닙니까. 볼에다가 공기를 빽빽 불어대고 있는 그가 이 공간과 어울리지 않아 보였다. 그가 잠깐 두리번거리다가 손가락으로 오른편을 가리켰다.

"저쪽에 가봐. 저기 갈색 머리 형사님한테."

손가락 끝이 가리키는 풍경 속에는 한 사내밖에 보이지 않았다. 그의 머리카락은 갈색보다는 남색 계열에 가까웠지만 토를 달지 않고 그에게 다가갔다.

소위 갈색 머리 형사는 대국하는 프로기사처럼 날렵한 손동작으로 책상 위를 정리하고 있었다. 수많은 서류철들이 흑백의 바둑알이 된 마냥 그들이 있어야 할 위치로 옮겨졌다. 어떻게 말을 걸어야 할지 몰라 바둑알처럼 꼼짝 않고 있자 그가 낌새를 차린 듯 돌아봤다. 그가 풍기는 위압적인 분위기에 나도 모르게 말을 더듬었다.

"아… 안녕하세요."

"무슨 일이시죠?"

"두 달쯤 전에 한국대학교에서 일어난 살인사건으로 찾아왔는데요."

"기자분이신가요?"

그가 자리에서 벌떡 일어났다. 금세 얼굴이 창백하게 변했다. 나는 괜히 멋쩍어져서 머리를 긁으며 한 발짝 물러섰다.

"아니요, 전 그 학교 학생이에요. 그 사건 수사 이 경찰서에서 맡고 있는 거 맞죠?"

그의 얼굴에 혈색이 감돌기 시작했다. 기자에 대한 일종의 거부감이나 알레르기가 있어 보였다. 형사는 다시 자리에 걸터앉으며 셔츠 맨 위의 단추를 풀었다.

"네, 강력범죄 1팀 형사 김진욱입니다. 제가 그 사건 담당인데 학생은 어떻게 찾아왔죠?"

나는 문제의 이름이 적힌 페이지가 잘 보이도록 책을 활짝 펼쳐놓았다. 형사가 잠깐 당황한 듯 돌아봤지만 곧 책을 주시했다. 비뚜름하게 적힌 이름이 이목을 끌었는지 한참을 뚫어져라 보더니 책장을 앞뒤로 넘겨댔다. 기침을 하고 싶었지만 워낙 무거운 분위기여서 목을 풀 수 없었다. 잠시 후 그가 입을 열었다.

"이게 뭐죠?"

"도서관에서 우연히 발견했어요. 누가 적었는지 모르겠지만요."

부드럽던 눈빛이 금세 사냥개의 그것으로 변했다. 이러다 종이까지 씹어 먹는 게 아닌가 싶을 정도로 그의 눈은 열정으로 불타오르기 시작했다. 불과 몇 분 만에. 둘 사이에 자리 잡은 잠깐의 침묵이 한없이 길게만 느껴졌다.

집중하는 그를 보고 있자니 가슴 한구석이 답답해졌다. 숨을 돌리고 싶어 그에게서 시선을 거두고 경찰서 내부를 휙 둘러보았다. 동시에 지금까지는 들리지 않던 갖가지 소음이 귓가를 괴롭히기 시작했다. 빗발치는 전화벨, 고함 소리, 술주정꾼의 칭얼대는 소리, 문이 열리는 소리, 방귀 소리, 바람 소리, 컵을 내려놓는 소리. 도저히 정신을 차릴 수 없었다. 익숙하지 않은 장소에 들어온 탓이리라. 그때 누군가 내 어깨에 손을 올렸다. 돌아보니 형사였다. 그가 심각한 어조로 말했다.

"확실히 미심쩍군요. 이걸 언제 발견하셨죠?"

"어제요."

그가 인상을 찌푸렸다.

"어제라. 학생은 평소에 문채수 학생을 알고 있었습니까?"

"사실 알고 있었던 건 아니에요. 다만 제 이름과 똑같아서 호기심에 조사해보다가."

"잠깐만. 학생 이름과 같다니 무슨 소립니까?"

내 말을 끊고 그가 끼어들었다. 나는 어제부터 오늘에 이르기까지의 상황을 모두 설명했다. 이야기를 마치자 그가 눈을 내리깔았다. 굳은살이 단단하게 박인 굵은 손가락으로 관자놀이를 탁탁 두드리더니 눈을 치켜떴다.

"어쩌면 이건 중대한 의미를 지닌 단서가 될지도 모르겠군요. 이 책 말인데요, 당분간 저희한테 맡겨주시면 안 될까요?"

"물론이죠."

대출 기한 안에 돌려받을 수 있을지 궁금했지만, 그의 표정이 워낙 엄숙했기에 더 이상 묻지 않기로 했다.

"조만간 다시 연락드리겠습니다."

그가 연락처를 조그마한 수첩에 받아 적는 것을 보고 나서야 한결 마음이 가벼워졌다. 나는 후덥지근한 열기를 뒤로한 채 경찰서를 빠져나왔다.

틀림없이 경찰이라면 도서관 정보 열람을 통해서 지금까지 책을 대출했던 사람들의 명단을 구할 수 있으리라. 그 사람들 중에 이번 사건의 범인이 있지 않을까? 수사는 마침내 올바른 궤적을 그릴 것이다. 그 책을 대출한 사람들 중 피해자와 연관이 있는 사람은 극소수일 것이 분명하다. 사소한 실수가 범인의 발목을 붙잡게 된 셈이었다.

"그러게 누가 책에다 함부로 증거를 남겨놓으래."

기분이 좋아져 어느새 콧노래를 흥얼거리기 시작했다. 어찌 되었든 잘된 일이었다. 지금은 고인이 되어버린, 나와 이름이 같은 그 학생도 하늘에서 나를 향해 고맙다, 라며 따뜻한 미소를 짓고 있을 거라는 생각에 뿌듯해졌다.

어제 그 도서관에 간 것, 《롤리타》를 집어든 것, 200쪽이 넘게 집중해서 읽은 것, 어쩌면 모두 운명이 아니었을까. 운명이란 거창한 말을 이번 일에 갖다 붙이기는 쑥스럽지만, 어제와 오늘 일어난 일들을 설명하기 위해서는 별다른 수가 없었다.

택시를 잡기 위해 도로변으로 다가섰다. 활시위를 떠난 화살처럼 수많은 차들이 굉음을 내며 달렸다. 천둥소리와 구분조차 안 될 만큼 거센 바람이 내 머리카락을 쥐고 흔들어댔다. 바람을 등지기 위해 몸을 오른쪽으로 틀자 그나마 나아졌다.

그때였다. 저 멀리 한 사내가 눈에 들어온 것은. 슈퍼마켓 옆의 전봇대에 기대고 서 있는 그는 마치 커다란 납덩어리를 사지에 매달고 있는 듯 온몸이 무거워 보였다. 그가 걸치고 있는 선글라스, 마스크, 모자 이 모든 것들이 마치 '나는 수상한 사람이니까 조심하세요'라고 외치는 듯했다.

어떻게 반응해야 좋을지 몰랐다. 너무도 빤히 날 쳐다보고 있어 시선을 피하기도 민망했다. 그자는 눈사람처럼 자리를 계속 지키고 있었다. 우리는 들판의 맹수로 변해 좀처럼 서로에게서 눈을 떼지 않았다. 제대로 숨조차 쉴 수 없었다.

뭐 하는 사람이지?

좀 더 확실히 눈에 담기 위해 눈을 치켜떴다. 어딘지 익숙한 얼굴이었다. 고개를 갸웃하며 앞으로 한 발짝 내딛는 그 순간 누군가 내 이름을 불렀다.

"문채수!"

화들짝 놀라 돌아보니 정협이 형이었다. 거무튀튀한 얼굴과 그것을 덮어주는 들쭉날쭉한 검은 머리카락이 눈에 띄었다. 본과 4학년 선배들이 임상실습 강의 때문에 춘천에 2주 동안 머무른다는 소식은 이미 전해 들었다.

"형, 이런 곳에 웬일이세요?"

방금 전의 사내가 신경 쓰였지만 쉽사리 돌아볼 수 없었다. 상대는 동문회에서도 무섭기로 유명한 선배였다.

"아, 후배들하고 밥약 있어서. 넌 여기서 뭐 하냐? 생뚱맞게."

적당히 둘러대고 싶었지만 마땅한 이유가 생각나지 않았다. 경찰서 다녀오는 길이라고 말하면 왠지 귀찮은 일이 일어날 것만 같은 불길한 예감이 들었기 때문이다. 입맛을 쩝쩝 다시고 있자 형도 답답한지 눈썹을 찡그렸다. 그러더니 금세 인상을 풀고 사람 좋아 보이는 웃음을 지었다.

"뭐, 여튼 다음 모임 때 보자. 올 거지?"

"네, 당연하죠."

눈을 깜빡이며 대답하자 형은 알았다는 듯 가볍게 고개를 까딱하고는 횡단보도를 건너기 시작했다. 멀어져가는 정협이 형의 뒷모습을 멍하게 바라보던 그때 방금 전의 사내가 떠올랐다. 급하게 고개를 돌려 골목을 더듬어봤지만 보이지 않았다. 전봇대 옆에도, 슈퍼마켓 주변에도 그자의 자취는 남아 있지 않았다. 골목으로 쫓아 들어가고 싶었지만 그럴 수 없었다. 오후 강의를 들으려면 학교로 돌아가야 했다.

택시를 타고 학교로 들어가던 중 이상한 낌새를 느끼고 등에 손을 갖다 댔다. 흠뻑 젖어 있었다. 영하 2도의 날씨에 이렇게 많은 양의 땀이 어디서 흘러나온 것일까. 알 수 없었다. 아니, 아니다. 방금 전 마주 보았던 그자의 흔적이 이렇게 남아 있었던 것이다. 역시 그는 실재했다.

기숙사로 뛰어올라가 옷을 벗어버리고는 세찬 물줄기를 온몸에 뿌려댔다. 뭐라고 설명할 수 없는 쾌감이 가슴, 등짝, 허벅지 곳곳에서 느껴졌다. 묘한 느낌이었다. 전혀 예상치 못한 장소에서 흥분한 나는 쉽게 샤워실을 나올 수 없었다. 꽤 긴 시간 동안 그곳에서 물줄기와 함께 춤을 추고 난 뒤에야 뒷걸음질 치며 나왔다.

　복도를 지나 방으로 들어갔을 때 민호 형은 그곳에 없었다. 시간표상으로는 오후 강의가 없기 때문에 지금쯤은 방에 있어야만 했다. 아마도 친구들과 점심을 먹으러 간 모양이었다. 잽싸게 셔츠를 맨살에 걸친 뒤 의학관으로 뛰어갔다. 시간에 맞춰 도착했을 때 온몸은 땀으로 젖어 있었다.

　"재수 더럽게 없네."

　투덜대며 자리에 앉자 교수님께서 들어오셨다. 마음 같아서는 축축하게 젖은 땀샘을 도려내서 휴지통에 툭 던져버리고 싶었다.

　그날 이후로 한동안 사건에 대해서는 생각하지 않았다. 처음에는 일종의 책임감이랄까, 끝까지 관심을 가지고 지켜봐야 한다는 생각도 들었지만, 나머지는 경찰의 몫으로 생각했기에 따로 연락을 취하지는 않았다. 물론 경찰 쪽에서도 나에게 아무런 연락이 없었다.

　뭐, 어떻게든 되겠지.

　가끔 열병에 시달리는 그 학생의 모습이 악몽처럼 떠오르기는 했지만 나와는 더 이상 관계없다고 마음속에 선을 긋자 점차 사그라졌다. 그와 동시에 한때 느꼈던 책임감도 수면 아래로 가라앉았다.

　오늘은 연희와 데이트가 있는 날이었다. 서울에서 학교를 다니는 연희가 오랜만에 춘천으로 놀러 온다는 말에 강의가 끝나자마자 몸단장을 하고 병원에서 기다리는 중이었다.

　열차를 타도 두 시간 반. 매일같이 6시에 강의가 끝나기 때문에 평일 저녁에는 만날 엄두도 내지 못한다. 오늘 같은 주말이 아니고서는 그녀의 수줍어하는 목소리를 들을 수 있는 방법은 오직 전화뿐이다.

작년 크리스마스 때 선물 받은 하얀색 목도리를 목에 두르자 영락없는 부잣집 도련님이었다. 회전문에 비친 모습을 그렇게 품평하며 시간을 때우던 그때, 옆에서 보드라운 인형이 품속으로 파고들었다. 마치 커피를 온몸에다 부어버린 것처럼 셔츠가 따뜻해졌다.

그래, 이거야.

나도 모르게 음흉한 생각이 파고들었다. 이 순간 연희가 내 마음속을 꿰뚫어 볼 수 있다면 가녀린 손가락으로 내 눈을 콕 찔러버릴 게 분명했다.

"오빠, 뭐 하고 지냈어?"

그녀는 나를 놓아줄 생각이 없는 것 같았다. 나를 양팔로 꼭 껴안은 채 이것저것 물었다. 강의는 지루하지 않은지, 어머니와 싸웠던 일은 잘 해결되었는지, 군대에 간 동생 휴가는 같이 잘 보냈는지. 우리는 서로의 체온을 피부로 느끼며 이야기를 이어나갔다.

불과 몇 분 만에 주변의 모든 것들이 다르게 보이기 시작했다. 꽃샘추위란 것은 없다. 황홀감이 턱밑까지 차올라 숨이 막힌 내가 그녀를 살짝 떨어뜨리자 서운함을 머금은 눈망울이 흔들렸다. 그녀의 손에 내 손을 천천히 포갠 뒤 꼭 잡았다. 우리는 레스토랑이 있는 시내로 향했다. 식사를 하며 그녀가 조심스럽게 물었다.

"오빠, 저번에 드라마 쓴 거 어떻게 됐어? 뭐더라, 작품 이름이."

"유니콘의 비상."

"맞다, 그거. 피디한테 연락 왔어?"

미소를 머금고 조용히 고개를 저었다. 티내지 않으려 했지만 그녀의 눈에는 쓸쓸한 미소로 비쳤으리라. 전공은 의학과지만 언제나 방송작가의 꿈을 꾼다. 지금까지 지상파 케이블 가리지 않고 대본을 써서 보내봤지만 결과는 꽝이었다. 여름방학 내내 써서 공모했던 〈유니콘의 비상〉이 최종심에 진출했다는 연락을 받았지만 결국 당선되지 못했다.

살인마의 아들로 태어나 온갖 비행을 저지르던 창기가 자신의 누나와 맺어지는 애잔하고도 아름다운 이야기는 최근까지도 내 머릿속을 마구 어지럽혀놓았다. 작품 속에 등장하는 물결. 성에 대한 욕망과 그로 인한 죄책감이 빚어내던 색정의 물결은 내가 한동안 현실에 발붙이지 못할 정도로 강렬했다.

이렇게 작가가 되는 것이다. 스스로가 창조해낸 인물에 동화되어 절망도 느껴보고 살인 충동도 느끼며 인간이라는 미스터리한 존재에 한 걸음씩 다가가는 것이다. 어느새 지난 수년간의 일들이 새벽에 틀어놓은 라디오처럼 머릿속에서 흘러갔다.

"오랜만에 산책 어때?"

"좋아."

그녀가 생긋 웃었다. 아파트 단지가 멀리 건너편에 내다보이는 강가에 서서 우리는 살결을 맞대고 풀밭에 앉았다. 이보다 더 달콤한 저녁을 언제 또 맛볼 수 있을까. 어둠이 밀려올수록 바람은 차가워지기는커녕 온기를 더해주었다. 그것은 영원한 안식을 맞고 싶은 듯 우리를 감싼 채 떠나가지 않았다.

마음 같아서는 연희를 새벽까지 붙잡아두고 싶었지만 그녀는 내일 아침 일정이 있었다. 막차를 놓치지 않기 위해 역까지 전력을 다해 달린 우리는 역 앞에서 다음 만남을 기약할 수밖에 없었다. 에스컬레이터를 탄 채 천천히 하늘로 떠오르는 그녀가 나를 향해 천사와도 같은 미소를 보내고는 뒤돌아섰다.

뜻하지 않은 사건이 일어난 것은 직후였다. 멀어져가는 그녀를 아늑하게 바라보던 그때 불길한 소음이 고막을 찢을 듯 울려 퍼졌다. 소리가 나는 방향으로 고개를 돌리자 커다란 오토바이가 나를 향해 달려오고 있었다.

생각할 겨를이 없었다. 재빨리 몸을 왼쪽으로 날렸다. 곧 옆구리에 통증이 몰려왔다. 나도 모르게 분노에 가득 찬 고함을 내질렀다.

"이 미친 새끼야!"

그자가 힐끗 돌아보더니 브레이크를 밟았다. 오토바이는 굉음을 내지르며 10미터 정도 미끄러지더니 멈춰 섰다. 귀머거리는 아닌 모양이었다. 기겁한 가슴을 진정시키고 바닥을 짚고 일어섰다. 나는 오토바이를 향해 천천히 다가갔다.

"상대방 입장도 생각해야죠. 제가 뼈라도 부러졌으면 어쩌려고 그랬어요?"

나를 가만히 응시하고 있는 그자를 향해 구시렁거리며 걸어갔다. 주변에 사람이라고는 버스 정류장에 앉아 꾸벅꾸벅 졸고 있는 할머니 한 명뿐이었다.

마음 같아서는 사정없이 패고 싶었지만 그럴 수는 없었다. 침착하자, 침착하자. 속으로 주문을 외웠다. 주먹이 먼저 나가는 순간 나의 패배다. 끓어오르는 증오의 감정을 누그러뜨리기 위해 규칙적으로 호흡을 가다듬던 그때 믿을 수 없는 광경이 눈앞에 펼쳐졌다.

그자가 다시 나를 향해 돌진해오고 있었다. 생존의 위협을 느낀다는 말은 이럴 때 쓰는 걸까. 손을 번쩍 들고 멈추라는 신호를 보냈지만 소용없었다. 어느새 간격은 5미터로 좁혀졌다.

나는 이제 선택의 기로에 놓였다. 오른쪽이냐 왼쪽이냐. 아니면 가만히 서 있는가. 세 가지 선택지 중 어느 것을 고르냐에 따라 평생을 반신불수로 살 것인지가 결정되는 셈이었다.

　오랜 시간, 아니 대략 0.5초간 고민한 끝에 될 대로 되라는 심정으로 오른쪽으로 몸을 힘껏 날렸다. 퍽 소리를 내며 콘크리트 바닥에 머리를 부딪치자 뇌졸중이 온 듯 머리가 띵해졌다. 뇌에 혈류를 공급하는 혈관 중 몇 개가 막혀버린 느낌이었다. 이대로 있으면 끝장날 것 같아 몸을 일으키려 했지만 애처롭게도 몸이 따라주지 않았다.

　"이봐요!"

　누군가의 다급한 목소리가 들렸다. 눈을 뜨니 이마에 주름이 자글자글한 할머니가 내 곁에 다가와 있었다.

　"빨리 경찰 좀 불러줘요, 할머니."

　입 밖으로 소리가 튀어나오지 않았다. 방금 전의 충격으로 실어증에 걸린 게 아닐까 하는 생각이 들었다. 가까이에서는 여전히 엔진소리가 들려왔다.

　"빨리요! 가만히 있으면 할머니도 저 새끼한테 치인다고요!"

　또다시 입안에서만 맴돌았다. 어쩌면 실어증이 아니라 성대 옆을 주행하는 후두 신경에 마비가 온 것인지도 몰랐다. 곁에서 할머니의 목소리가 들려왔지만 분명하게 알아들을 수 없었다. 할머니가 내 팔을 만지작거렸다. 느낌이 이상했다. 점차 의식이 흐려졌다. 엔진소리는 어느새 멀어져가고 있었다.

　다시 눈을 떴을 때는 도로변에 택시 두 대가 서 있었다. 누가 옮겨놨는지 나는 도로 맨 구석 보도에 누워 있었다. 할머니는 어디로 가버렸는지 보이지 않았다.

　잠깐만. 조급한 마음에 서둘러 눈을 내리깔고 다리와 발목을 꼼꼼히 살핀 다음 팔을 만지작거렸다. 다행히 상처는 없었다. 오토바이에 눌려 절단됐을지 모른다는 불안감도 시간이 흐르자 사라졌다. 겨우 몸을 추스르고 일어선 그때, 전화벨이 울렸다. 여전히 귓가에는 불규칙한 엔진소리가 맴돌았지만 정신을 차리고 전화를 받았다. 익숙한 저음의 목소리가 흘러나왔다.

"문채수 씨, 잘 지내셨습니까?"

그 형사였다. 방금 죽을 뻔했네요, 라고 말하려다 내색하지 않기로 했다.

"그저 그렇죠. 형사님께선 수사 잘돼가시나요?"

"기간을 1년 이내로 잡고 대출자 명단을 도서관 측에서 넘겨받았는데 여섯 명밖에 없더군요."

"생각보다 별로 없네요. 그중 용의자가 될 만한 사람이 있던가요?"

말을 길게 하다 보니 명치와 가슴 부근에 통증이 치밀어 올라왔다. 평범한 통증은 아니었다. 이럴 때 연희가 옆에 있다면 좋았을걸. 하지만 그녀가 이번 일을 알아서 좋을 것은 없었다.

얼마 전 영화에서 보았던 판다가 가슴속에서 쿵쾅거리며 뛰어노는 듯했다. 누군가 흉골을 따라 피부를 절개한 다음 넣어뒀다고 해도 믿을 지경이었다.

— 이럴 땐 심장 리듬의 형태를 파악한 다음 제세동을 할지 결정해야 돼. 일반적으로 심실세동이 가장 흔한 원인이지.

어저께 들었던 응급의학과 교수님의 쉰 목소리가 긴 파장을 그리며 머릿속을 울렸다. 형사의 목소리가 날카롭게 파고들었다.

"채수 씨, 듣고 있습니까? 채수 씨."

다급한 목소리에 재빨리 정신을 차렸다. 가슴에 퍼진 통증이 순간 나의 의식까지 마비시킨 듯했다.

"네, 잠깐 딴 생각을 하느라. 그래서 용의자는 어떻게 됐죠?"

그가 숨을 고르더니 조심스럽게 말을 꺼냈다. 전과는 달리 신중함이 묻어났다.

"한 가지 놀라운 사실을 발견했습니다. 그래서 연락을 드린 겁니다."

"놀라운 사실요?"

방금 전 내가 겪은 일보다 놀랍지는 않을 거라고 혼자 되뇌었다. 어느새 심장의 고동소리가 두 배 세 배 증폭해갔다. 파충류가 곤충을 삼키듯 소리가 내 육체는 물론이고 정신까지 삼켜버릴 것만 같았다. 이러다 길바닥에 쓰러지는 것이 아닐까 하고 거리를 둘러보았지만 유감스럽게도 내가 몸을 눕힐 곳은 어디에도 없었다.

"혹시 박민호 씨 아십니까?"

순간 귀를 의심했다. 어디선가 들어본 이름이었기 때문이다. 야구선수였던가. 아니지, 그건 강민호고. 그럼 박민호는 누굴까. 갈피를 잡지 못하고 있자 전화 너머로 헛기침 소리가 들려왔다. 그제야 깨달았다. 박민호는 다름 아닌 룸메이트 형이었던 것이다.

"아, 알아요. 그런데 왜요?"

"대출자 명단에 그분이 있더군요. 명단에 있던 학생들의 신상정보를 조사하던 중 박민호 씨가 현재 채수 씨와 같은 방을 쓰고 있다는 것을 알아냈습니다."

"그래서 그 형이 용의자라도 된다는 건가요?"

"네."

단호한 말투에서 강한 신념이 느껴졌다. 도무지 그의 진의를 파악할 수가 없었다. 형사는 진심으로 범인이 민호 형이라고 생각하는 걸까.

"박민호 씨랑 알게 된 지 얼마나 됐죠? 그 사람도 책을 빌렸다는 걸 채수 씨는 알고 계셨습니까? 저희가 조회해본 결과 2021년 1월 19일이었습니다. 살인사건이 일어나고 3주가 지난 후죠."

스르륵 눈이 감겼다. 불안감을 조장하는 어투에 가슴에 진 응어리가 마그마로 변해 바깥으로 세차게 분출될 것만 같았다.

"잠깐만요. 하나씩 말해줘요. 음, 민호 형과는 한 달 전에 처음 만났어요. 개강하는 날이었죠."

"잘 생각해보시죠. 분명히 박민호란 사람은 당신의 오래된 기억 속 어딘가에 남아 있을 겁니다."

형사가 목에 바짝 힘을 주고 말했다. 하지만 나는 그의 말에 동의할 수 없었다. 민호 형은 경영학과 3학년에 재학 중으로 나와 전공도 다르고 이번 학기에 처음 알게 된 사이였다. 우리 둘은 기숙사 배정 전에는 서로의 존재조차 알지 못했다.

"글쎄요, 아무리 생각해도 말이 안 되는데요."

"그럼 내가 장난이라도 치고 있단 겁니까?"

그가 기분 나쁘다는 듯 호통 쳤지만 나로서는 당황스럽기만 했다.

"그 형은 사회학과에 문채수가 있다는 것도 모르고 있었어요. 그건 제가 보증합니다."

지난번 그 충격의 날에 있었던 일을 모두 형사에게 털어놓았다. 형사는 나의 말을 듣더니 코웃음 치며 빈정댔다.

"채수 씨의 착각이었을 수도 있고 교묘한 연기였을 수도 있죠."

뭐라고 말해야 할지 감이 잡히지 않았다. 그는 짓궂은 피에로 인형처럼 거슬리는 목소리로 계속해서 내 신경을 긁어댔다. 그가 옳다는 것을 억지로 인정한 후에야 나는 그의 손아귀에서 벗어날 수 있었다.

"조심하십시오."

그가 통화를 끝내기 전 마지막으로 내뱉었다. 조심하라니 무엇을 말인가. 민호 형이 오늘 밤 도끼라도 들고 기숙사에서 나를 기다리기라도 한다는 뜻인가.

뭐 어쩌라고.

분명 민호 형은 내가 들고 온《롤리타》를 보고도 별다른 반응을 보이지 않았다. 하지만 그것은 나라도 마찬가지였을 거다. 그런 야릇한 내용의 소설을 이전에 빌려 봤었다는 사실을 공유할 필요는 없으니까 말이다.

기숙사에 도착했을 때 민호 형은 인터넷 체스를 두고 있었다. 왠지 모를 극적인 분위기가 연출되었다. 방금 전 형사에게 용의자로 지목된 자와 범생이 룸메이트의 운명적인 조우. 희극적이다 못해 우습기까지 했다. 터져 나오려는 웃음을 꾹 누른 채 옷을 벗어던지며 가볍게 던져보았다.

"형도《롤리타》읽어봤죠? 저번에 제가 보여드린 책 말예요."

마음 한구석에서 독버섯처럼 피어나는 조그마한 의혹들을 누그러뜨리기 위해서는 이 방법뿐이었다.

"아니, 내가 평소에 책 읽는 거 봤냐?"

순간 망치로 뒤통수를 한 대 맞은 기분이었다. 가슴이 벌렁거리기 시작했다. 형은 턱을 괴고는 아무렇지 않은 듯 체스에 집중하고 있었다.

— 교묘한 연기였을 수도 있죠.

형사의 말이 떠올랐다. 왜 형은 사실대로 말하지 않은 걸까. 자신이 그 이름을 적었다는 오해를 받지 않기 위해서 그랬을지도 모른다. 하지만 그의 사소한 거짓말은 나를 의혹의 구렁텅이 속으로 조금씩 몰아붙였다.

― 조심하십시오.

형사의 마지막 말이 뇌리에 깊이 박힌 채 계속해서 나를 흔들었다. 민호 형은 여전히 체스에서 헤어 나오지 못했다. 아직도 승부가 날 기미는 보이지 않았다. 형의 퀸이 대각선을 가로질러 상대의 나이트를 밀어냈다.

나는 전등을 끄고는 침대에 가지런히 몸을 눕혔다. 곧 동굴과도 같은 어둠이 찾아왔다. 얼마나 시간이 지났을까. 갑작스레 스며든 냉기에 잠들어 있던 의식이 깨어났다.

'제발 창문 좀 닫아줘, 제발!'

수십 번 속으로 외쳐봤지만 소용없었다. 마치 우물 속에 갇힌 듯한 기분이었다. 머리 위로는 나뭇잎이 떨어지고 발은 물에 잠겨 있다. 신발은 물론이고 양말도 젖어 있다. 발은 이미 얼어붙은 듯 감각이 느껴지지 않는다. 코에서는 피가 흘러나온다. 이틀 전 방구석에서 본 불개미가 어느새 기어들어가 점막을 찢어 놓은 모양이다. 깜깜해서 흘러나오는 것이 혈액인지 콧물인지는 정확하게 알 수 없다.

어쨌든 지금의 상황을 한마디로 요약하자면, 미쳐서 돌아버릴 것만 같았다. 하지만 눈이 떠지지 않았다. 뜨려고 할수록 눈알이 바깥으로 튀어나올 것만 같았다. 안구를 지탱하는 미세한 근육들이 끊어질지도 모른다는 두려움이 엄습해 왔다. 잠시 후 어디선가 휘익 하고 휘파람 소리가 들려왔다. 그와 동시에 두 눈을 가로막고 있던 장막이 벗겨졌다.

혹시 꿈을 꾸고 있는 건가?

익숙한 장소는 아니었다. 밤마다 숱하게 지나다니던 가로수 길은 아니었다. 칠흑과도 같은 어둠만이 있을 뿐이었다. 물론 그렇게 착각하고 있는지도 몰랐다. 이곳은… 이제야 떠올랐다. 기숙사였다. 꿈이 아니었다. 내가 바라보고 있는 것은 오래된 벽지로 덮인 천장이었다. 창문으로 새어 들어온 부드러운 달빛이 기괴한 무늬를 형성하고 있었다.

또다시 휘파람 소리가 들려왔다. 그것도 아주 가까운 곳에서. 섬뜩한 생각이 나를 놓아주지 않았다. 슬쩍 고개를 돌려보려 했지만 그럴 수 없었다. 누군가 나를 노려보고 있다는 확신이 들었기 때문이다. 평소라면 가볍게 무시했겠지만 이번만큼은 달랐다.

그것은 갯벌에 몸을 파묻은 채 고개를 내밀고 있는 야생동물처럼, 선선한 바다 향기를 풍기며 곁에 자리하고 있었다. 휘파람 소리는 얼마 지나지 않아 멈췄다.

새벽 5시 30분쯤 몸을 일으켜 침대에서 내려온 나는 대충 얼굴만 헹군 다음 기숙사를 뛰쳐나왔다. 어젯밤의 모든 일들이 환상이라고 말하듯 민호 형은 언제나처럼 코를 골고 있었다.

얼어붙은 거리를 썰매 타듯 미끄러져 도착한 곳은 경찰서였다. 이 시간에도 경찰이 근무할지 의구심이 들었지만 밤을 환하게 밝힌 등불이 그런 기우를 씻어주었다. 형사는 요즘 이렇다 할 사건이 없는지 책상에다 발을 올린 채 월간 스포츠 잡지를 읽고 있었다.

"형사님."

헉 소리를 내며 형사가 몸을 들썩였다. 아무래도 시간이 시간인지라 단잠에 빠져 있던 모양이다. 내가 다짜고짜 말을 이어갔다.

"어제 말씀하신 명단 좀 보여주세요. 직접 보고 싶어요."

형사가 물끄러미 나를 쳐다보더니 일말의 망설임도 없이 서랍으로 손을 뻗어 휘저었다. 어느새 졸린 기색은 전혀 보이지 않았다.

조그마한 표로 채워진 종이가 두 번째 서랍에서 튀어나왔다. 그에게서 가로 채어 펼쳐보았다. 어제 들은 대로 2020년 3월부터 2021년 3월까지 《롤리타》를 대출한 학생은 여섯 명뿐이었다. 이수민, 오현동, 김미도, 박민호, 은지승, 문채수. 그리고 이 가운데 내가 아는 사람은 박민호뿐이었다.

"어떻게 이 형이 제 룸메이트라는 걸 알았죠?"

어제는 물어보지 못했던 부분이었다. 형사가 모니터에 창을 띄우더니 뭔가를 입력했다. 그러자 사진과 표 비슷한 것들이 한꺼번에 화면을 뒤덮었다. 아마 신상명세서가 이런 형태일 거라고 막연히 추측했다.

"여기 보십시오."

형사가 마우스를 이리저리 움직이다가 한 사진에 커서를 고정했다. 풍성한 머리숱에 무스를 발라 고정시키고 목이 길쭉한 남자였다. 상당히 훈훈한 외모였다.

"이게 누구죠?"

"박민호 씨 아닙니까. 채수 씨도 아직 잠에서 못 깨어나셨군요."

형사가 킥킥 웃어댔다. 머리가 띵해지는 바람에 잠깐 몸을 휘청거린 나는 눈을 비비고 다시 모니터를 들여다봤다. 사진 옆에 대문짝만 하게 걸린 '박민호-경영학과'라는 문구가 나를 숨죽이게 만들었다. 그 아래에는 거주지가 나와 있었는데 신관 기숙사 201호였다.

믿을 수 없게도 내 방이었다. 즉 이 사진 속의 남자는 박민호였다. 나도 모르게 가슴 밑바닥에서 고함이 튀어나왔다.

"이건 박민호가 아니에요!"

형사의 얼굴에 웃음기가 싹 걷혔다. 그가 나를 돌아보더니 다시 모니터로 눈길을 돌렸다.

"채수 씨, 무슨 말입니까?"

"이건 제 룸메이트 형이 아니에요. 사진 속 남자는 박민호 형이 아니란 말이에요."

그가 기묘한 표정을 짓더니 허탈한 웃음소리를 냈다.

"그럼 이들 중 아는 사람이 있습니까?"

화면에 나온 사람들은 《롤리타》를 대출한 여섯 명, 아니 나를 제외하고 다섯 명이었다. 그중 여자가 셋, 남자가 둘이었는데 일면식도 없는 사람들이었다.

"아니요. 그런데 이 사진들은 어떻게 구했죠?"

"대출 담당하신 분께 정보를 받아왔죠. 아마 학생증 사진일 겁니다."

"정말 말도 안 되는데."

형사의 눈에 호기심이 번뜩였다.

"만약 채수 씨의 말이 사실이라면 이건 정말 미심쩍군요. 확실합니까?"

"얼굴형부터가 다른걸요. 눈은 말할 것도 없고요."

그가 헛웃음을 터뜨리며 자리에서 일어났다. 그 역시 이런 상황은 상상조차 하지 못했으리라. 나의 시선이 방황하며 그의 움직임을 좇았다. 그는 장작이라도 팰 듯이 팔을 쭉 펴서 기지개를 켜더니 다시 자리에 앉았다.

"하하, 스릴러 영화 속의 형사가 된 기분입니다."

꿈틀대는 그의 얼굴 속 잔근육들이 "나와 함께 수사를 해보지 않겠소?" 하고 말하는 듯했다. 나는 아무런 생각도 떠올릴 수 없었다. 물론 그런 쪽으로는 전혀 머리가 발달하지 않은 탓도 있겠지만 도저히 연결고리가 없어 보였기 때문이다.

지금까지 일어난 일련의 사건들이 의미하는 바는 무엇인가. 나는 그러한 의문들을 해소하기를 원했고 그 해답을 형사에게서 찾을 수 있으리라는 어렴풋한 확신이 들었다.

"어제 형사님은 박민호가 신분을 위장했다는 사실을 모르셨어요. 그런데 어떤 이유로 저에게 조심하라고 말한 거죠? 고작 대출자 명단에 그 형 이름이 있었기 때문인가요?"

뭔가를 끄적이던 그의 손이 굳은 듯 정지했다. 그가 천천히 고개를 들더니 나를 바라봤다. 나는 숨죽인 채 그의 시선에 맞섰다.

"문채수라는 학생이 죽었습니다. 그리고 그 이름이 책 한구석에 쓰여 있었습니다. 그 책을 빌린 사람들 중에 또 다른 문채수와 같은 방을 쓰고 있는 자가 있습니다. 그렇다면 저와 같은 추리를 하는 것이 합당한 것 아닐까요?"

"합당하다고요?"

"네, 아직 붙잡히지 않은 범인이 사실 죽이려고 했던 것은 다른 문채수, 바로 당신이라는 겁니다. 두 달 전 발생한 살인은 그의 미스라고 봐도 되겠죠. 물론 어디까지나 추리일 뿐입니다. 물적 증거는 없으니까요."

"물적 증거."

맥이 빠진 사람처럼 힘없이 중얼거렸다.

"그렇습니다. 오늘 이후로 저희 쪽에서도 이 사건을 좀 더 진지하게 파고들 생각입니다. 그자가 어떻게 신분을 위장해 당신과 같은 방을 쓰게 되었는지 대충 짐작은 가지만 동기가 궁금하군요."

갑자기 온몸에 두드러기가 난 듯 가려워졌다. 손톱을 사용해 등과 허벅지 이쪽저쪽을 문질러댔다.

"당분간 기숙사에 들어가지 마십시오."

그가 한 마지막 충고였다.

강의가 끝나자마자 역 근처의 찜질방으로 향했다. 기숙사로 돌아갈 용기 따위는 남아 있지 않았다. 같은 방에 서식하고 있는 그 괴물과 맞닥뜨리지 않기 위해서라면 어떤 일이라도 할 수 있을 것 같았다.

의자에 앉아 지금까지의 일들을 찬찬히 되짚어보았다. 그러고 보면 모든 일은 도서관에서 《롤리타》를 집어들었을 때부터 시작되었다.

'만약 그날 다른 책을 읽었다면?'

생각만 해도 끔찍했다. 그랬다면 턱밑까지 닥쳐온 위험을 인지하지도 못한 채 지금쯤 길바닥에 나뒹굴고 있을지도 모르는 일이었다.

사람들로 북적한 휴게실로 들어서자 시원한 공기가 이마에 부딪혔다. 아직 밤 9시밖에 안 돼서 그런지 사람들이 TV 앞에 옹기종기 모여 있었다. 나는 그들과 멀리 떨어진 구석으로 가서 쪼그려 앉았다. 내일까지 어떻게든 이 상황을 타개할 방법을 생각해내야만 했다. 커져만 가는 의혹을 언제까지나 방관할 수만은 없는 노릇이었다.

벨 소리가 들린 것은 11시가 막 지났을 무렵이었다. 불안한 기운이 엄습해왔다. 머리맡에 놓아둔 휴대전화를 집어든 나는 심장이 멎을 뻔했다. 민호 형의 이름이 화면에 뜬 것이다. 내가 기숙사로 돌아오지 않자 전화한 모양이었다. 규칙적으로 호흡을 조절하며 섬뜩한 이름을 바라보던 그때 누군가 학생, 하고 소리쳤다. 돌아보니 한 아주머니가 짜증난다는 듯 귀를 막고 있었다. 하는 수 없이 전화를 받자 거무튀튀한 목소리가 전해져왔다.

"왜 안 오냐, 사감한테 안 걸릴 자신 있냐?"

바로 당신 때문입니다. 당신의 그 가식적이고 소름 끼치는 얼굴을 똑바로 쳐다볼 자신이 없어서 그럽니다. 당신이 내게 접근한 이유를 곧 밝혀낼 겁니다.

하지만 내 입에서는 마음에도 없는 말이 튀어나왔다.

"오늘 저희 동기 애 집에 가서 자려고요. 형, 푹 쉬세요."

밤새 동아리 모임이 있을 예정이라고 적당히 둘러대자 그도 딱히 트집 잡을 게 없는지 알았다고 말하고 전화를 끊었다. 나는 한숨을 내쉬고 다시 자리에 누웠다. 갑자기 귀뚜라미 울음소리가 멀리서 들려왔다. 누군가 창문을 연 모양이었다. 아무런 생각도 하지 않은 채 그 소리를 듣고 있자 불안했던 마음도 한층 고요해졌다.

그자는 문채수라는 이름만을 단서로 대상을 물색했고, 그 결과 사회학과의 문채수를 발견했다. 이어서 박민호라는 학생의 신분을 이용해 학교로 잠입해 결국에는 문채수의 머리 위로 벽돌을 떨어뜨려 즉사시켰다. 그런데 그가 찾고 있던 문채수는 다름 아닌 나였다.

그의 동기는 전혀 추측할 수 없었다. 아니, 어쩌면 정신병자인지도 몰랐다. 그는 자신의 실수를 만회하기 위해 새 학기 기숙사 신청 때 나와 룸메이트가 되도록 조작했고 결국 같은 방을 쓰게 된 것이 아닐까.

충분히 설득력 있는 가설이었다. 물론 아직까지는 어떤 증거도 없었다. 단지 책에 적힌 내 이름과 대출자 명단에 남아 있는 박민호의 이름뿐.

이유를 모르겠네. 내가 무슨 잘못을 했다고.

지금까지의 짧은 인생을 돌아봐도 누군가에게 피해를 입히거나 원한을 산 적이 없었기 때문에 도무지 그의 정신 상태가 이해되지 않았다. 억울했다. 그는 경찰서에 방문한 나를 미행했을 뿐만 아니라 연희와의 데이트를 마치고 돌아가던 나의 두 다리를 짓이겨놓을 뻔했다. 물론 이 또한 그라는 증거는 없었다. 지금으로서는 온통 심증뿐이었다.

형사로부터 연락을 받은 것은 그로부터 이틀 후였다. 휴대전화를 통해 형사의 거친 숨결이 생생하게 느껴졌다.

"지금부터 계획을 말해드리죠. 이 방법이라면 채수 씨를 노리는 사람이 당신의 룸메이트 박민호라는 것이 확실하게 입증될 겁니다."

"네."

나는 침을 꿀꺽 삼켰다. 곧 펼쳐질 불꽃 쇼를 기다리는 관광객처럼 들뜬 기분이었다.

"혹시 채수 씨가 우리와 접촉했다는 사실을 그 사람이 알고 있습니까?"

"확실한 건 아닌데 어느 정도 눈치는 채고 있을 거예요."

얼핏 도청기가 달려 있을지도 모른다는 생각이 떠올랐지만 고개를 저었다. 도청을 하고 있었다면 그날 굳이 나에게 왜 안 들어오느냐고 전화를 할 이유가 없었다.

"자, 그럼 시작해보죠. 채수 씨는 이번 한국대학교 해외 연계 프로그램을 통해서 교환학생으로 선발됐고 이틀 후에 호주로 떠납니다. 브랜든대학교로 호주 서남부에 위치한 곳입니다."

순간 말문이 막혀 "네?" 하고 소리를 질렀다. 어처구니가 없었기 때문이다.

"모두 그자를 유인하기 위한 덫일 뿐입니다. 만약 여기에 걸려들지 않는다면 그자는 저번 살인사건의 범인이 아니었고 우리가 오해하고 있었던 게 되겠죠."

놀라움을 뒤로한 채 냉정하게 짚어보니 형사의 계획이 일리가 있다는 생각이 들었다. 언제까지고 이렇게 찜질방에서 무의미한 시간을 보낼 수는 없었다. 이미 기숙사로 돌아가지 않은지 사흘이 되었고, 이런 행동은 그에게 의혹을 살게 분명했다.

"계속하겠습니다. 당신은 춘천역 사거리에 있는 모텔에서 오늘 저녁부터 이틀을 묵은 뒤에 공항으로 떠납니다. 이것을 오늘 당신의 룸메이트에게 어떻든 전달해야 합니다. 이해했습니까?"

"네, 네."

춘천에 머무는 마지막 하루가 결전의 날이 될 것이 틀림없었다. 물론 아무 일 없기를 바라는 것이 정상일 테지만 결코 그럴 것 같지 않다는 불안감이 엄습해왔다. 실체를 가진 무언가가 그날 나를 향해 접근해올 것이 분명했다.

"천호모텔 305호를 예약해두었으니 그리로 들어가서 쉬시면 됩니다."

한 가지 의문이 번뜩 스쳐갔다.

"만약 민호 형, 아니 그 사람이 찾아오면 어떡하죠? 문을 열어줘야 하나요?"

정적이 흘렀다. 그가 침을 꿀꺽 삼키더니 떨리는 목소리로 대답했다.

"네, 사실 거기부터가 이번 계획의 핵심입니다. 누군가 벨을 누른다면 제 번호로 연락 주십시오. 근방에서 대기하던 저희 애들이 즉각 반응할 겁니다."

"모텔 안에서 대기하나요?"

"물론이죠. 이미 증거 확보를 위해 실내에 CCTV를 설치해놓았습니다. 그리고 옆방인 304호에서 그 방을 실시간으로 화면을 통해 감시할 예정입니다. 안전은 보장합니다. 결코 그자는 당신의 목숨을 빼앗지 못합니다. 믿어주십시오."

제약회사의 임상시험 대상자가 된 기분이었다. 자칫하면 문을 열어주자마자 위험에 처할 수도 있었지만 어쩔 수 없었다. 그자가 나를 찾아왔다고 해도 그것만으로 그에게 죄를 덮어씌울 수는 없는 노릇이었다. 그자가 직접적인 위해를 가할 경우에만 죄가 성립할 것이 분명했다. 그래서 경찰 쪽에서도 이렇게 신중하게 행동하는 것이리라.

"알겠어요. 그럼 지금 바로 기숙사로 가서 짐을 쌀까요?"

"아직요. 모텔은 오늘 오후 6시 정도에 들어가면 좋을 것 같습니다. 짐은 그전까지만 대충 챙기면 됩니다. 나머지는 추후 가족분이 챙길 거라고 귀띔해놓으십시오."

"형사님 말대로 할게요. 모텔에 도착하면 연락드릴게요."

전화를 끊자마자 서둘러 옷을 입고 찜질방을 나섰다. 지금 시각은 4시 40분. 그자가 기숙사에 있을 시간이었다. 탁한 매연에 꽃가루가 섞였는지 꽃 알레르기가 있는 나의 코를 사정없이 자극했다. 때마침 대로변을 지나가는 택시가 보여 손을 들어 멈춰 세웠다.

"한국대학교 기숙사요."

주머니에는 찜질방에서 가져온 면도날이 들어 있었다. 혹시라도 닥쳐올지 모르는 위험에 맞서기 위한 생존의 수단이었다. 이것이 얼마나 잘 들지는 모르지만 적어도 가만히 앉아 습격당하는 일은 없을 것이다. 택시에서 내린 나는 면도날의 무딘 부분을 손에 쥔 채 로비를 통과해 계단을 걸어 올라갔다. 땀방울이 한여름의 아이스크림처럼 손바닥을 타고 흘러내렸다. 무기를 떨어뜨리지 않기 위해 손에 힘을 주자 따끔한 통증이 밀려왔다.

방은 희뿌연 담배 연기로 가득 차 있었다. 기침을 해대자 까마귀를 연상시키는 기분 나쁜 웃음소리가 저편에서 들려왔다. 곧 시야가 맑아졌다. 민호 형이 담배를 문 채 창가에 기대어 서 있었다.

"야, 얼마 만이냐. 도대체 어디 있었던 거야."

그 짧은 시간에 니코틴이 기관지로 들어갔는지 소리가 입 밖으로 나오지 않았다. 계속해서 기침을 해대자 그가 살며시 웃으며 물고 있던 담배를 입에서 뗐다. 그러고는 수전증에 걸린 늙은이처럼 손을 떨며 담배를 재떨이에 문질렀다.

"미안, 미안. 하도 안 오길래. 밖에 나가기는 귀찮고 해서."

"아니에요. 그동안 친구 방에서 지냈어요."

말을 하는 사이 그가 나를 향해 다가왔다. 재빨리 주머니에 손을 찔러 넣었다.

"그럼 오늘부터는 여기서 지내는 건가?"

어디에다 눈의 초점을 맞춰야 할지 결정할 수 없었다. 그의 눈을 똑바로 볼 자신이 없었기 때문이다. 어느새 그는 내 앞에 바짝 붙어 있었다.

"아니요, 사실은…."

말꼬리를 흐리자 그는 호기심이 발동했는지 내 얼굴을 뚫어져라 쳐다보았다. 숨이 멎어버릴 것 같았지만 어쩔 수 없었다. 나는 계획대로 실행해야만 했다.

"저 이틀 뒤에 호주로 가요. 교환학생에 선발됐거든요."

"정말?"

반응을 확인하지는 못했지만 나는 확신했다. 둘을 감싸고 있던 공기가 순간 몇 그램은 더 무거워진 것이다. 주머니 속의 면도날을 꽉 움켜쥐었다.

"브랜든대학교로 가요. 내일까지는 춘천에 있을 예정이에요. 이곳 짐은 부모님께서 옮기신대요."

"너무 뜬금없는 거 아니야? 너 본과 1학년이잖아. 그런데 해외로 가면 성적은 어떻게 되는데?"

"학점 이수는 거기서도 할 수 있어요. 지금까지는 의예과 학생만을 대상으로 시행했는데 올해부터는 본과 학생도 가능하다고 발표했어요. 그래서 이렇게 해외로 나가게 된 거고요."

"거기서 뭘 하는데?"

"주로 임상과 관련된 의료 실습을 받아요. 거기 가면 위내시경 같은 걸 직접 해볼 수도 있어요. 우리나라에서는 보통 펠로 가서나 하는 건데 말이죠."

처음에는 〈킹스 스피치〉의 조지 6세처럼 더듬을까 봐 긴장했지만 어느새 술술 말이 나왔다. 평소 내가 써놓은 대본으로 직접 연기를 해본 것이 이렇게 도움이 될 줄은 미처 몰랐다.

예상과는 달리 그는 의연함을 잃지 않았다. 내가 한 말에 충격을 받은 표정이 아니었던 것이다. 하지만 그의 입에서 튀어나온 말은 내게 확신을 가져다주었다.

"그럼 또 친구 방에서 묵게? 춘천에는 있을 만한 곳이 없는데."

의미심장한 미소가 떠올랐다. 이대로 민호 형은 형사가 쳐놓은 덫에 걸리게 된 것이다. 베일에 감춰진 그의 동기도 곧 알 수 있으리라.

"천호모텔요. 춘천역 근처에 있어요."

내심 묵을 방 번호까지 물어주기를 기대했지만 아직 체크인하지 않았다는 걸 기억해냈다. 그런 내가 이미 방 번호까지 알고 있다면 그에게 커다란 의혹을 불어넣는 것밖에 되지 않았다.

"그렇구나. 뭔가 섭섭하네. 이제 밤에 혼자 쓸쓸해서 어떡하나."

"넓은 방 혼자 쓰시면 좋죠, 뭘."

무의미한 말장난이 평풍처럼 오갔다. 사실 서로 알게 된 지 기껏해야 한 달 반 정도 되었고 전공도 달라서 특별히 나눌 얘기는 없었다. 나는 이 상황이 불편해 조금이라도 빨리 벗어나고자 문을 벌컥 열었다. 뒤에서 그가 외쳤다.

"내일쯤 그리로 한번 갈게. 이제 마지막일지도 모르는데."

어떻게 그런 가식적인 언어가 쉽게 튀어나올 수 있는지 이해되지 않았다. 어쩌면 그에게는 양심이라는 것이 없는지도 몰랐다. 나의 대답은 이미 정해져 있었다.

"네, 그렇게 해요."

나는 문을 쾅 닫고 기숙사 계단을 뛰어 내려갔다. 지금쯤 그자의 머릿속은 바닥에 흩어진 퍼즐 조각처럼 어지러울 게 분명했다. 과연 그는 어떻게 내게 접근해올 것인가. 또한 어떻게 나를 죽이려 들 것인가. 쉽사리 추측할 수 없었다.

305호의 침대는 푹 꺼져 있었다. 오래된 모텔이라 그런지 벽은 건선이 온 듯 몇 가닥으로 갈라져 있었다. 그 틈으로 바퀴벌레가 나오지 않을까 하는 생각에 속이 메스꺼워졌다. 이런 곳에서 이틀이나 머무는 것은 고문이나 마찬가지였다. 모텔에 도착했다는 문자를 형사에게 보낸 뒤 곰팡내 나는 방을 나섰다. 304호 앞으로 가 문에 귀를 대보았지만 인기척은 없었다. 잠시 후 문자가 도착했다.

— 좋습니다. CCTV 전원을 켜도록 하겠습니다. 외출은 최대한 자제하시라고 음료수와 간식을 냉장고에 넣어뒀습니다.

알겠다는 문자를 보낸 뒤 다시 방으로 들어갔다. 어차피 모텔에서 나가봤자 마땅히 갈 곳도 없었다. 두 시간을 멍하니 누워 있었지만 들리는 소리라고는 역을 떠나는 열차가 내는 기분 나쁜 울림뿐이었다.

냉장고를 열자 프링글스 두 통과 슈크림 빵 세 개가 준비되어 있었다. 내 취향은 아니었지만 배가 출출해서 빵을 꺼내어 먹기 시작했다. 다행히 우유도 있어 나름대로 만족스럽게 끼니를 때울 수 있었다.

불을 끈 것은 밤 10시였다. 더 이상 옆방에 있을 경찰들에게 자유를 빼앗기고 싶지 않았다. 사방이 어둠으로 둘러싸인 것을 확인하고는 그대로 침대에 몸을 던졌다. 그동안 나를 지탱해주던 긴장감이 순식간에 풀려서 그런지 온몸이 녹아내리는 듯했다. 눈꺼풀이 천천히 내려왔다. 그때 엉뚱한 생각이 떠올랐다.

'지금까지 일어난 모든 일들이 꿈이라면?'

형사도 의문의 사내도 모두 나의 상상이고 사실 《롤리타》를 읽은 그날로부터 채 하루도 되지 않은 건 아닐까. 나는 여전히 기숙사 2층 침대에 파묻혀 대단한 스케일의 꿈을 꾸고 있고 민호 형은 나의 허황된 잠꼬대를 들으며 인터넷 체스를 두고 있는 건 아닐까.

"꿈은 아니야, 절대로."

몇 번이나 혼자서 중얼거린 끝에 겨우 눈을 붙일 수 있었다.

무거운 눈꺼풀을 치켜떴다. 턱밑에서 윙윙거리는 소리가 들려왔다. 배에 올려놓은 휴대전화가 요란하게 몸통을 흔들어대고 있었다. 형사라는 확신이 들어 지체하지 않고 전화를 받은 나는 직감이 틀렸음을 깨달았다. 간간이 들리는 헛

기침 소리는 상대 또한 긴장하고 있음을 의미했다. 숨을 죽이고 그의 반응을 기다렸다. 아무런 소리도 들리지 않았다. 벌써 통화 시간은 15초를 넘겼다. 전화를 끊으려는 순간 다급한 외침이 들려왔다.

"안 자냐?"

이 한마디를 위해 그렇게 기를 충전하고 있었던 것이다.

"형, 웬일이에요?"

"인마, 형이 너 보고 싶어서 달려왔지. 천호모텔 앞이다."

"네?"

나도 모르게 탄성을 내지르고 말았다. 그의 귀에는 분명 경계심으로 가득 찬 소리로 들렸으리라. 등줄기 아래로 찌릿한 전류가 흘렀다. 흡혈 곤충이 등을 물어뜯고 있는 게 분명했다. 나는 미친 듯이 고개를 흔들고는 다시 휴대전화를 가까이 갖다 댔다. 벽에 걸린 시계는 오전 3시 10분을 가리키고 있었다.

"지금은 너무 늦어서요. 나가기는 좀 그런데."

"그럼 내가 거기까지 올라가야 하나? 잠깐이면 돼."

어떻게 대답해야 할지 감이 오지 않았다. 마음 같아서는 옆방 문을 두드린 다음 경찰에게 전화를 바로 건네고 싶었지만 그럴 수는 없었다. 어디까지나 그를 이 방으로 유인하는 것이 내게 주어진 임무였다.

"형, 제가 세수를 안 해서요. 죄송한데 305호로 올라와주시면 안 돼요?"

"305호? 하… 알았다. 내가 그리로 가지 뭐."

그가 한숨을 내쉬더니 전화를 끊었다. 동시에 나도 자리를 박차고 일어났다. 새벽이라 형사도 잠들어 있을 가능성이 높아 문자가 아닌 전화를 택했다. 뚜- 연결음이 들려왔다. 이 순간 성큼성큼 계단을 올라오고 있을 민호 형이 떠올라

몸서리가 쳐졌다. 여전히 상대는 묵묵부답이었다.

"왜 안 받고 지랄이야."

욕설을 중얼거리는데 전화가 연결되었다. 하품을 하는 형사의 목소리에서 견딜 수 없는 졸음이 전해져왔다.

"혹시, 연락이 온 건가요?"

"네, 조금 전에요. 지금쯤 올라오고 있을 거예요."

"제가 말씀드렸듯이 안전은 걱정하지 않으셔도 됩니다. CCTV로 모든 상황이 녹화되고 있기 때문에 위험한 상황이 발생할 시 즉각 애들이 출동할 예정입니다. 당부할 것은 채수 씨가 먼저 공격을 하면 안 된다는 점이에요. 그런 경우에는 오히려 채수 씨가 폭행죄를 뒤집어쓸 수 있습니다. 우리나라에서는 정당방위의 범위가 매우 협소하다는 걸 유념하세요."

그때 딩동, 하고 벨 소리가 울렸다. 방금 전까지만 해도 등을 물어뜯던 흡혈 곤충들이 다리까지 내려왔는지 발뒤꿈치가 저려왔다.

"이제 왔군요. 침착하게 행동하십시오. 그럼 이만."

"잠시만요, 잠깐만."

부모와 떨어지기 싫은 어린아이가 된 마냥 외쳤다. 통화를 하고 있다고 해서 그가 나를 완벽하게 지켜줄 수 있는 건 아니지만 서로 연결되어 있는 것만으로도 부적을 몸에 지닌 느낌이었다.

"겁이 나시면 이대로 플랜을 중단하고 저희가 개입할 수도 있습니다. 그자에게 어떤 혐의도 씌울 수는 없겠지만요."

"아뇨, 아뇨…. 그건 아니에요. 저런 놈은 살인 미수로 감방에 처넣어야 해요."

밖으로 새어나가지 않도록 창가에 바짝 기대어 낮게 속삭였다. 딩동. 민호 형이 다시 한번 초인종을 눌렀다. 조급함이라고는 느껴지지 않는 손짓이었다. 그는 아직 평정심을 잃지 않은 게 분명했다. 그러나 나는 달랐다. 이런 기묘한 감정은 살면서 처음 느껴보는 것이었다. 두려움과 동시에 벅차오르는 설렘, 뭐라고 설명할 수 없는 새로운 감정이었다.

"채수야, 민호 형이다."

옆방에 있을 경찰들에게도 들릴 법한 크기의 목소리였다.

"채수야, 너 왜 통화중이냐?"

그가 참다못해 전화를 건 모양이었다. 난처했다. 형사가 이제 끊는 게 좋겠다고 말했고, 나도 동의했다. 재빨리 전화를 끊고 문으로 조심스럽게 다가갔다.

"친구랑 수다 떨고 있었어요."

"그래? 근데 문 좀 열어주지 그러냐. 아까부터 몇 번이나 벨 눌렀는데."

"잠깐만요. 옷 좀 갈아입고요."

혹시 모를 습격에 대비해 테이블에 놓인 재떨이를 집어들고 문을 향해 걸어갔다. 마치 그것이 다른 세계로 통하는 관문인 것처럼 한 발짝 한 발짝 조심스럽게.

"형, 기다리셨죠?"

"응."

감정이라고는 찾아볼 수 없는 무미건조한 목소리였다.

"이제 열게요."

등 뒤로 재떨이를 숨긴 채 손잡이를 시계방향으로 돌리자 문이 끽 소리를 내며 천천히 열렸다. 살쾡이 같은 눈이 문틈으로 시야에 들어왔다. 나도 모르게 움찔해서 문을 닫으려는 순간 복부에 찢어질 듯한 통증이 밀려왔다.

"악!"

비명을 내지르며 뒤로 물러서자 재떨이가 바닥에 투명한 소리를 내며 뒹굴었다. 그와 동시에 푸른 섬광이 목을 덮쳤다. 필름이 끊긴 듯 뇌의 활동이 정지했다.

정신을 차렸을 때는 이미 모든 게 끝나버린 뒤였다. 팔과 다리는 의자에 묶인 채 고정되어 있었고 입은 비린내 나는 마스크로 덮여 있었다. 배는 여전히 욱신거렸다. 민호 형은 검은색 모자를 푹 눌러쓴 채 침대에 걸터앉아 있었다. 그림자 때문인지 오늘따라 얼굴이 침울해 보였다. 벽에 걸린 시계는 3시 25분을 가리켰다.

옆방에 있다는 경찰들은 뭘 하고 있는 거지? 빤히 보고 있으면서.

드문드문 바깥에서 울부짖는 소리가 들리는 것 같기도 했다. 한 사람도 아닌, 여러 명의 남자들이 인간들에게 포획당한 늑대들처럼 고통스럽게 울어댔다. 캑캑거리는 기침 소리가 울음에 섞여 간간이 들려왔다. 천재지변이라도 일어난 걸까.

"문채수, 내가 왜 이러는지 한번 생각해봐."

이 모든 상황이 너무나도 비현실적이었다. 그는 심각한 정신적 결함이 있는 게 분명했다. 정신과 강의 시간에 들었던 온갖 정신병이 떠올랐다. 정신분열증, 인격 장애, 강박증, 양극성 장애, 충동 조절 장애. 그는 어느 부류에 해당할까.

"잠깐만 기다려봐. 가져올 게 있어서."

그가 옅은 미소를 지으며 자리에서 일어나더니 화장실로 향했다. 그의 걸음 걸이에서 그가 흥분해 있다는 것을 알 수 있었다. 나는 그 짧은 시간 동안에도 그의 표정을 놓치지 않기 위해 눈을 크게 떴다. 한 가지는 확실했다. 그는 이 상황을 즐기고 있었다.

설사 눈물을 보이며 살려달라고 애원해도 그는 웃어넘길 것이 분명했다. 부정맥이 온 듯 가슴이 쿵쾅거렸다.

형사랑 경찰 머저리들은 뭐 하고 있는 거야, 씨발.

또다시 가슴이 쿵쾅거렸다. 폐에 물이 차오르고 뇌로 산소 공급이 안 되어 결국에는 혼수상태에 이를 것만 같았다.

— 이봐, 정신 차려.

내 안에서 누군가 외치는 소리에 겨우 현실로 돌아왔다. 그가 어떤 행동을 할지 섣불리 추측할 수 없었다. 아무리 정신적으로 문제가 있다고 해도 이런 곳에서 사람을 죽이지는 못할 것이다.

이미 모든 증거는 방 어딘가에 설치된 CCTV를 통해 확보된 상태였다. 그것만으로도 그에게 콩밥을 먹이기에는 충분했다. 그의 더러운 면상에다 침을 한 바가지 뱉어줄 생각에 웃음이 새어나왔다. 자그마한 동정심이 잠깐 수면 위로 떠올랐지만 나는 그것을 애써 무시했다. 어쨌거나 이번 대결의 승자는 나다. 경찰들이 조만간 문을 부수고 진입해올 게 분명했다. 순간 그동안 숨겨왔던 가면이 벗겨졌다.

"하하하."

느슨하게 막았는지 입을 크게 벌리자 마스크가 반쯤 풀어졌다. 한번 웃음을 내지르고 나니 멈출 수 없었다. 고개를 하늘로 쳐들고 그동안 참아왔던 웃음을 마음껏 터뜨렸다. 속에 있는 장기가 뒤틀리는 게 느껴졌다. 화장실 문이 덜컥 열리는 소리가 났지만 그리로 고개를 돌리고 싶은 마음은 추호도 없었다. 바깥에서는 형사의 것으로 생각되는 목소리가 우렁차게 비명을 지르고 있었다.

한껏 웃음을 내지른 뒤에야 벌겋게 충혈된 눈빛으로 나를 내려다보는 괴물이 시야에 들어왔다. 그의 손에는 길쭉한 물건이 들려 있었는데 그것은 예전에 영화에서 봤던 작두를 연상시켰다. 오금이 저려왔다. 그의 눈에서 장난기라고는 조금도 찾아볼 수 없었다.

"개 같은 놈. 아직도 정신을 못 차렸네."

살기 어린 눈빛에 저절로 입이 다물어졌다. 더 이상 웃음이 튀어나오지 않았다. 이루 말 못할 공포가 발을 휘감더니 천천히 다리를 타고 올라왔다. 그것은 바다에 떠다니는 미역처럼 혈관과 신경을 압박하며 목을 한 바퀴 휘감았다. 순간 높다란 건물 위에서 커다란 벽돌을 두 손에 쥔 그가 망막에 잔상처럼 맺혔다. 지금껏 한 번도 보지 못한 섬뜩한 표정이었다. 그의 피부는 얼굴을 뒤덮은 새파란 정맥들과 뚜렷하게 대비될 만큼 창백했다.

거친 손길을 느낀 내가 눈을 치켜떴다. 어느새 청바지의 지퍼가 내려져 있었다. 그가 커다란 두 손으로 바지를 잡더니 스윽 내려버렸다. 허벅지가 모습을 드러냈다. 미처 생각지 못한 일이었기에 반항할 틈도 없었다.

지금 뭐 하는 거야!

야릇하고도 불쾌한 예감이 내 신경을 곤두세웠다. 그는 나를 등진 채 침대에 놓인 가방을 뒤지고 있었다. 작두를 연상시키는 물건은 바닥에 놓여 있었다. 잠시 후 그가 안에서 조그마한 물건을 꺼내더니 내 얼굴에 바짝 붙였다. 구식 카메라였다.

"관리실에서 얻은 영상이야. 경찰 쪽에서는 영상만으로는 남자가 누군지 알아낼 수 없다고 하더군. 그렇다고 발뺌하면 죽여버린다."

그는 머리가 어떻게 된 게 분명했다. 관리실은 뭐고 영상은 또 뭐란 말인가. 아무래도 그가 분노를 풀 대상은 내가 아닌 것 같았지만 잠자코 있을 수밖에 없었다. 미쳐 날뛰는 그의 기분을 상하게 해서 내게 이로울 건 없었다.

그가 버튼을 누르자 영상이 재생되었다. 화질이 썩 좋지는 않았지만 원형으로 펼쳐진 꽃밭을 보고서야 해정중학교 뒤뜰이라는 것을 직감했다. 그곳에 머리를 한쪽으로 길게 늘어뜨린 여학생이 쭈그리고 앉아 그림을 그리고 있었다. 짧은 치마가 허벅지 위까지 말려 올라가 있었다. 나의 의지와는 무관하게 아랫도리가 불끈 반응했다.

잠깐만, 너무 익숙하잖아.

갖가지 추억이 담긴 풍선들이 나를 향해 천천히 다가왔다. 처음 나를 향해 다가온 것은 빨간 풍선이었다. 그것은 잡힐 듯 말듯 아슬아슬하게 나의 동작 반경에서 벗어나더니 위로 올라가버렸다. 다음은 검정 풍선이었다. 손을 뻗어보아도 소용없었다. 그렇게 수십 개의 풍선이 떠오르더니 어느새 하늘에 길쭉한 리본 무늬를 형성했다. 마치 갈매기 떼를 보는 기분이었다. 여전히 미련이 남아 쭉 뻗은 손으로 공중을 휘젓던 그때 풍선 하나가 손에 부딪혔다. 분홍색이었다. 분홍색.

그 아이는 매번 분홍치마를 입은 채 그림을 그리고 있었다. 아마 그 아이는 학교 뒤편의 아파트 베란다에서 내가 자신을 지켜보고 있다는 사실을 인지하고 있는 게 틀림없었다. 그렇지 않고서야 빛이 들어오지 않아 어두침침한 그곳을 찾을 이유가 없었다. 그녀는 언제나 허벅지를 반쯤 드러낸 채 나를 등지고 그림을 그렸다. 마치 뒤에서 안아달라는 듯이.

— 이름이 뭐야?

위에서 외쳐봤지만 소용없었다. 7층이란 높이도 높이거니와 내 목소리가 원체 작았던 탓도 있었다. 여름방학 한 달 동안 집에 틀어박힌 채 대본을 쓰던 나에게 그녀는 삶의 낙이었다. 미국으로 여행을 떠난 연희와 달리 그녀는 언제나 나의 시선이 머무는 곳에서 나와 함께했다. 그녀는 나와 바깥세상을 이어주는 유일한 통로였다. 떠오르지 않는 신을 키보드로 두드리다 무심코 아래를 내려다볼 때면 그녀는 왼손에 쥔 연필을 스케치북 위에 놀려대고 있었다. 입가에 흐뭇한 미소가 번졌다.

문득 발이 저려와 몸을 비틀었다. 동시에 방황하던 눈의 초점이 똑바로 잡혔다. 여전히 영상은 재생되고 있었다. 우산을 쓴 내가 그녀를 향해 다가갔다. 카메라를 들고 있는 그의 눈에서 개구리 똥 같은 물방울이 떨어졌다.

그날도 그랬다. 비가 뚝뚝 내리더니 곧 촤악 소리를 내며 창문을 시원하게 두드려댔다. 나도 모르게 발걸음이 베란다로 향했다. 아래를 내려다보니 그녀는 담벼락에 바짝 붙은 채 당황한 듯 주변을 두리번거리고 있었다. 비로부터 몸을 숨길 커다란 나뭇잎이라도 찾는 모양이었다.

나는 잠깐도 망설이지 않고 우산을 들고 집을 나섰다. 마치 오래전부터 이날만을 손꼽아 기다려온 듯 숙련된 동작이었다. 운동장을 가로질러 뒤뜰로 들어섰을 때 그녀는 여전히 담벼락에 기대어 있었다. 워낙 뒷모습에만 익숙해져 있던 터라 그녀를 처음으로 정면에서 마주했을 때 내 심장은 터져버릴 것만 같았다. 어찌나 아찔한지 들고 있던 우산을 놓쳐버릴 뻔했다.

— 학생, 우산 써요.

헉헉거리며 우산을 건네주었을 때 그녀의 해맑은 표정은 아직도 생생하게 기억난다. 그녀가 토끼같이 귀여운 눈을 반짝이더니 자그맣게 속삭였다.

— 감사합니다.

그녀가 옅은 미소를 지으며 눈을 내리깔았다. 마치 오래전부터 내가 자신을 흠모해온 것을 알기라도 한 듯 요염한 미소였다.

함께 우산을 쓰고 후문을 통해 내려왔다. 그녀의 집은 나와는 반대편 길에 위치하고 있었지만 그런 건 상관없었다. 그날 나는 그녀와 많은 대화를 나누었다. 벌써 8개월도 넘은 일이라 하나하나 기억은 나지 않지만 내가 한국대학교에 다닌다는 것과 이름이 문채수라는 것도 말했던 것 같다. 아니, 분명히 말했다. 그 아이의 이름은 은주였다. 신은주.

"은주는 넉 달이나 지난 뒤에야 어머니에게 고백했어. 군대에서 그 소식을 들은 내 기분을 알기나 해? 다른 놈이 위에 찌르지만 않았어도 탈영했을 거다."

그의 목소리가 달콤한 회상을 방해했다. 그는 과거의 기억들 속에 파묻혀 있는 나의 멱살을 잡고 현실 세계로 끌고 오려는 것 같았다.

"휴가 나와서 그 새끼의 이름이 문채수고 한국대학교에 다닌다는 것을 알게 된 난, 은주를 그렇게 만들어버린 변태 새끼를 찾으려고 바로 춘천으로 갔어. 경찰에 맡길까 하는 생각도 했지만 이미 여러 달이 지나서 증거로 내세울 수 있는 건 아무것도 없었어. 한국대학교에 도착하자마자 문채수란 이름을 가진 놈을 찾아다녔어. 그렇게 두 시간이 지났다. 그 썩을 이름이 고막을 울리더군. 운명의 장난인지 모르겠지만 우연히 들어간 화장실에서 그놈이 친구들과 수다를 떨고 있었던 거야. 물론 너 말고 사회학과 문채수. 그 자식은 정말 재수가 없었지."

그의 말은 귓가에서 팽이처럼 원을 그리며 맴돌기만 할 뿐 제대로 들리지 않았다. 은주라는 이름을 가진 그 아이의 뽀얀 속살이 눈언저리에 아른거렸다.

"박민호라는 학생의 정보를 도용하는 건 나한테는 일도 아니었지. 300만 원

던져주니까 더 필요한 건 없냐고 묻더군, 병신 새끼."

상큼한 체리 향이 나는 그 아이의 머리카락을 묶어주는 동시에 목덜미를 핥았다. 연희에게 죄책감이 들었지만 곧 가라앉았다. 어차피 내가 진심으로 사랑하는 건 연희뿐이니까. 죄책감은 오히려 은주라는 아이가 가져야 하는 게 아닐까. 먼저 나를 유혹한 것은 그녀였다.

"근처에 방을 헐값에 얻고, 오후 3시만 되면 율곡관 근처에서 맴돌았어. 그러고 있으면 꼭 5시 정도에 문채수가 나오더군. 말을 걸어볼까도 생각했지만 괜히 그랬다가는 눈치챌 위험이 있어서 조심했지. 어느새 방학이 다가왔고 난 오랫동안 생각해온 계획을 성공적으로 수행했지. 너도 알다시피 벽돌로 말이야."

그녀의 얼굴에 홍조가 떠올랐다. 나 못지않게 그녀도 흥분한 것이 분명했다. 자신감이 샘솟아 귀에 혀를 갖다 대자 그녀가 몸을 바르르 떨기 시작했다. 마치 경련이 온 것처럼 떨림이 심해졌다. 당황한 나는 재빨리 그녀를 두 팔로 안고 더 깊숙한 곳으로 들어갔다.

"씨발, 진작 그 자식 지갑을 봤어야 했어. 아예 사는 곳이 다르더군. 해정중학교는 서울인데 그 자식은 그냥 춘천 토박이였어. 그제야 뭔가 착오가 있다는 걸 알아챘지."

실오라기 하나 걸치지 않은 그녀의 허리를 두 손으로 감쌌다.

— 제발 이러지 마요.

부끄러운 듯 그녀가 내 손을 풀려고 안간힘을 썼다.

— 괜찮아, 금방 끝날 거야.

그녀의 손을 바닥에 붙인 채 곧바로 입술로 돌진했다. 촉촉하게 젖은 입술에서 달콤한 촉감이 느껴졌다. 초콜릿 맛이었다.

"교학팀에 확인했지. 불길한 예상은 맞아떨어졌어. 문채수는 의학과 1학년에도 있었던 거야. 나 자신이 한심해서 견딜 수가 없었어. 무고한 사람을 살해한 죄는 심판받아 마땅했지만 그건 나중 문제였지. 이렇게 된 이상 내 손으로 끝장내버린 다음에 모든 걸 고백하기로 했지."

헐떡이는 그녀를 바라보며 나 또한 짐승으로 변하고 있었다. 지금껏 연희와 나누었던 사랑과는 전혀 다른 느낌의 사랑이었다.

— 아파요. 제발 그만.

흠칫해서 아래를 내려다보니 빨간색 액체가 흘러나오고 있었다. 그렇다. 그녀는 이번이 첫 경험이었던 것이다. 와, 하고 신이 나서 소리쳤다. 누군가에게 처음이 된다는 것은 얼마나 아름다운 일이던가.

"힘들어서 그만두고 싶을 때마다 눈물 흘리고 있을 은주만 떠올렸어. 어렵게 찾아낸 괴물을 이전과 같이 쉽게 지옥에 보낼 수는 없었어. 나는 결국 너와 가장 가까운 곳으로 침투하는 데 성공했지. 기숙사 배정을 조작하는 것은 식은 죽 먹기였어. 담당자만 돈으로 잘 구슬리면 됐으니까. 50만 원 쥐어주니까 좋아 죽던걸?"

그녀는 몇 번이나 절정에 도달했다. 그럴 때마다 그녀의 입에서는 교태로 가득한 숨소리가 뿜어져 나왔다. 그 순간 그녀는 행복해 보였다. 나는 그녀의 엉덩이 윗부분에 나 있는 커다란 반점을 이정표로 삼아 규칙적으로 하반신을 흔들어댔다.

"내가 그 책에다 왜 네 이름을 써놨는지 잘 모르겠네. 뭐, 계획에는 차질이 없었지만 말이야. 네가 그걸 들고 기숙사에 들어온 날 내 모든 계획이 틀어져버린 줄만 알았거든."

결국 나도 절정에 이르렀다. 그녀의 몸이 앞으로 고꾸라졌고 나는 돌아누웠다. 흘쩍이는 소리가 가까이에서 들렸다. 그녀가 바닥에 이마를 찧은 채로 눈물을 흘리고 있었다. 창고 안은 후덥지근했다. 나는 재빨리 옷을 챙겨 입고 밖으로 나왔다. 물론 우산과 함께.

다시 눈을 떴을 때 방 안은 텅 비어 있었다. 카메라를 들고 있던 괴물은 물론이고 작두도 가방도 모두 어딘가로 사라진 상태였다. 그때 뭔가 잘못됐다는 느낌이 강하게 들었다. 잠깐 여행을 다녀온 사이 나의 몸 어딘가가 텅 빈 것만 같았다. 불길한 예감에 눈을 아래로 내리깐 순간 나도 모르게 아악, 하고 비명을 내질렀다.

아래를 내려다본 나의 목이 파도치듯 울렁거렸다. 따뜻한 물줄기가 허벅지와 엉덩이를 적시고 있었다. 그 빨간 액체는 의자로부터 바닥으로 떨어져 사타구니 사이로 커다란 웅덩이를 형성하고 있었다.

그리고… 방금 전까지만 해도 나의 몸에 붙어 있던, 남성을 상징하는 그것이 바닥에 장난감처럼 뒹굴고 있었다. 아직까지 살인적인 통증이 닥쳐올 조짐은 없었다. 그가 친절하게도 마취를 해준 건지 물어보고 싶을 만큼 그 부위는 아프지 않았다. 가까이에서 어수선한 소리가 들려왔다.

"아직 자세한 사정은 모르겠지만 일단 서로 보냈습니다. 막 카메라를 보여주면서 자기가 직접 심판을 내렸다고 하던데. 잘 모르겠습니다."

"목숨을 노린 건 아인데. CCTV 보이까 지금도 완전 멀쩡하다 아입니까."

"완전 또라이에다 치밀한 자식이에요. 우리가 잠복하고 있는 것도 예상한 모

330

양입니다. 복도에다 유독 가스를 살포해서 눈물 콧물 다 쏟았어요. 305호 문틈은 젖은 수건으로 막아놨습니다.”

“방독면 가져오느라 30분이나 지체됐지 뭡니까.”

방 안 침대 부근에서 남자들이 대화를 나누고 있었다. 김진욱 형사의 익숙한 중저음이 가까이에서 들려왔다.

“그러게. 밧줄로 묶어놓기만 했는데. 그러고는 제 발로 자백하겠다니. 그냥 정신병자인 모양이었어. 문채수 씨한테는 다행이지.”

“김 형사님, 그나저나 생명에는 지장이 없어 천만다행이에요.”

당장이라도 도와달라고 외치고 싶었지만 배가 뻥 뚫린 느낌이 들어 그럴 수 없었다. 조금만 입을 열었다가는 몸 안의 공기가 모두 빠져나가버릴 것만 같았다. 하지만 뭐라도 해야 했다. 형사가 서 있을 앞쪽을 향해 손을 뻗어보았다. 손가락 마디를 이룬 관절이 하나둘씩 부서지는 게 느껴졌다.

“형사님, 구급차가 막 도착했답니다.”

희미한 의식 속에서 복도를 가로질러 달려오는 구급대원들의 발소리가 낮게 울려 퍼졌다. 동물원에 관광객들이 입장하는 순간이었다.

여러분은 지금 거세된 원숭이를 보고 있습니다.

나도 모르게 웃음이 터져 나왔다. 쿡쿡대자 잘린 음경에서 피가 솟구치는 게 느껴졌다. 어쩌면 잔뇨감인지도 몰랐다.

비뇨기과 교수님 이름이 뭐였더라.

금방 떠오르지 않았다. 저번 케이스 발표 때 절단된 음경을 연결하는 수술이 있었던 것 같은데…. 억센 손길이 마스크를 풀고, 나를 묶은 밧줄까지 차례로 풀었다. 이런저런 생각을 하는 동안 나는 차마 눈을 뜰 수 없는 건 물론이고 고개조차 들 수 없었다. 그동안 경험해보지 못한 수치심, 절망, 슬픔, 죄책감, 회개, 이런 복잡 미묘한 감정들이 소용돌이처럼 몰아쳤기 때문이다. 곧 도착한 구급 대원들에 의해 들것에 실려 방을 나가면서도 나는 끝까지 눈을 뜨지 않았다.

병원으로 향하는 구급차 안은 후덥지근했다. 사타구니에 맺힌 땀방울이 하반 신을 축축하게 적셨다. 창가에 비치는 풍경이 마법처럼 황홀하게 스쳐 지나갔 다. 창문을 열어달라고 말하고 싶었지만 소리는 끝내 목에 걸린 채 나오지 않았 다. 누군가 히죽대는 소리가 들렸다. 두 동강 난 음경은 사내들에게는 한낱 비 웃음의 대상밖에 되지 않으리라. 그러나 분노의 감정은 들지 않았다.

앞으로 평생을 성불구로 살아가야 하는지, 결혼은 할 수 있을지 온갖 잡념들 이 의식 속으로 파고들었지만 딱히 밀어낼 마음은 없었다. 오랫동안 바람에 몸 을 맡겨온 해수의 조류처럼 갖가지 생각들이 의식 깊은 곳으로 밀려왔다가 안 쓰러운 듯 위로의 말을 남기고 물러나기를 반복했다.

한 시간 정도 지났을까. 아니, 사실은 5분 정도밖에 걸리지 않았을 것이다. 창 가로 한국대학교가 커다랗게 비쳤다. 나의 모교가 이렇게 웅장한 야경을 지니 고 있는 줄은 몰랐기에 새로웠다. 차츰 의식이 흐려졌다.

이제 나는 모교의 병원에서 응급으로 음경 접합 수술을 받는 최초의 학생이 될 것이다. 천천히 눈을 감았다. 그리고 잠에 빠져들기 위해 하나 둘, 숫자를 셌 다. 기다렸다는 듯 죽음과도 같은 어둠이 내려앉았다. 괜스레 눈가에 더러운 물 방울이 고였다.

박상민

한림대학교 의학과 졸업. 가톨릭대학교 성모병원 내과 레지던트 1년차. 2016년 단편 〈은폐〉로 계간 미스터리 신인상을 수상하며 데뷔. 2020년 《차가운 숨결》로 한국추리문학상 신예상을 수상했다. 단편 〈잊을 수 없는 죽음〉, 〈고개 숙인 진실〉은 KBS 라디오문학관에서 드라마로 방영되었다. 두 번째 장편 《위험한 장난감》이 올해 출간될 예정이다.

인터뷰

드라마 〈악의 마음을 읽는 자들〉
김미주 기획프로듀서

"인간의 마음을 어루만진다는 것이
얼마나 고귀한 일인지 보여주고 싶었다"

인터뷰 진행 • 김소망

평생 영화와 책 사이를 오가고 있다. 대학에서 영화 연출을 전공했고 현재 직업은 출판 마케터.
마케터란 한 우물을 깊게 파는 것보다 100개의 물웅덩이를 돌아다니며 노는 사람과 비슷하다는
생각을 한다. 운 좋게 코로나 전에 다녀온 세계 여행 그 후의 삶을 기록한 여행 에세이 외전,《세
계 여행은 끝났다》를 썼다.

최근의 한국 드라마와 영화는 극과 극을 오가는 듯하다. 모자이크 옵션
이 있으면 좋겠다 싶을 정도로 수위 높은 잔인한 장면과 '악' 그 자체를
보여주는 데 힘쓰거나, 나에게도 저런 때가 있었다며 회상하게 만드는
순수하고 말랑말랑한 연애의 정서를 그린다.

그 사이에서 한국 최초의 프로파일러를 그린 드라마 〈악의 마음을 읽는
자들〉은 연쇄살인범을 '다룬' 이야기가 아닌, 연쇄살인범을 '쫓는' 사람
들의 이야기다. 동기 없는 살인, 사이코패스, 경찰서 내부 갈등 등 익숙
한 범죄 스릴러 소재들이 등장하지만, 범인을 쫓는 사람들이 절대 놓치
지 않으려는 건 '피해자를 잊지 않으려는 마음'이라는 주제가 불러온 따

스한 정서, 인간애가 드라마를 관통한다.

드라마는 실제 한국 최초의 프로파일러인 권일용 교수와 고나무 작가가 함께 집필한 동명의 에세이가 원작이다. 2018년 원작을 읽고 드라마를 기획한 김미주 기획프로듀서와 서면 인터뷰를 진행했다. 그는 드라마를 향한 시청자들의 뜨거운 반응 앞에 "〈악의 마음을 읽는 자들〉의 기획 방향이 '다른' 답안이지, '틀린' 답안은 아니었다"라는 걸 깨달았다고 한다.

———

안녕하세요. 《계간 미스터리》 독자들에게 자기소개 부탁드립니다.

안녕하세요. '스튜디오S' 기획프로듀서인 김미주입니다. 드라마 업계에 발을 들인 지 13년 차, 기획프로듀서로 일한 지 5년 차이며, 드라마 〈악의 마음을 읽는 자들〉에 기획프로듀서로 참여했습니다.

드라마 기획프로듀서란 어떤 직업인지, 주로 어떤 일을 하는지 궁금합니다.

기획프로듀서는 작가와 함께 드라마 아이템을 기획·개발하고 신인 작가를 육성·지원하는 일을 합니다. 콘텐츠화 가능한 원작을 발굴하는 일 또한 중점적인 업무 가운데 하나입니다.
〈악의 마음을 읽는 자들〉의 경우, 2018년 동명의 에세이를 드라마 판권 계약을 체결한 다음, SBS문화재단 극본 공모 당선 작가인 설이나 작가와 함께 대본 각색 작업을 진행했습니다.

드라마 〈악의 마음을 읽는 자들〉은 어떻게 기획하게 되었나요?

2018년 여름, 《악의 해석자》라는 제목의 원작을 처음 접했습니다. 그 책에는 대한민국 최초의 프로파일러인 권일용 교수님의 자전적 이야기가 시간 순으로 기록돼 있었습니다. 개인적으로 저는 사건 해결 이후에도 범인의 심리를 끝까지 분석하고 의심해야 하는 프로파일러라는 직업의 내적 갈등, 그 안의 고독과 외로움에 시선이 갔습니다. 사건과 범인에 몰두할수록 나라는 존재 자체를 시험받아야 했던 일화들을 보며, 우리가 누리는 안온한 오늘을 위해 희생을 감내하고 고군분투한 이들의 치열한 노력을 전하고 싶다는 의지가 생겼습니다. 연출을 맡은 박보람 감독과 좋은 배우, 스태프들을 만나 방송으로까지 제작될 수 있었고요.

원작을 검토했을 때 영상화를 선택함에 있어 가장 결정적이었던 요소가 있었나요?

'대한민국 최초'라는 상징성에 주목했습니다. 범인을 검거하는 형사 옆 조력자가 아닌 범인의 '마음을 읽는' 프로파일러를 주인공으로 보여줄 수 있다는 점도 큰 매력으로 다가왔습니다. '송하영'(김남길)을 프로파일러로 살아가게 만든 1990년대~2000년대 후반의 격변한 시대 배경 역시 영상화를 결심하게 된 결정적 요인 중 하나였습니다. 프로파일러라는 말이 생경하고 사이코패스라는 개념조차 없던 그 시절, 대한민국을 충격과 공포에 빠뜨린 극악한 범죄자들을 마주한 이들의 치열함과 헌신을 통해 지금이 존재할 수 있었다는 걸 보여주고 싶었습니다.

픽션을 원작으로 제작한 드라마나 영화는 많지만 〈악의 마음을 읽는 자들〉은 논픽션이라 각색 과정이 전혀 색달랐을 거라는 생각이 듭니다.

사건이 아닌 사람이 보이는 드라마를 만들고 싶다는 목표로 뜻을 같이할 작가를 찾던 중, 설이나 작가를 만나게 됐습니다. 작가는 인간의 감정을 깊이 있게 통찰하는 사람입니다. 드라마와 남겨진 기록 사이에서 중심을 잡는 일이 쉽진 않았습니다. 하지만 설이나 작가와 "범죄 사건들이 주는 스릴러적 흥미보다는 범죄자들과 마주하는 인물들의 수많은 감정을 깊이 들여다보며 찬찬히 짚어주는 드라마를 만들어보자, 주인공 송하영의 이야기이자 동시에 범죄행동분석팀의 이야기인 드라마"라는 대화를 나누며 의기

투합했습니다. 이 작품을 통해 인간의 마음을 어루만진다는 것이 얼마나 고귀한 일인지 전하고 싶다는 방향성이 서로 같았기에, 숱한 흔들림을 견디며 무사히 작업을 끝맺을 수 있었습니다.

2020년 봄 본격적인 각색에 돌입해 12부 대본이 완성되기까지 2년여의 시간이 걸렸습니다. 원작과 별개로 '송하영'이라는 인물이 드라마 주인공으로서 독특한 개성을 갖게 하는 작업을 우선시켰고, 범죄행동분석팀의 필연적 태동을 보여주고자 시대 배경과 주변 인물들을 보다 드라마틱하고 생동감 있게 세팅해갔습니다. 실제 사건을 토대로 한 에피소드들을 작업할 땐 밤낮없이 극악무도한 연쇄살인범을 쫓는 주인공의 마음속에 늘 '피해자를 잊지 않는 마음이 있다'는 걸 전하기 위해 애썼습니다.

이를 위해 원작자인 권일용 교수님이 촬영 전부터 사전 인터뷰와 대본 및 현장 자문을 맡아주었고, 고나무 작가께서는 기자 출신인 본인의 경험을 토대로 삼아, 시대적 배경을 구현함에 있어 조언을 아끼지 않았습니다.

작품을 위해 많은 공부가 필요했을 것 같아요.

프로파일러가 등장하거나 실제 사건을 모티프로 한 국내·외 드라마, 영화, 다큐멘터리, 소설 등 다양한 분야의 콘텐츠를 찾아 꾸준히 공부했습니다. 또한 주인공을 중심으로 팀플레이가 돋보이는 작품들을 최대한 많이 보고 익히려 노력했고요. 〈악의 마음을 읽는 자들〉은 국내 최초 프로파일러인 '송하영'을 주인공으로 삼으면서도 동시에 그가 속한 팀의 성장과 고민을 급변하는 범죄 양상을 통해 담아내는 작품이기에, 장르 구분 없이 다양한 레퍼런스들을 접하며 배움을 이어가야 했습니다.

〈악의 마음을 읽는 자들〉에는 매회 다양한 범죄 현장과 범죄자들이 등장하는데요. 흉폭한 사건을 충격적으로 묘사하기 위해 힘쓴다거나 재소자 면담 신(scene)과 범죄 현장에서 범인을 '매력적인' 캐릭터로 묘사한다는 느낌이 덜해서 흥미로웠습니다. 그보다는 '악의 마음을 읽는 자들이 되어가는 형사들'의 일종의 성장 스토리로서, 이 드라마가 최근의 자극적인 장르물들과는 구분된다고 생각했습니다.

범죄자들에게 일말의 여지조차 주고 싶지 않았습니다. 대본이 완성되고, 촬영과 편집이 진행되고, 매회 방송이 되기까지 '범죄 사건을 다룬다는 것'에 대해 긴장과 고민의 끈을 놓을 수가 없었어요. 우리가 전하고자 하는 이야기가 혹시라도 누군가에게 고통과 상처를 안기는 일이 되지 않기를, 매 순간 되새기고 또 되새기며 작업에 임했습니다.

기존 장르 드라마가 주는 쾌감과 서스펜스를 기대했던 분들에게는 아쉬움이 있을 수도 있습니다. 하지만 〈악의 마음을 읽는 자들〉만의 주제 의식과 정서를 이해해주시는 많은 분들을 보며, 고심을 거듭해 선택한 현재 기획 방향이 '다른' 답안이지, '틀린' 답안은 아니었구나, 생각하게 됐습니다.

최근 몇 년 동안 영상화에 적합한 원작 스토리를 발굴하려는 시도가 많이 늘었습니다. 기획프로듀서의 시각에서 매력적인 장르 스토리란 어떤 것인가요?

원작을 토대로 드라마를 제작할 때 기존 줄거리를 그대로 영상화하는 경우는 극히 드뭅니다. 따라서 줄거리보다는 주인공 캐릭터의 특·장점, 그를 품은 세계가 얼마나 매력적으로 구축되어 있는지를 중점적으로 보게 됩니다. 미스터리 장르의 경우, 주인공에게 부여한 개인적인 서사와 주인공을 중심으로 한 등장인물들의 유기적인 관계, 클라이맥스까지 촘촘히 설계된 전체 구성을 조금 더 세밀하게 검토합니다.

드라마 플랫폼이 확대되고 시청자의 시청 패턴이 변화함에 따라 원작을 발굴하는 시야도 점점 폭이 넓어지는 추세입니다. 따라서 원작의 가능성을 판단하는 기준 또한 다양해지고 있습니다.

한국 미스터리 소설은 미스터리 마니아들 사이에서 일본이나 서양 미스터리 소설에 비해 상대적으로 인기가 낮은 편입니다. 반면 한국 미스터리 드라마는 인기 장르이자 메이저 장르로 자리매김했고, '웰메이드'라는 수식어가 낯설지 않은 작품들도 많이 제작되었습니다. 이런 현상에 대해 어떻게 생각하시나요?

일본·서양 미스터리 소설의 가장 큰 무기는, 독보적인 캐릭터를 앞세운 고전 소설부터 장르에 특화된 작가들이 활약하고 있는 현대 소설까지 착실히 쌓아온 역사가 아닐까 싶습니다. 소설을 원작으로 한 드라마와 영화도 해석에 재해석을 더해가며 끊임없이 제작되고 있고요.

한국에서 미스터리 장르는 읽는 것보다 보는 것으로 익숙히 소비되고 있어, 소설보다 영상 매체에서 조금 더 돋보이는 경향이 있다고 봅니다. 무한히 확장 중인 채널 속에 웰메이드 K-콘텐츠가 존재감을 발휘하고 있는 만큼, 한국 미스터리 소설과 드라마도 머지않아 멋진 협업을 이어가리라 기대합니다.

마지막 질문입니다. 〈악의 마음을 읽는 자들〉 시청자들에게 하고 싶은 말과 차기작 계획에 대해 말씀해주세요.

시청자들이 〈악의 마음을 읽는 자들〉 제작진이 전하고 싶었던 메시지, 그리고 그 이상의 가치와 의미를 발견해줄 때마다 매우 놀랐고 무척 기뻤습니다. 현재 많은 작가들과 각기 다른 매력의 아이템을 기획·개발하고 있으며, 그중에서 어떤 작품을 먼저 선보일 수 있을지 설렘과 기대감을 안고 작업하고 있습니다. 〈악의 마음을 읽는 자들〉을 통해 기획프로듀서로서 한 뼘 성장했다고 믿고 있습니다. 공감과 위로를 건네는 또 다른 재미있는 작품으로 곧 찾아뵙겠습니다. 감사합니다.

연재

미스터리란 무엇인가
신화인류학자가 말하는 이야기의 힘

미스터리란 무엇인가 ③

—하드보일드와 누아르, 내면의 분투 혹은 '후까시'로의 승화

박인성

문학평론가. 2011년 경향신문 신춘문예로 등단하여 활동 중. 현재 부산가톨릭대학교 인성교양
학부 조교수로 재직 중이다.

미국적인 미스터리와 마초가 된 탐정

　　미국의 핑커톤 탐정사무소(Pinkerton National Detective Agency)의 등장은 우리가 흔히 알고 있는 셜록 홈스식 영국 미스터리와는 질적으로 다른 형태의 범죄 전문 민간 기관의 등장을 암시한다. 핑커톤 탐정사무소는 미스터리가 공권력도 아니고 특수한 탐정 개인도 아닌 민간 기업에 위임될 수 있다는 사실을 보여줄 뿐 아니라, 실시간으로 확장되는 미국의 새로운 영토를 안정화하기 위한 전문 인력의 필요가 자본을 통해 새로운 사업으로 전환되었음을 보여준다. 이러한 변화들은 미국의 프런티어 신화에 내포되어 있는 자경단 서사가 자연스럽게 민간 기업과 자본의 영역으로 흡수되고 있음을 보여준다. 가족을 지키기 위해서라면 기꺼이 총을 들고 싸울 수 있다는 자경단의 행동력은 다른 형태의 잠재적 위협을 미리 배제할 뿐 아니라 돈까지 제공하는 새로운 형태의 억제력으로 변화한 것이다. 미국의 가족-국가 공동체를 위협하는 적은 이제 영국과 같은 외부의 적이 아니라, 내부의 적으로 새롭게 발견된다.

　　핑커톤 탐정사무소는 1850년대부터 미국에서 일종의 사설 경호업체이자 민간 군사업체로 발전했다. 남북전쟁 당시 미국 정부에 의해 고용되기 시작하면서 명성을 떨쳤으며, 전쟁 이후에는 무법자들을 추적하고 보안관에게 넘기는 방식으로 일종의 사설 경찰의 역할을 수행하기 시작한다. 서부 개척기의 황혼과 함께 이들은 국가적 질서와 문명화로부터 멀어지기 위해서 점점 더 서부로 향하는 도망자, 무법자, 갱들을 추적하고 범죄자로 단죄했다. 무법자 총잡이들이 과거 서부 개척을 위해 필요한 일종의 사냥개였다면, 핑커톤 탐정사무소는 미국판 '범죄와의 전쟁'을 통해서 토사구팽을 담당하고 무법자들에게 그들의 시대가 끝났음을 고지하는 역할을 담당한다. 이들은 영국의 부르주아의 계층적 영역에 가까웠던 탐정 업무를 기업화하고 자본화하는 데 성공했으며, 다른 한편으로는 전문적 수사를 도입하기 시작했다.

탐정이라는 직업과 미스터리의 성격은 이제 완연히 미국화된다. 미스터리는 더 이상 세계에 대한 고급 수수께끼 혹은 부르주아의 교양 있는 오락의 영역이 아니라, 메마르고 잔인한 무질서의 개척지를 보호하는 직업적이고 전문적인 업무의 영역으로 전환되는 것이다. 따라서 탐정 역시 뛰어난 식견과 영감을 지닌 개인의 통찰력으로 문제를 해결하는 사무직이 아니라, 현장을 탐문하고 증언을 확보함과 동시에 다양한 폭력과 위험에 노출된 현장직이 된다. 탐정은 화이트칼라 부르주아에서 블루칼라 노동자로 전환되며, 그들은 언제든 방아쇠를 당길 수 있는 총잡이와 갱의 숙적일 뿐 아니라, 사실 정부와 기업에 고용되어 사면되었을 뿐인 또 다른 총잡이들이다.

초기의 하드보일드 작가로 알려진 대실 해밋(Dashiell Hammett)은 바로 이 핑커톤 탐정사무소 출신의 작가로, 그의 작품에 등장하는 탐정들 역시 자비심 없는 미국적 마초의 전형을 보여준다. 서부 개척과 갱들의 시기는 끝났지만, 거꾸로 범죄는 사라진 것이 아니라 일상화된다. 서부 개척이 마무리되고 미국 내부에 메트로폴리스들이 형성되면서 다양한 이권을 획득한 대기업들이 출현했다는 사실은 단순히 자본주의의 발전을 의미하는 것이 아니다. 1차 세계대전 이후로 범죄는 기업화되고, 각종 부패가 새로운 사회적 문제로 떠오른다. 이제 자본가들은 새로운 시대의 내부적 적대자이면서 일개 탐정의 힘으로 쉽게 단죄할 수 없는 존재다. 따라서 하드보일드 장르는 과거의 개인 범죄자보다도 강력한 적과 대립한다는 사실에 기초하여 탐정 개인의 단단한 마초성을 긍정한다. 탐정의 신체는 함부로 파괴되어서는 안 되며, 여러 유혹에 노출되지만 스스로의 고집을 밀어붙일 수 있어야 하기 때문이다.

이러한 배경에서 대실 해밋의 대표작《몰타의 매》(The Maltese Falcon, 1930)는 이후의 하드보일드 소설들에 지대한 영향을 미치는 인물의 도상들을 강렬하게 제시하고 있다. 특히 마초 탐정과 그를 함정에 빠뜨리는 팜파탈 여성이라는 전형적인 관계성은 하드보일드 소설들만이 아니라 필름 누아르의 전통에까지 계속 반복되어 나타난다. 굳이 지적하지 않더라도 이러한 인물 구도가 식상할 뿐 아니라 성차별적이라는 사실은 너무나도 명백하기에, 오늘날에는 이러한 도식성을 변주하거나 갱신하지 않으면 하드보일드 장르가 시대착오적이라는 비난을 피할 수 없다.

결국 팜파탈 여성의 존재 이유는 고집 센 마초 탐정을 부각시키기 위한 기능적 요건일 뿐이다. 실제로 소설의 주인공 새뮤얼 스페이드에 대한 묘사는 그의 생김새뿐만 아니라 그가 피우는 담배 연기까지 디테일하게 클로즈업된다. 그에 대한 디테일한 묘사는 그가 가진 마초적인 매력이 이 시대에 악당과 싸우기 위한 절대적 조건이라는 믿음으로 이어진다. 그는 동료 탐정 아처의 아내와 내연관계일 뿐 아니라, 결코 도덕적이라고 볼 수 없는 인물임에도 물질적 욕망에 타락한 악당보다는 절대적으로 나은 사람이어야만 한다.

《몰타의 매》에서 범죄의 원인이자 욕망의 대상이 되는 '몰타의 매'라는 검은 새 조각은 모조품에 불과하다. 실재하는 것은 욕망에 눈이 어두운 사람들의 아귀다툼일 뿐이며, 결과적으로 스페이드에게 밝혀진 진실 또한, 아처와 서스비라는 동료들을 죽인 팜파탈 범인뿐이다. 스페이드는 범인인 요소네시의 간곡한 청에도 불구하고 그녀를 경찰에 넘긴다. 언제나 하드보일드 장르가 보여주는 것은 '더 나쁜 것'에 대한 판타지다. 우리의 탐정은 마초에 이기주의자이며, 다소간 부도덕하다. 그러나 그게 뭐 어쨌단 말인가. 현대사회는 더 심각하게 병들었다. 기업과 부자들은 누구보다 부도덕하며, 남자를 유혹하는 여성은 제일 믿을 수 없는 존재다. 이렇게 더 나쁜 것들이 존재하는 한, 하드보일드의 마초 탐정은 오늘도 자신의 존재의의를 발견할 수 있다. 반대로 말하자면 그들은 언제나 병든 현대사회를 들여다보며 자기 위안을 얻을 뿐, 그 이상은 할 수 없는 존재.

레이먼드 챈들러와 필립 말로

하드보일드라는 단어를 들었을 때 무엇이 떠오르는가? 사람마다 조금씩 다를 수는 있어도 핵심은 개념이나 인물이라기보다는 이미지다. 이 미스터리의 하위 장르는 미스터리의 관습과 문법이라는 차원의 변화보다도 오히려 도상(icon)의 변화를 통해서 선명하게 체감된다. 많은 미스터리 마니아들이 익히 알고 있듯이 하드보일드는 분위기(mood)에서 성패가 결정되기 때문이다. 그러나 정작 이 분위기가 어디에서 온 것인지, 왜 이러한 형태가 되었는지에 대해 질문하는 과정은 종종 간과된다. 하드보일드를 구구절절 말로 설명하는 것은 보통 쿨하지 않으며, 시쳇말로 '가오'가 상하는 일이다. 하드보일드란 대화보다는 혼잣말을, 설명보다는 독백을 즐겨 하는 장르이기 때문이다.

하드보일드는 이미지 중심으로 특정한 정서적 분위기를 연출하는 데 집중한다. 따라서 하드보일드 장르 특유의 정서를 이해하려면 미스터리라는 장르의 미국화를 상정해야만 한다. 하드보일드는 어둠 속에 숨어 있는 개인 범죄자의 정체를 백주대낮에 명명백백 밝혀내는 장르가 아니라, 도시의 어둠 자체를 응시하는 장르이기 때문이다. 따라서 범죄는 더 이상 평범한 사람들이 이해할 수 없는 비일상과 비이성의 결과물이 아니라, 오히려 너무나도 일상적인 도시의 단면이자 현대사회의 명백한 일부분이다. 범죄는 개인의 비이성과 혼란 때문에 생겨나는 것이 아니라 전체 대중을 사로잡고 있는 시대적 현상이자 사회 구조적 변화의 결과물이다. 큰 틀에서는 유사하다고 할지라도 대실 해밋의 소설에서 범죄가 좀 더 추상적이고 보편적인 형태의 인간 욕망을 다루고 있다면, 레이먼드 챈들러(Raymond Chandler)에게 있어서 범죄는 그보다 더 해결하기 어려운 도시 그 자체와의 대결이다.

레이먼드 챈들러는 가장 미국적인 수단과 방식으로 셜록 홈스 이후 추리소설의 새로운 전형과 도상을 제시했다. 필립 말로는 챈들러의 페르소나라고 부를 수 있으며, 새로운 시대 하드보일드 탐정의 도상 자체가 되었다. 홈스가 19~20세기 영국 부르주아의 계급성을 대변하는 외형의 소유자였다면, 말로는 미국에서 문명화되고 도시화된 형태의 자경단의 모습을 새롭게 제시하는 방식으로 새롭게 갱신되었다. 홈스는 헌팅캡과 망토가 달린 코트를 입고 종종 파이프 담배를 피우고, 총보다는 돋보기를 손에 드는 이미지의 삽화로 제시되었다. 반면에 말로는 페도라를 쓰고 트렌치코트를 입으며, 연초를 줄담배로 태우고, 돋보기보다는 권총을 손에 쥔 이미지가 익숙하다. 홈스에게는 범죄가 발생한 사건 현장과 그 외의 일상적 공간이 분리되는 반면에, 말로에게는 도시의 어두운 골목은 언제 무슨 일이 있어도 이상하지 않은 곳이다. 따라서 그는 말쑥한 외모를 하고 있지만 동시에 준비된 야생동물처럼 위협에 반응해야 한다.

이러한 인물의 도상은 하드보일드가 지향하는 주제 의식 및 분위기와 적절하게 어우러진다. 따라서 이야기의 공식 혹은 문법 또한 인물을 닮아간다. 하드보일드는 때때로 서술에 있어서는 지지부진하고 때로는 배신과 반전을 표현하기 위해 복잡하게 꼬여 있기도 하지만, 전체적으로는 결국 주인공 탐정의 모든 인식과 시선을 고스란히 반영하고 있다. 결과적으로 하드보일드의 탐정은 전통적 미스터리의 관습 속에 있지만 같은 방식으로 이야기를 풀어나가지는 않는다. 머릿속에서 이뤄지는 논리적 추리보다는 거리에서의 탐색과 심문, 각종 물리적 위협에서부터 신체적 폭력까지 모든 수단이 활용된다. 협잡과 회유, 유혹과 속임수가 탐정 주위를 맴돌며 상시적으로 발생하기에, 기본적으로 말로가 세상을 바라보는 관점은 비정하거나 염세적이다. 때로는 예상치 못한 위협과 배신이 충격을 주지만, 말로는 그 충격에서 손쉽게 빠져나간다. 그것은 말로가 정신적으로 성숙한 초인이기 때문이 아니라, 염세주의자이며 근본적으로 사람을 크게 신뢰하지 않기 때문이다.

하드보일드는 인물의 도상적 묘사와 그 내면 사이의 일치를 강조한다. 그리고 챈들러 고유의 스타일이자 필립 말로를 형성하는 핵심적 특징은 서술에서 드러나는 긴 독백이다. 이러한 스타일은 하드보일드 장르의 생생함을 제공하는 데 큰 역할을 했으며, 인물의 내적인 묘사와 추리 과정을 병행하는 방식이다. 이후 하드보일드를 지향하는 미스터리 작품들은 이러한 내적 독백을 작품의 분위기를 구성하는 관습이자 도상처럼 사용한다. 흥미롭게도 여기서 독백은 단순한 심리의 서술이라기보다 분위기를 구성하는 이미지에 가까운 것으로, 주인공의 내면적 고뇌를 외적으로 표현하고 이는 병든 사회 내부에서 주인공을 변별성 있는 존재로 만들어준다. 하드보일드 장르는 사회를 비판적으로 보는 동시에 역설적으로 탐정 개인의 차별성과 독특성에 천착한다.

'예술이라 불리는 모든 것에는 구원의 요소가 있다. 그것은 순수한 비극일 수도 있고, 동정과 아이러니일 수도 있고, 강한 남자의 거친 웃음일 수도 있다. 그러니 이 비열한 거리에서 홀로 고고하게 비열하지도 때 묻지도 않고 두려워하지도 않는 남자는 떠나야 한다. 리얼리즘 속의 탐정은 그런 사람이어야 한다. 그는 히어로다. 그는 모든 것이다. 그는 완전한 남자여야 하고, 평균적인 사람이면서도 동시에 평범하지는 않아야 한다. 진부한 표현으로 그는 진정한 남자다. 그것은 몸에 배어 자연스럽고, 본능적이고, 필연적이지만 남들 앞에서 스스로 떠벌리지는 않는다. 자신이 사는 세계에서는 최고의 남자여야 하며 다른 세상에서도 잘 통하는 남자다. 그의 사생활에 필자는 그다지 관심이 없지만, 그는 내시도 아니며 호색가도 아니다. 조직 보스의 여자를 유혹할 수는 있지만 처녀를 더럽히지는 않을 것이다. 한 가지 면에서 진정한 남자라면 다른 측면에서도 마찬가지일 것이다.[1]'

챈들러가 규정하고 있는 탐정의 고유함에 대한 이해를 종합해보자면, 하드보일드 장르의 스타일이 구성하는 것은 타인과 사회에 대해서는 시니컬하지만 도덕적으로는 우월한 남성이다(물론 우리는 모든 서술이 결코 오늘날의 관점에서, 그리고 젠더 관점에서 심각하게 문제적이라는 사실을 알고 있다). 영국의 고전적 미스터리에서 탐정이 계층적인 아비투스를 대변하고 있다면, 상대적으로 필립 말로는 세계대전을 거치며 성장해

1) 　　레이먼드 챈들러, 《심플 아트 오브 머더》, 북스피어, 2011, 34~36쪽.

온 미국의 시대적 혼란 속에서 탄생한 고고한 개인이다.

　　이는 앞서 언급했던 미국 특유의 프런티어 신화 속 자경단이 발전된 도시 문명 속에서 자기 역할을 수행하기 위해 선택한 위장과도 같은 것이다. 슈퍼히어로처럼 대단한 코스튬을 입는 것은 아니지만, 그만큼 고고한 자기 독립성이 하드보일드 탐정의 직업정신을 구성한다. 필립 말로는 조직에는 어울리지 않으며 가족에 얽매이지 않고, 애정과 여성에도 굴복하지 않는다. 이것이야말로 전후 미국 사회에 필요하다고 상정된 영웅적 예외성이다. 이러한 남성적 분위기야말로 하드보일드를 구성하는 요체이면서, 당대의 시대성을 극복하기 위한 일종의 문학적 방법론이기도 하다. 그리고 이러한 분위기와 도상을 영화적 표현주의로 가져간 것이 필름 누아르(film noir) 장르가 된다.

필름 누아르라는 느낌의 장르

　　필름 누아르는 범죄 서사라는 소재를 적절하게 표현하는 '검고', '무거운' 장르적 분위기를 연출하는 데 집중한다. 이러한 영화적 갈래는 하드보일드 장르가 유럽의 영향으로부터 할리우드 표현주의를 통해서 더욱 구체화된 장르라고 할 수 있으며, 앞서 하드보일드 장르의 내용도 주요하지만 영화적 표현에 집중하고 있다. 따라서 이 필름 누아르는 철저하게 형식적인 장르이며, 하드보일드의 도상을 영화라는 매체를 통해서 새롭게 갱신한 장르에 가깝다. 관객은 단순히 영화 속의 어두운 분위기를 보는 것만이 아니라, 현대사회를 묘사하는 메마른 시선과 현실 앞에 놓인 인간 내면의 단면을 본다. 필름 누아르라는 개념보다도 앞서 이를 선취한 작품인 〈시민 케인〉(Citizen Kane, 1941)처럼, 누아르는 단순히 선과 악의 이분법을 넘어서 개성적인 인간의 내면을 시각적으로 재현하고자 노력하는 장르가 된다.

　　하지만 필름 누아르는 소설에서처럼 단순히 인물이 취하는 태도와 내면을 곧장 전달할 수 없기에 그 영화적 특징을 새로운 형식적 특징으로 가진다. 특정 장르나 정형화된 스토리보다는 확연한 영화적 스타일과 특정한 역사적 시기와 관련된 시각적 표현과 주제의 관습 체계다. 표현주의에 의한 개성화에 의해서, 일반적인 갱스터 무비보다 작가주의와의 적절한 결합이 가능했으며, 하나의 형식화에 제한되지 않고 다양한 네오누아르 장르, 혹은 파편적인 복합적 장르로 발전한다. 오늘날 누아르를 주류 장르라고 부르기에는 어려움이 있겠지만, 다양한 장르에 분위기적으로 뒤섞여 있는 경우를 쉽게 발견할 수 있다.

　　하드보일드가 이미 제시한 세계에 대한 증언들처럼, 할리우드의 필름 누아르 영화들 역시 전반적으로 전통적인 미국적 가치에 대해서 미국 사회에서 점차 늘어나는 환멸에 대한 기록이다. 세계대전 이후 대다수의 미국인들에게 찾아온 경제적 기회만큼이나, 통제할 수 없을 만큼 커져가는 대도시의 익명성에 따른 경계심, 늘어나는 부자들의 숫자만큼이나 쉽게 발생하는 각종 부정과 부패, 성적인 혼란과 함께 가족 간 갈등의 증대, 물질적 풍요 속에서 심각해지는 인간과 개인에 대한 소외가 부각된다. 수많은 형태의 새로운 사회적 갈등이 출현했을 뿐 아니라, 도시를 중심으로 극심해진 모럴 해저드를 느끼는 남성들의 내면적 혼란이 강조된다. 이주민들에 의해 형성된 아메리칸 드림은 오히려 더 많은 욕망의 부작용을 낳았고, 미국적 가치라고 칭송받았던 것들은 긍정적인 미덕이 아니라 더 많은 갈등과 환멸로 이어진다.

　　과거의 단순한 마초-구원자로서의 남자 주인공에게도 이제는 더 많은 내면이 부여된다. 그들은 자신만의 고고함으로 문제를 해결하거나 단순하게 대상화할 수 없게 되었다. 남성의 역할이 야성적이고 난폭하며 성적으로 혼란에 빠져 있는 인물로 발전한다. 누아르의 주인공들은 자신도 모르는 위험에 노출되어 있으며, 그 원인은 통제하기 어려운 소유욕이나 예상하지 못한 실수 등으로 그려진다. 하드보일드의 탐정이 유혹에 저항하거나 혹은 유혹 자체를 통제할 수 있으리라 믿는 것과 달리 누아르의 주인공들은 유혹에 대한 면역력이 부족하거나, 자신도 모르게 성적 혼란 속에 빠져든다. 따라서 과거의 팜파탈 여성 또한 '팜 누아르'라 불리는 본격적인 요부로 발전하며 남성 주인공들이 서 있던 위태로운 발판을 치워버리는 것이다.

　　누아르의 여주인공은 종종 주도적인 역할을 하면서 남자 주인공을 조종하고 때론 길들이기도 한다. 선과 악의 두 얼굴을 가진 마녀, 배반하는 요부, 음흉한 과부 역할을 맡는다. 주인공 남성은 주로 이러한 여성을 연민하기도 하지만, 결과적으로는 단죄하거나 혹은 용서하며, 그들을 교화하거나 사회로부터 축출하기도 한다. 여기서 팜 누아르의 핵심 역할은, 그러한 여성을 '합법적으로' 소유하고 있는 제3의 존재와 주인공 사이의 갈등이다. 주인공이 갱에 속해 있는 말단 조직원일 경우 그를 유혹하는 팜 누아르는 보통 보스의 정부가 된다. 보스의 존재가 여성을 접근 불가능한 존재로 비치게 하기 때문에, 오히려 주인공의 욕망은 위태로운 방향으로 나아간다.

　　실제로 유혹에 넘어갔든지 혹은 유혹을 이겨냈든지 간에 주인공은 어떤 방식으로든 자신이 처한 상황에서 통제할 수 없는 혼란에 의해 치명적인 실수 혹은 불안정한 내면을 고스란히 반영하는 결과물을 남긴다. 아주 작은 실수와 그 흔적만으로도 보스가 자신의 목숨을 좌우할 수 있다는 사실을 망각한 채 말이다. 이윽고 남자 주인공과 그녀의 관계는 부적절한 위반 관계로 낙인찍힌다. 그러한 팜파탈 여성에게 연루되면서 주인공은 자신의 보스이기도 한 아버지와 같은 인물을 배반하게 된다. 누아르에서 팜파탈이란 생생하게 살아 있는 인간적인 파트너라기보다도, 비인간적이고 기계적인 기능을 수행하는 파트너에 불과하다. 이 장르는 결과적으로 이중의 구도에서 남성적이다. 남성의 내면적 혼란을 정당화한다는 점에서뿐만 아니라, 그러한 정당성을 위해 여성을 도구화하고 악마화한다는 점에서도 말이다.

전형적인 누아르, 김지운 감독의 〈달콤한 인생〉

　　비교적 할리우드의 전형적인 누아르 무비를 그대로 재현하고 있는 김지운 감독의 영화 〈달콤한 인생〉(2005)에서 윤희수라는 여성 캐릭터의 역할은 전형적으로 이러한 팜파탈 여성 캐릭터의 기능을 따른다. 그녀는 주인공 김선우와 사실상 부적절한 관계를 맺지 않았음에도 불구하고 김선우가 조직의 보스 강 사장과 대립하도록 만드는 기능적인 존재다. 실제로 그녀는 선우가 강 사장의 배신에 의해 땅에 묻히고, 다시 살아나와 복수를 펼쳐 나가는 영화 후반부의 서사에서는 전혀 중요하지 않은 존재로 주변화된다. 이러한 팜파탈 캐릭터의 기계적 면모는 실상 필름 누아르의 서사적 핵심이 결코 여성에 있지 않으며, 오히려 여성을 매개로 하는 두 남성, 아이와 아버지로 대변되는 오이디푸스 콤플렉스적인 남성적 갈등의 재현이라는 사실만을 보여줄 뿐이다. 안타깝게도 고전적인 누아르에서 여성이란 결국 남성 사이의 갈등에 불을 지피고, 더 큰 의미에서 그들의 동성사회적인 연대를 위해 자기 스스로 땔감이 되는 존재에 불과하다.

　　　선우의 관점에서 말하자면, 누아르의 주인공들은 자신도 모르는 사이에 저지른 죄(개인의 소외, 통제되지 못한 야망, 도시인으로서의 성적 혼란)와 마주하며, 그로 인해 고통을 받는다. 선우는 단지 희수의 남자친구를 처리하지 않고 보내준 것만으로도 강 사장에게 배신당해 죽을 위기에 놓인다. 그것이 선우에게 있어서 상징적인 아버지에 해당하는 강 사장의 권위(성적인 능력과 조직에 대한 지배 능력을 포함하는 포괄적인 의미의 팔루스)에 "모욕감을 줬"기 때문이다. 따라서 누아르 영화가 내놓는 포괄적인 의미에서의 해결책은 보통 생존과 자존감의 유지를 가능케 하는 금욕적 절제다. 아들들은 아버지들의 성적 방종 혹은 그들의 성적 무능을 감추기 위해 벌어지는 한바탕의 폭력극으로부터 벗어나고자 한다. 선우의 죽음은 어떤 면에서 의도적인 차원에서 아버지의 세계와의 작별(그러나 폭력 이외의 방법을 모르는 여전히 남성적인 세계에 종속된 채로)을 함축한다. 이처럼 그 결말에서 하드보일드 탐정들처럼 필름 누아르의 주인공 남성은 자신을 소외시키는 사회를 일별하고 사라진다. 하드보일드 탐정이 휘날리는 트렌치코트와 중절모를 내세웠다면, 누아르의 남성들에게는 피에 젖은 슈트와 적절한 내레이션 혹은 음울한 음악이 필요할 것이다. 하드보일드와 필름 누아르는 미스터리로부터 파생되었지만, 이제 중요한 것은 추리의 위력이 아니라 고립된 영웅의 개성적 스타일이다.

　범죄를 다루는 장르 가운데 갱스터 무비가 한 개인의 야망과 관련된 성패를 서사적 흐름과 빠른 몽타주를 통해서 보여준다면, 누아르는 소외에 직면한 주인공에 대한 미장센에 멈춰서 내면의 갈등에 천착한다. 이때의 갈등이란 주로 갱스터 장르가 노골적으로 표현했던 것들을 은연중에 복합적으로 드러낸다. 누아르 장르에서 사회적 규범에 대한 의문은 범죄 서사의 양상을 띨 때, 자신을 둘러싼 조직 자체에 대한 의문, 즉 갱의 대부에 대한 의문으로 이어진다. 아들의 아버지에 대한 선망과 질투, 동일시와 적대라는 복합적인 감정의 심리적 드라마에 가깝다. 이와 같은 내면의 분투를 외면화하는 과정에서 '후까시'는 필연적인 결과물 중 하나다. 마초-구원자가 시대착오적이라고 느끼는 시기에 이르러서 더더욱 '후까시'란 한껏 허세를 부리는 느낌의 형식화일 수밖에 없다. 어떤 의미에서 마초적 장르로서의 누아르는 이미 죽음을 맞은 것이나 다름없지만, 아이러니하게도 후까시로의 승화는 궁극적으로 그러한 시의적인 판단조차도 신경 쓰지 않는 무심함 속에 있을 것이다.

멜로드라마적 변격 미스터리 강세 속에 장르의 재구성을 시도하는 한국

　마무리하며, 지금까지 살펴본 하드보일드와 누아르의 전통에서 하드보일드 장르는 한국에서 그다지 선호되는 미스터리 하위 장르가 아니다. 특히 한국의 미스터리가 전통적인 본격 미스터리나 엄밀한 의미의 사회파 소설 어느 쪽에도 정확하게 맞아떨어지는 것은 아니라는 사실을 고려한다면, 하드보일드가 인기를 끌 만한 기대 지평은 거의 존재하지 않는 것처럼 보이기도 한다. 한국이라는 로컬리티의 이야기 문화 경향을 거칠게 요약하자면 한국은 멜로드라마적 장르의 기반이 강한 나라이며, 역동적인 감정과 사건 중심의 서사를 선호하는 분위기 속에서 정적인 추리의 본격 미스터리나 혹은 무거운 분위기의 하드보일드가 주류가 되기 어려운 상황은 충분히 이해할 만하다. 따라서 한국 고유의 미스터리 전통 역시 이러한 멜로드라마적 성격에 기반한 변격 미스터리의 형태에 가장 근접한다고 말할 수 있을 것이다. 물론 상황을 아주 비관적으로 볼 필요는 없을 것이다. 흥미롭게도 누아르 장르의 영화가 지속적으로 시도되며, 하드보일드를 즐기는 소수의 마니아들을 위한 시도는 여전히 남아 있다. 장르란 살아 있는 생물처럼 유전적으로 갱신되며, 과거의 흔적들을 가지지만 결코 고정적인 방법으로 향유되거나 소비되어야 하는 것은 아니다. 한국의 로컬리티적 이야기 문화가 다양성에 있어서 아주 풍요로운 것은 아니지만, 그럼에도 불구하고 분명 여러 전통 장르에 대한 재구성이 시도되고 있다(예를 들어 〈차이나타운〉(2014)이나 〈미옥〉(2017)처럼 여성 중심의 누아르라는 어려운 목표에 도전한 일련의 영화들도 이러한 시도의 일부다). 따라서 조만간 한국적으로 갱신된 하드보일드와 누아르가 더욱 세련된 형태로 우리 앞에 나타날 것이라는 기대가 결코 무기력한 전망은 아닐 것이라 믿는다.

자신을 타인처럼 모른 척해온 이들을 위한 이야기

우울의 중점
이은영 소설

심리적 시공간을 환상적으로 연출하는
이야기 마술사의 등장
자신을 타인처럼 모른 척해온 이들을 위한 이야기
— 박민상문학평론가

우울의 중점
이은영 소설

신화인류학자가 말하는
이야기의 힘 ③

—상상력은 무기력을 찍어 넘기는 도끼다

공원국

《춘추전국이야기》(전 11권)를 비롯해,《유라시아 신화 기행》,《여행하는 인문학자》,《가문비 탁자》(소설) 등을 쓰고,《중국의 서진》,《말, 바퀴, 언어》,《조로아스터교의 역사》,《하버드- C. H. 베크 세계사 1350~1750》(공역),《리그베다》(전 3권, 근간) 등을 옮겼다. 역사인류학의 시각으로 대안적 세계사를 제시하겠다는 포부를 품고, 유라시아 초원 지대에서 현지 조사를 수행하며《세계사의 절반 유목인류사》(전 7권)를 집필하고 있다.

돌아본다. 이 길에 들어선 지 15년째, 매해 책 두어 권을 쓰거나 옮겼다. 앞으로 10년을 더 쓴다면 50권, 20년이면 70권에 이를 것이다. 운 좋게 그때까지 써서 그 권수를 채운다면 과작은 아닐 것이다. 오늘 이야기할 애거사 크리스티 여사에 비할 바는 아니지만 불행히 요절한 에드거 앨런 포보다는 훨씬 많이 쓴 작가가 될 테니까. 문제는 질이다. 이리저리 날뛰며 쓴 글쓰기의 볼품없는 결과를 볼 때마다 어떤 특수한 요소의 결핍이 느껴진다. 나의 글쓰기에는 공간이 어지러이 흩어져 있다. 쓰기 분야에서는 '양질전환(量質轉換)의 법칙'이 적용되지 않는 듯하다. 특히 우리가 다루는 추리소설 분야에서는 처음부터 잘 쓰는 이는 시간과 더불어 숙성하고, 처음에 못 쓴 이는 시간에 의해 오히려 퇴락하는 '빈익빈부익부(貧益貧富益富)의 법칙'이 적용되는 것이 아닐까 의심이 들 정도다. 그저 사실이 아니기를 빈다.

추리소설을 다룰 때 절대로 빠지지 않을 사람, '범죄의 여왕'이 아니라 '범죄의 왕'이라 불러도 될 크리스티는 첫 작품부터 특출했다. 크리스티의 특출함은 그녀가 예리하게 쓰는 도구, 즉 공간 장악력에서 분명하게 드러난다. 그러나 본론으로 들어가기에 앞서 며칠 전 나를 곤경에 빠뜨린 어떤 도구에서 이야기를 시작하겠다.[1]

문제의 도구는 도끼다. 도끼머리는 3.5파운드짜리 강철로,[2] 자루는 90센티미터짜리 미국산 히코리나무로 만든 것이다. 이 도끼가 내

---

[1] 그녀는 이렇게 갑자기 장면을 전환한다. 요즈음이야 이런 전환은 진부한 기법이 되었지만, 그녀가 창조한 에르퀼 푸아로가 결정적인 순간 사라지고 느닷없이 장면이 바뀔 때, 얄미워서 오히려 책장을 빨리 넘긴 경험을 나만 한 것은 아닐 터이다.

[2] 인터넷 매장에서 도끼를 파는 친구들은 왜 무게를 파운드로 적을까? 크리스티를 이야기하는 오늘만은 이 빅토리아식 시대착오를 용서한다.

손에 들어온 경로는 약간 특이하다. 나는 어떤 정원을 하나 만들려고 힘을 쓰는 중이다. 북동향의 뽕나무밭과 묘지를 듬성듬성 낀 자연림이 잠정적으로 실낙원(失樂園)으로 이름 붙인 정원이 들어설 장소인데, 이 터는 정말 꼴사나운 위치에 자리 잡고 있다. 정북향 257미터 거리에 대형 돈사(豚舍), 북북동 방향 256미터에 지점에 중대형 우사(牛舍), 산 너머 정동향 200미터쯤에 초대형 계사(鷄舍)가 하나씩 있다. 나무가 막고 있는 남쪽으로 가면 또 짐승 우리가 여럿 있지만 300미터 이상 거리에 있는 것은 아예 언급하지 않겠다. 그래도 나에게는 소중한 공간인데, 작가의 변변치 않은 수입과 그보다 조금 나은 아내의 월급으로는 시골의 이런 곳이 아니면 정원을 만들 만한 땅을 구할 수 없다.

그래도 이 땅에는 내가 무슨 짓을 하든 아무 말 없는 돌아가신 분들의 쉼터, 즉 무덤이 몇 개 있어서 한 오라기 품격을 유지한다.[3] 무덤 곁에는 세월을 이겨낸 무덤지기 나무들이 있기 마련이다. 이런 나무들을 정원수로 남겨 천연의 울타리로 활용할 예정이다.[4] 그런데 이 터 서쪽 끝에는 무덤도 없는데 아름드리 상수리나무 하나가 서 있다. 아쉽게도, 이 친구는 햇빛 잘 드는 채전밭을 덮고 있어서 제거할 수밖에 없다. 마침 몸통이 멋지게 굽어서 대들보로 쓸 만했다. 이 친구를 넘길 도구를 한참 고민했다. 굴러온 돌 주제에 터줏대감에게 기계톱을 들이대는 것만큼 실낙원이라는 이름과 안 어울리는 몰지각한 행동도 없을 듯했다. 예컨대 《노인과 바다》의 노인이 그 청새치를 전기충격기로 죽여 끌어올리는 게 가당키나 한 일인가? 톱도 쓰지 않기로 했다. 엔진 톱이 연상된다는 이유다. 그 친구에게 어울리는 더 원시적인 도구, 인류가 통나무를 어려워하던 시기의 도구가 필요했다. 그래서 구입한 게 그 도끼다.

섬세하게 벼린 날로 나무 둥치를 돌아가며 껍질을 제거하고, 심호흡을 한 번 하고 호기롭게 내리치는 순간, 도끼는 쇠처럼 단단한 참

3)   무덤이 있는 땅은 싸기까지 하다! 무덤을 좋아하는 나는 쾌재를 불렀다.

4)   이렇게 거저 주어진 것이 아니라면 내 주제에 무슨 수로 정원수를 구하겠는가?

나무 둥치에서 튕겨 내 손을 떠나버렸다. 순간 얼굴이 화끈거려 주위를 돌아봤다. 도끼는 어릴 적부터 써와서 익숙한 물건이었다. 주워서 겨우 서른 몇 번 내리치는 사이 왼손에 물집이 잡히더니 얼마 후에는 출혈이 시작되었다. 도끼도 낯설어졌지만, 문제의 원인은 서 있는 나무가 이제껏 내가 보지 못한 친구였다는 것이다. 이내 타법을 바꾸어 쥐가 문지방을 쏠듯, 아니 흰개미가 기둥을 파먹듯 한심한 속도로 갉아 들어갔다. 멈추지만 않는다면 이론상 해 지기 전에 나무는 넘어갈 것이다.

나무는 넘어졌다. 하지만 해가 슬며시 서쪽 능선 느릅나무에 걸렸을 때 흰개미의 입질을 받던 나무는 완전히 예측하지 못한 모양으로 별안간 넘어졌다. 밭 위로 비스듬히 누워 있던 나무는 중간쯤 잘리자 길게 세로로 찢어졌다. 쩡쩡거리는 경고음이 없었으면, 도끼처럼 내동댕이쳐질 뻔했다. 그런 화는 면했지만, 그토록 특별한 공을 들인 대들보는 반으로 쪼개져 있었다. 살짝 눈물이 날 것 같았지만, 돌이켜보니 도끼나 나무는 그저 물리법칙을 따를 뿐이다. 물리법칙을 정확히 이해하지 못한 나의 뇌만 뻔한 결과를 몰랐던 것이다.

본론으로 돌아와, 서사에서 행위자와 배경을, 그 배경과 도구를, 다시 그 도구와 대상을 빈틈없는 인과의 연결고리로 잇는 요건은 무엇일까? 대상을 쪼개진 나무 조각이 아니라 대들보로 만들어내는 관건 말이다. 추리소설가는 고리를 만들어내는 사람들일 것이다.

애거사 크리스티의 정원

인쇄된 작품은 결국 독자에게 읽혀야 하므로 첫 작품이라도 습작일 수는 없다. 작가라면 누구나 자신만의 실험실에서 여러 번 반복 실험을 거친 후 작품을 대중 앞에 내놓을 것이다. 물론 그런 실험실을 갖추지 않고도 작품을 마음대로 쓸 수 있는 사람들이 있을 테지만, 그가 정말 초인이 아니라면 다작하기 어려울 것 같다. 대상의 물성(物性)을 확고하게 이해하고 그것을 다양하게 적용할 물적 토대, 즉 자기만의 실험실 없이 추리소설에 필요한 다양한 가능성들을 얻기는 쉽지 않을 테니까. 적어도 크리스티는 자신의 실험실을 갖춘 작가였다. 그러기에 그녀의 작품에는 시약의 흔적이 고스란히 남아 있다. 《서재의 시체》[5]의 서문에서 그녀는 친절하게도 (어쩌면 독살의 대가답게 능청스럽게도) 작품의 배경과 거기서 벌어진 사건을 이렇게 대조한다.

> 특정한 종류의 소설에는 거기에 어울리는 판에 박힌 표현들이 있다. (…) 추리소설에는 '서재의 시체'가 그렇다. 나는 몇 년 동안 '잘 알려진 주제에 적절한 변화'를 둘 가능성을 분명하게 적어두었다. 그리고 스스로 어떤 조건을 설정했다. 우선 문제의 그 서재는 매우 흔하고 틀에 박힌 것이어야 한다. 반면 시체는 전혀 있을 법하지 않은 대단히 기상천외한 것이어야 한다. (…) 사람들이 "책을 쓸 때 실제 인물들을 모델로 하나요?"라고 물으면 나는 내가 알고 있거나, 얘기를 해본 적이 있거나, 심지어 얘기를 들어본 적이 있는 어느 누구에 대해서도 글을 쓰는 것이 절대로 불가능하다고 대답한다. 그렇게 하면 어떤 이유에선지 완전히 죽은 인물이 나온다.

서재는 복잡할 수는 있지만 공감할 수 없는 기괴한 공간이어서는 안 된다. 독자를 순식간에 무대로 끌어들이지 못하면 그들의 지적인 참여를 이끌어낼 수 없다. 크리스티는 언제나 서슴없이 배경으로 독자를 끌어들인다. 배경을 독자와 공유하는 데 그녀가 쓰는 글자 수는 터무니없이 적어서, 그 기법은 그녀가 맘껏 휘두르는 도끼질이 분명하다. 큰 도끼질 안에 작은 도끼질을 섞는 것은 얼마든지 가능하다. 판에 박힌 배경(예컨대 저택)을 뒤에 두고 작은 배경(예컨대 방)을 자유자재로 바꿈으로써 장면을 전환할 수 있다. 알려진 대로 크리스티는 거대한 저택과 대형 정원에 편집증적인 집착을 보였고, 언제나 그런 곳에서 살며

---

5)   애거서 크리스티 전집 27권. 박선영 옮김, 황금가지, 2013.

작품을 썼다. 1938년 그녀가 구입한 그린웨이 저택 일대의 땅은 무려 14.5헥타르(14만 5천 제곱미터)였다. 어려서도 그녀는 저택에서 살았다. 가문의 대저택 애시필드를 추억하며 그녀는 이렇게 썼다.

> (…) 숲이 있었다. (…) 나무에는 없는 게 없었다. 신비와 공포, 은 밀한 기쁨, 범접하기 어려움, 초연함 등. 나무 그늘에서 나오면 마법이 사라졌다. 그러면 다시 일상으로 돌아오게 된다.[6]

궁전이라고 할 수밖에 없는 지난 왕조 시대의 건물은 그녀에게 일상 이상의 마법을 선물로 안겼다. 바로 소설의 배경이다. 그 공간은 그녀에게 너무나 익숙하기에, 약간의 변주를 통해서도 틀에 박힌 구태의연함 속에 극도의 복잡성을 갖출 수 있었다. 여러 개의 방이 있는 저택과 자연림에 버금가는 정원에는 대립하는 감정들이 생겨나 숨을 공간이 무척 많다.

첫 작품《스타일스 저택의 괴사건》[7]에서 공간 전체는 최소한 두 방향에서 접근될 수 있고, 모든 주인공은 상반되는 두 개 이상의 목적과 감정을 품고 있다. 마치 나무 그늘 아래 있는 크리스티와 그늘을 벗어난 그녀처럼. 예컨대, 그야말로 '기상천외한 시체'가 된 저택의 소유자 잉글소프 부인의 방으로 들어가는 문은 세 개이며 충분히 사람이 드나들 수 있는 창문까지 있다. 문제의 방과의 거리에 의해 공간은 재배치되므로, 우리가 추리해야 할 공간은 이미 사방으로 중층적으로 펼쳐진다. 저택 자체는 배경이면서 여럿이 노리는 목적이다. 노리는 이들은 누구일까? 피살자의 남편 잉글소프, 그녀의 두 의붓아들 존과 로렌스, 아름답지만 왠지 차가운 큰며느리 메리, 피살자의 충실한 조력자인 듯하지만 지나치게 과격한 하워드 양, 부인의 방 옆에서 자는 독극물 전문가 신시아, 저택을 드나드는 외국계 괴신사까지. 의사, 간호사, 약사

---

6) 재키 베넷 지음, 김명신 옮김,《작가들의 정원》, 샘터, 2015, 76쪽.
7) 전집 12. 김남주 옮김, 황금가지, 2015.

등 독약의 사용법을 아는 이들은 왜 그리 많은지, 또 독약의 출처는 왜 여럿인지.[8] 애정 혹은 치정 관계 역시 모두 복수로 설정되어 있다. 남녀는 여지없이 쌍을 이뤄 등장하며 그들은 모두 상대에 대해 이중적인 태도를 취한다. 그 사랑이 진짜인지 가짜인지 혹은 이도 저도 아닌 제3의 감정인지 작가는 소설이 끝날 때까지 밝히지 않는다. 심지어 사건을 파헤치는 탐정 옆에도 충분히 그럴듯한 실력을 가진 형사들이 등장하는데, 그들은 단순한 소품이 아니다.

크리스티는 처음부터 남다른 야심을 가지고 이 공간을 완전히 장악하고 마법의 도끼를 휘두른다. 사방으로 열리고 닫히는 복합적인 공간, 과거와 현재를 오가는 시점, 다중으로 그려진 인간의 본성, 심지어 혼자인지 둘인지 모를 서술자까지 합쳐져 다중의 조합을 만들어낸다. 그녀의 상상력은 대저택과 자연림에 버금가는 인공 정원의 산물이다.

그러나 이런 복잡함은 오히려 재미를 감소시킬 수 있지 않은가? 큐브 놀이처럼 반복되는 복잡함은 지적 참여를 고무하는 대신 피로만 가중시킬 테니까. 그러나 그녀는 우리가 피로를 느낄 때쯤이면 어김없이 쉴 틈을 주는데, 그때도 그녀가 장악하고 있는 공간을 활용한다. 긴장이 지나치게 고조되면 그냥 장면을 바꿔버리는 것은 가장 손쉬운 방법이다. 느닷없이 톤을 바꿔 서술되는 공간 묘사 또한 비슷한 역할을 한다. 예컨대, 독특한 유머를 구사하며 독자의 경계심을 풀어주는 재주가 있는 탐정 푸아로는 공간을 묘사할 때는 미학적인 훈련을 받은 사람처럼 군다.

"놀라운걸! 정말 놀라워! 굉장한 균형미야! 저 초승달 모양의 꽃밭을 보게. 저 다이아몬드 모양의 꽃밭도 말이야. 깔끔함이 눈을 즐겁게 하는군. 간격도 완벽해."《스타일스 저택의 괴사건》, 69쪽)

자주 등장하지는 않지만 서술자(헤이스팅스)의 독백은 소설 전체

---

8)   크리스티 본인도 한때 간호사였다! 그러니 독극물 역시 그녀의 도끼다.

에서 작가가 갈구하는 것이 무엇인지 알려주며 독자를 안심시킨다. "나는 그곳 분위기에서 애정이 결핍되어 있음을 깨달았다. (…) 그녀의 죽음은 충격적이고 슬픔이었지만, 가슴 아픈 안타까움은 불러일으키지 않을 터였다."(《스타일스 저택의 괴사건》, 59쪽).

그녀의 소설은 저택의 미로를 이리저리 헤쳐 나가는 까닭에 이런저런 비판을 가할 수 있지만, 비판의 화살마저 길을 잃게 만들었다. 저택에서 시중드는 이들은 그저 그런 역할만 하며, 그녀는 하인들의 충성심과 단순함을 미덕으로 찬양한다. 동시에 그녀는 근본 없는 이들을 경멸하며 귀족의 품위에 대해서 시대착오적인 동경을 품고 있다. 저택의 주인과 뜨내기는 처음부터 분리되어 있다. 계급적 편견이 여과 없이 드러나는 듯하다. 그러나 현실의 크리스티 또한 정원사였다. 특히《그들은 바그다드로 갔다》[9]의 여주인공 빅토리아 존스는 불안한 프롤레타리아 계급 여성이지만 얼마나 솔직하고 당당하게 자신의 길을 만들어 나가는가? "저쪽의 밍크코트는 족히 3000달러는 할 것 같지 않아요?"라고 쑥덕대는 동행자 클립 부인의 가공할 만한 속됨이 그 프롤레타리아 처녀의 생명력과 극명하게 대조된다. 그녀는 귀족과 육체노동자를 묘사할 때 언어의 사용역(使用域)마저 구분하여 차별하지만, 저택 거주자들의 위선과 애정 결핍에 대해서는 가차 없는 칼날을 들이댄다. 노동자는 일해서 먹지만 귀족 상속자들은 벌지 않고 받으려 하는 자들 아닌가?

크리스티의 저택과 정원은 그녀의 추리소설에서 도끼 역할을 한다. 그렇다면 나를 포함해서 그녀만 한 재산과 재능이 없는 우리는 그런 도끼를 가질 수 있을까? 문 하나인 원룸 주위에 두려움과 기쁨을 동시에 줄 숲이 있을 리 없는 2022년 한국, 그곳의 보통 작가들에게 물리적인 공간 자체의 크기와 다면성이 작품의 질에 영향을 미치지는 않을까?

---

9)　　전집 63. 박슬라 옮김, 황금가지, 2008.

나의 야망, 우리의 정원

그럼 나는 왜 정원을 만들려고 하는가? 나도 크리스티처럼 언젠가 걸작을 쓰고 싶다! 아니다. 걸작을 써야 한다. 그러나 벽도 없는 나의 정원은 사방으로 우사, 돈사, 계사로 연결된다. 사료를 달라는 짐승들의 외침만 모른 체하면 외부로 통하는 콘크리트 포장로를 따라 이 짐승들의 감옥을 쉽사리 우회할 수 있다. 그러나 이곳에 거주하면 뜻하지 않은 만남을 피할 수 없다. 작년 12월 초순 눈까지 오는 쌀쌀한 밤, 이 정원 터에서 한 구역 떨어진 민박집에서 잠을 청하다, 새벽까지 이어지는 돼지 먹따는 소리, 정확히 말해 먹을 따이기 위해 트럭에 오르는 무수한 돼지들의 비명소리를 들었다. 돼지는 생후 넉 달이 되면 도축장으로 간다. 돼지의 자연 수명이 20년 정도이니 사람으로 따지면 첫돌을 맞는 날 도축되는 셈이다. 수명이 10년인 닭은 한 달이면 저승으로 간다. 닭이 닭장을 나서는 날 역시 비린 닭똥 냄새가 음산한 바람을 타고 야트막한 산을 넘어온다. 그런 곳에서 무슨 재주로 걸작을 쓰겠다는 것인가? 그래도 화단 냄새 대신 시궁창 냄새 나는 걸작도 있다면, 여기서 쓰는 게 가능하지 않을까?

1938년은 특이하다면 특이한 해다. 크리스티가 그린웨이 대저택을 구입한 바로 그해, 또 한 명의 영국 추리작가 조지 오웰이 《카탈로니아 찬가》를 출간했다.[10] 그 또한 공간을 도끼로 베어내는 능력이 있었지만, 그의 공간은 크리스티의 공간과는 성격이 다르다. 《카탈로니아 찬가》에서 그린 내전 중인 스페인 시골의 풍경은 날것의 웅장한 자연이지만, 그는 관찰에 머물지 않고 그 배경 안에서 실제로 싸우고 총에 맞는다. 《파리와 런던의 밑바닥 생활》의 빈민굴과 《1984》의 런던의 음울한 거리 역시 크리스티의 정원과 다르지만 폐부를 찌르는 살 냄새를 풍기는 공간이다. 죽는 순간까지 가난을 벗어나지 못한 이 색다른 추리소설가는 자신만의 '담장 없는' 정원에 색다른 요소 하나를 더했으니, 크

---

10)　　그는 추리작가가 분명하다. 《1984》는 엄연히 미래를 배경으로 한 걸작 추리소설이다.

리스티의 추리소설에는 없는 것, 즉 미래 시제다.

사실 문 하나 있는 원룸은 상상력을 펼칠 공간으로는 너무 좁지만, 원룸을 나서서 내려간 빈민굴은 다르지 않은가? 그곳에서는 최소한 문은 무한대로 넓어져 공간과 통합된다. 조지 오웰을 길동무로 삼는다면, 거리에서도 크리스티와는 다른 차원의 상상이 펼쳐질 수 있을 것이다. 저택형 실험실을 갖추기 어려운 이 땅의 추리소설가에게 거리야말로 상상력을 펼칠 최적의 무대일지도 모른다. 왜냐하면 21세기 이 시점의 거대한 변화는 과거라는 기억 저장소, 일자리라는 생존형 보험, 유대감이라는 심리적 울타리마저 다 부숴버렸기 때문이다. 인류학자로서 오늘날 개인들의 실존을 평가하라면, 우리는 혼자 사냥하도록 버려진 애완견이다. 강인한 이빨과 발톱은 물론 야수성과 무리 짓기 능력도 거세당한 채 사냥감 없는 아스팔트 위에 내팽개쳐진.

안주를 원한다면 우리 개인에게도 저택과는 다르지만, 마찬가지로 거대한 거주지가 있다. 벌집 구조의 똑같은 방이 무수히 이어지고, 주인은 그 방 안에서 '노동이 아니라 자신의 경험의 모든 측면을 다 빨아 먹히고 사는'[11] 공간이 그곳이다. 개별 원룸 안에 사는 이의 몸과 두뇌의 모든 움직임은 감지되어 분석되고 다른 이를 위한 이윤의 기반으로 소비된다. 이 구조 안에서는 숨을 곳도 미래를 주장할 권리도 없다.[12] 그 안에서도 개인은 실현되지 못할 꿈을 꿀 권리는 있겠지만, 꿈과 실존 사이의 간극으로 인한 절망의 폭만 키우다 신경증에 걸릴 것이다. 축사 안의 돼지나 닭은 사료를 먹으며 지극히 짧은 삶을 살다 몸을 희생하겠지만, 이 구조물 안의 인간은 상대적으로 긴 삶을 살며 살과 영혼을 속속들이 착취당한다. 과장된 표현처럼 들리겠지만, 21세기와 더불어 시작되고 코로나로 인해 악화된 소셜미디어를 유영하는 개별 소비자, 사냥감으로 더 약한 자를 고르는 약자들의 삶이 그렇지 않은가? 적어도 나는 이 비극을 확신하며, 확신은 나날이 강해지고 있다.

11)   쇼샤나 주보프 지음, 김보영 옮김, 《감시자본주의의 시대》, 문학사상, 2021, 33쪽.

12)   주보프가 '성역을 가질 권리'와 '미래 시제에 대한 권리'라고 부른 것.

크리스티는 자신의 저택 정원에서 성가시고 관음증적인 대중을 피할 성역이나마 찾을 수 있었다. 그녀는 그 안에서 대중의 시선을 피하고 상상하며, 소비되지 않고 소비자를 만들어낼 장치 역할을 했다. 그러나 우리들의 정원 없는 벌집은 그런 호사를 용인하지 않는다. 그래서 여전히 걸작을 갈망하는 작가인 나는 나름대로 반항을 실천하기로, 즉 축사로 둘러싸인 정원에서 브레멘의 음악대를 재현해보기로 했다. 우선 경마장에서 버려진 말 네 마리를 구할 것이다. 말에게 덩치에 걸맞은 공간을 제공하여 풀을 뜯게 하고 가끔 탈 것이다(개와 고양이는 생략하고). 그리고 양계장에서 데려온 암탉 네 마리를 더해서, 역시 그들이 날아다닐 공간을 제공할 것이다. 사람 사는 공간도 없는데 겨우 여덟 마리 짐승에게 그런 공간을 제공한다고 불평할 필요는 없다. 누구든 나의 울타리 없는 정원으로 언제 어디서든 찾아와 자고 먹을 수 있다.[13] 과일나무를 수백 그루 심어서 가지 치지 않고 키울 것이다. 나무도 짐승처럼 오직 자연사할 의무만 가지며, 꽃을 피우고 과일을 내주는 것은 그들이 선택할 일이다. 그 과수원에 미생물, 벌레, 새, 닭, 말, 그리고 사람 특히 장애인이 마음대로 돌아다니게 할 참이다.

그럼 나는 자선사업을 하려는 건가? 아니다. 나는 걸작을 쓰기로 마음먹었다. 땅에서 나는 것으로 배를 채우고 추리소설을 써서 생계를 도우려 한다. 물론 크리스티와는 다르지만, 분명히 추리 기법으로 쓸 것이다. 지금 쓰고 있는《유목문명사》에서 나는 '새로운 문명은 가능한가?'라는 질문에 탐정처럼 답할 것이고,《'실'낙원창업기—소우주들의 전쟁》에서 나는 일단 농약이라는 절대권력을 제거한 후, 식물-미생물-곤충-조류-포유류로 이뤄진 다층우주 안의 사건들을 써 내려갈 생각이다. 분명 매일 '기상천외한 시체'들이 발견될 것이다. 깍지벌레는 나무를 먹고, 무당벌레는 깍지벌레를 학살하고, 개미는 무당벌레를 살해할 것이다. 이 다층우주 안의 사건을 해결하려면 수십 가지 세밀한 추리가 필요할 것이다.

13)   물론 음식과 방이 있을 때만.

포유류와 인간 수준에서 벌어진 알력도 만만치 않을 것이다. 나는 돼지의 비명소리에 비명을 지를 것이고 돼지 공장주는 나의 비명에 역정을 낼 것이다. 누구는 이 정원은 역할도착교(役割倒錯教)의 요람이고 주인은 그 교주라는 소문을 낼지도 모른다. 그럼에도 주인은 시대착오적인 정원에서 여전히 시대착오적인 (과거가 아니라 미래로 현재를 대신하는) '추리소설'을 써낼 것이고, 몇 안 되는 독자들은 이 추리소설을 마지못해 읽겠지만, 읽지 않는 이들은 무턱대고 비난할 것이다. 하지만 추리작가에게 도끼질을 연마할 정원은 필수적이므로 나는 이 정원을 포기하지 않을 테니 갈등은 전방위적인 일상이 될 것이다.

먼저 쓴 사람은 특허권자다. 오늘날의 추리작가들이 크리스티의 도끼로 그녀가 남긴 나무를 넘겨도 뭐라 할 사람은 없다. 하지만 분명한 것은 그녀의 정원 안에 우리의 '미래 시제'는 없다는 사실이다. 조지 오웰의 방식으로 미래 시제의 권리를 요구하기 위해 넘겨야 할 대상은 남겨진 나무가 아니라 투명한 방탄유리 뒤에 선 유동적인 존재다. 어쩌면 두 발 달린 존재를 넘는 유기체-테크놀로지 복합체일지도 모른다. 추리소설가 아니면 또 누가 그런 상대 앞에서 도끼를 들겠는가?[14] 착취는 무지를, 무지는 무기력을 숙주로 삼지만, 상상력은 무기력을 찍어 넘기는 도끼다. 상상력이 극복해야 할 한계는 상상력 자체일 뿐이다. 누가 알겠는가? 잘 벼린 도끼로 우리들의 벌집-원룸-복합체를 부순다면 그 위에서 커다란 정원 터가 생겨날지.

---

14) 크리스티는 그런 상대를 만나고 싶어 하지도, 관심을 주지도 않았다. 당시에는 그런 상대가 없었을 수도 있지만, 있었던들 그녀가 도끼를 겨눴을 성싶지는 않다.

에세이

일본 미스터리에 등장한
새로운 수식어, '특수 설정'

윤영천

미스터리 애호가이자 독자, 기획자, 편집자, 저자. 1999년부터 나우누리 추리문학동호회 시삽 (운영자)을 5년간 역임했고, 같은 해 미스터리 소설을 소개하고 독자들이 서로 의견을 나누는 하우미스터리(howmystery.com)를 만들어 20년 넘게 운영하는 중이다. '셜록 홈즈 걸작선', '브라운 신부 시리즈', '레이먼드 챈들러 전집', '긴다이치 코스케 시리즈', '엘러리 퀸 컬렉션'을 비롯해 수십 종의 미스터리를 기획 및 편집했다. decca라는 닉네임 및 본명으로 다양한 매체에 미스터리 관련 글을 기고했으며, 해외 미스터리에 대해서는 국내 최고의 전문가로 인정받고 있다. 저서로《미스터리 가이드북》과 공저로《탐정사전》이 있다.

최근 일본 미스터리 시장의 주된 경향이라면 역시 '특수 설정 미스터리'를 꼽을 수 있을 것이다. '특수 설정'이란 용어는 국내의 열성적인 일본 미스터리(일미) 독자들에게는 이미 익숙하며, 그 대표 작품들도 국내에 출간돼 있거나 출간을 준비 중이다.

하지만 작품들을 살펴보면, 애매하다는 느낌을 받을 수도 있다. 애초에 직관적인 용어도 아니고, 이제까지 볼 수 없었던 새로운 스타일의 작품들도 아니기 때문이다. 일본에서도 근 10년 가까이 발표됐던 이런저런 작품들이 이제야 하나의 용어 아래로 모이고 있는 분위기다.

출판사의 마케팅 수단일 수도 있고 미디어의 비평 도구일 수도 있고, 일시적인 유행에 그칠 수도 있겠으나, '특수 설정'이란 용어는 '신본격' 이후 논리와 수수께끼, 반전을 중요시하는 일본 미스터리를 장식하는 새로운 수식어로 등장하고 있다. 여기서 간략하게 '특수 설정 미스터리'의 역사적 맥락을 살펴보고, 국내에 소개된 작품 역시 간략하게 소개하고자 한다.

다양한 이유가 읽겠지만, 어떤 독자들은 '경이감' 때문에 미스터리 소설을 찾는다. 책장을 넘기면서 쌓아 올린 세계가 단번에 뒤집히는 당혹감, 갑작스럽게 빈틈을 파고드는 논리와 반전. 이런 감정을 한 번이라도 경험해본 독자라면, 이끌리듯 엇비슷한 작품을 찾을 수밖에 없다.

수수께끼와 트릭, 논리적인 해결과 반전에 집중하는 미스터리 소설은, 영어권에서 황금기라 불리는 시기(대략 1910년에서 1950년까지)에 단단히 다져졌다. 황금기는 '기이한 사건-탐정에 의한 논리적 추리-뜻밖의 결말'로 짜인 장르 특유의 3단 구성과, '녹스의 10계'나 '반 다인의 20칙' 같은 세밀한 규칙들이 장르 작품을 지배하던 시기였다. 이 당시 활동했던 작가들은 어디까지나 공정한 게임에 임하는 마음가짐으로 미스터리 소설을 썼다.

게임의 즐거움은 있었지만, 규칙과 형식에 집착한 나머지 문제도 생겨났다. 독자와의 공정한 게임이라는 화려한 장치를 위해 등장인물, 배경, 사회의식 같은 소설의 다른 요소들을 쉽게 포기해버린 것이다. 결국 이들은 2차 세계대전 이후 하드보일드, 경찰 소설, 범죄소설 같은 새로운 스타일에 의해 자연스럽게 주류에서 밀려나게 되었다.

탐정이 등장해 논리로 수수께끼를 해결하는 황금기 미스터리(고전 미스터리, 전통 미스터리, 본격 미스터리, 퍼즐 미스터리, 후던잇 미스터리 등은 모두 비슷한 용어다)는 장르의 핵심이자 근원이지만, 이제는 전 세계 시장에서 찾기 어려운 형식이기도 하다.

미스터리 장르는 당대에 일어난 사회적 범죄를 소재로 삼는, 확고한 특성을 가지고 있다. 논리라는 무기를 손에 쥔 탐정이 독자들에게 경이감을 주기에, 사회는 지나치게 복잡해져버렸다. 과학 기술과 경찰 조직이 고도로 발달한 사회에서, 범죄와 맞서는 사설 탐정의 역할은 그저 미미할 뿐이다. 작가 또한 쓰기도 어렵고, 독자 또한 마니아에 한정된 스타일을 마냥 고집할 수는 없는 노릇이다.

그러나 스마트폰과 CCTV, 블랙박스로 게임의 승패가 결정되는 이 시대에도, 고전 스타일의 미스터리는 여전히 존재한다. 고전 스타일을 숭배하는 작가들은 시공간을 옮기거나(역사 미스터리), 현대적으로 모습을 바꾸거나(코지 미스터리), 독자를 시작부터 기만하거나(서술 트릭), 폐쇄 공간에 범인과 피해자를 몰아넣으면서까지(클로즈드 서클) 짜릿한 '경이감'을 되살리려 노력해왔다.

그 경이감을 가장 열정적으로 탐구하는 나라는 바로 일본이다. 영어권 미스터리 역사와 비슷한 궤적을 밟아왔음에도 '신본격'이라는 완전히 다른 출구를 찾아낸 일본 미스터리는 수수께끼와 트릭, 논리적인 해결과 반전에 집중한 작품들이 유달리 많다.

화려한 범죄, 환상적인 트릭, 고도의 논리. 1980년대부터 1990년대 중반까지, 일본의 신본격 미스터리 작가들은 황금기 미스터리의 정수를 졸이고 또 졸여 전 세계에서도 보기 드문 독창적인 흐름을 만들어냈다.

신본격 미스터리가 강렬한 흔적을 남긴 이후, 2000년대에 들어서면서 작가들의 세대교체가 자연스럽게 일어나는데, 미스터리 장르도 변화를 맞게 된다. 만화, 애니메이션, 게임, 라이트노벨 등과 섞이며 외연이 확장됐고, 이런 변화 속에서 '특수 설정 미스터리'라는 용어가 윤곽을 드러냈다.

간단하게 정의하면, '특수 설정 미스터리'는 SF나 판타지, 호러와 같은 다른 장르에서 비현실적인 규칙을 가져온 미스터리 작품을 뜻한다. 굳이 '제2계명: 초자연적인 능력이나 불가사의한 수단은 당연히 안 된다'라는 '녹스의 10계'를 언급하지 않더라도, 일반적으로 미스터리 장르에서 비현실적인 설정은 사용되지 않는다. 미스터리 장르는 범죄자를 처벌할 수 있는 사법 제도가 갖춰진 근대를 기반으로 하기에 작품이 쓰인 당대를 배경으로 삼는 게 일반적이다. 초능력이나 영능력, 당대를 초월한 과학 기술이 아무 기준 없이 등장한다면, 사건의 논리적인 해결이 가능할 리가 없다. 물론 독자 또한 받아들이기 어려울 것이다.
하지만 역으로 논리적인 완결성만 갖춰져 있고, 작가와 독자가 그 규칙을 공유하고 있다면, 얼마든지 다양한 시도를 해볼 수 있다. 오히려 규칙이 특수하면 특수할수록, 더 고도의 논리를 펼칠 수 있을 것이다. 이렇듯 독자와 작가가 공유하는 비현실적인 규칙은 '특수 설정 미스터리'의 핵심이라고 할 수 있다.

이런 유의 작품들은 제법 오래전부터 존재해왔다. '코페르니쿠스적 대전환'이라고 불리는 야마구치 마사야의 《살아 있는 시체의 죽음》(1989)*에는 시체들이 되살아나는 세계에서 본격 미스터리가 펼쳐진다. 야마구치 마사야가 창조한 이 놀라운 규칙은 시라이 도모유키가 《그리고 아무도 죽지 않았다》(2019)에서 차용한 바 있다.
니시자와 야스히코는 주로 SF 설정을 가져와 본격 미스터리를 만들어냈다. 하나의 인격을 다른 육체로 끊임없이 전이시키는 기계가

---

*괄호 안 숫자는 원서의 출간 연도다.

등장하는 《인격 전이의 살인》(1996), 똑같은 하루를 아홉 번 반복하는 특이 체질을 지닌 주인공이 등장하는 《일곱 번 죽은 남자》(1996) 같은 작품은 그 당시 'SF 신본격 미스터리'로 불렸다.

    요네자와 호노부의 2010년 작품 《부러진 용골》은 마법과 저주가 존재하는 12세기 유럽을 배경으로 한다. 요네자와 호노부는 "작가와 독자 간에 나누는 규칙만 철저하게 지켜진다면, 그러한 규칙 사항이 비현실적인 것이라 하더라도 미스터리로서 성립한다"라고 '특수 설정'을 명확하게 정의했다.

　　띄엄띄엄 존재했던 작품들이 '특수 설정'이란 용어로 한데 묶인
건, 당연히 상업적으로 크게 성공한 작품이 있었기 때문이다. 이마무라
마사히로의 《시인장의 살인》(2017)은 '제27회 아유카와 데쓰야상'과
'이 미스터리가 대단하다', '본격 미스터리 베스트 10', '주간 문예춘추
미스터리 베스트 10', '제18회 본격 미스터리 대상'을 석권하며 그해 일
본에서 출간된 모든 장르 소설을 통틀어 최고의 화제작이 되었다.

　　《시인장의 살인》은 만화와 영화로도 만들어졌고, 미스터리 마니
아를 넘어 일반 독자까지 특수한 설정에 매료됐다. 작품 속 탐정의 이

름을 딴 '겐자키 하루코 시리즈'는 현재 《마안갑의 살인》(2019)과 《흉인저의 살인》(2021, 국내 미출간)까지 출간됐는데, 모두 특수한 설정으로 클로즈드 서클이 만들어진다.

《시인장의 살인》의 대성공은 '특수 설정은 팔린다!'라는 신호탄과도 같았다. 직업이 영매인 미소녀 탐정을 등장시킨 아이자와 사코의 《영매 탐정 조즈카》(2019)는 2020년 일본 미스터리 시장을 석권했고, 2021년에는 아쓰카와 다쓰미의 《투명인간은 밀실에 숨는다》(2020, 출간 예정)와 샤센도 유키의 《낙원은 탐정의 부재》(2020)가 그 자리를 이어받았다.

《투명인간은 밀실에 숨는다》에는 투명인간, 재판원, 슈퍼 청력, 방 탈출 게임이라는 네 가지 특수 설정과 네 가지 논리가 등장하며, 《낙원은 탐정의 부재》에서는 두 명 이상을 죽이면 천사가 등장해 범인을 지옥으로 끌고 가는 '천사 강림'의 세계관에서 연쇄살인이 일어난다.

앞에서 잠깐 언급했듯, '특수 설정 미스터리'의 주요 동인은 만화, 애니메이션, 게임, 라이트노벨과 같은 서브컬처다. 신본격 미스터리가 주춤한 이후 어쩔 수 없는 장르 혼재가 하나의 미스터리 스타일로 맺어진 것이다.

'특수 설정 미스터리'를 쓰는 작가군은 대부분 서브컬처에 익숙한, 데뷔 10년 미만의 젊은 작가들이다. 세대교체가 성공적으로 이뤄졌기에 '특수 설정'이라는 인장이 붙은 작품들은 한동안 더 출간될 것이다. 아쓰카와 다쓰미나 샤센도 유키는 1990년대 작가들이다. 이들의 빛나는 재능을 보면, '특수 설정'도 '본격'이나 '사회파', '신본격'처럼 일본 미스터리 역사의 한 부분을 장식할 것 같다는 생각이 든다.

작가의 방

얼마의 고정 수입과 자기만의 방

김이환

레이 브래드버리의 《화성 연대기》를 읽고 감명을 받아 작가가 되고 싶다고 생각, 단편소설을 써서 인터넷에 발표하며 작가 활동을 시작했다. 《초인은 지금》, 《디저트 월드》, 《절망의 구》 등 열네 편의 장편소설과 단편집 《이불 밖은 위험해》를 출간했고, 《팬데믹: 여섯 개의 세계》 《오늘의 SF #1》 《2035 SF 미스터리》 등 열여섯 편의 공동 단편집에 참여했다. 2009년 멀티 문학상, 2011년 젊은 작가상 우수상, 2017년 SF 어워드 장편소설 우수상을 수상했다. 단편 〈너의 변신〉이 프랑스에서 출간되었으며, 잡지 《Koreana》를 통해 9개 국어로 번역되었다. 장편소설 《절망의 구》는 일본에서 만화로 출간되었고, 현재 국내에서 드라마 제작이 확정되어 개발 중이다. 평소 좋아하는 판타지, SF, 동화, 추리, 미스터리, 문단 문학 등의 다양한 장르를 넘나들거나 재조합해서 소설을 쓰고 있다. 독립영화를 좋아하여 《씨네 21》, 《계간 독립영화》 등 다양한 지면에 독립영화 리뷰를 싣기도 했다.

추운 방

나는 내 방 말고도 옥탑방이 있어서 그곳에서 글을 쓴다. 작업실인 셈이고 나쁘지 않다. 새벽에 일어나서 해돋이를 구경하거나 비나 눈이 많이 올 때 창밖을 보면 나름 경치가 괜찮다. 옥탑방에서는 멀리 다른 집 옥상도 보이는데, 그 집에서는 의자와 테이블을 갖춰놓고 조명도 설치하고 가끔 고기를 구워 먹거나 손님을 초대해서 술을 마시기도 한다. 흔히 옥상이 있다면 사람들이 하고 싶어 하는 일을 하는 것 같다. 나는 옥탑방에서 그냥 글만 쓴다.

아쉽게도 겨울에는 추워서 사용하지 못한다. 옥탑방에서는 두 시간도 못 버틴다. 겨울에는 내 방에서 지낸다. 외풍이 심한 집이고 추위를 많이 타는 편이라서 사실 내 방도 춥다. 아주 좁은 방이다. 그 좁은 방에 나는 무슨 생각에선지 침대에 작은 책장에 책상을 두 개나 놔서, 발 디딜 틈이 없다. 의자에 앉으면 의자를 움직일 수 없을 만큼 좁아진다. 어차피 요즘에는 서서 글을 써서 큰 상관은 없다. 벽에는 내가 좋아하는 일본 아이돌 노기자카46의 포스터와 '반지의 제왕' 지도가 있다. 책상에는 책과 스피커와 노트북과 모니터와 아이디어와 설정을 적은 종이와 출력한 원고가 쌓여 있다. 그리고 펜이 잔뜩 든 작은 서랍장이 있다. 펜이 정말 많다. 주로 사인펜과 볼펜인데 아마 몇백 개는 될 것 같다. 나는 문구류를 좋아하는데 특히 펜을 정말 좋아해서, 색깔별로 모으고, 두께별로 모으고, 새로 나온 펜은 한번 사보고, 인터넷에서 좋은 펜이 있다고 하면 주문하고, 그냥 특이해서 사기도 해서 수백 개의 펜이 쌓이게 됐다. 더 샀다간 〈세상에 이런 일이〉에 나올까 봐 지금은 사지 않는다. 주변에 많이 나눠주기도 했는데 그래도 여전히 많다.

그게 내 방이다. 작가의 방…. 유명한 버지니아 울프의 이야기는 유명하니 길게 말해선 안 될 것 같다. 자기만의 방, 500파운드의 수입…. 처음 글을 쓸 때는 왜 방해받지 않는 공간이 필요한지 몰랐다. 아무에게도 방해받지 않고 몇 시간 동안 글에 몰입할 환경이 주어진다는 개념 자체를 이해하지 못했던 것 같다. 집필은 누군가 늘 나를 방해하면서 스트레스에 시달리는 과정인 줄만 알았다. 다른 사람도 그냥 그렇지만 참고 글을 쓰는 줄 알았다. 지금 생각하니 좀 미련한 편인 것 같다. 버지니아 울프의 글을 읽고야 그래서는 글에 집중하기 어렵다는 걸 알았다. 시끄러운 텔레비전 소리, 갑자기 방문을 열고 들어와 방해하는 가족, 밖에서 들리는 소음 등등이 없으면 글에 더 집중할 수 있고, 적어도 글을 쓰면서 한참을 헤매고 나서야 내가 뭘 쓰고 있는지 여긴 어디고 나는 누군지 갈피를 잡는 경우가 적다는 걸 나중에야 알았다. 글을 쓰다가 좌절할 때는 정말 괴롭다. 감정에 완전히 압도되는 기분마저 든다. 모든 작가가 다 그런 건 아니고 내가 기복이 심해서 그런 것도 같다.

시끄러운 방

예전에는 카페에서 글을 많이 썼다. 몇 년 전만 해도 내가 사는 동네에 카페가 많지 않아서 종로나 홍대나 대학로까지 나갔다. 그래도 앉아 있는 두세 시간 동안은 글이 잘 써져서 카페를 자주 이용했다. 아니면 집 근처의 맥도날드나 KFC에서도 썼다. 그곳에서 어떻게 글을 쓰냐는 질문도 몇 번 받았는데, 사람이 없는 조용한 시간에 가면 된다. 카페에 갈 때마다 좋은 자리에 앉아야 하는데 좋은 자리가 없으면 어쩌나 걱정했던 때가 기억난다. 노트북 배터리로는 한두 시간밖에 버틸 수 없어서 전원을 꽂을 콘센트가 있는 자리에 앉을 수 있을지 걱정했다. 카페에 사람이 너무 많아서 집보다 더 시끄러울 때도 있고, 테이블이 너무 붙어 있어서 옆 사람이 신경 쓰이기도 하고, 가끔 지저분한 게 '컨셉'인 더러운 카페에 들어갔다가 후회하고…. 지금은 동네에도 깨끗하고 한적

한 카페가 많아져서 걱정할 필요가 없다.

　　옥탑방 말고 작업실이 있었던 적이 있었다. 공모전에서 상금을 탔을 때 전세로 작업실을 얻었다. 그런데 그곳에서 많은 글을 쓰지 못했다. 어쩐지 집중하기 어려웠는데, 왜 잘 안 됐는지 기억이 나질 않는다. 원룸이었는데 화장실도 좋고 세탁기도 있었다. 누구에게는 구하고 싶어도 돈이 없어서 못 들어갈 좋은 방이었을 텐데 왜 제대로 활용하지 못했는지 모르겠다.

　　고시원에 방을 얻어서 글을 썼던 적도 있다. 마감이 다가오는데 글이 잘 안 써져서 좌절하다 못해 정신이 정말 혼란스러울 때였다. 그 때 살던 집은 방음이 잘 안 돼서 멀리 떨어진 골목에서 사람들이 말하는 소리까지 다 들릴 정도로 시끄러웠다. 에어컨이 없어서 여름에는 컴퓨터에서 나오는 열 때문에 힘들었다. 도저히 내 방에서는 안 되겠다 싶어서, 큰맘 먹고 두 달 동안 '고시텔'이라는 이름이 붙은 시설 좋은 고시원에 들어가서 글을 썼다. 꽤 괜찮은 곳이었다. 창문도 있고 화장실도 따로 있었다. 방음 시설이 좋아서 정말 조용했다. 아침이면 옆방 아저씨가 가족과 통화하는 소리 때문에 시끄럽긴 했지만 그 정도는 참을 수 있었다. 가끔 답답하면 한밤중에 동네를 돌아다녔다. 주변이 유흥가여서 새벽에 나가도 사람이 많았다. 오랜만에 친구를 만나서 기분 좋은 직장인들, 술에 취해서 싸우는 연인들, 술집에서 힘들게 일하는 아르바이트생 사이를 걸었다.

　　고시원이 좋긴 했지만 많은 사람이 좁은 공간에 있으니 최소한 다른 사람과 부딪히지 않으려 애쓰면서 사는 긴장된 분위기가 어려웠다. 다른 고시원도 이런 분위기인지는 잘 모르겠다. 한번은 담배를 피우러 베란다로 나갔을 때의 일이었다. 잠시 후 모르는 아저씨가 베란다로 나와서 담배를 피우려고 라이터를 켰는데, 고장 났는지 라이터가 켜지지 않았다. 그는 나한테 라이터 좀 빌려줄 수 있냐고 부탁하지 않고 다시 방으로 들어가더니 새 라이터를 가지고 나왔다. 좁은 공간에서 많은 사람이 지내야 하니 분명 같은 공간에 있는데도 서로 없는 사람인 척해야 한다는 암묵적인 분위기가 있었던 것 같다.

어디에나 있는 방

독서실을 다닌 적도 있었다. 구립도서관 열람실에서 쓴 적도 있다. 길에서 앉아서 쓴 적도 있다. 아이폰이 생기고 나서 휴대전화로도 글을 쓸 수 있다는 생각에 한동안 신이 나 있었다. 길 가다가 벤치에 앉아서 휴대전화 메모 앱에 쓰고 지하철에서도 쓰고 틈이 나면 썼다. 내 소설 중에는 3분의 1 정도는 휴대전화로 쓴 소설도 있다. 나중에 문장을 많이 고치긴 했다. 아무래도 휴대전화로 볼 때와 노트북 모니터로 볼 때는 집중력에서 차이가 나고 문장의 밀도도 다르다. 지금도 밖에서는 휴대전화로 글을 쓴다. 구글독스에 올려놓고 쓴 다음 집에 와서 한글 프로그램에 옮겨놓고 문장을 고친다.

요즘은 허리가 좋지 않아 카페에서 몇 시간씩 앉아 있지 못하게 됐다. 그래서 휴대전화와 블루투스 키보드를 들고 가서 한두 시간만 있다가 나온다. 카페에 가면 다들 노트북을 펼쳐놓고 뭔가를 하고 있다. 공부 중이거나 과제를 하는 대학생이 대부분인 것 같다. 서울에 카페가 많은 이유가 응접실과 공원이 없기 때문이라는 말을 들었다. 집에서는 집중이 안 되고 독서실도 부족하니 다들 카페에서 공부나 과제를 하는 것 같다.

지금은 겨울이라 옥탑방에서 내려와 내 방에서 이 글을 쓰고 있다. 나는 추위도 더위도 많이 타서 겨울엔 추워서 여름엔 더워서 능률이 떨어진다. 봄이나 가을에 확실히 많은 글을 쓰는 것 같다. 스탠딩 데스크에서 쓰다가 추우면 방한 텐트 안으로 들어가 글을 쓴다. 어찌 보면 방한 텐트가 내 방인 것 같다. 책상에는 옥탑방에서 가져온 펜과 모니터와 노트와 종이가 잔뜩 있고 최근 읽고 있는 책과 여러 작법서가 있다. 연필과 연필깎이와 메모지와 자와 지우개 같은 문구류도 잔뜩 있다. 벽에는 장편소설 진행 상황을 기록한 포스트잇이 여기저기 붙어 있다. 글이 잘 안 써져서 마음이 초조하면 작법서를 들여다본다. 작법서라고 해서 글이 안 써질 때 책을 펼치면 '짠' 하고 멋진 해답이 나오진 않지만, 그래도 읽으면 마음이 편해진다. 작법서에 나오는 훌륭한 글을 쓴 작가들을, 부와 명성을 얻어서 정말 좋은 서재와 작업실을 구한 위대한 작가들을 부러워하다가 나도 새로운 방을 가져다줄 놀라운 글을 쓸 수 있을까 희망을 품어보기도 한다.

하지만 현실은 마감이나 지키면 다행이라는 결론을 내리고 쓰던 글로 돌아가곤 한다. 버지니아 울프처럼 대단한 글을 쓰진 못하지만 그래도 많이 쓰려고 노력한다. SF도 쓰고 판타지도 쓰고 청소년 소설도 쓰고 문단 문학도 쓰고 있다. 이 글이 버지니아 울프가 나에게 그랬던 것처럼 다른 작가에게 많은 영감을 줄 것 같지는 않다. 하지만 내가 방한 텐트에서 잘 버티고 있듯이, 다들 겨울 동안 따뜻한 자기만의 방에서 글을 쓸 수 있기를, 곧 봄이 오면 자기만의 새로운 방이 생기기를, 그곳에서 다른 사람을 위한 글을 쓸 수 있기를 바라고 희망한다.

신간 리뷰
《계간 미스터리》편집위원들의 한줄평

《2035 SF 미스터리》

천선란, 한이, 김이환, 황세연, 도진기, 전혜진, 윤자영, 한새마, 듀나 지음 | 나비클럽

박상민 추리, SF 작가들의 이유 있는 변심. 2035년에 이 책을 다시 꺼내면 기분이 묘할 것 같다.

《마담 타로》

이수아 지음 | 책과나무

박상민 논리와 비논리 사이의 아슬아슬한 줄타기.
조동신 카드점과 수사가 절묘하게 어우러진 작품.
한수옥 동생을 찾기 위해 타로 마스터가 된 전직 형사라는 캐릭터부터 끌린다. 연쇄살인범은 덤.

《칼송곳》

조동신 지음 | 북오션

박상민 나해와 만호의 환상적인 케미. 후속작에서의 재회가 기다려진다.

《버닝룸》

마이클 코넬리 지음 | 한정아 옮김 | 알에이치코리아

한이   30년 전에 등장한 해리 보슈가 지금까지 롱런할 수 있는 이유. 한 번도 실망시키지 않는 퀄리티, 퀄리티, 퀄리티.

《짝꿍: 이두온×서미애》

이두온, 서미애 지음 | 안전가옥

김소망   인간의 불완전함이 풍기는 아름다움 vs 말쑥한 정장 차림의 세련됨. 미스터리 취향을 확인하기 좋은 기획.

《기만의 살의》

미키 아키코 지음 | 이연승 옮김 | 블루홀식스(블루홀6)

박상민   너는 처음부터 다 계획이 있었구나!

한새마   클래식 자동차를 타고 달리는 기분. 전통 미스터리라서 더욱 신선하고 새롭다.

《일몰의 저편》

기리노 나쓰오 지음 | 이규원 옮김 | 북스피어

김소망   '이건 PC하지 않아'라는 말이 불편할수록 즐길 수 있다.

박상민   《미저리》의 애니 윌킨스가 정치적 올바름을 추구하면 벌어질 수 있는 일.

《내 동생의 무덤》

로버트 두고니 지음 | 이원경 옮김 | 비채

한새마   법정 스릴러와 형사물의 절묘한 완벽한 이중주에 시간 가는 줄 모르고 읽었다. 책을 덮을 땐 이미 다음 작품을 기다리게 된다.

《보라선 열차와 사라진 아이들》

디파 아나파라 지음 | 한정아 옮김 | 북로드

조동신   흔치 않은 인도 미스터리. 빈민가 아이들의 모습과 사회의 부조리, 갈등, 차별이 눈앞에 생생하다.

《세상 끝 아파트에서 유령을 만나는 법》

정지윤 지음 | 고블

김소망   상큼발랄 팀 케미가 폭발하는 수사극. 아니, 근미래 SF 미스터리.

《코즈믹》

세이료인 류스이 지음 | 이미나 옮김 | 비고

조동신   대규모의 밀실 살인과 그 뒤를 쫓는 JDC라는 탐정 집단의 활약이 눈앞에 선명히 나타난다.

박상민   존 딕슨 카도 울고 갈 기적의 트릭.

한이   호불호를 떠나 현재 일본 미스터리 씬을 이해하기 위해 읽어야 할 필독서.

《화이트 아웃》

심포 유이치 지음 | 권일영 옮김 | 크로스로드

박상민   스키장에 가고 싶다. 물론 테러범은 사절.
한이   일본 모험소설의 수준을 보여주는 작품. 국내 작가들의 분발을 기대한다.

《여섯 명의 거짓말쟁이 대학생》

아사쿠라 아키나리 지음 | 남소현 옮김 | 북플라자

한새마   달의 뒷면을 보았다. 마음이 따듯해진다. 추운 겨울에 읽으면 좋을 포근한
           미스터리.
한이   이 작품의 유일한 미스는 표지뿐.

트릭의 재구성

긴급 수사

황세연

    열흘간 외국 출장을 갔다 돌아온 황은조 경감은 공항에 내리자마자 집이 아닌 추리경찰서로 향했다. 추리광역시에서 이틀 사이 네 건의 연쇄 살인사건이 발생했는데 그중 두 건이 황은조 경감이 근무하는 추리경찰서 관할 지역이었다. 사건 패턴으로 볼 때 오늘 밤에도 한두 건의 살인사건이 더 일어날 가능성이 컸다.

    황은조 경감은 수사본부가 차려진 추리경찰서 체육관에서 점심 대신 커피를 마시며 동료 형사에게 사건에 대해 들었다.

    추리광역시에서 이틀 전인 3월 2일 밤과 어제인 3월 3일 밤에 네 건의 살인사건이 발생했다.

2일 밤에 일어난 첫 번째 살인사건은 스물두 살의 여자 대학생 강혜은이 귀가
중 살해되었다. 머리가 피로 물든 시체는 밤 10시쯤 아파트 공사장 안에서 발견되
었다. 범인은 강혜은의 머리를 공사장에 있던 벽돌로 내리쳤다. 사라진 소지품은
휴대전화뿐이었다. 경찰은 현장에서 흉기로 쓰인 벽돌, 강혜은이 입고 있던 청바
지에서 그녀의 것으로 추정되는 머리카락 몇 올, 그리고 피해자의 머리카락과 굵
기와 색깔이 다른 여자 머리카락 두 올을 채취해 국립과학수사연구원에 분석을 의
뢰했다.
　두 번째 살인사건의 희생자 역시 여성으로 마흔한 살의 박은애였다. 첫 번째 살
인사건의 변사체가 발견된 공사장에서 4킬로미터쯤 떨어진 외진 동네의 굴다리
밑에서 밤 11시께 발견되었다. 희생자는 범인이 커다란 돌로 머리 뒤쪽을 가격하
여 사망했다. 범행 현장에 핸드백과 지갑은 그대로 있었지만 휴대전화는 밤 9시쯤
꺼진 뒤에 사라졌다. 이번에도 현장에서 희생자 머리카락 외에 남자 머리카락으로
추정되는 약 5센티미터 길이의 머리카락 한 올과 9센티미터 길이의 여자 머리카락
한 올을 채취하여 국과수에 분석을 의뢰했다.
　세 번째 살인사건은 어젯밤 9시께, 전날 살인사건이 일어난 장소에서 10킬로미
터쯤 떨어진 산 밑 동네에서 일어났다. 황세팔이라는 30대 남자가 공원에서 칼에
가슴을 여러 번 찔려 사망했다. 범인과 희생자가 서로 엉겨 붙어 몸싸움을 한 흔적
이 있었다. 흉기는 발견되지 않았고, 피해자의 소지품 중 사라진 물건은 휴대전화
뿐이었다. 경찰은 사망자의 상의와 하의에서 사망자의 것이 아닌 4센티미터쯤 되
는 남자 머리카락 한 올과 각각 6센티미터, 10센티미터 길이의 여자 머리카락 두
올을 채취해 국과수에 분석을 의뢰했다.

네 번째 희생자는 어제 자정께 세 번째 살인사건 현장과 2킬로미터쯤 떨어진 개울가에서 시체로 발견되었다. 나이는 서른다섯, 여성, 직업은 추리소설가, 이름은 박진혜였다. 피투성이가 된 머리와 얼굴에 여러 겹의 검은 비닐봉지가 씌워져 있었다. 박진혜는 다른 곳에서 살해된 뒤 범인이 손수레를 이용해 시체를 유기한 것으로 추정되었다. 주변 CCTV에 마스크를 쓰고 귀까지 덮는 검은 모자를 눌러써서 나이를 가늠하기 어려운 남자가 폐지를 가득 실은 손수레를 끌고 가는 모습이 찍혀 있었다. 그 손수레는 폐지를 수집하는 노인이 1킬로미터쯤 떨어진 골목에 놔뒀다가 도난당한 것이었다. 범인이 폐지 속에 시체를 실어 운반한 것 같았다. 피해자의 가방은 폐지가 실린 손수레를 도난당한 장소 인근의 골목에서 발견되었지만 시체가 발견되기 세 시간 전에 꺼진 휴대전화는 어디서도 찾을 수 없었다. 네 번째 사건에서도 희생자를 옮긴 손수레와 희생자의 검은색 모직 스웨터에서 희생자의 것으로 보이는 머리카락 이외에 남자와 여자 머리카락 여덟 올을 채취했다. 길이는 1센티미터에서 12센티미터까지였다. 살인에 쓰인 흉기는 쇠파이프나 야구방망이 같은 둔기였다.

　네 건의 사건은 동일인이 저지른 연쇄 살인사건으로 보였지만 희생자들의 연령대가 다양했고 성별도 달랐다. 살인에 쓰인 흉기도 벽돌, 돌, 칼, 쇠파이프 등이었다. 공통점이라면 다른 소지품은 그대로 있고 휴대전화가 사라졌다는 점이었다. 또 살인사건 현장과 희생자들의 옷에서 피해자들의 머리카락을 제외하고도 다른 사람들의 머리카락이 여러 점 발견되었다는 것이었다.

　"국과수에 보낸 증거 분석 결과는 어떻게 되었나?"

　시차 때문에 잠을 물리치기 위해 커피를 마시며 사건 브리핑을 듣고 난 황은조 경감이 동료 형사에게 물었다.

"범행에 쓰인 흉기와 손수레 등에서는 범인의 지문, 혈액형, DNA가 검출되지 않았습니다. 모자와 마스크를 쓴 범인이 장갑까지 끼고 있었던 것 같습니다."

"피해자들의 옷 등에서 채취한 머리카락 분석은?"

"그건 아직 결과가 안 나왔습니다. 현장에서 채취한 머리카락이 희생자들 것을 제외하고는 모두 모근이 없는 모간부뿐이어서 분석하는 데 시간이 좀 걸릴 것 같습니다."

모발은 모근부와 모간부로 나뉘는데, 두피에 묻혀 있는 부분을 모근부라고 하고 나머지 머리카락을 모간부라고 한다. 또 모간부의 내부를 수질이라고 하고 머리카락 끝부분을 모첨부라고 부른다.

모근부와 모간부 모두 유전자 분석은 가능하지만, 모근이 있는 모근부의 경우는 핵 DNA 분석으로 정확한 유전자형을 얻을 수 있는 반면, 모간부만 있는 모발의 경우는 모발이 자라면서 핵 DNA가 대부분 깨지기 때문에 미토콘드리아 DNA 분석만 가능하다. 미토콘드리아 DNA는 동일 모계 자식들이 모두 동일하기 때문에 개인 식별에 한계가 있다.

또 모발은 특수 분석 장비를 이용해 DNA 이외의 여러 정보를 알아낼 수도 있다. 모발에 묻은 다양한 화공약품 종류와 수많은 종류의 마약 성분 분석도 가능하다. 사람이 장시간 특정 환경에 노출되면 중금속 등이 모발에 축적되는데, 이를 분석해 범인의 직업이나 주거지 등을 추정한다.

"현장에서 발견된 머리카락들이 대부분 모근이 없다고?"

황은조 경감이 고개를 갸웃거리며 동료 형사에게 물었다. 수사관은 모발의 잘린

부분을 관찰함으로써 범행 도구가 망치 같은 둔기인지, 칼이나 가위 같은 예기인지를 알아낼 수 있었다.

"예. 자연 탈락한 머리카락이 아니고 잘린 머리카락들로 보였습니다."

동료 형사의 말을 들은 황은조 경감은 급히 과학수사팀에 연락했다.

예상대로 과학수사팀은 현장에서 채취한 머리카락을 정밀 촬영해 증거로 남겨두었다.

황은조 경감은 과학수사팀에서 넘어온 머리카락 사진들을 커다란 모니터에 확대해놓고 이리저리 살폈다. 정말, 피해자들의 옷 등 현장에서 채취한 머리카락들은 대부분 날카로운 물체에 의해 잘린 것이었다. 범인이 피해자들을 살해한 뒤 머리카락을 자르면서 성적 환상을 즐기는 변태라고 생각하기에는 피해자들의 머리카락이 온전했고 현장에서 채취한 잘린 머리카락들이 피해자들의 머리카락이 아니라는 점이 이상했다.

잠시 뒤 황은조 경감은 손뼉을 치며 큰 소리로 외쳤다.

"알았다! 범인이 어떤 놈인지 알겠어!"

범인은 누구일까? 범인의 주거지, 직업 등을 추리해보자.

위의 QR코드를 스캔하시거나 나비클럽 홈페이지(www.nabiclub.net)의 〈계간 미스터리〉 카테고리에서 확인할 수 있습니다.

2021 겨울호 독자 리뷰

yongyongsaku39

요즘 부쩍 추리소설을 많이 봅니다. 예전엔 결과만 궁금했는데 요즘은 동기나 심리 상태에 대한 묘사를 자세히 봅니다. 논리적이고 개연성이 있으면 더 자극적이고 여운도 많이 남습니다. 국내 추리소설도 안 보던 사이 수준이 많이 높아졌습니다. 단편 및 수상작을 모은 《계간 미스터리》 추천합니다.

하나비

《계간 미스터리》 2021 겨울호를 접하게 된 건 순전히 제가 가입한 네이버 카페 '러니의 스릴러 월드'를 소개한 글이 실렸다는 점 때문이었습니다. 고백하자면, 카페 소개 글 외엔 그리 큰 기대를 하지 않았던 게 솔직한 심정이었지만 270여 쪽의 분량 안에 담긴 다양한 글들을 읽으면서 내심 놀랐습니다. 특히 '여성 캐릭터 리부트'라는 제목 하에 실린 〈죽어야 하는 여자들〉(듀나), 〈추리소설의 여성 캐릭터를 어떻게 창조할 것인가〉(한이)는 그동안 장르물을 읽으면서 여러 번 생각했던 바를 적확하게 지적하고 있어서 무척 공감할 수 있었습니다.

다채로운 미스터리 작품들도 눈길을 끌었습니다. '확실하게 미스터리라고 할 수 있을까?' 의문이 드는 경우도 있었지만 단편 혹은 미니픽션에서만 맛볼 수 있는 독특한 매력을 지닌 작품도 꽤 있었습니다. 그중에서도 소름 돋을 정도로 잔인하지만 동시에 정갈하기(?) 짝이 없는 소시오패스를 그린 〈인간을 해부하다〉(류성희)는 장편으로의 확장이 기대되는 작품이었고, 개인적으로 무척 좋아하는 소재인 장기 기증을 일종의 복수 코드와 접목시킨 〈토요일의 예고 살인〉(황세연)은 비록 미스터리 자체는 평범했지만 설정 자체가 매력적이라 무척 재미있게 읽은 작품입니다.

오즐

특집이 끌렸어요. 미스터리 스릴러 추리 장르를 좋아하는 사람은 많지만 이 장르에서 어떻게 여성 캐릭터가 다뤄지는지 고민하는 사람이 있을 줄은 몰랐거든요. 추리소설이나 공포영화 속에서 뭔가 불편함을 감지하면서도 굳이 그 원인을 찾지 않았던 것 같아요. (…) 우리 시대의 작가들은 어떠한 여성 캐릭터를 창조할 수 있을까요? 요즘 장르소설을 써보고 싶은 마음이 살짝 있어서, 《계간 미스터리》에 실린 다양한 작품들이 훌륭한 교본처럼 다가왔네요. 물론 독자의 입장에서 따끈따끈한 한국 추리 단편소설을 즐길 수 있다는 점이 정말 좋았어요.

guniguni8

여러 작가의 서로 결이 다른 미스터리들은 저마다 나름의 재미가 있었다. 〈자라지 않는 아이〉(홍선주)와 〈인간을 해부하다〉(류성희)가 인상적이었는데 나의 취향이란 이런 것인가 확인하는 시간이었다. 계간지이기에 다룰 수 있는 미스터리 장르에 대한 세부적인 분석과 작품에 대한 다양한 관점의 해석, 미스터리 커뮤니티 탐방(정말 흥미진진했다!)과 '한국 근대추리소설 특별전' 탐방기까지. 미스터리에 대해 잘 모르는 사람도 흥미롭게 읽으며 장르에 대한 이해를 넓힐 수 있는 기회의 장이 되었다.

《계간 미스터리》는 미스터리를 읽는 기준을 제시하는 동시에 가이드 역할까지 톡톡하게 하는 책이었다. 짧게 실린 미스터리들은 휘리릭 읽고 끝내기가 아쉬울 정도였는데, 독자로서는 이런 아쉬운 마음이 한국 미스터리 작품들을 찾아서 읽게 하는 원동력이 되리라 생각한다. 읽는 내내, 아주 즐거웠다.

hrhrhr

출판사가 바뀐 후에 더욱 내용이 알차고 재미있는 내용으로 꾸며진 것 같아 좋습니다. 특히 한국 작가들의 다양한 단편을 많이 읽을 수 있어서 좋습니다. 표지도 한결 세련되고 좋네요. 앞으로도 계속 좋은 작품들을 읽을 수 있기를 기대하겠습니다. 그리고 신간 소개는 다시 부활하면 좋겠네요. 신간 소개를 보고 책을 사서 읽곤 했는데, 신간 소개가 없으니 좀 허전한 느낌입니다.

인스타그램 @nabiclub을 팔로우하고,
#계간미스터리 해시태그와 함께 《계간 미스터리》 리뷰를 남겨주세요.
선정된 리뷰어에게는 감사의 마음으로 신간 《계간 미스터리》를 보내드립니다.

계간 미스터리 신인상 공모

전통의 추리문학 전문지 《계간 미스터리》에서
새로운 시대를 함께 열어갈 신인상 작품을 공모합니다.

■ 모집 부문
  단편 추리소설, 중편 추리소설, 추리소설 평론

■ 작품 분량(200자 원고지 기준)
  단편 추리소설: 80매 안팎/중편 추리소설: 250~300매 안팎/추리소설 평론: 80매 안팎
  ※ 분량 기준을 준수하지 않은 응모작은 심사 대상에서 제외됩니다.
  ※ 평론은 우리나라 추리소설을 텍스트로 삼아야 합니다.

■ 응모 방법
  – 이메일을 통해 수시로 접수합니다. mysteryhouse@hanmail.net
  – 우편 접수는 받지 않습니다.
  – 파일명은 '신인상 공모_제목_작가명'을 순서대로 기입해야 합니다.
  – 이름(필명일 경우 본명도 함께 기입), 주소, 연락 가능한 전화번호, 이메일을 원고 맨 앞장에 별
    도 기입해야 합니다. 부실하게 기입하거나 틀린 정보를 기재했을 경우 당선 취소 등 불이익
    을 받을 수 있습니다.

■ 유의 사항
  – 어떤 매체에도 발표되지 않은 작품이어야 합니다.
  – 당선된 작품이라도 표절 등의 이유로 타인의 지식재산권을 침해한 사실이 밝혀지거나, 동일
    작품이 다른 매체 등에 중복 투고되어 동시 당선된 경우 당선을 취소합니다. 이 경우 원고료
    를 환수 조치합니다.
  – 미성년자의 출품은 가능하나 수상 시 법정대리인의 동의서, 가족관계증명서 등을 제출해야
    합니다.

■ 작품 심사 및 발표
  – 《계간 미스터리》 편집위원들이 매 호 심사합니다.
  – 당선자는 개별 통보하고, 《계간 미스터리》 지면을 통해 발표합니다.

■ 고료 및 저작권
  – 당선된 작품은 《계간 미스터리》에 게재합니다. 작가에게는 상패와 소정의 고료를 드립니다.
  – 원고료에 대한 제세공과금을 공제합니다.
  – 신인상에 당선된 작가는 기성 작가로서 대우하며, 한국추리작가협회 정회원으로서 작품 활동
    을 지원합니다.

■ 문의
  한국추리작가협회 02-3142-3221 / 이메일: mysteryhouse@hanmail.net